문예 비창작

UNCREATIVE WRITING
Managing Language in the Digital Age
by Kenneth Goldsmith

© 2011 Columbia University Press
Korean edition copyright © Workroom Press, 2023

Korean edition published by Workroom Press
by arrangement with Columbia University Press,
New York through Bestun Korea Agency, Seoul.

이 책의 한국어 판권은 베스툰 코리아 에이전시를 통해 저작권자와
독점 계약한 워크룸 프레스에 있습니다. 저작권법에 의해 한국 내에서
보호를 받는 저작물이므로 무단 전재와 복제를 금합니다.

이 책의 한국어 번역 저작권은 옮긴이에게 있습니다.

문예 비창작
디지털 환경에서 언어 다루기

케네스 골드스미스 지음   1판 1쇄 발행 2023년 11월 1일
길예경·정주영 옮김

                                        워크룸 프레스
편집. 김뉘연, 민구홍, 심재경   03035 서울시 종로구
디자인. 워크룸   자하문로19길 25, 3층
제작. 세걸음   02-6013-3246
발행. 워크룸 프레스   www.workroompress.kr

                                    ISBN 979-11-89356-99-6 03800
                                    값 25,000원

문예 비창작
디지털 환경에서 언어 다루기

케네스 골드스미스 지음
길예경·정주영 옮김

일러두기

별도의 표기가 없는 주(註)는 저자가 작성한 것이나.

원문에서 이탤릭체로 강조한 부분은 방점으로, 대문자로
강조한 부분은 고딕체로 옮겼다.

브랜드명의 경우 국내에서 통용되는 표기를 따랐다.

나는 시인으로 여겨지는 것에 항상 복잡한 감정을 갖고
　　있었다
만약 로버트 로웰이 시인이라면　　　　　　　　　　나는
　　시인이고 싶지 않다
만약 로버트 프로스트가 시인이었다면　　　　　　　나는
　　시인이고 싶지 않다
만약 소크라테스가 시인이었다면　한번 생각해 보겠다
— 데이비드 앤틴

차례

감사의 글 ………………………………………… 9

서문 ……………………………………………… 13

1 글의 역습 ……………………………………… 33

2 물질로서의 언어 ……………………………… 65

3 불안정성을 예측하기 ………………………… 105

4 극사실주의 시학을 향해 …………………… 135

5 왜 전유인가? ………………………………… 173

6 오류 불가능한 과정:
  글쓰기가 시각예술에서 배울 수 있는 것 … 195

7 『길 위에서』 타자 필사 ……………………… 239

8 새로운 비가독성 구문 분석하기 …………… 251

9 데이터 클라우드에 파일 배포하기 ………… 281

10 기록 목록과 주변적인 것 …………………… 305

11 교실 속의 비창조적 글쓰기:
   반(反)오리엔테이션 ………………………… 329

12 잠정적 언어 …………………………………… 355

후기 …………………………………………… 363

추천의 글 …………………………………… 373

자료 출처 …………………………………… 375

찾아보기 …………………………………… 376

Acknowledgments

감사의 글

이 책에 실린 논문 서너 편은 원래 시카고의 시 재단이 청탁한 글에서 영감을 받았다. 당시 글은 2007년 1월에 일주일만 발행하는 저널로 재단 웹사이트에 실렸다. 다른 글감은 재단의 블로그인 '해리엇'에서 비롯했다. 에밀리 원에게 감사드린다. 그는 마저리 펄로프의 2006년 현대언어협회 회장 포럼에서 내 발표를 듣고 재단 웹사이트에 게재할 기회를 줬고, 그 뒤로 장기간에 걸쳐 만족스럽게 협업이 이루어졌다. 열린 마음과 지속적 지원을 아끼지 않은 돈 세어, 크리스천 위먼, 캐시 핼리, 트래비스 니컬스에게 감사드린다.

「불안정성을 예측하기」 중 일부는 2006년 매사추세츠 공과대학교 출판부에서 나온 『뉴미디어 시학: 맥락, 테크노텍스트, 이론』(New Media Poetics: Contexts, Techno-texts, and Theories)에 실렸다. 해당 글은 원래 2002년 10월 아이오와 대학교가 개최한 학술 대회인 '뉴미디어 시: 미학, 제도, 청중'에 참가할 때 쓴 것이다.[1] 같은 챕터의 또 다른 부분은 2000년에 뉴욕 주립대학교 버펄로 대학 미디어 스터디 학과의 디지털 시학 수업에서 발표한 것이다. 「오류 불가능한 과정: 글쓰기가 시각예술에서 배울 수 있는 것」은 2008년과 2009년 뉴욕주에 위치한 디아 비컨 미술관에서 의뢰한 두 번의 갤러리 토크에서 진전된 글이다. 「왜 전유인

---

1. 아이오와는 유네스코가 세 번째로 지정한 문학의 도시이며, 아이오와 대학교의 국제 창작 프로그램은 지역사회와 전 세계에 알려져 있다. 학술 대회 '뉴미디어 시'의 개념 미술 토론에는 한국의 2인 예술 그룹인 장영혜중공업이 참가했다.—옮긴이

가?』의 초고는 2008년 디즈니 레드캣 극장에서 열린 캘리
포니아 예술대학의 학술 대회 '무제: 글쓰기의 확장된 장에
관한 추론'에서, 이어 2009년 브루클린의 캐비닛 스페이스
에서 선보였다.[2]

원래 이 책은 마커스 분과 함께 쓰는 샘플링 프로젝트에
서 출발했으나 둘로 나뉘어, 이 책『문예 비창작: 디지털 환
경에서 언어 다루기』와 마커스 분의 훌륭한 책인『복제 예
찬』으로 나왔다.[3] 이 두 책은 다른 지형을 지도화하고 있지
만, 모두 10년 전 크리스마스와 연말연시 사이 열흘간 이어
진 만남에서 나왔다.

이 책은 수년간 동료들과 대화하면서 완성한 것으로, 나
는 그중 몇 사람에 관해 이 책에서 다뤘다. 15년간의 그러한
지속적 담화가 없었다면 이 책은 지금과 같은 형태로 존재
하지 못했을 것이다.

나의 말이 글로 나오게 해 준 펜실베이니아 대학교 관
계자들에게 감사한다. 특히 동시대 글쓰기 프로그램 센터
의 알 필라이스와 찰스 번스틴, 그리고 필라델피아 현대미
술관의 클라우디어 굴드와 잉그리드 샤프너에게 도움을
많이 받았다.

---

2. 캐비닛 스페이스는 비영리 문화 예술 잡지『캐비닛』이 운영하는 공
간이다.—옮긴이

3. 마커스 분,『복제 예찬: 자유롭게 카피하기를 권함』, 노승영 옮김, 홍
시, 2013년. 이 책의 원서는 2010년 하버드 대학교 출판부에서 나왔으
며, 출판사 웹사이트에서 자유롭게 내려받을 수 있다(https://www.
hup.harvard.edu/features/in-praise-of-copying/In-Praise-of-
Copying-by-Marcus-Boon-HUP-free-full-text.pdf, 2023년 8월 31
일 접속).—옮긴이

2009년 겨울, 내게 앤슈츠 특훈 교수직을 맡겨 준 프린스턴 대학교 미국학과에 감사를 표하고 싶다. 이 책에서 펼쳐 보인 생각들이 뿌리내릴 수 있도록 지원하고 환경을 마련해 주었다. 프린스턴 대학교의 헨드릭 하톡과 수전 브라운에게 감사드린다.

컬럼비아 대학교 출판부에서는 수전 펜색이 신중한 노력을 기울여 이 책을 설득력 있게 만들었다. 담당 편집자인 필립 레벤털에게는 감사의 말이 모자랄 지경이다. 그는 이 책에 담긴 가치 이상으로 원고를 꼼꼼하게 읽고 형태를 잡고 보전해 주었으며, 인쇄물로 볼 수 있는 기회를 제공했다. 그의 도전과 자극 덕분에 이 책은 내가 결코 상상하지 못한 곳까지 다다랐다.

내 아내 셰릴 도네건의 인내심과 헌신, 그리고 두 아들 피네건과 캐시우스의 활기찬 장난기에 힘입어 몇 해 동안 탄탄한 집필 환경 속에서 이 책을 쓸 수 있었다.

상상을 초월할 수준으로 지속적인 지원을 보내 준 마저리 펄로프에게 특별한 감사를 드린다. 그의 작업에 쉼 없는 존경과 고마움을 보낸다.

이제 마지막으로, "일렬로 세워 보면, 거의 같은 나이에, 같은 단단한 체격에, 똑같이 볼품없는 헤이커트[4]에, 검정색 티시트[5]를 입은 여섯 명에게" 이 책을 바친다. 누군지 본인들은 알 것이다.

---

4. Haicuts. 저자가 의도적으로 탈자(脫字)를 살렸다.—옮긴이
5. T-shits. 저자가 의도적으로 탈자를 살렸다.—옮긴이

Introduction

서문

1969년 개념 미술가 더글러스 휴블러는 "세계는 대개 흥미로운 사물로 꽉 차 있고, 난 이 이상 추가할 생각이 없다."고 썼다.[1] 나는 휴블러의 생각을 받아들이게 됐지만, "세계는 대개 흥미로운 글로 꽉 차 있고, 난 이 이상 추가할 생각이 없다."고 다듬겠다. 이는 오늘날의 글쓰기가 놓인 새로운 조건에 대한 적절한 반응으로 보인다. 전례 없이 많은 유용한 글에 직면한 우리가 마주한 문제는 글을 더 쓰고 싶다는 게 아니라 오히려 존재하는 거대한 양의 글을 뛰어넘는 방식을 배워야만 한다는 것이다. 어떻게 이 엄청난 양의 정보를 뚫고 나갈 것인가. 다시 말해 어떻게 엄청난 양의 정보를 운영하고, 분석하고, 조직해서 배포할 것인지가 나의 글과 너의 글을 구분한다.

　문예비평가 마저리 펄로프는 최근 문학에서 떠오른 이런 경향을 기술하기 위해 비독창적 천재(*unoriginal genius*)라는 용어를 썼다. 펄로프가 생각하기에 기술과 인터넷이 초래한 변화 때문에 이제 천재를 낭만적이고 고립된 인물이라고 보는 관념은 시대에 맞지 않는다. 시대 변화에 따라 수정된 천재에 관한 관념은 그 사람이 정보와 그 유통에 얼마나 능통한지에 집중할 것이다. 펄로프는 언어를 이리저리 다루고 그 과정에서 감정이 움직이는 행위 모두를 나타내도

1. Douglas Huebler, Artist's Statement for the gallery publication to accompany *January 5-31, 1969*, Seth Siegelaub Gallery, 1969. (『1969년 1월 5–31일』은 세스 시겔롭이 기획한 그룹전이다. 도록 자체를 전시로 제시했고, 뉴욕의 빈 사무실에서 열렸다.—옮긴이)

록 움직이는 정보(*moving information*)라는 용어를 만들었다. 펄로프는 오늘날의 작가는 고통받는 천재보다는 글쓰기 기계를 멋지게 개념화하고, 구축하며, 실행하고, 유지하는 프로그래머를 닮았다고 가정한다.

우리는 펄로프의 비독창적 천재라는 개념을 단지 이론적으로 기발한 비유가 아닌 실현된 창작 실천으로 봐야 한다. 그 연원은 적어도 20세기 초반으로 거슬러 올라가며, 글의 구성이나 구상 역시 글이 말하거나 행하는 것만큼이나 중요하다는 정신(에토스)을 구현하고 있다. 예를 들어, 철학자이자 비평가인 발터 베냐민이 『아케이드 프로젝트』에서 순서대로 모으고 메모를 적은 방식이나 문학 단체 울리포의 수학적이고 제약에 기반을 둔 작품들을 생각해 보라. 오늘날 기술은 글쓰기의 이런 기계론적 경향을 가중해(시인이자 소설가인 레몽 크노가 1961년에 품을 들여 수작업으로 구성한 『시 100조 편』은 웹 기반 판본이 여럿 있다.), 젊은 작가들에게 기술 및 웹이 작동하는 방식에서 슬기를 배워 문학작품을 구성하는 방법으로 활용하라고 부추긴다. 그 결과 작가들은 전통적으로 문학적 실천의 범위를 벗어났다고 간주되어 온 작문 방법을 탐구한다. 그중 몇 개만 예를 들자면 워드프로세싱, 데이터베이싱, 재활용, 전유, 의도적 표절, 정체성 암호화, 집중 프로그래밍 등이 있다.

2007년 조너선 리섬은 『하퍼스』에 '영향에 대한 황홀감: 표절'이라는 제목으로 표절을 옹호하는 표절 글을 게재했다. 이 글은 문학이 존재한 이래 사람들이 문학에 담긴 생각을 어떻게 공유하고, 반복하고, 따오고, 다시 쓰고, 재활용하고, 훔치고, 빼앗고, 인용하고, 도용하고, 복사하고, 헌사하고,

전유하고, 모방하고, 약탈했는지를 다룬 장문의 변론이자 내력이다. 이 글에서 리섬은 오래된 작품의 주제를 새 글의 토대로 삼아 새로운 작품을 만드는 데 선물 경제, 공개 소스 문화, 공적 공유재가 얼마나 필수적인지 상기시킨다. 리섬은 로런스 레시그와 코리 닥터로 같은 자유 문화 옹호자들의 주장을 반영하면서, 현 저작권 법률은 창조성의 생명선에 위협이 된다고 설득력 있게 비난한다. 그는 마틴 루터 킹 주니어 목사의 설교문에서부터 머디 워터스의 블루스 음악까지 공유 문화의 풍성한 결실로 소개한다. 거기에 더해 '독창적'이라고 추측했던 자기 생각 역시, 나중에 주로 구글 검색을 하다가 알게 되었는데 다른 사람의 생각을 무의식적으로 흡수하고는 자기 생각이라고 말한 것이더라는 예까지 든다.

「영향에 대한 황홀감: 표절」은 대단한 글이다. 리섬이 '쓴' 게 아니라서 유감이지만. 이 글에서 결정적인 대목은? 리섬은 문장과 생각 자체를 전부 전유하거나 다시 쓰는 방식으로 다른 곳에서 빌려 왔다. 리섬의 글은 짜깁기의 한 예로 볼 수 있는데, 이는 여러 사람의 문장 조각을 엮어 논조가 결합하는 전체로 만드는 방법이다. 학생들이 항상 사용하는 묘수로서 이를테면 학생들은 위키백과 항목을 자기들 말로 바꿔 쓴다. 물론 걸리면 문제가 된다. 학계에서는 짜깁기를 표절만큼이나 위법한 행위로 취급한다. 만일 리섬이 이 글을 졸업 논문이나 박사 논문의 장으로 제출했다면, 머지않아 나가는 문으로 안내됐을 것이다. 그러나 리섬이 전적으로 다른 사람들의 말을 사용해 날카로운 논문을 쓰거나 멋진 작품을 만든 게 아니라고 주장할 사람은 얼마 없을 것이다. 우리를 사로잡는 것은 그가 자신의 글쓰기 기계를 개념화하고 실행한 방식, 즉 무엇을 빌려 올지 정교하게 선택하고 빌려 온 말을 기술적으로 배치하는 도구를 개념화하고 실행한 방식이다. 리섬의 글은 비녹창적인 천재성을 스스로 반영하고 드러내는 작품이다.

리섬의 도발은 (그의 짜깁기 글에서 예술적이고 매끄러운 융합을 버리고) 남의 작품을 출처 없이 과감하게 전유함으로써 그의 실험을 한 단계 더 발전시킨 젊은 작가들 간의 경향과는 결이 다르다. 젊은 작가들에게 글을 쓰는 행위란 말 그대로 언어를 한 곳에서 다른 곳으로 옮기는 것이며, 그들은 이제는 맥락이 내용이라고 과감하게 주장한다. 오랫동안 패스티시와 콜라주가 글쓰기의 요점이었으나 인터넷의 등장과 함께 표절의 강도는 극한에 도달했다. 지난 5년 동안 우리가 보고 들은 작품과 작가를 보자. 잭 케루악의 소설『길 위에서』전체를 매일 하루에 한 쪽씩 타자로 필사해 1년간 블로그에 올린 작업.『뉴욕 타임스』하루치 기사 전문을 전유해 990쪽 책으로 출판한 작업. 쇼핑몰 매장 안내도의 입점 매장 목록을 재구성한 데 불과한 목록 형식의 시. 그런가 하면 자신이 받은 모든 신용카드 가입서를 엮어 주문 출판 방식으로 800쪽 책을 만들었으나 비싸서 자신조차 한 권을 사지 못하는 가난한 작가. 색인까지 포함한 19세기 문법책 전체 문장구조를 자기 방식대로 분석한 시인. 본업 활동 중에 작성한 항소이유서 전문을 단어 하나 바꾸지 않고 그대로 시로 재현한 변호사. 영국 국립도서관이 소장한 시인 단테 알리기에리의『신곡: 지옥 편』영문 번역판을 전부 입수해 그 첫 구절을 차례차례 옮겨 적은 작가도 있다. 소셜 네트워크 사이트에 업데이트된 상태 글을 복사하고 이미 고인이 된 작가의 이름을 갖다 붙이는("조너선 스위프트가 오늘 밤에 열리는 랭글러스 경기 티켓을 가지고 있대.") 글쓰기 팀은 페이스북 페이지가 갱신되는 것처럼 스스로 고쳐 쓰는, 끝없는 서사시를 만들어 낸다. 플라프라는 전반적인 글쓰기 운동은 구글 검색 결과 중 최악에 기반을 두는데, 불쾌할수록, 말이 안 될수록, 터무니없을수록 좋다.[2]

앞에서 언급한 작가들은 언어 수집벽이 있는 사람들이다. 그들의 프로젝트는 서사시적이며, 방대한 인터넷의 텍스트성을 반영한다. 작품들은 보통 전자 형식을 띠지만 흔히 저널과 잡지에 인쇄본으로 유통되기도 하는데, 인쇄본은 도서관이 구입하고, 문학 독자들이 수용하고 관련 글을 쓰고 연구한다. 이런 새로운 글쓰기는 전자적인 미광을 내비치지만, 결과물은 급진적인 모더니스트 사상에서 영감을 얻고 그 위에 21세기 기술을 입혀 뚜렷하게 아날로그식이다.

이 '비창조적인' 문학은 '기술적 예속'으로 추정되는 현상을 허망하게, 그리고 마지못해 수용하기는커녕(혹은 명백하게 거부하기는커녕), 지금을 가능성의 계기로 받아들여 축복으로 가득하며 미래를 향한 열정으로 불타는 글쓰기다. 이와 같은 즐거움은 글쓰기 자체에 드러나는데, 기대하지 않은 아름다움의 순간 중 어떤 것은 문법적이고 또 다른 것은 구조적이고 상당 부분은 철학적이다. 몇 개만 예를 들자면 반복의 멋진 리듬, 문학으로 재구성한 일상의 스펙터클, 시간의 시학을 향한 방향 전환, 가독성에 관한 참신한 관점

---

2. 플라프 컬렉티브의 작업은 9장 「데이터 클라우드에 파일 배포하기」를 참조할 것.—옮긴이

이 있다. 무엇보다도 감정이 있다. 그렇다, 감정 말이다. 그
러나 강압하거나 설득하려 들지 않는 이 새로운 글쓰기는,
저자의 의도보다는 글쓰기 과정의 결과로 표현된 정서와 더
불어 감정을 완곡하게, 예측 불가능하게 전달한다.

전통적인 작가보다는 프로그래머처럼 기능하는 이 작가
들은 "미술가가 개념적 미술 형식을 사용한다면, 그것은 계
획과 결정은 미리 내려졌고 실행은 형식적인 일이라는 뜻
이다. 생각이 예술을 만드는 기계가 된다."[3]라는 미술가 솔
르윗의 유명한 금언을 마음에 새기며, 새로운 글쓰기의 가
능성을 제기한다. 시인 크레이그 드워킨은 그런 가능성을
다음과 같이 긍정적으로 가정한다.

> 비표현적 시는 어떤 것일까? 감정보다 지성의 시란
> 말인가? 은유와 이미지의 핵심에 자리한 대용물이,
> 섬세한 절차와 엄청나게 논리적인 과정으로 보완된
> '자연 발생적인 흘러넘침'과 더불어, 언어 자체의
> 직접적인 제시에 의해 치환된 시인가? 그 과정에서
> 시인의 자아에 관한 자존감이 시 자체의 자기 반영적인
> 언어로 돌아가고, 그래서 시의 실험이 이제는 더 잘 쓸
> 수 있는지(쓰기 워크숍의 문제)가 아니라, 생각건대
> 다르게 쓸 수 있는지에 달린 것인가?[4]

3. Sol LeWitt, "Paragraphs on Conceptual Art," http://radicalart.
info/concept/LeWitt/paragraphs.html, 2009년 7월 15일 접속.
(이 글은 『아트포럼』[Artforum] 1967년 6월 호 79–83에 처음 실렸
다.—옮긴이)
4. Craig Dworkin, Introduction to *The UbuWeb Anthology of Conceptual Writing*, http://ubu.com/concept, 2010년 2월 9일 접속.

지난 몇 해 동안 복제와 전유를 전략으로 삼는 작가들이 급증했는데, 복제와 전유의 작동 방식을 따라 하도록 부추긴 컴퓨터 탓도 있다. 글을 쓰는 과정에 자르기와 붙이기가 필수적인 것을 생각하면, 작가들이 그런 기능의 창조자들이 의도치 않은 극단적인 방식으로 이용하지 않으리라고 상상하는 것은 말이 안 된다.

비디오 예술의 역사를 돌아보면, 특히 지난 주류 기술이 미술 실천과 충돌했을 때 그런 몸짓의 여러 전례를 발견하게 된다. 그중 출중한 작품은 백남준이 1965년에 만든 「자석 TV」로, 이 작품에서 백남준은 말굽 자석을 흑백 텔레비전 위에 올림으로써 이전에는 코미디언 잭 베니와 진행자 에드 설리번을 위해 따로 마련되었던 공간을 고리 모양의 유기적인 추상물로 설득력 있게 바꿔 놓았다. 이런 몸짓은 정보의 일방향 흐름에 문제를 제기한다. 백남준의 텔레비전 작품에서 관객은 자신이 보는 바를 제어할 수 있어서 자석을 돌리는 방향에 따라 이미지가 달라진다. 그전까지 텔레비전의 임무는 연예·오락과 투명한 의사소통을 위한 운반체였다. 그러나 한 미술가의 간단한 몸짓은 시청자와 제작자가 미처 인식하지 못한 방식으로 텔레비전을 뒤집었다. 「자석 TV」는 텔레비전이라는 매개체를 위한 완전히 새로운 어휘를 열어젖힌 한편, 여태까지 가시적이지 않았지만 기술에 내재한 권력, 정치, 유통의 신화를 해체했다. 컴퓨터에서의 잘라 붙이기 기능은 텔레비전에서 백남준의 자

('자연 발생적인 흘러넘침'[spontaneous overflow]은 19세기 초 영국 시인 윌리엄 워즈워스가 쓴 글에 나오는 구절이다.—옮긴이)

석이 그러했던 것처럼 작가들이 이용하고 있다.

　가정용 컴퓨터가 30년 동안 존재해 왔고 사람들이 항상 복사해 붙이기를 해 왔지만, 언어를 내량으로 지장하는 일이 쉽고도 구미가 당기게 된 것은 온전히 광대역의 침투와 과잉 공급 덕분이다. 과거에 전화선으로 접속했을 때도 글을 복사하고 붙일 수 있기는 했지만, 고퍼 서버로 연결된 고퍼 공간을 사용한 초기에는 글을 화면 하나에 보여 줬다. 게다가 글이라고는 해도 로딩 시간이 아직은 신경이 쓰일 만큼 느렸다. 광대역이 있다면 데이터는 7일 24시간 내내 흐른다.

　그에 비해 타자법에 글을 복제하라고 권장하는 속성은 없다. 그렇게 하기란 너무 느리고 힘들지 않겠는가. 나중에, 글을 마친 후에 제록스 복사기로 원하는 만큼 복사할 수는 있다. 결국 포스트쓰기체계(postwriting)를 추구하는 20세기 인쇄물 기반의 우회가 넘쳐났다. 소설가 윌리엄 S. 버로스의 컷업(cut-up)과 폴드인(fold-in) 기법과, 출판인이자 시인인 밥 코빙의 등사판으로 인쇄한, 낡은 느낌을 주는 시가 특출한 예다.[5] 문학에서 전에 사용된 차용 형식인 콜라주와 패스티시는 (단어를 여기서 따오고 문장을 저기서 따오는) 행위에 따르는 노동량을 기반으로 개발된 측면이 있다. 책 한 권을 손이나 타자기로 베끼는 것과 책 한 권을 키 세개(전체 선택/복사/붙여 넣기)를 눌러 잘라 붙이는 것은 다르다.

---

5. 컷업과 폴드인 기법은 신문을 세로 단으로 자른 후 풀로 붙이는 과정인데, 다시 붙일 때 자른 단이 서로 맞지 않게 배열하고 좌우로 글줄이 가게 만들어 시를 구성한다.

　명백하게도 이를 통해 문학적 혁명을 위한 무대가 마련된다.

　과연 그럴까? 보아하니 대부분의 글쓰기가 인터넷이 생긴 적이 없던 것처럼 계속된다. 문학계는 여전히 예로부터 전해 오는 한바탕 사기, 표절, 날조와 관련한 추문이 주기적으로 일어나는데, 그 방식이란 게 이를테면 미술계, 음악계, 컴퓨팅계 혹은 과학계의 못 미더운 웃음을 자아낸다. 작가 제임스 프레이나 J. T. 르로이의 가짜 자서전 사건이, 세련되고 의도적으로 사기를 치는 미술가 제프 쿤스의 도발적인 작품들과, 표절 성향을 드러낸 작품으로 구겐하임 미술관의 회고전을 꿰찬 미술가 리처드 프린스의 광고 재촬영 작업에 친숙한 사람들을 불편하게 만들 수 있다고 상상하기란 어렵다.[6] 쿤스와 프린스는 미술가로 활동을 시작한 초기부터 자신들의 작업은 전유이며 의도적으로 '비창조적'이라고 말한 반면, 프레이와 르로이는 (진실이 밝혀진 후에도) 자기들 작품이 문학에서 진정성 있고, 진지하고, 사적인 진술을 간절히 원하는 독자를 위한 것인 양 행세했다. 웃긴 일이 이어졌다. 프레이의 경우, 고소를 당한 출판사 랜덤 하우스는 기만당했다고 느낀 독자들에게 수백만 달러를 지불해야만 했다. 나중에 나온 개정판에는 독자가 읽게 될 내용이

---

6. 이런 몸짓이 단순히 철학적인 게 아닌 수백만 달러의 가치를 지니는 미술계에서는 역타격이 일었다. 2011년 3월 미 연방 판사는 리처드 프린스가 라스타파리안(Rastafarian)에 관한 책에서 사진을 전유했다는 소송에서 프린스 측에 불리한 판결을 내렸다. 현재 프린스와 그의 소속 화랑 운영자는 이 사건을 항소한 상태다. (2014년 미 대법원은 프린스의 승소로 사건을 종결했다.—옮긴이)

사실은 소설임을 알리는 고지 사항이 실려 있다.[7]

애초에 프레이나 르로이가 쿤스식 재치를 따라, 자신들이 전략상 비진정성과 거짓과 비독창성을 약간씩 섞어 윤색했음을 인정했더라면 피할 수 있었을 온갖 괴로움을 상상해 보자. 아니, 그럴 필요까지는 없다. 거의 100년 전, 미술계는 마르셀 뒤샹의 레디메이드 작품, 프랑시스 피카비아의 기계적 드로잉, 그리고 자주 인용되는 발터 베냐민의 글 「기계 복제 시대의 예술 작품」과 같은 [예술적] 몸짓들을 통해 독창성과 복제에 관한 관습적인 개념을 잠재웠다. 그 이후로 앤디 워홀부터 매슈 바니에 이르는 블루칩 미술가 군이 비슷한 생각을 새로운 차원으로 이끌었고, 정체성과 매체와 문화에 관한 지극히 복잡한 개념들을 불러왔다. 물론 이런 개념들은 주류 미술 담론의 중요한 부분이 됐고, 그 반작용으로 진지함과 재현에 기반을 둔 작업이 새롭게 떠올랐을 정도다. 마찬가지로 음악에서는 (여러 곡으로 다른 곡 전체를 구성하는) 샘플링이 흔한 일이 됐다. 파일 공유 서비스 냅스터에서부터 게이밍까지, 노래방에서부터 토렌트 파일까지, 문화는 디지털과 그것이 수반하는 모든 복잡성을 받아들이는 것처럼 보이지만, 예외적으로 글쓰기만 무슨 대가를 치르더라도 여전히 주로 진정성 있고 안정적인 정체성을 촉진하는 데 몰두한다.

---

7. 제프 쿤스가 법적 문제에 빠졌다면, 그 원인은 때때로 전유한 대상을 밝히고 감사를 표현하려고 노력하지 않는다는 데 있다(예컨대 한 부부가 강아지 여덟 마리를 안은 사진을 '강아지들'이라는 조각으로 제작했을 때처럼). 쿤스의 모든 작업이 기존 이미지를 기반으로 한다는 것은 알려져 있다. 문제는 쿤스가 이미지를 빌린 사람들이 마땅히 쿤스에게 배당을 원한다는 것이다.

나는 기존의 글쓰기를 폐기해야 한다고 말하는 게 아니다. 훌륭한 회고록에 감동받은 적 없는 사람이 있겠는가? 그러나 나는 문학이 (그 범위와 표현의 잠재력이 무한함에도) 틀에 박혀 있다고 느낀다. 내가 보기에 문학은 되풀이해 같은 어조로 이야기하는 경향이 있고, 가장 좁은 영역에 자체를 국한하여, 보조를 맞추지 못하고 우리 시대의 가장 생생하고 흥미로운 문화 담론에 참여할 수 없는 분야가 됐다. 그래서 나는 지금을 심히 슬픈 순간이라고 생각하며, 또한 문학적 창조성이 상상하지 못한 방식으로 스스로 재활성화하기에 좋은 잃어버린 기회라고 생각한다.[8]

글쓰기가 벽에 부딪힌 원인 중 하나는 아마도 문예 창작을 가르치는 방식일지도 모른다. 지난 세기 동안 발전해 온 매체, 정체성, 샘플링과 관련한 세련된 개념들과 비교해 보면, 문예 창작자가 되는 길을 안내하는 책들은 호기를 다 놓

---

8. 아마 흐름의 방향은 바뀌고 있을 것이다. 독일의 젊은 작가 헬레네 헤게만이 2010년에 출판한 회고록은 베스트셀러가 되었는데, 상당 부분이 표절이라는 사실이 드러났다. 한 블로거한테 들통난 후 작가는 이런 일이 터지면 으레 그렇듯이 진실을 털어놓고 사과했다. 그렇지만 이 책은 퇴출당한 후 라이프치히 도서전의 소설상 부문에서 최종 후보로 올랐다. 후보작 선정 위원들은 이 책이 표절 혐의를 받고 있음을 안다고 말했다. 『뉴욕 타임스』는 2010년 2월 12일 자 기사에서 다음과 같이 밝혔다. "헤게만 씨는 출처에 대해 더 알리지 못했음을 사과했지만, 자신을 뉴 미디어와 올드 미디어를 넘나들며 뭔가 새로운 걸 만들기 위해 정보의 홍수에서 혼합하고 연결하는 다른 세대의 대변자로 변호했다. 또한 그는 표절 사건이 터진 후 출판사를 통해 발표한 진술에서 '어차피 독창성이란 건 없고 진정성뿐'이라고 말했다." Nicholas Kulish, "Author, 17, Says It's 'Mixing,' Not Plagiarism," *New York Times*, February 12, 2010, http://www.nytimes.com/2010/02/12/world/europe/12germany.html?src=twt&twt=nytimes-books&pagewanted=print, 2010년 2월 12일 접속.

쳐 버리고, 무엇이 '창조적'인 것인가 같은 낡은 개념에 기댄다. 이런 책들이 내세우는 조언은 다음과 같은 식이다. "창조적 작가는 탐험가이자 개척자다. 문예 창작은 당신이 스스로 경로를 만들고 아무도 가지 않은 길을 향해 성큼 나아가게 할 것이다." 혹은 미셸 드 세르토, 존 케이지, 워홀 같은 거장을 무시하고 "문예 창작은 일상생활의 제약에서 해방됨이다."라고 말한다. 20세기 초반에 뒤샹과 작곡가 에리크 사티 둘 다 기억 없이 살고 싶다는 바람을 토로했다. 그들에게 기억 없는 삶이란 일상의 경이로움에 현존하는 방법이었다. 그런데도 문예 창작에 관한 책은 하나같이 "기억은 상상적 경험의 일차 자료다."라고 주장한다. 이런 책에서 방법론을 다루는 부분이 몹시 촌스러워 충격적이었는데, 대개는 우리가 쓰는 글의 기초로서 평범한 것보다 극적인 것을 우선시하라고 강요한다. "55세 남성이 결혼식 날에 느끼는 감정을 1인칭 관점에서 설명해 보라. 이 남성의 첫 결혼이다."[9] 나라면 차라리 이런 기법이 불만족스럽다며 3인칭으로 글을 쓴 거트루드 스타인의 생각을 취하겠다. "그는 묘사를 위해 온갖 실험에 도입했다. 그는 단어를 만들어 내려고 애썼으나 금방 포기했다. 영어는 그의 도구였고, 그는 자신의 임무를 완수해야 했으며 영어로 이 문제를 해결해야만 했던 것이다. 만들어 낸 단어를 사용한다는 것에 그는 화가 났고 그것은 모방적인 주정주의 안으로 도망치는 일이었다."[10]

9. Laurie Rozakis, *The Complete Idiot's Guide to Creative Writing* (New York: Alpha, 2004), 136.

10. Gertrude Stein, *The Autobiography of Alice B. Toklas* (New

지난 몇 해 동안 나는 펜실베이니아 대학교에서 '비창조적 글쓰기'(Uncreative Writing)라는 수업을 진행했다. 이 수업에서 독창성이나 창조성을 조금이라도 보이는 학생은 감점을 받는다. 그 대신 표절, 신원 훔치기, 다른 목적으로 다시 쓰기, 짜깁기, 샘플링, 강탈, 도용을 한 학생은 점수가 올라간다. 놀랍지 않게도 학생들은 잘 해낸다. 그들이 이미 비밀리에 전문가가 된 일이 갑자기 열린 공간으로 나와 안전한 환경에서 탐구되고, 무모함 대신 책임이라는 점 아래 재구성된다.

우리는 문서를 타자로 다시 치고 음성 클립을 재생해 글로 옮긴다. 또한 위키백과 페이지에 (관사 'a'를 'an'으로 바꾸거나 단어 사이에 빈칸을 넣는 등) 소소한 변경 사항을 남긴다. 채팅방에서 수업을 진행하고, 전 학기를 가상현실 공간인 세컨드 라이프에서만 보낸다. 학기마다 제출하는 최종 논문으로 나는 학생들이 온라인 논문 공장에서 주제 논문 한 편을 구매해 본인 이름으로 서명하게 한다. 이는 당연히 학계에서 가장 엄격하게 금지하는 행위다. 각 학생은 일어서서 그 논문을 학급 전체 앞에서 자기가 쓴 것처럼 발표하고, 다른 학생들이 질문하면 방어해야만 한다. 학생들은 어떤 논문을 선택했을까? 자기가 쓴 게 아닌데 방어할 수 있을까? 어쩌면 자기가 동의하지 않는 내용일 수 있을 텐데? 우리를 설득해 보라. 이 모든 것은 물론 기술을 중심으로 이뤄진다. 학생들은 수업에 들어오면 랩톱 컴퓨터를 켜

York: Vintage, 1990), 119. (거트루드 스타인, 『앨리스 B. 토클라스 자서전』, 권경희 옮김, 연암서가, 2016년, 195 참조.—옮긴이)

고 인터넷에 연결해야 한다는 설명을 듣는다. 그렇게 우리
는 장차 일어날 일을 가늠한다. 이런 경험이 낳는 결과가 얼
마나 놀라운지, 그리고 수업은 어찌나 완벽하게 참여적이
고 민주적인지 보고 난 후 나는 전통적인 수업 방식으로 절
대로 돌아갈 수 없다는 걸 깨달았다. 학생들이 나에게서 배
울 수 있는 것보다 내가 학생들에게서 배우는 것이 더 많다.
이제 교수가 맡은 역할 중 하나는 파티 주최자이고, 또 다른
역할은 교통경찰이며, 상근하는 조력자다.

비결이 있다면, 자기표현을 억제하기란 불가능하다는
점에 있다. 글 몇 장을 타자로 베껴 쓰는 것과 같이 '비창조
적'으로 보이는 행위도 여러 방식으로 우리 자신을 표현한
다. 선택하고 재구성하는 행위는 어머니의 암 수술에 관해
이야기할 때만큼이나 자신에 관해 많은 걸 말해 준다. 단지
우리는 그런 선택에 가치를 부여하기를 여태 배우지 못했
을 뿐이다. 한 학기 내내 학생들에게 표절하고 옮겨 쓰라고
가르치면서 그들의 '창조성'을 강제로 누르고 나면, 학기가
끝날 무렵 한 학생이 슬픈 얼굴을 하고 나를 찾아와 실망했
다고 말한다. 알고 보니 우리가 성취한 것이 전혀 비창조적
이지 않았다며, '창조적'이지 않은 덕분에 자기 인생에서 가
장 창조적인 글을 생산했다고 말한다. 창조성(작가 훈련에
서 가장 진부하고, 남용되고, 잘못 정의된 개념)을 역으로
접근함으로써 그 학생은 새로 거듭났고 활기를 되찾았으
며, 다시 열정을 다해 글을 쓰고 글쓰기를 좋아하게 됐다.

광고 분야에서 '크리에이티브 디렉터'로 수년간 일한 나
는 문화의 권위자들이 뭐라고 말하든 (틀에 박힌 소설, 회고
록, 영화 들이 끝없이 이어지는 우리 문화에 의해 정의된)

창조성은 '창조 계급'의 일원으로서만이 아니라 '예술 계급'
의 일원으로서도 벗어나야 할 것이라고 말할 수 있다. 우리
는 기술이 삶의 모든 측면에서 게임의 법칙을 바꾸는 시대
에 살고 있고, 지금은 그런 진부한 기법(클리셰)을 캐묻고
무너트려 앞에 내려놓은 다음 창조성에 대해 쌓아 온 미련
을 새롭고, 동시대적이며, 무엇보다 결정적으로는 적절한
것으로 재구축할 때다.

　분명히 모든 이가 동의하는 것은 아니다. 최근 한 명문
대학에서 강연을 마친 후 생긴 일인데, 모더니스트 전통에
빠져 있는 나이 지긋한 유명 시인이 강당 뒤쪽에서 일어나
나를 향해 손가락을 까딱거리면서, 내가 허무주의를 이야
기하고 시에서 즐거움을 훔쳤다고 비난했다. 그 시인은 내
가 최고의 성지를 밑동에서부터 무너트렸다고 질책하고는
이미 여러 번 받아 본 질문 세례를 퍼부었다. 만일에 모든
걸 옮겨 써 문학으로 제시할 수 있다면, 무엇이 한 작품을
다른 것보다 뛰어나게 하는가? 관건이 단순히 인터넷 전체
를 자른 다음 마이크로소프트 워드 문서에 붙여 넣는 것이
라면 도대체 끝은 어디인가? 모든 언어를 단순히 재구성했
다고 해서 시로 받아들이기 시작한다면, 판단과 질이라는
가치를 내다 버리는 위험에 빠지는 게 아닌가? 저자성 개념
은 어떻게 되는가? 어떻게 작가 경력과 문학의 정전이 형성
되고 이후에는 어떻게 평가되는가? 우리는 그저 저자의 죽
음을, 처음에 이론이 죽이는 데 실패한 인물의 죽음을 재연
하는 건 아닌가? 미래의 모든 글은 저자도 이름도 없고, 기
계가 기계를 위해 쓴 것일까? 문학의 미래가 단지 코드로
축소될 수 있는가?

이런 우려는 내 생각에 20세기의 투쟁에서 헤어난 사람에게는 가치가 있다. 그 시인의 세대가 직면했던 도전도 마찬가지로 만만치 않았다. 과연 그 사람들은 파괴적인 구문론과 합성어로 전달되는 이접(異接)적인 언어 사용이 오랜 세월에 걸쳐 검증된 방법과 다르지 않게 인간의 정서를 표현할 수 있다고 어떻게 전통주의자들을 설득했을까? 혹은, 이야기를 그 자체의 논리와 맥락을 전달하기 위해 딱딱한 서사로 풀어야 할 필요가 없다고는? 그들은 모든 문제에도 불구하고 계속했다.

21세기는 20세기의 질문들과는 전혀 다른 것을 품고 있기 때문에 나는 다른 각도에서 반응해야 한다는 걸 안다. 만일 관건이 단순히 인터넷 전체를 자른 다음 마이크로소프트 워드 문서에 붙여 넣는 거라면, 바로 여러분, 즉 저자가 무엇을 선택하는지가 중요해진다. 무엇을 포함하는지, 더 중요하게는 무엇을 뺄지에 성공 여부가 달려 있다. 만일 모든 언어가 그저 재구성을 거쳐 시로 전환될 수 있다면, 이는 매우 흥미로운 가능성이기는 하지만, 어쨌든 말을 가장 감동적이고 설득력 있는 방식으로 재구성한 사람이 최고라는 평가를 받을 것이다. 나는 우리가 판단과 질을 내던지는 순간 곤경에 빠진다는 말에 동의한다. 민주주의는 유튜브라면 괜찮지만 예술에 관한 한 보통 실패를 부르는 수단이다. 모든 말이 평등하게 만들어지고, 그래서 그렇게 다루어지지만, 말이 조립되는 방식은 그렇지 않다. 판단을 보류하기는 불가능하며 질을 묵살하는 짓은 어리석다. 모방과 복제는 저자성을 근절하는 게 아니라, 예술 작품을 구상할 때 이런 새로운 조건을 상황의 주요 부분으로 고려해야만 하는 저자들에게 그저 새로운 요구를 주문할 뿐이다. 자기 작품이 복제되는 게 싫은 사람은 작품을 온라인에 올리지 않으면 된다.

　작가 경력과 문학의 정전은 전통적 방식으로 형성되지 않을 것이다. 나는 기존과 같은 방식으로 경력을 쌓을 수 있을지 의문이다. 문학작품은 오늘날 웹상에서 밈(meme)이 작동하는 방식과 같이 기능할 수도 있다. 단어, 사진, 하이퍼링크, 해시태그 등으로 이뤄진 밈은 삽시간에 퍼지고, 종종 서명도 없고 저자가 밝혀지지 않으며, 다음 물결에 밀려난다. 작가가 죽지는 않겠지만, 앞으로 저자성은 개념적 방법으로 사유될 것이다. 아마도 미래의 가장 뛰어난 저자는 가장 뛰어난 프로그램을 짤 수 있는 사람들일지도 모른다. 시인 크리스천 북이 주장한 대로 미래의 시는 기계가 쓰고 다른 기계가 읽게 될 것이라 하더라도, 가까운 미래에는 누군가 몰래 그런 무인기(드론)를 발명할 것이다. 그래서 문학이 단지 코드로 축소된다고 해도, 실은 멋진 생각인데, 배후의 지성들이 가장 위대한 작가로 여겨질 것이다.

　이 책에 실린 논문과 발표문 들은 그런 영역의 구조를 보여 주고, 용어를 정의하며, 관련 작품들을 위치시키고 논할 수 있는 역사적·동시대적 맥락을 만들고자 한다. 처음 서너 장은 기술적인 문제에 더 비중을 두며, 비창조적 글쓰기의 방법, 발생 지점, 이유를 밝혀 그 토대를 마련한다. 「글의 역습」은 웹의 등장과, 디지털 언어가 글을 쓰는 행위 자체에 미친 영향에 주목한다. 이어서 글의 풍부함과 양이라는 새로운 조건을 다루며, 이를 관리할 생태계를 제안한다. 「물질로서의 언어」는 글을 의미론상으로 투명한 의사소통 수단으로만 보는 게 아니라 그 형식적·물질적 특성을 강조할 수 있는 무대를 펼치는데, 이런 전환은 디지털 환경에서 글을 쓸 때 꼭 필요하다. 이어서 20세기에 일어난 상황주의와 구체시라는 두 운동을 스크린 위나 종이 위나 길 위에서 글을 쓰는 동시대적 방법과 연관 지어 논의한다. 「불안정성을 예측하기」는 디지털 환경에서의 맥락화 문제에 초점을 맞추고, 글과 이미지 사이의 유동성과 교환성에 관해 논평한다. 「극사실주의 시학을 향해」는 자기 정체성을 정의한다는 항상 까다로운 주제가 어떻게 우리가 사는 세계적 소비자 환경에서 포스트정체성 문학을 위한 무대를 펼쳐 주는지에 대해 고심한다. 이 장은 버네사 플레이스의 작품 『사실 진술서』에 관한 짧은 분석으로 끝을 맺는데, 이 작품은 비창조적 글쓰기를 위반적이고 기계론적인 충동이 귀결과 관계없이 탐구될 수 있는 윤리적 무중량 공간으로 제안한다. 플레이스가 상연하는 문서의 시학은 자체의 도덕적 충동을, 전유한 언어에 끼워져 있는 미리 새겨진 윤리적 DNA에 예속시키는 시학이다. 마지막으로 「왜 전유인가?」는 어째서 콜라주와 패스티시는 오랫동안 글쓰기 방법으로 받아들여진 반면 전유는 드물게 시도됐는지를 묻는다. 한편 시각예술에서 보아 온 풍부한 전유의 역사를 탐구하고 이런 선례를 문학에 적용하는 방법을 제안한다.

　이어지는 논문 「오류 불가능한 과정: 글쓰기가 시각예술에서 배울 수 있는 것」은 비창조적 글쓰기라는 시점을 통해 두 시각예술가의 작업을 읽는다. 비창조적 글쓰기는 솔 르윗의 경력과 생산량을 연구해서 배울 수 있다. 시각예술에서 르윗이 무엇을 어떤 방법으로 계속했는지는 많은 부분

디지털 시대의 글쓰기에 세련되게 적용할 수 있다. 이 논문의 후반에서는 비창조적 글쓰기와 관련해 앤디 워홀의 작업과 삶을 탐구하는데, 워홀의 기계적 성향과 마니아적 생산은 우리가 오늘날 디지털 글을 다루는 방식과 유사하다.

이 책의 마지막 부분은 비창조적 글쓰기의 실제를 보여준다. 이 부분의 논문들은 보통 한 작가나 작품에 초점을 맞추며 어떻게 해당 작품이 비창조적 글쓰기의 특정 경향을 대표하는지를 설명한다. 「『길 위에서』타자 필사」는 원문을 타자로 필사하는 간단한 행위가 문학작품을 구성하기에 충분하다고 주장함으로써, 베끼는 자의 솜씨를 저자와 같은 위상으로 올린다. 이는 시적 생산이라는 무가치적 공간에서 노동과 가치를 논하는 유토피아적 비판이다. 「새로운 비가독성 구문 분석하기」는 새로운 글쓰기가 아예 읽히지 않고 사유의 대상이 되는 편이 더 좋다고 말한다. 이접과 해체라는 모더니스트 개념에서 탈피한 지금, 어려움은 (읽기에는 너무 산산조각 난) 파편화보다는 (읽을 게 너무 많은) 양에 따라 정의된다. 「데이터 클라우드에 파일 배포하기」는 어떻게 전신, 신문 제목, 굵은 글씨체로 쓴 이름과 같은 단문이 줄곧 매체 기반의 글쓰기와 발자취를 함께해 왔는지 살펴본 다음, 이런 충동이 어떻게 트위터와 소셜 네트워킹 시대에도 계속되고 있는지에 관한 의견을 말한다. 「기록 목록과 주변적인 것」은 정보를 다루는 방식이 글의 성격에 영향을 미치는 시대에 아카이빙이 문예 창작에서 맡은 새롭고 두드러진 역할을 밝힌다.

「교실 속의 비창조적 글쓰기: 반(反)오리엔테이션」은 짧은 교육학 논문으로, 디지털 환경이 우리가 대학 환경에서 글쓰기를 가르치고 배우는 데 어떤 영향을 미치는지 논한다. 「잠정적 언어」는 논쟁적이고 선언문 같은 글인데, 웹 시대에 일어난 언어의 가치 저하 및 시산성이라는 새로운 조건을 설명하면서 이 책을 마무리한다. 후기는 비창조적 글쓰기의 잠재적 결과 중 하나인 '로보시학', 즉 인간의 읽기를 완전히 건너뛰고 기계가 읽을 글을 기계가 쓰는 조건을 숙고한다.

1959년 시인이자 미술가 브라이언 가이신은 글쓰기가 회화에 50년이나 뒤처졌다고 주장한 바 있다. 그의 생각은 여전히 옳을지도 모른다. 인상주의 이후 미술계에서 주류는 아방가르드였으니 말이다. 혁신과 모험 감수는 지속적으로 보상을 받아 왔다. 반면 모더니즘의 성공에도 문학은 주류와 아방가르드가 거의 교차하지 않는 두 평행선 위에 머물렀다. 하지만 디지털 문화의 조건은 예상치 못하게 충돌을 불러와 한때 견고했던 양측의 발판을 뒤흔들었다. 갑자기 우리는 저자성, 독창성, 그리고 의미가 만들어지는 방법에 관한 새로운 질문과 겨뤄야 하는, 같은 배에 탔다는 사실과 마주한다.

Revenge of the Text

1. 글의 역습

프랑스 오르세 미술관에는 내가 '가능성의 방'이라 부르는 전시실이 있다. 대략 연대순으로 구성된 이 미술관에서 행복하게 19세기를 통과하면, 비로소 카메라 발명에 대한 일군의 회화적 응답, 즉 회화가 취할 수 있던 대응 방식에 관한 여섯 가지 제안을 다룬 이 방에 다다른다. 그중 인상적인 것은 말 그대로 형상이 액자에서 나와 '관람자 공간'에 이르도록 그리는 눈속임(trompe l'œil) 해법과 캔버스 위에 삼차원 오브제를 포함하는 방식 등이다. (모두) 훌륭한 시도였지만 다들 알다시피 인상주의가 (고로 모더니즘이) 승리를 거뒀다. 오늘날 글쓰기는 이런 시기에 놓였다.

웹이 부상하며 문예는 자신의 사진을 만났다. 얘기인즉슨, 문예는 사진 발명과 함께 회화에 일어난 일과 비슷한 상황에 봉착했다. 현실을 복제하는 데는 사진이 훨씬 더 나은 기술이었기에 살아남기 위해 회화는 노선을 근본적으로 바꿔야 했다. 사진이 선명한 초점을 얻고자 분투했다면 회화는 흐릿한 쪽으로 갈 수밖에 없었고, 그렇게 인상주의가 등장했다. 인상주의는 아날로그 대 아날로그 대응과 매우 흡사한데, 왜냐하면 회화든 사진이든 영화든 그 표면 아래에 티끌만큼의 언어도 숨을 곳이 없었기 때문이다. 대신에 그것은 이미지에 대한 이미지로서, 이미지즘적 혁명을 위한 무대를 마련했다.

오늘날 디지털 매체는 문학 혁명을 위한 무대를 마련했다. 1974년에만 해도 페터 뷔르거는 이렇게 주장할 수 있었다. "사진이 등장하고 그에 따라 현실을 기계적인 방식으로 정확하게 재현할 수 있게 되자 조형예술에서 모사의 기능이 위축되었다. 그렇지만 이러한 설명 모델은, 우리가 이 모델을 문학에 전용할 수는 없다는 점을 상기한다면 그 한계가 분명해진다. 왜냐하면 조형예술에서 사진이 미친 영향에 비견할 만한 영향을 가져온 기술적 혁신은 문학의 영역에서는 찾아볼 수 없기 때문이다."[1] 이제는 있지 않은가.

회화가 추상화함으로써 사진에 대응했다면, 문예는 인터넷과 관련해 그와 다르게 반응하는 듯하다. 문예의 응답은 (회화보다는 사진에서 더 많은 단서를 얻어) 주로 배포 방식과 관련해 모방적이고 복제적으로 볼 수 있는 특성을 나타내며, 수용자(성)와 독자(성)의 새로운 플랫폼을 제안한다. 글이 읽히기 위해서뿐만 아니라 공유·이동·조작되기 위해서 때로는 인간에 의해, 대개는 기계에 의해 쓰인다 해도 과언이 아니며, 이는 문예란 무엇인지 재고하고 작가의 새로운 역할을 정의할 놀라운 기회를 제공한다. 문예에 관한 전통적 개념이 주로 '독창성'과 '창조성'에 초점을 맞춘다면, 디지털 환경은 기존의 언어와 나날이 늘어나는 엄청난 양의 언어를 '조작'하고 '관리'하는 새로운 능력을 기르도록 만든다. 오늘날 작가는 글의 급증을 상대로 '도전하고' 주의를 끌기 위해 겨뤄야 하는 어려움에 직면했지만, 이런 현상을 예기치 못한 방식으로 이용해, 전통적 방식으로 만들어 낸 작품만큼이나 표현과 의미가 풍부한 작품을 창작할 수 있다.

1. Peter Bürger, *Theory of the Avant-Garde* (Minneapolis: University of Minnesota Press, 1984 [1974]), 32. (페터 뷔르거, 『아방가르드의 이론』, 최성만 옮김, 지식을만드는지식, 2013년, 76.—옮긴이)

유럽에서 뉴욕으로 돌아오는 비행기에서였다. 나는 기진맥진한 채 앞 좌석 등받이에 붙은 스크린으로 우리가 느릿느릿 목적지를 향해 가고 있음을 보여 주는 지도를 바라보고 있었다. 이차원으로 매끈하게 표현된 세계지도에는 반은 어둡고 반은 밝은 지구 전체와 서쪽으로 가는 (작은 흰색 비행기로 재현된) 우리가 나온다. 화면은 그래픽 지도에서 목적지까지의 거리, 시간, 운항 속도, 외부 기온 등을 알려 주는 문자로 구성된 일련의 청색 화면으로 계속 바뀌고, 모든 문자는 산세리프체로 우아하게 표현된다. 지도에 아름답게 표현된 해양판과 갠더, 글레이스 베이, 카보니어 같은 북대서양 연안 작은 마을의 이국적인 이름이 연이어 나오니 비행기의 움직임이 잔잔하고 편안하게 느껴졌다.

그런데 우리가 뉴펀들랜드 연안에서 그랜드뱅크로 접근하자 느닷없이 화면이 깜빡이고 검게 변해 버렸다. 한동안 그렇게 있다가 다시 불이 들어오더니 이번에는 검은 화면에 평범한 흰색 글자가 나온다. 컴퓨터가 재시동되면서 그 멋진 그래픽이 모두 운영체제인 도스(DOS)를 부팅하기 위한 문자로 대체된 것이다. 나는 5분 내내 운영체제를 전개하고 서체를 로딩하며 그래픽 패키지를 압축 해제하는 과정을 설명하는 명령줄을 지켜봤다. 마침내 화면이 청색으로 바뀌고, 그래픽 사용자 인터페이스(GUI)가 로딩되자 진행률 막대와 모래시계가 나왔다. 그제야 긴 비행 후에 처음 도착한 육지를 보듯이 스크린에서 다시 실시간 지도를 볼 수 있었다.

1.1. 비행기에서 본 도스(DOS) 부팅 화면

우리가 스크린 세계에서 그래픽, 소리, 움직임이라 여기는 것은 한낱 얇은 외피일 뿐이고, 그 아래에는 끝도 없이 이어지는 언어가 존재한다. 내가 비행기에서 겪었듯 때로 외피에 구멍이 생기기도 하는데, 그러면 우리는 잠시나마 그 덮개 밑을 엿볼 기회를 얻어 디지털 세계 즉 이미지, 영화와 동영상, 소리, 글, 정보가 언어에 의해 작동함을 목격한다. 음악, 동영상, 사진 같은 모든 바이너리 정보는 언어, 즉 끝도 없는 로마자와 숫자 코드로 구성된다. 이에 대한 증거가 필요하다면, 전자우편에 첨부된 JPG 파일이 잘못돼 이미지가 아니라 영원히 계속될 것만 같은 코드로 나오는 경우를 떠올려 보라. 그것은 (아마도 우리가 이해할 수 있는 순서로 나오진 않겠지만) 모두 글이다. 글쓰기가 안정된 형태를 갖춘 이래로 그것을 지금까지 이끌어 온 기본 재료로부터 이제는 모든 매체가 만들어진다. 기능성 외에 코드는 문학적 가치도 지닌다. 우리가 바로 그 코드를 문학비평이라는 시점으로 구성하고 읽는다면, 지난 수백 년 동안 모더니즘 및 포스트모더니즘 글쓰기가 코드처럼 임의적으로 보이는 문자 배열이 지닌 예술적 가치를 보여 줬음을 알 수 있다.

다음 세 줄은 JPG 파일 하나를 문서편집기에서 열었을 때 나온 것이다.

^?Îj€≈ÔI∂fl¥d4˙‡À,†ΩÑÎóªjËqsõëY”∆″/
  å)1Í.§ÏÄ@˙’∫JCGOnaå$ë¶æQÍ″5ô’5å
p#n›=ÃWmÃflÓàüú*Êoei”›_$îÛµ}Tß‹æ´’[“Ò*ä≠ˇ
Í=äÖΩ;Í”≠Õ ¢ø¥}è&£S¨Æπ›ëÉk©ı=/
  Á″/”˙ûöÈ>∞ad_ïÉúö˙€Ì—éÆ∆’aø6ªÿ-

물론 위 글을 정독해도 드러나는 의미나 서사는 거의 없다. 그러나 흔히 하듯 글 전체를 훑어보면, 이 글이 문자와 상징의 의미와 무관한 모음이자 지각 있는 무엇으로 복호될 수도 있는, 말 그대로 코드임을 알 수 있다.

그런데 의미가 가장 중요하다고 특별히 우선시하지 않는다면 어떨까? 그렇다면 우리는 이 글에 관해 나른 질문을 해야 한다. 다음은 찰스 번스틴이 1979년에 쓴 시 「들어 올리다」에서 발췌한 세 줄이다.

HH/ ie,s obVrsxr;atjrn dugh seineocpcy i
  iibalfmgmMw

er,,me"ius ieigorcy¢jeuvine+pee.)a/nat" ihl"n,s
ortnsihcldseløøpitemoBruce-
oOiwvewaa39osoanfJ++,r"P[2]

번스틴은 의도적으로 문학적 수사와 인간 감정의 전달을
남김없이 제거하고, 인간의 감성보다 기계의 작동 방식을
강조하기로 선택한다. 사실 이 시는 제목이 말하듯, 수동 타
자기로 작성한 원고 한 쪽에서 수정 테이프로 들어낸 모두
를 옮긴 것이다. 번스틴의 시는 어떤 의미에서 시로 가장한
코드인데, 주의해서 읽으면 지워진 글 일부와 때로는 단어
전체도 확인할 수 있다. 예컨대, 마지막 행에서 보이는 '브
루스'라는 단어는 아마도 번스틴과 저널 『L=A=N=G=
U=A=G=E』를 공동 편집한 브루스 앤드루스와 관련이 있을
것이다. 그러나 재구성하려고 한들 그 한계는 분명한데, 우
리에게 남은 것이라고는 미지의 문서에서 나온 오타로 이
루어진 언어 조각일 뿐이기에 그렇다. 이런 방식으로 번스
틴은 언어의 파편성을 강조하며, 이렇듯 산산이 조각난 상
태라 해도 모든 형태소는 꽤 많은 참조와 맥락과 함께 규정
됨을 상기시킨다. 이 경우, 그 결과로 나온 글은 일련의 대
필 작업에서 뽑은 인용구 덩어리다.

번스틴의 시는 언어의 물질성을 전면에 부각하고자 하
나, 동시에 다양한 수준의 감정이나 의미가 발생하는 것을
막지 않으며 전통적인 저자성 개념에 의문을 제기한 모더

2. Charles Bernstein, "Lift Off," in *Republics of Reality* (Los Angeles: Sun and Moon, 2000), 174.

니즘 시와 산문의 오랜 계보 끝에 자리한다. 스테판 말라르메의 시 「한 번의 주사위 던지기가 결코 우연을 없애지는 못하리라」(1897)는 시어(와 그 지면상 배치)를 우연에 맡겨 안정성, 통제된 저자성, 그리고 규정된 읽기 방식을 바람에 날려 버린다. 더 이상 단어는 일차적으로 투명한 내용 전달자가 아니다. 따라서 이제 그 물질성도 고려해야 한다. 지면은 일종의 캔버스가 되고, 여기서 단어 사이의 공백은 글자만큼이나 중요하다. 글이 활성화하며 우리에게 그것을 수행하도록 요청하고, 공간을 침묵으로 활용한다. 실제로 이 시의 저자인 말라르메 또한 "지면이 매번 하나의 이미지로 개입한다."라고 주장하며 이를 다시 한번 확인한다.[3] 말라르메는 우리에게 지면 위의 상징(이 경우에는 문자)을 현재화하고 물질화함으로써 (묵독이든 낭독이든) 읽기 행위를 일종의 해독(decoding) 행위로 여기도록 요청한다.

　말라르메가 보여 준 문자의 물질성에서 영감을 얻어 다른 이들도 이를 탐구했다. 열을 맞춰 반복적으로 등장해 시각을 자극하는 거트루드 스타인의 시어든, 에즈라 파운드의 후기 『칸토스』든, 저자들은 20세기를 거치며 계속해서 단어들을 물질적으로 다뤘다. 파운드는 있지도 않은 각주에 대한 주해 및 참고 문헌과 더불어 수십 가지 언어로 구성한 거의 해석 불가능한 단어로 자신의 서사시 군데군데를 채웠다.

3. Stephane Mallarmé, 1897 preface to *Un coup de dés jamais n'abolira le basard* (A throw of the dice will never abolish chance), http://tkline.pgcc.net/PITBR/French/MallarmeUnCoupdeDes.htm, 2010년 2월 9일 접속. (URL 삭제, http://writing.upenn.edu/library/Mallarme.html 참조, 2023년 8월 1일 접속.—옮긴이)

치, 치!

우 치³ 치³

우⁴⁻⁵ 우⁴⁻⁵ 초⁴⁻⁵ 초⁴⁻⁵

하찮은 잡담.

chih, chih!

wo chih³ chih³

wo⁴⁻⁵ wo⁴⁻⁵ ch'o⁴⁻⁵ ch'o⁴⁻⁵

paltry yatter.[4]

이는 소리 시이자 구체시이며 서정시인 동시에 이 모두가 하나로 합쳐진 시이다. 영어의 '빠른 말'(patter)과 중국어 파편이 뒤섞인 이 시는 다중 언어적이면서 비언어적이다. 파운드의 성좌에는 큰 소리로 말하기를 요청하는 서예 필치 같은 지면이 존재한다. 이는 능동적 언어로, 오늘날 웹페이지의 태그 클라우드 같은, 즉 누군가 클릭하고 강조하고 복사하며 상호 반응해 주기를 요청하는 언어를 상기시킨다.

합성어와 신조어로 가득한 제임스 조이스의 600쪽짜리 책『피네간의 경야』에는 전체에 걸쳐 100개의 글자로 된 서로 다른 천둥소리가 열 번 나오는데, 특별한 지식이 없는 이에게 이 모두는 의미와 무관한 코드의 영역처럼 보인다.

바바바달가락흐타카미나론컨브론토네론투온툰트로바르후나운스칸투후후어데넨토르노크

4. Ezra Pound, *The Cantos of Ezra Pound* (New York: New Directions, 1973), 716.

bababadalgharaghtakamminarronnkonnbronnton-
nerronntuonnthunntrovarrhounawnskawn-
toohoohoordenenthurnuk[5]

그런데 소리 내서 읽어 보면 이는 그야말로 천둥소리다. 첫
눈에는 지금까지 영어로 쓴 책 중 가장 갈피를 잡을 수 없는
책으로 보이는 『피네간의 경야』의 나머지 부분도 물론 이와
마찬가지다. 조이스가 이 책 일부를 (예컨대 조이스의 녹음
중 가장 유명한 「아나 리비아 플루라벨」 장을) 읽는(read)/
해독하는(decode) 것을 들어 보라. 그러면 뜻밖의 사실이
드러나는데, 『피네간의 경야』가 표준 영어에 가까워지며 모
두 말이 되는 것이다. 지면에서는 여전히 '코드'인데도. 소리
내 읽는 일은 일종의 해독 행위다. 한 걸음 더 나아가 읽기
행위야말로 해독, 판독, 복호화 행위와 다름없다.

숫자 0과 1로 이루어진 컴퓨터 코드는 정녕 문학적 혹은
미적 가치를 지닐 수 없는가? 과연 그럴까? 20세기에는 숫
자 시가 넘치도록 많이 나왔다. 1971년 출판된 영국 시인 닐
밀스의 연작시 「일곱 숫자 시」에서 발췌한 다음을 보자.

1,9
1,1,9
1,1,1,9
9
1,1,1,1,9

5. Adam Harvey, https://joycegeek.com/thundervideos 참고.—옮긴이

8,4
1,1,1,1,1,9
8,4
8,4

이 시를 소리 내어 읽으면 무작위로 모은 듯한 숫자가 복합적이고 아름다운 운율을 지닌 시로 변형됨을 알 수 있다. 밀스는 말한다. "시를 읽을 때 나오는 의미는 일차적으로 억양과 운율에 있으며, 의미론적 내용은 이차적일 뿐이라고 생각했다. 다시 말해, 중요한 것은 무엇을 말하는지가 아니라 (목소리가 악기 역할을 하며) 어떻게 읽히는지다."[6]

일본 현대 시인 마츠이 시게루는 자칭 '순수 시'를 쓰는데, 이는 흡사 컴퓨터 코드의 로마자 및 숫자 이진 코드에 가까워 보인다. 2001년 초에 시작돼 현재 수백 편에 달하는 '순수 시'는 일본 표준 원고지의 20×20 격자에 기초한다. 모든 시는 숫자 1, 2, 3 중 하나로 이뤄진 400자로 구성된다. 처음에는 가로획의 개수로 수를 표기하는 한자를 썼고, 나중에는 로마자를 사용한다.

1007–1103
III III I III I III I III III II II I III I I II II III I III

6. Neil Mills, "7 Numbers Poems," in *Experiments in Disintegrating Language / Konkrete Canticle* (Arts Council of Great Britain, 1971), http://www.ubu.com/sound/konkrete.html, 2010년 2월 9일 접속. 음성 녹음을 필자가 녹취한 것으로, 해당 문헌 자료는 없는 것으로 보인다.

II II III II III II III II II I I III I III III I I I III II

III III II I I I II III I III I II I II II III I III II III

II II I III III III I II III I III I III I I I II III II I II

I I III II II II II III I II III II II III II III III I II I III I

III I II I III III II II I II III II I I III I III III II I

II III I III II II I I III I II I III III I III II III I III

I II III II I I III III II III I III II II II III II I I III II

I III II I I III II II III II I I I III II I II III II III

III II I III III II II I I II I III III II II I III I III I II

II I III II II I III III I III II II I III II III I III I

I I II I III I II II III II III III III I II I II III I II

III III I III II III I I II I III II II III I III I II III I

II II III II I II III III I III I I I II III II II III I II III

I III II I I I II II I III II I III III I III II III III II

III II I III III III I I III I I III II II III II I II II I

II I I III II III III I III I I II III III II II I II III I I III

III II II I III I I I II I II II III I I I III III II III I II

II I I III II III III I III I I II III III II II I II III I

I III III II I II II III II III III I II II I I III I II III

마츠이가 낭독할 때 이 시는 매우 정확하고 최면을 거는 듯
이 들린다.

이런 사례가 보여 준 시점을 통해 읽으면 흔히 볼 수 있
는 컴퓨터 아이콘 그래픽을 16진수 코드로 변환한 것도 문
학적 가치가 있다. 다음은 위키백과 문서를 열 때마다 웹
브라우저의 주소 창에 'W'로 표시되는 패비콘의 코드다.

```
0000000 0000 0001 0001 1010 0010 0001 0004 0128
0000010 0000 0016 0000 0028 0000 0010 0000 0020
0000020 0000 0001 0004 0000 0000 0000 0000 0000
0000030 0000 0000 0000 0010 0000 0000 0000 0204
0000040 0004 8384 0084 c7c8 00c8 4748 0048 e8e9
0000050 00e9 6a69 0069 a8a9 00a9 2828 0028 fdfc
0000060 00fc 1819 0019 9898 0098 d9d8 00d8 5857
0000070 0057 7b7a 007a bab9 00b9 3a3c 003c 8888
0000080 8888 8888 8888 8888 288e be88 8888 8888
0000090 3b83 5788 8888 8888 7667 778e 8828 8888
00000a0 d61f 7abd 8818 8888 467c 585f 8814 8188
00000b0 8b06 e8f7 88aa 8388 8b3b 88f3 88bd e988
00000c0 8a18 880c e841 c988 b328 6871 688e 958b
00000d0 a948 5862 5884 7e81 3788 1ab4 5a84 3eec
00000e0 3d86 dcb8 5cbb 8888 8888 8888 8888 8888
00000f0 8888 8888 8888 8888 8888 8888 8888 8888
0000100 0000 0000 0000 0000 0000 0000 0000 0000
*
0000130 0000 0000 0000 0000 0000 0000 0000
000013e
```

자세히 읽어 보면 패비콘은 미니멀리즘 음악처럼 운율적으로, 시각적으로, 구조적으로 전개되며 엄청난 문학적·미적 가치를 드러낸다. 첫 번째 숫자 열은 논리적으로 0000000 부터 0000090까지 단계적으로 진행되다가 짧게 00000a0부터 00000f0을 파생한 후 다시 0000100으로 돌아간다. 가로 행에서도 패턴을 볼 수 있는데, 넷째 줄까지 1, 0, 2, 8, 4가 미세하게 변주되며 등장하다가 중반에 숫자와 문자의 조합으로 바뀌고, 이후 하단부까지 8888이 몇 차례 나오며 이 패턴을 깨뜨린다. 실눈으로 보면 사각형 코드 안에 새겨진 'W'가 보이는 듯도 하다. 물론 이것은 시도 아니고 시이고자 한 것도 아니지만, 무의미하고 무작위로 보이는 로마자 및 숫자 집합에도 시적 특질이 스며들 수 있음을 보여 준다. 이 언어는 일차적으로 한 상태에서 다른 상태로(코드에서 아이콘으로) 변환하는 일과 관련이 있지만, 바로 그 변형적 특질이, 다시 말해 더 많은 언어에 작용하는 언어가 새로운 글쓰기 대부분을 위한 기반이다.

　　플리커에는 내가 비행기에서 겪은 일의 100배가 기록된 '공공 컴퓨터 오류 모음'이라는 그룹이 있다.[7] 여기에는 무척 흥미로운 사진이 모여 있는데, 예컨대 숫자 대신 물음표가 표시된 엘리베이터 버튼, 재부팅 중인 현금 자동 입출금기, '메모리 부족'이라는 오류 메시지가 뜬 지하철 광고판, 윈도우 바탕 화면으로 대체된 고장 난 도착 항공편 전광판 등이다. 이 중 내가 가장 좋아하는 사진은 놀이공원에 있는 사람보다 더 큰 '감자 부인'(Mrs. Potato Head)이다. 마땅히 어린이가 좋아할 만한 무언가가 있어야 할 이 인형의 디스플레이 장치에는 차가운 흰색 글자로 가득 찬 청색 도스(DOS) 화면이 나온다. '공공 컴퓨터 오류 모음'은 언어를 덮은 인터페이스에 생긴 구멍을 기록한다.

7. Public Computer Errors, Group Pool on flickr, http://www.flickr.com/groups/66835733@N00/pool, 2009년 5월 27일 접속.

내 말을 그대로 믿을 게 아니라 여러분의 컴퓨터에서 이런 문자적 파열을 쉽게 만들어 볼 수 있다. 어떤 MP3 파일이는 (여기서는 요한 제바스티안 바흐의 「무반주 젤로 모음곡 1번」의 서곡을 이용해) 그 확장자를 .mp3에서 .txt로 바꿔 보라. 이 문서를 문서편집기에서 열면 로마자와 숫자로 된 의미와 무관한 코드/언어가 꽤 많이 드러난다. 이제 코드 중간에 아무 글이나 (일관성을 위해 바흐에 관한 위키백과 항목 전체를) 붙여 넣은 다음 파일을 저장하고 확장자를 .mp3로 변경해 보자. 파일을 더블 클릭해 MP3 재생기에서 열면 파일은 평소대로 재생될 테지만, 위키백과 글을 붙여 넣은 부분에 이르면 재생기가 그 언어를 해독하는 동안 쿨럭거리고 끊기며 지글거리는 소리를 내다가 다시 서곡으로 돌아간다. 우리는 이런 유형의 조작을 통해 우리가 실은 새로운 영역에 있다는 사실과 마주한다. 물론 디지털 시대 이전에도 다른 LP 음반 두 장을 반으로 잘라 한데 붙이거나 자기테이프를 잘라 붙여 콜라주를 만드는 등 다양한 종류의 아날로그 매시업이 만들어졌지만, 다른 언어에 영향을 미쳐 그런 파열을 만들어 내는 언어는 없었다. 분명한 사실은 디지털 매체와 더불어 우리가 불과 얼마 전까지 거의 '글쓰기'와 '문학'의 독점 영역이던 문자적 조작의 세계에 살고 있다는 것이다.[8]

---

8. 스탠 브래키지의 후기 작업처럼 손으로 필름에 채색한 영화를 생각해 볼 수 있다. 문자를 포함하기도 한 이런 작업은, 그러나 그 효과가 작동하는 수준에서의 분열이라기보다 덮어씌우는 것이었다. 로런스 위너와 조지프 코수스 등이 선보인 갤러리에 기반을 둔 문자(텍스트) 작업도 있지만, 이 또한 벽에 스텐실과 채색을 하거나 비디지털적으로 사진을 복제하는 일을 포함한 아날로그에 기초한 기획이었다.

이미지로도 같은 일을 할 수 있다. 셰익스피어 희곡 중 1623년 판본『퍼스트 폴리오』속표지에 실린, 마틴 드로샤우트의 유명한 판화의 JPG 파일을 구해 확장자를 .jpg에서 .txt로 바꿔 보자. 이 파일을 문서편집기에서 열면 알아볼 수 없는 코드가 보인다. 이제 그 안에 셰익스피어의 소네트 93을 어느 정도 일정한 간격으로 세 번 삽입하고 저장한 다음 확장자를 다시 .jpg로 변경하자.

1.2. 이미지의 소스 코드에 셰익스피어의 소네트 93 삽입하기

파일을 이미지 뷰어로 열어 보면, 언어가 이미지에 미친 영향을 분명히 볼 수 있다.

1.3. 조작 전 드로샤우트의 판화
1.4. 글 삽입 후 드로샤우트의 판화

여기서 비로소 우리가 경험하는 것은 이미지든, 동영상이든, 음악이든, 아니면 글이든 모든 매체를 바꾸는 언어의 능력, 즉 전통과의 단절을 나타내고, 새로운 방식으로 언어를 이용하는 길을 제시하는 어떤 것이다. 단어들은 구체적인 방식으로 능동적이고 정동적(情動的)이다. 여러분이 이는 글쓰기가 아니라고 말한다면, 전통적인 의미에서는 그 말이 옳을 테다. 그러나 상황이 흥미로워지는 것은 바로 이 지점이다. 이제 우리는 머리를 싸매고 타자기를 두드리는 대신 온종일 무한한 가능성을 지닌 강력한 기계에 초점을 맞추고, 그 기계만큼 무한한 가능성을 지닌 연결망에 접속하고 있지 않은가. 작가의 역할은 중대하게 도전받고 확장되며 시대의 변화에 따라 수정된다.

이제 양이 곧 질이다

문예가 전에 없이 많은 디지털 글과 마주해 글이 넘쳐나게 된 이 새로운 환경에 적응하려면, 우리는 문예 자체를 재정의해야 한다. 여기서 글이 풍부해졌다는 것은 다음과 같은 상황을 말한다. 최근 한 연구에 따르면, "2008년, 미국인은 평균적으로 하루 10만 단어의 정보를 소비했다. (비교하자면, 레프 톨스토이의『전쟁과 평화』전체가 약 46만 단어밖에 되지 않는다.) 이는 우리가 하루에 10만 단어를 읽는다는 게 아니라 24시간을 주기로 10만 단어가 우리 눈과 귀를 거쳐 간다는 뜻이다."9

이런 연구에서 내가 영감을 얻은 것은 그들이 단어를 물질적으로 다루는 방식이다. 그들은 단어의 의미가 아닌 그것의 계량에 관심을 기울인다. 사실, 매체 연구에서 처음으로 언어를 정량화하고자 했을 때도 단어를 척도로 사용했고, 그 방식이 오늘날까지 관행처럼 이어진다.

> 1960년에는 정보에 대한 디지털 소스가 존재하지 않았다. 텔레비전 방송은 아날로그 방식이었고, 전자 기술은 마이크로칩이 아닌 진공관을 이용했으며, 컴퓨터도 드물어 주로 정부와 몇몇 대기업에서만 사용했다. [⋯] 현재 우리가 바이트라고 알고 있는 개념도 거의 없었다. 따라서

9. Nick Bilton, "The American Diet: 34 Gigabytes a Day," *New York Times*, December 9, 2009, http://bits.blogs.nytimes.com/2009/12/09/the-american-diet-34-gigabytes-a-day, 2010년 12월 25일 접속.

초기에 정보 경제의 규모를 측정하고자 할 때 정보
소비를 이해하는 데 가장 좋은 지표는 단어였다.
단어를 척도로 이용할 때 […] 1980년에 4,500조
개의 단어를 '소비'했다고 추정된다. 계산에 따르면
2008년 단어 소비량은 1경 845조 개로 증가했으며,
이는 미국인 1인당 하루 약 10만 단어에 해당한다."[10]

물론 그런 단어가 무엇을 뜻하는지 혹은 어쨌거나 쓸모가
있는지는 아무도 모르지만, 이런 언어의 공급 과잉은 (흔히
대다수 사람들이 간과하는 것에서 가치를 찾는 일에 특화
된) 작가와 예술가에게 그들과 글의 관계가 극적으로 변화
했음을 시사한다. 매체가 부상한 이래 우리 접시에는 우리
가 소비할 수 있는 것보다 더 많은 것이 놓였지만, 무언가
근본적으로 변했다. 우리가 이토록 많은 물질성, 즉 유동성,
유연성, 가소성을 지니고 작가에게 적극적으로 다뤄 주기
를 요청하는 언어를 소유한 적이 있었던가? 디지털 언어가
나오기 전에 글은 거의 언제나 지면에 구속된 채로 존재했
다. 오늘날에는 디지털화한 언어를 상상할 수 있는 모든 용
기에 쏟아부을 수 있으니 얼마나 달라졌는가. 예컨대 마이
크로소프트 워드로 작성한 글을 구문 분석해서 데이터베이
스로 만들 수도 있고, 포토숍을 이용해 시각적으로 변형할
수도, 플래시를 써서 애니메이션으로 만들 수도, 온라인 텍

10. Roger E. Bohn and James E. Short, *How Much Information?*
2009: Report on American Consumers, Global Information Indus-
try Center, University of California, San Diego, December 9,
2009, 12.

스트 변형 엔진에 쏟아부을 수도, 수천 명의 불특정 수신자에게 스팸 메일로 발송할 수도, 사운드 편집 프로그램으로 가져와 음악으로 내보낼 수도 있다. 가능성은 무한하다.

1990년, 휘트니 미술관은 '이미지 세계'라는 전시를 열어 텔레비전의 완전한 지배와 포화로 인해 매체에서 글이 사라지고 이미지로 대체되리라 추론했다. 인쇄물이 쇠퇴하고 유선 및 위성 방송이 부상한 당시에 이는 매우 그럴듯해 보였다. 전시 도록은 이미지의 편재성과 그에 이은 승리를 강하게 규탄했다.

> 매일 [···] 우리는 평균적으로 1,600개의 광고에
> 노출된다. [···] 대기는 메시지로 가득 차 있다. 매일,
> 매시간 1,200개가 넘는 네트워크·유선·퍼블릭
> 액세스 텔레비전 채널에서 뉴스, 날씨, 교통, 경제,
> 소비자, 문화 및 종교 프로그램을 방송한다. ([CBS
> 탐사 보도 프로그램인] 「60분」 같은) 텔레비전
> 프로그램은 비슷한 잡지를 따라 구성되고, (『USA
> 투데이』 같은) 신문은 텔레비전 구성을 모방한다.
> 잡지 기사가 잘되면 영화 줄거리로 활용되고, 영화는
> 파생 상품과 텔레비전 시리즈를 만들어 낸 다음,
> 결국 소설로 각색된다.[11]

이와 유사하게 미첼 스티븐스는 1998년에 출판된 책 『이미

---

11. Marvin Heiferman and Lisa Phillips, *Image World: Art and Media Culture* (New York: Whitney Museum of American Art, 1989), 18.

지의 부상, 글의 몰락』에서 글쓰기에 대한 플라톤의 불신에서 출발해 인쇄된 글이 종말에 이르는 과정을 그렸다. 인쇄물 애호가인 스티븐스는 "움식이는 이미지는 흰색 지면 위에 층층이 쌓인 활자의 검은 선보다 우리의 감각을 더 효율적으로 이용한다."라고 말하며, 미래가 동영상과 같다고 보았다.[12] 스티븐스가 옳다. 다만, 그가 미처 몰랐던 것은 미래에는 동영상이 온전히 활자의 검은 선으로 구성되리라는 사실이었다.

『이미지 세계』의 큐레이터와 미첼 스티븐스의 허를 찌른 것은 바로 월드와이드웹, 즉 웹이었다. 당시 부상하던, 텍스트에 기반을 둔 이 기술은 이미지가 우세하리라는 그들의 주장에 도전(하고 압도적인 반증을 제기)할 만큼 빠르게 성장했다. 디지털 혁명이 갈수록 더 (실은 언어로 작동하는) 이미지와 움직임에 기초해 진전된다 해도, 전자우편에서부터 블로그 게시물과 문자메시지 작성, 소셜 네트워크 사이트의 타임라인 업데이트, 그리고 트위터에 이르기까지 텍스트에 기반을 둔 형식은 엄청나게 증가했다. 우리는 어느 때보다도 더 글에 깊이 빠져 있다.

디지털 세계에 관해 꽤 많은 점에서 매우 타당한 예견을 보여 준 마셜 매클루언조차도 여기서는 잘못 짚었다. 매클루언 또한 '이미지 세계'의 도래를 보았고, 구텐베르크의 선형성을 강하게 비판했으며, 수 세기에 걸쳐 편협하게 이어진 문자의 감옥을 근절할 만한, 구술에 기초하고 감각적이

며 촉각적인 멀티미디어 세계의 회귀를 앞두고 있다고 예견
했다. 이 예견이라면 그가 옳았다. 웹이 더 풍부하고 더 촉
각적이며 더 중재적으로 발전하고 있으니 말이다. 그러나
매클루언은 궁극적으로 이런 풍부함을 이끈 것이 앞선 어
떤 수사적 형식보다 더 엄격한 결합 방식으로 프로그래밍
된, 깔끔하게 줄지어 선 언어라는 사실도 고려해야 했다.

매클루언이 말한 직선으로 나열된 글의 감옥과는 달리,
디지털 언어의 이면에는 가소성이 존재한다. 퍼티(접합제)
와 같은 이 언어는 우리 손을 휘감아 어루만지고 본뜨며 옥
죈다. 그렇게 디지털 언어는 지금까지는 보이지 않던 방식
으로 물질적 측면을 전면에 드러낸다.

텍스트 생태계

우리가 단어를 의미론적 의미의 운반체이자 물질적 사물로
여긴다면, 분명히 우리는 그 모두를 다루는 방식, 즉 무수한
형태를 지닌 언어를 아우르는 생태계가 필요하다. 나는 제
임스 조이스가 『율리시스』의 '이타카' 에피소드에서 보여 준
물의 보편적 특성에 관한 유명한 고찰에서 영감을 얻어 그
런 생태계를 제안하고 싶다.

조이스가 물이 취할 수 있는 다양한 형태에 관해 쓸 때,
거기서 나는 디지털 언어가 취할 수 있는 다양한 형태를 떠
올린다. 물이 웅덩이를 만들고 고이는 방식을 "호수, 만(灣),
포(浦)에서 형태 변화의 다양성"으로 얘기한다면, 나는 비트
토렌트 클라이언트를 이용할 때 데이터가 작은 조각으로
쪼개져 네트워크에서 내 다운로드 폴더로 비처럼 쏟아져
고이는 과정이 떠오른다. 다운로드가 완료되면 데이터는

영화나 음악 파일로서 "빙하, 빙산, 부빙(浮氷)의 고체성"을 찾는다. 조이스가 액체 상태에서 "증기, 안개, 구름, 비, 진눈깨비, 눈, 우박"이 되는 물의 변질성을 밀힐 때, 나는 토렌트 네트워크에 접속해 데이터 클라우드로 파일을 '배포'(seeding)하고 올리기 시작할 때 일어나는 일, 즉 파일이 자기 자신을 구축하는 동시에 해체하는 과정을 떠올린다. "정보는 자유롭기를 원한다." 같은 데이터 흐름을 둘러싼 유토피아적 수사는 조이스가 언급한 물의 민주적 특성, 즉 어떻게 물이 언제나 "스스로의 수평면을 견지하는지"와 맥을 같이한다. 그는 물이 "그 기후상 및 무역상의 의의"라는 이중적인 경제적 위상을 지니고 있다고 보았는데, 알고 있듯이 데이터도 사고 팔리는 동시에 무료 배포되기도 한다. 조이스가 물의 '중량, 용적 및 밀도'에 관해 말할 때, 나는 앞서 언급한 단어가 정보와 활동의 정량자, 즉 계량되고 분류될 수 있는 개체로 쓰이는 방식을 다시 떠올린다. 그가 "해진(海震), 용오름, 자연수(自然水)의 우물, 분출, 급류, 회오리, 홍수, 출수(出水), 해저, 우물, 분수계(分水界), 분수선(分水線), 간헐온천(間歇溫泉), 폭포, 소용돌이, 화방수, 범람, 대홍수, 호우에서 그것의 맹위성(猛威性)"으로 물로 인한 극적 사건과 재앙이 지닌 잠재력을 표현할 때, 나는 하드디스크 드라이브를 모조리 쓸어 버리는 전기 충격이나 걷잡을 수 없이 퍼지는 바이러스, 혹은 강한 자석을 랩톱 컴퓨터에 너무 가까이 댔을 때 데이터에 일어나는 일, 즉 데이터를 전방위적으로 휘저어 버리는 재앙을 떠올린다. "대륙호(大陸湖)에 이르는 시내 및 여러 지류를 합하여 흐르는 강들 그리고 대양을 횡단하는 해류에서 그것의 수송분기로(輸送分技

路), 적도하(赤道下)의 남북 코스를 달리는 만류(灣流)"라는, 물의 흐름에 관한 조이스의 설명은 데이터가 우리 네트워크를 통해 흐르는 방식과 맞닿아 있으며, 조이스는 그 긍정적인 측면을 "청소용, 갈증 완화용, 소화용, 야채류 재배용의 그것의 특성을 범례 및 전형이 되는 그것의 절대 확실성"이라고 말한다.[13]

전통적으로 작가는 글이 술술 '흘러'나오도록 심혈을 기울였지만, 조이스에게 영감을 얻은 언어/데이터 생태계의 맥락에서 이는 완전히 새로운 의미를 띠는데, 왜냐하면 작가가 이 생태계의 보관자이기 때문이다. 유일한 생성적 개체라는 전통적 위치에서 조직 능력을 지닌 정보관리자로 위상이 바뀌면서 작가는 여차하면 한때 프로그래머, 데이터베이스 관리자, 사서의 직무라고 여긴 일을 맡을 각오를 한다. 따라서 아키비스트, 작가, 프로듀서, 소비자 사이의 구분도 흐려진다.

조이스는 조너선 리섬과 유사한 방법으로 물에 관한 백과사전 항목을 짜깁기해 이 구절을 구성했다. 그는 언어를 한 장소에서 다른 장소로 이동하며 언어의 유동성을 적극적으로 보여 준다. 조이스의 글은 비창조적 글쓰기의 전조라 할 수 있는데, 이는 단어를 분류하고 어떤 것이 '신호'이고 '소음'인지를, 즉 그대로 둘 것과 뺄 것을 가늠하는 행위를 통해서였다. '데이터'와 '정보'라는 다양한 상태의 언어를

13. 모든 구절은 James Joyce, *Ulysses* (New York: Random House, 1934), 655에서 인용. (모든 인용구는 다음의 번역을 따랐다. 제임스 조이스, 『율리시스』[제4개역판], 김종진 옮김, 어문학사, 2016년, 549.—옮긴이)

식별하는 일은 이 생태계의 건강을 위해 절대적으로 중요하다.

21세기 데이터는 대개 단명하는데, 그 이유는 너무 쉽게 만들어지는 데 있다. 컴퓨터는 데이터를 생성해 몇 초 동안 이용하다가 새로운 데이터가 나오면 그 위에 덮어쓴다. 일부 데이터는 검토조차 되지 않는데, 예컨대 과학 실험의 경우 매우 많은 원시 데이터를 수집하기 때문에 과학자들은 대부분 데이터에 눈길 한번 주지 않는다. 하드디스크 드라이브나 테이프 혹은 종이 같은 매체에 저장되는 데이터는 극히 일부일 뿐이다. 그러나 단명 데이터라 해도 종종 '자손'을 남기는데, 즉 오래된 데이터에 기초한 새로운 데이터가 생긴다. 데이터를 원유로, 정보를 휘발유로 생각해 보라. 유조선에 실린 원유는 유조선이 항구에 도착해 화물을 내린 후 주유소에 유통되는 휘발유로 정제되고 나서야 쓸모가 있다. 데이터는 잠재 고객이 그 정보를 이용할 수 있기 전까지는 정보가 아니다. 반면 데이터는 원유처럼 잠재 가치를 지닌다.[14]

어떻게 다른 구성에서는 엄청난 가치를 지닐지도 모를 무언가를 폐기할 수 있겠는가? 그 결과, 우리는 언젠가 그것을 '이용'하기를 바라는 데이터 수집광이 되고 말았다. 여러

14. Bohn and Short, *How Much Information?*, 10.

분이 실제로 이용하는 것과 하드디스크 드라이브에 저장한 (조이스식으로 말하자면 고인) 것을 비교해 보라. 내 랩톱에는 상세한 색인을 붙인 전자책 PDF 파일 수백 개가 있다. 내가 이 파일을 이용하는지 묻는다면, 어쨌든 정기적으로는 아니고 나중에 쓰겠지 싶어 저장한 거다. 이런 PDF 파일처럼 내 하드디스크 드라이브에 저장된 모든 데이터는 나의 로컬(local)[내가 사용 중인 컴퓨터] 문자 생태계를 구성한다. 내 컴퓨터는 하드디스크 드라이브에 있는 것에 색인을 달아 내가 필요한 것을 키워드로 더 쉽게 검색하도록 돕는다. 이 로컬 생태계는 꽤 안정적이다. 예컨대 새로운 문자 자료가 생성되면 컴퓨터가 즉시 이를 데이터로 색인화한다. 반면에 컴퓨터는 정보를 색인화하지는 않는다. 다시 말해, 내가 드라이브에 저장된 영화에서 특정 장면을 찾고 있다면 시스템에 그 영화의 대본이 있지 않은 한 컴퓨터는 이를 찾아내지 못한다. 디지털화된 영화는 언어로 만들어지지만, 컴퓨터의 검색 기능은 조이스의 용어를 빌리면, 물의 표면을 스치고 지나가 언어가 취하는 하나의 상태만을 인식할 뿐이다. 나의 로컬 생태계에서는 [모든·것이] 조화롭게 기능하도록 미리 정해진 반복적인 일만 일어난다. 나는 소프트웨어를 통해 이 생태계를 불안정하게 만들거나 오염시킬 수 있는 바이러스로부터 그것을 보호해 컴퓨터가 제대로 작동하게 돕는다.

　상황은 내가 컴퓨터를 연결망에 연결할 때 더 복잡해지는데, 이 경우 내 로컬 생태계는 갑자기 전 지구적 생태계에서 하나의 노드(재분배점)로 바뀐다. 이 연결망으로 연결된 생태계가 언어에 미치는 영향은 전자우편 하나만 주고받아도 쉽게 확인할 수 있다. 예컨대 에디슨이 축음기를 시험할 때 사용한 동요 「메리의 작은 양」을 일반적인 글로 옮긴 결과를 보자.

메리의 작은 양,
작은 양, 작은 양,
메리의 작은 양,
눈처럼 하얀 털.
메리 가는 곳마다
어디든, 어디든
메리 가는 곳마다
함께 갔어요.
Mary had a little lamb,
little lamb, little lamb,
Mary had a little lamb,
whose fleece was white as snow.
And everywhere that Mary went,
Mary went, Mary went,
and everywhere that Mary went,
the lamb was sure to go.

이를 내 전자우편 주소로 보냈더니 이렇게 돌아왔다.

Received: from [10.10.0.28] (unverified [212.17.152.146])
by zarcrom.net (SurgeMail 4.0j) with ESMTP id
58966155–1863875

    for <xxx@ubu.com>; Sun, 26 Apr 2009 18:17:50
      -0500

Return-Path: <xxx@ubu.com>

Mime-Version: 1.0

Message-Id: <p06210214c61a9c1ef20d@[10.10.0.28]>

Date: Mon, 27 Apr 2009 01:17:55 +0200

To: xxx@ubu.com

From: Kenneth Goldsmith <xxx@ubu.com>

Subject: Mary Had A Little Lamb

Content-Type: multipart/alternative; boundary=
    "============_-971334617==_ma==========="

X-Authenticated-User: xxx@ubu.com

X-Rcpt-To: <xxx@ubu.com>

X-IP-stats: Incoming Last 0, First 3, in=57, out=0,
    spam=0
      ip=212.17.152.146

Status: RO

X-UIDL: 1685

<x-html><!x-stuff-for-pete base="" src="" id="0" char-
    set="">
      <!doctype html public "-//W3C//DTD W3
        HTML//EN">

<html><head><style type="text/css"><!—blockquote, dl,
    ul, ol, li { padding-top: 0 ; padding-bottom: 0 }

—></style><title>Mary Had A Little Lamb</title>
    </head><body>

```
<div><font size="+1" color="#000000">Mary had a little
    lamb,<br>
little lamb, little lamb,<br>
Mary had a little lamb,<br>
whose fleece was white as snow.<br>
And everywhere that Mary went,<br>
Mary went, Mary went,<br>
and everywhere that Mary went,<br>
the lamb was sure to go.</font></div>
</body>
</html>
</x-html>
```

나는 단어 하나도 쓴 적이 없지만, 이 간단한 전자우편은 내가 보낸 것보다 훨씬 더 복잡한 문서로 돌아왔다. 나를 떠날 때 중심에 자리했던 동요는 찾아보기 어려울 정도로 많은 언어 사이에 묻힌 채 다양한 언어의 군더더기가 붙어 되돌아왔다. 그중 상당수는 상태, 서식, 제목, 경계 같은 표준 영어 단어이며, X-Authenticated-User, padding-bottom, SurgeMail 같은 특이한 시적인 합성어와, <br>, </font>, </div> 같은 HTML 태그, 그리고 =============처럼 등호가 한데 모인 이상한 문자열, 마지막으로 58966155-1863875 같은 긴 숫자 여럿과 <p06210214c619c1ef20d@[10.10.0.28]>처럼 혼종의 합성어도 있다. 지금 우리가 보는 것은 연결망 생태계가 내 글에 남긴 언어적 표식이며, 그 모두는 동요가 내 컴퓨터를 떠나 여행하며 다른 기계와 상호

작용한 결과물이다. 내가 보낸 전자우편을 파라텍스트로 읽는다면, 새로운 글 전체가 동요에 버금가게 중요하다. 그런 글의 원천을 확인하고 그것이 어떤 영향을 받았는지를 살펴보는 것은 읽기와 쓰기 경험의 일부다. 이 새로운 글은 로컬 및 연결망 생태계가 함께 작동해 새로운 문예 작품을 창작하는 실례를 보여 준다.

우리는 문자적 미기후를 만들어 낼 수도 있고 그 안으로 입장할 수도 있는데, 예컨대 대화방이나 트위터 메시지는 규모가 큰 경우에, 일대일 즉석 메시지는 더 친밀한 경우에 해당한다. 소셜 네트워크 사이트에서 이용자 집단은 하나의 키워드/실시간 화젯거리를 중심으로 특정 주제에 초점을 맞춘 문자성(textuality)의 미기후를 만들어 낼 수도 있다.

내가 어떤 즉석 메시지 대화의 기록을 [내 컴퓨터로] 가져왔다고 해 보자. 연결망상의 맥락이 제거된 이 대화록은 즉시 내 컴퓨터에 의해 색인이 달린 후 내 로컬 생태계의 안전한 균형 상태로 재진입한다. 그다음 가령 내가 그 대화록의 사본을 공개적으로 접근할 수 있는, 다운로드 가능한 서버에 올린다고 하자. 물론 내 개인용 컴퓨터에도 같은 사본이 있다. 이제 나는 똑같은 글을 두 장소에 갖고 있는데, 쌍둥이 같은 두 글은 완전히 다른 두 생태계에서 작동하며 하나는 집 근처에서 일생을 보내고 다른 하나는 세계로 모험을 떠난다. 이에 따라 각 글의 생애는 뚜렷이 구분된다. 내 개인용 컴퓨터에 있는 텍스트 문서는 아무런 변경 없이 본래 그대로 폴더 안에 자리 잡고 있지만, 연결망에서 활동하는 글은 이루 말할 수 없는 변화를 겪는다. 예컨대 손상되거나 암호로 보호될 수도 있고, 글의 특성이 제거되거나 일반적인 글로 변환될 수도 있으며, 리믹스되거나 무언가가 기입되거나 번역되거나 삭제되거나 완전히 제거되거나 아니면 소리나 이미지 혹은 동영상으로 변환될 수도 있다. 만약 이 글의 변형 중 하나가 어떻게든 내게 돌아오는 길을 찾는다 해도 앞서 변화를 겪고 내게 돌아온 동요보다 더 알아보기 어려울지 모른다.

두 사람의 전자우편을 경유한 워드 문서의 편집 과정은 변수가 극도로 제한적이고 통제되는 미기후의 일례다. 이때 추적된 변경 사항은 언어 외적이며 목적을 지닌다. 변수를 조금 더 열어, 한 이용자가 다른 이들에게 MP3 파일을 돌려 각 이용자가 이를 미세하게 리믹스하되 어떤 최종본도 허용하지 않는 경우에 일어나는 일을 생각해 보자. 이런 생태계에 최종본은 존재하지 않는다. 인쇄된 책이나 찍어 낸 LP 음반이라는 결과물과 달리, 디지털에는 최종 단계란 없으며 오히려 끊임없는 변화가 내재한다.

글의 순환은 일차적으로 더해지는 성격을 지니며 끊임없이 새 글을 양산한다. 어떤 호스팅 디렉터리가 공개되면, 우물에서 물이 퍼 올려지듯 거기서 언어가 뿜어져 나와 그것을 무한히 복제한다. 앞서 언급한 재앙에도 글에 가뭄이 들 거라고 가정할 필요는 없다. 언어의 늪은 고갈되지 않으며 오히려 더 폭넓은 리좀형 생태계를 만들어 냄으로써 연결망 및 로컬 환경 모두를 가로질러 지속적이고 무한히 다양한 글을 발생시키고 그 사이의 상호작용을 끌어낸다.[15]

---

15. 물과 글의 순환에는 몇 가지 비교할 만한 지점이 있다.
• 물 순환은 해양에서 일어나는 증발을 이용해 구름에 수증기를 배포하고, 이는 결국 지구로 떨어져 다시 물 공급의 씨앗이 된다.

비창조적 작가는 새로운 언어를 찾아 끊임없이 웹을 여행하고, 그들의 마우스 커서는 막대한 페이지에서 은밀하게 단어들을 빨아들인다. 코드와 서식 같은 찌꺼기가 끈적이게 붙은 글은 다시 로컬 환경으로 자리를 옮겨 텍스트숍(TextSoap) 같은 프로그램으로 때를 벗는다. 불필요한 여백을 제거하며 깨진 단락을 수정하고 전자우편의 전달 표시를 없애며 동그랗게 말린 인용 부호를 곧게 펴고 심지어 HTML의 늪에서 추출함으로써 글은 본래의 상태로 복원된다. 단 한 번의 클릭으로 오염된 글은 미래의 이용을 위해 재배포될 준비를 마친다.

- 글의 순환은 로컬 파일 시스템에 저장된 글을 이용해 연결망에 언어를 배포하고, 이는 사용자 컴퓨터로 내려올 수도 있으나 결국 데이터 클라우드로 돌려 보내져 다시 공급의 씨앗이 된다.
- 물은 다양한 물 순환 지점에서 액체, 증기, 얼음으로 상태를 바꿀 수 있다.
- 언어는 다양한 글의 순환 지점에서 글, 동영상, 코드, 음악, 그리고 이미지로 상태를 바꿀 수 있다.
- 얼음과 눈, 지하수, 담수, 해양 같은 정체 및 저장 상태가 존재한다.
- 하드디스크 드라이브, 서버, 서버 팜 같은 정체 및 저장 상태가 존재한다.
- 지구상의 물은 시간이 흘러도 일정하게 균형을 유지하지만, 개별적인 물 분자는 들고 남이 있다.
- 연결망상의 언어 양은 시간이 갈수록 기하급수적으로 증가하지만, 개별적인 데이터 양은 들고 남이 있다.

Language as Material

2. 물질로서의 언어

지난 몇 년 동안 네트워크 중립성에 관한 많은 이야기가 돌았다. 네트워크 중립성은 네트워크를 통해 전송되는 다양한 종류의 데이터에 다른 값을 할당하는 정책에 동의할지 말지를 주장하는 개념이다. 네트워크 중립성 옹호자들은 네트워크에 흐르는 모든 데이터를, 그것이 스팸 메일이든 노벨상 수상자의 연설문이든 평등하게 취급하자고 주장한다. 그들의 지지에서 나는 우체국을 연상한다. 우체국에서는 소포에 든 내용물이 아니라 무게에 따라 요금을 정한다. 고급 옷이 더 값나간다고 시집 한 권을 보낼 때보다 더 비싼 요금을 매길 수 없지 않은가.

비창조적 글쓰기는 네트워크 중립성 옹호자들의 기풍을 반영한다. 그들은 언어를 다루는 방법 중 하나는 언어를 물질적으로 대하는 것이라고 주장한다. 즉, 언어의 의사소통적 특질뿐 아니라 형태적 특질에도 집중하고, 언어를 다양한 상태와 디지털·문자적 생태계를 관통하면서 움직이고 변형되는 본질로 본다. 그러나 언어는 데이터처럼 여러 차원에서 작동하므로, 의미 있는 것과 물질적인 것 사이를 끊임없이 오간다. 우리는 언어를 고찰할 수도, 그리고 읽을 수도 있다. 이런 상황에서 안정된 것은 없다. 글자는 가장 추상적인 형태를 띨 때조차 의미론적·기호론적·역사적·문화적·연상적 의미를 담고 있다. 알파벳 a를 생각하면, 그것은 중립적인 것과는 멀다. 내가 연상하는 것은『주홍 글씨』, 최고 점수, 루이스 주코프스키의 생활 시 제목, 미술가 앤디 워홀의 소설 등 여럿이다. 비사물주의자 화가들이 그림에서 환영과 은유를 없애고자 했을 때, 왜 그들이 그렇게 하기 위해 문자가 아닌 기하학적 형태를 선택했는지 알 수 있다.

지금 나는 투명하게 쓰고 있다. 내가 어떻게 단어를 사용하는지는 내가 말하는 바를 독자가 이해할 수 있어야 하므로 독자의 눈에 보이면 안 된다. 그러지 않고 **대문자로 쓴다면**(I WAS TO WRITE IN ALL CAPS), 나는 물질적 측면이나 비뚤어진 방향으로 접어든 것이다. 독자는 먼저 글의 모습을, 다음에는 보통은 **대문자**(CAPS)가 **외침**(SHOUTING)을 의미함을 감안하면서 어조를, 끝으로 전달하려는 내용을 알아볼 것이다. 나날의 삶에서 우리가 언어의 물질적 특성을 인식하는 것은 드문 일이다. 다만, 말을 더듬는 사람이나 억양이 센 사람을 만났을 때, 우리는 먼저 그들이 어̽떻̽게̽ 말하는지 알아채고, 다음에는 그들이 무̽엇̽을̽ 말하는지 해석한다.[1] 알아듣지 못하는 언어로 부르는 오페라를 들을 때, 우리는 언어의 형태적 특성인 운율과 리듬을 전면으로 밀고 나가 의미보다 소리를 선택한다. 더 나아가 우리가 말의 투명성을 뒤집겠다고 선택한다면, 오페라를 소리로서 귀로 들을 수 있고, 또한 형태로서 눈으로 볼 수도 있다. 모더니즘의 대단한 열망 중 하나는 이런 방식으로 언

---

1. 캐나다 작가 조던 스콧은 만성적인 말더듬증이 있는데, 자신이 말할 때 가장 자주 더듬는 단어로 이루어진 책 『블러트』(blert, 2008)를 썼다. 그리하여 스콧은 이 작품을 낭독할 때 스스로 부과한 언어적 장애물 훈련장을 만들었다. (이 시집의 제목을 '바보'로 이해할 수도 있지만, 그보다는 시인이자 평론가인 크레이그 드워킨이 지적했듯 '블러트'[blurt], 즉 '구[句]로 이루어진, 터져 나온 짧은 말'과 관련이 깊다. Craig Dworkin, "The Stutter of Form," in *The Sound of Poetry / The Poetry of Sound*, ed. Marjorie Perloff and Craig Dworkin [Chicago: The University of Chicago Press, 2009], 179 참조.—옮긴이)

어를 비트는 것이었지만, 그것이 초래한 역풍은 똑같이 강했다. 말하자면 언어의 물질성을 강조하면 정상적 의사소통의 흐름이 방해받는다. 인간은 서로를 이해하는 데 충분히 어려움을 느낀다고 비평가들은 불평해 왔다. 왜 일부러 문제를 더 어렵게 만들겠는가?

　대부분의 문학에서 작가들은 이런 두 상태 사이에서 균형을 잡으려 노력한다. 이것을 생각하는 한 가지 방법은 포토숍 프로그램에서 투명도 슬라이더 막대가 기능하는 방식이다. 오른쪽 끝으로 막대를 움직이면 이미지는 완전히 불투명해지고, 왼쪽으로 한껏 밀면 과거 자신의 유령처럼 겨우 볼 수 있다. 문학에서 슬라이더를 완전한 투명 쪽으로 움직이면, 언어가 신문 사설이나 사진 설명에 쓰이는 언어, 말하자면 기능적 담론이 된다. 뒤로 조금만 움직이면, 예컨대 다음과 같은 산문이 나온다. 롤·리·타. 혀끝이 입천장에서 세 걸음 내려가다가 세 걸음째에 앞니에 닿는다. 롤. 리. 타. 블라디미르 나보코프 소설의 도입부는 소리와 의미, 신호와 소음, 시와 서사 사이의 특색을 완벽하게 짚는다. 이처럼 역동적인 첫 문장이 나온 후, 나보코프는 슬라이더를 의미 쪽으로 되돌려 이야기를 쓰기 위해 좀 더 투명한 문체로 바꾼다.

　20세기 중반에 성행한 두 운동인 구체시와 상황주의는 슬라이더를 불투명 100퍼센트까지 움직이는 실험을 했다. 비창조적 글쓰기에서 새로운 의미는 이미 존재하는 글의 용도를 변경함으로써 만들어진다. 글을 가지고 이런 방식으로 작업하려면 우선 단어가 불투명하고 물질적으로 표현되어야 한다. 구체시와 상황주의는 물질성을 1차 목표로 여겼는데, 상황주의자들은 우회를 통해, 구체시인들은 말 그대로 글자를 구성 요소로 다뤘다. 상황주의자들은 여러 매체를 가지고 작업하면서 도시를 화폭으로 보는 그들의 미래상을 실현했다면, 구체시인들은 좀 더 전통적인 기지에 따라 주로 책을 출간했다. 구체시인들은 지면을 스크린으로 예상함으로써 반세기 후 우리가 디지털 세계에서 언어를 다루는 방식을 예측했다.

상황주의자들: 거리로 나서다

1950년대 중반, 자칭 국제 상황주의자인 미술가와 철학가 집단은 개념 세 개를 제안했다. 그 세 개념은 마술과 흥분을 일상생활의 메마른 일정에 불어넣을 수 있도록 고안한 표류, 우회, 심리지리다. 그들의 생각은 비창조적 글쓰기와 다르지 않다. 즉, 삶을 재발명할 게 아니라 재구성해 폐구역을 재생하자는 것이었다. 관점을 살짝 비틀면 낡은 주제에 대한 새로운 의견으로 이어진다. 예를 들면 교향악의 음악은 그대로 두고 제목만 바꾸거나, 무작정 도시를 돌아다니거나, 옛날 영화에 새로운 자막을 입히는 등의 활동이다. 이런 개입 행동은 새로운 상황을 구축함으로써 정상 생활의 방향 전환이라는 여과기를 통과한 사회변혁의 촉매제가 되고자 했다.

우리 일상의 동선을 그려 보면, 우리는 거의 벗어남 없이 아는 것을 고수하려는 경향이 있다. 집에서 일터로, 거기서 체육관으로 대형 마트로 이동하고, 집으로 돌아오고, 다음 날 일어나 같은 일과를 반복한다. 상황주의의 주요 인물인 기 드보르는 그런 일과에서 벗어나 표류 형식의 휴가를 보내자고 제안했다. 표류는 특정한 의도 없이 도시 공간을

의도적으로 돌아다니면서 스펙터클이자 극장, 즉 도시에
자신을 맡김으로써 도시적 경험을 회복하려는 행동이다.
드보르는 우리가 무덤덤해진 터라 경험하기 어려워졌지만
도시 공간은 말하지 않은 만남, 멋진 건축, 복잡한 인간적
상호 관계로 꽉 찬 풍부한 장소라 주장했다. 드보르의 치료
법은 하루나 이틀 밖으로 나가 스스로 (종종 약물이나 술의
도움을 받아) 방향을 상실하는 것이었다. 즉, 의무나 필연이
아닌 직관과 욕망에 이끌리기 때문에 도시를 배회하면서
알지 못함이라는 유기적 특성으로 도시계획의 격자에 틈을
낸다. 그렇게 우리는 철거 중인 집에서 하룻밤을 보내거나
운수 파업 기간에 파리를 도착지 없이 히치하이크하면서
돌아다니거나 묘지나 지하 묘소에 몰래 들어가 목표 없이
유골 사이를 배회할 수도 있다.

　도시의 물리적 지리에 도시의 논리에 따른 거리 구역이
아닌 정신적, 정서적 흐름을 지도로 제작하는 기법인 심리
지리를 겹쳐 놓음으로써 우리는 주변 환경에 더욱 예민해진
다. 드보르가 말한 대로 우리는 "몇 미터 공간 속 거리의 주
위 분위기가 갑자기 변하는 것을, 도시에서 명백히 분리된
지역이 뚜렷한 정신적 분위기를 지닌 구역으로 변하는 것
을, (땅의 물리적 겉모양과 관계가 없으며) 목표 없는 산책
에서 자동으로 뒤따르는 거부감이 가장 적은 길을 만날 수
있다는 것을, 매력을 끄는, 또는 혐오감을 주는 장소의 성격
을 알게 된다".[2] 그렇다면 지리는 ― 인간이 묶인 가장 구체

2. Guy Debord, "Introduction to a Critique of Urban Geography"
(1955), http://www.bopsecrets.org/SI/urbgeog.htm, 2010년 2월
25일 접속.

적인 명제이므로 — 상상력에 의해 재형상화할 수 있고 사용자의 요구에 맞게 만들 수 있다. 심리지리는 여러 형태를 취할 수 있다. 누군가는 특정한 감정에 따라 대안적 도시 지도를 만들 수 있는데, 예컨대 파리를 구(區)가 아니라 자신이 눈물을 흘렸던 모든 장소에 의거해 지도화할 수 있다. 또다른 누군가는 도시의 언어를 다룬 심리지리 지도를 만들 수 있다. 예컨대 '가' 지점에서 '나' 지점까지 표류하면서 건물, 간판, 주차 요금 징수기, 벽보에 적힌 단어를 마주하는 대로 적는다. 그 결과로 발견한 풍부한 언어는 어조와 지시문이 엄청나게 다양하고, 주차 요금 징수기의 작은 글자와 같이 여태까지 관심을 가져 본 적이 없을 법한 주변의 말로 구성돼 있다.

　드보르는 한 친구가 "런던 지도를 보며 길 안내에 따라 무턱대고 독일의 하르츠 지역을"[3] 돌아다녔다고 이야기한다. 런던 지도에 의도하지 않은 목적을 부여함으로써 드보르의 친구는 그 지도를 우회했고, 런던 지도는 여전히 지도로 기능했으나 예상 불가능한 결과가 따랐다. 비토 아콘치는 드보르에게 영감을 받아 1969년에 '따라가기 작업'이라는 작품을 만들었다. 이 작품에서 아콘치는 처음 본 사람이 사적 공간으로 사라질 때까지 몇 걸음 뒤에서 그저 따라간다. 한 사람이 그렇게 사라지면 다음으로 처음 본 사람이 사적 공간으로 들어갈 때까지 따라가는 식으로 이어진다.[4] 아

3. 같은 글.
4. 아콘치의 작품은 웹에서 공연할 수 있다. 암호로 보호된 페이지나 '404 페이지를 찾을 수 없음'이라는 오류 메시지가 나올 때까지 무작위로 아무 링크나 누른다.

콘치는 관음증에 기반해 도시를 지도화함으로써 드보르식 표류인 심리지리 지도 제작법, 달리 말해 인간으로 연결한 하이퍼텍스트를 상연한다.

우회는 사물, 단어, 생각, 미술 작품, 매체 등을 다르게 사용해 완전히 새로운 경험으로 만드는 방법이다. 에컨대 드보르는 베토벤의 「영웅교향곡」 제목을 '레닌 교향곡'으로 바꾸자고 제안했다. 베토벤은 이 교향곡을 수석 집정관이던 나폴레옹 보나파르트에게 헌정했으나 보나파르트가 황제로 등극하자 헌정을 취소했다. 그 후 이 교향곡은 헌정 대상이 없었고 베토벤은 '영웅교향곡, 위대한 자에 대한 기억을 기념하기 위해 작곡함'이라는 일반적인 제목으로 바꿨다. 드보르는 여기서 우회에 적합한 자유 공간을 발견하고, 자신이 위대하다고 생각한 레닌을 빈칸에 넣기로 결심했다.

르네 비에네는 외국 B급 착취 영화 여러 편의 자막을 정치적 수사로 바꿨다. 예컨대 일본의 포르노 영화를 여성 억압 및 노동자 착취에 관한 저항 성명으로 우회했고, 마찬가지로 사부가 제자들에게 무술의 비법을 가르치는 당수도 영화에 자막을 새로 달았다. 이 영화에서 사부는 마르크스주의의 요점을 학생들에게 전수하는데, 비에네는 영화 제목을 '변증법은 벽돌을 깰 수 있는가?'로 바꿨다. 드보르가 말했듯 "어쨌든 영화 대부분은 잘라서 다른 작품으로 구성할 때에만 가치가 있다".5

조형예술 역시 우회에서 자유로울 수 없다. 덴마크의 상

5. Guy Debord and Gil Wolman, "A User's Guide to Détournement" (1956), http://www.bopsecrets.org/SI/detourn.htm, 2010년 2월 25일 접속.

황주의자 화가 아스게르 요른은 중고품 가게에서 산 그림 위에 새 이미지를 그렸다. 요른은 '우회된 회화'라는 글의 도입부에 시를 쓴다.

수집가와 미술관이여,
시대를 따르라.
오래된 그림을 가지고 있다 해도
절망하지 마라.
기억을 버리지 말고
우회하라.
그래야 현재 시대와 함께한다.
붓을 몇 번 더 놀려
새롭게 만들 수 있다면
무엇 때문에 옛것을 거부하겠나?
그래야만 오래된 문화에
동시대성이 깃든다.
시대와 함께하고,
동시에
차이를 보여야 한다.
회화는 지고 있다.
아예 끝내 버려도 좋다.
우회하자.
회화여, 영원하라.[6]

6. Asger Jorn, *Détourned Painting*, Exhibition Catalogue, Galerie Rive Gauche (May 1959), trans. Thomas Y. Levin, http://www.notbored.org/detourned-painting.html, 2010년 2월 26일 접속.

책 제목도 우회될 수 있다. 기 드보르와 질 월망은 다음과 같이 말한다. "우리는 조르주 상드의『콩쉬엘로』를 교육상 유익한 심리지리적 우회로 제작하는 게 가능하다고 생각한 다. 그런 모양을 갖춘 다음 '도시 근교 생활'이라는 악의 없 는 제목 아래 변장시키거나, '길을 잃은 정찰대'와 같이 그 자체가 우회된 제목을 붙여 문학 시장에 새롭게 선보일 수 있다."7

하급 문화 역시 우회의 대상이다. 1951년 상황주의자들 은 "반짝거리는 불빛과 대략 예측 가능한 쇠구슬의 이동 경 로가 '11월 어느 날 일몰 후 한 시간이 지나 클뤼니 미술관 문을 나서는 사람들의 열감각과 욕망'이라는 제목의 메타그 래픽 공간 구도를 형성할 수 있는 핀볼 기계의 새로운 배열" 을 상상했다.8 만화의 말풍선은 지금까지 쓰인 것 중 가장 정치적으로 충만한 만평을 그리기 위해 새로운 글로 채워 졌다.

드보르는 이런 문화적 노력을 일상생활의 완전한 변혁 이라는 최종 목표를 향한 첫걸음으로 봤다. "우리는 드디어 우리 활동의 최종 목표에 이르렀다. 상황을 구축하는 단계 에서는 누구나 상황의 이런저런 결정적 조건을 의도적으로 바꿈으로써 자유롭게 전체 상황을 우회할 수 있다."9 드보 르가 말한 상황은 1960년대 초기의 해프닝 작업에서 정기

---

7. Debord and Wolman, "A User's Guide to Détournement." (「길을 잃은 정찰대」[1929]는 필립 맥도널드의 소설『패트롤』[1927]을 바탕으 로 한 영국 무성영화다. 1934년 존 포드 감독이 같은 제목으로 리메이 크했다.—옮긴이)

8. 같은 글.

9. 같은 글.

적으로 재연됐고, 상황주의자 선전 문구로 벽이 도배된
1968년 5월 파리의 길거리에서 활짝 피었다. 펑크록 역시
상황주의에서 탄생했다고 주장한다. 섹스 피스톨스의 매니
저 맬컴 매클래런은 이 밴드가 상황주의자 이론에서 성장
했다고 여러 차례 말했다.

드보르에게 도시는 생태계다. 저마다 의미 있는 교류와
만남을 위한 가능성으로 충만한 연결망의 연속이다. "도시
연결망의 틈이 보여 주는 생태적 분석은 절대적 또는 상대
적 특성, 미기후의 역할, 행정 경계와 관계가 없으나 뚜렷이
다른 동네, 그리고 무엇보다도 끌림 작용 내부의 지배적 행
동에 관해 이뤄질 수 있으며 심리지리적 방법에 따라 활용
되고 완성돼야 한다. 표류의 객관적 정열의 지형은 그 자체
논리에 따라, 그것이 사회적 형태학과 맺는 관계에 따라 정
의돼야 한다."[10]

우리의 디지털 생태계는 드보르의 도시주의에 따른 가
상의 결과이며, 드보르가 실제 공간에서 제안한 몸짓 대부
분은 화면상에서 상연될 수 있다. 우리의 도시적 이동 행위
가 친숙한 만큼이나 우리의 사이버 말잔치도 똑같이 규정
된 것으로 보인다. 사실 우리는 같은 웹페이지, 블로그, 소
셜 미디어 사이트를 보고 또 본다. 그러나 웹 서핑 시간을
표류로 본다면, 우리는 무작위로 하나의 링크에서 다른 링
크로 연결해 이런 습관을 깰 수 있다. 또 주요 뉴스 사이트
에서 소스 코드와 그래픽 이미지를 가져와 자신이 선택한

---

10. Guy Debord, "Theory of the Dérive" (1956), http://library.
nothingness.org/articles/all/all/display/314, 2009년 8월 5일 접속.

글로 채워 넣을 수도 있다. 예컨대 시인 브라이언 킴 스테판스는 『뉴욕 타임스』 웹사이트의 내용물 일부를 라울 바네겜의 상황주의자적 글로 바꿔 채웠다.[11]

P2P(개인 대 개인) 파일 공유가 시작됐을 때 MP3 음악파일의 우회는 '뻐꾸기 알'(cuckoo egg)이라는 형식을 취했다. 이는 홍보를 위해 노래 제목을 그릇되게 붙이는 행위를 말한다.[12] 어떤 신생 밴드가 마돈나 팬 수천만 명이 자기들 음악을 내려받아 들을지도 모른다는 희망을 품고 밴드 노래 제목을 '라이크 어 버진'으로 변경해 인터넷에 올려 버린다. '뻐꾸기 알'은 문화 인공물로서 정해진 방향 없이 흘러다니는데, 그것을 만든 저자는 누가 그것을 수신할지, 어떤 반응을 보일지 모른다. 시각예술에서 상황주의자 우회의 변형은 글을 삭제한 작업에서 찾을 수 있다. 1978년 개념미술가 세라 찰스워스는 전 세계에서 모은 마흔다섯 개 신문 1면에서 사진은 그대로 둔 채, 표제를 제외한 모든 글을 지웠다. 찰스워스가 작업한 날짜의 신문에는 붉은 여단이 납치한 이탈리아 수상 알도 모로의 사진이 실려 있다. 테러 조직인 붉은 여단은 모로가 죽었다는 전날 보도와 다르게 그가 살아 있음을 입증하기 위해 모로의 사진을 공개했다.

왜 모로의 사진은 『일 메사제로』 1면에는 오로지 이 사진 하나이고, 『뉴욕 타임스』에는 세 장 중 하나에 지나지 않

11. 『뉴욕 타임스』는 자사 웹사이트의 구조물이 미승인된 형식으로 전송된다는 것을 알게 되자 스테판스에게 속히 중지하라는 문건을 발부했다.
12. 최초의 '뻐꾸기 알'은 2000년에 등장했다고 알려져 있다. https://www.pcmag.com/encyclopedia/term/cuckoo-egg, 2023년 8월 1일 접속.—옮긴이

A

B

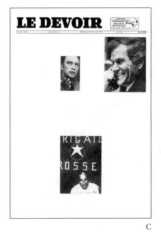

C

2.1A. 세라 찰스워스, 이미지 마흔다섯 개로 구성된
「1978년 4월 21일」(1978) 중 하나의 세부 1
2.1B. 세라 찰스워스, 이미지 마흔다섯 개로 구성된
「1978년 4월 21일」(1978) 중 하나의 세부 2
2.1C. 세라 찰스워스, 이미지 마흔다섯 개로 구성된
「1978년 4월 21일」(1978) 중 하나의 세부 3

는가? 이것이 우리에게 지역 대 세계 뉴스에 관해 무엇을 말해 주는가? 편집상의 결정은 어떻게 내려졌던가? 단순한 지우기는 탄탄하고 객관적인 정보로서 제시되는 반면, 그 이면은 우아하게 뉴스 이면의 권력 구조와 주체성을 드러냄으로써 시각적 사유, 정치, 편집상의 결정을 둘러싼 많은 것을 밝힌다. 이 작업에서 언어는 삭제라는 은폐물 속에서 대체되고 오로지 구조와 이미지를 남긴다.

반기업 기록영화 「푸드 주식회사」(2008)의 도입부는 이러하다. "슈퍼마켓에 가면 다양성이라는 환상이 펼쳐진다. 그런데 우리가 먹는 산업화된 음식은 알고 보면 옥수수의 재배열과 다르지 않다."[13] 우리는 우리를 둘러싼 공적 언어 유형에 대해 비슷한 정서를 품을 수 있다. 환경에 넓게 퍼진 언어 유형을 자세히 들여다보면 그것이 대부분 규정적이고 지시적임을 알게 된다. 권위를 부여받은 언어(주차 표지판, 차량 번호판)이거나 소비주의 언어(광고, 제품, 디스플레이)다. 우리가 풍요로움과 다양함이라는 환상을 가지고 있지만, 언어에 물든 도시는 사실 다양한 것이 놀랄 만큼 적다. 사진가 매트 사이버는 이 같은 현실을 보여 주기 위해 거리 풍경과 실내 풍경(주차장, 약국, 지하철, 고가도로 등)의 건조한 모습을 찍은 다음, 사진에서 체계적으로 언어의 모든 흔적을 근절한다. 그는 사진에서 지운 글을 그대로 들어 올린 다음, 사진 옆의 흰색 빈 패널에 글이 있던 원위치에 글자를 비롯한 모두를 떨어뜨린다. 이 두 작업, 그러니까 언어가 사라진 세계와 삭제물을 담은 지도는 하나의 작품으로 제시된다.

13. http://www.foodincmovie.com, 2009년 8월 10일 접속.

언어를 지움으로써 우리는 언어의 레이아웃은 물론 그
것의 횡행과 편재성을 인식하게 되는데, 이는 우리가 일상
에서 보지 못하는 사실이다. 우리는 건축의 격자에 따라 도
로를 아는 것만큼이나 도시의 언어가 어떻게 구획됐는지
알게 된다. 단어가 텅 빈 백지에 옮겨지면, 건축의 유령이
그대로 눈에 보이면서 그 구조를 단어에 적용한다. 일반적
으로 정면과 중심으로 이뤄지는 건축은 여기서 단어를 위
한 지면이라는 2차적 역할로 강등된다. 단어가 사라진 사진
속 건물은 허전하고 쓸쓸한 느낌을 준다. 흰색 패널 위 언어
의 종류를 검토해 보면, 우리는 그것의 다양함, 색의 배합,
무리 짓기를 인식하기에 이른다. 또한 우리를 둘러싼 공적
언어 대부분이 얼마나 몰개성적이고 진부한지 목격한다.
누구든 매트 사이버의 단어 지도를 도시 몇몇의 격자형 건
물 몇몇에 겹쳐 놓고 같은 효과를 볼 수 있음을 상상할 수
있다. 모든 도시에는 '판매 구매 / 대출 현금 / 판매 대출'이
라는 글이 적힌 건물이 분명 있기 마련이다.

「무제 #21」에서 우리는 브랜딩으로서 작동하는 언어와
마주한다. 자동차 몸체를 장식한 글부터 판매자 정보, 인물
이 신은 운동화의 상표까지 모조리 상업적인 하나의 진정한
소비주의 풍경이다. 이 유령 패널은 시각적 시(詩)이며, 형
태를 기술하는 상표의 언어 체계다. 이 체계 안에서 상표가
유령 자동차 바퀴의 형태를 기술해 준다. 문자 패널을 보면,
맥락에서 벗어난 광고의 명령문이 허무하게 들린다. 미국에
서 누군들 최근에 포드 자동차를 본 적이 없겠는가? 누가 무
슨 이유로 다시 보겠는가? 실제로 이 사진은 포드 자체다.

「무제 #13」의 보다 밀집된 도시환경에도 광고 언어와 브

랜딩이 존재하지만 덜 동질적이다. 우아한 서체로 대담하게 지면을 뒤덮은 문자 패널은 단순하게 편집한 패션지의 펼침면처럼 보인다. 그러나 더 자세히 검토해 보면, 『보그』 지면에서 절대로 발견할 수 없는 색의 배합과 브랜드의 교차점이 보인다. 블리스 화장품은 택배 트럭의 기이한 위치를 통해 레이즈 감자칩과 서로 이야기한다. 사이버가 한 일이 대단한 이유는 우리가 길을 걷다가 광고판 앞에 선 트럭을 봤을 때 감자칩과 화장품의 교차점을 이전처럼 볼 수 없기 때문이다. 마찬가지로 디올 광고판 문구는 작업 크레인 기둥에서 가져온 글자 열이 깔끔하게 2등분해 준다. '현명한'(wise)으로 시작하는 블리스의 문구는 설치 중인 광고판의 접힘면에 의해 잘렸다. 택배 트럭이 사라지고 광고판 설치가 끝난 두 시간 후, 사이버는 상당히 다른 풍경을 그릴 수 있었을 것이다. 도시 내 상업 환경의 미기후에서 글자는 일시적이고, 이동 가능하며, 바뀔 수 있다.

실내로 들어온 브랜딩은 자신만의 심리지리 지형도를 갖춘다. 「무제 #3」은 글을 다 지운 상태의 약국 진열대를 보여 준다. 여기서 자연미 경향의 제품 포장은 작품의 구조와 어조를 정한다. 문자 배치가 줄기와 꽃 형태를 닮은 건 우연이 아니다. 실제로 글자가 빈 지면으로 옮겨졌을 때, 쉽게 '치유 정원'(The Healing Garden)이라는 제목을 붙일 만한 언어 정원을 형성한다. 이는 1960년대에 메리 엘런 솔트가 발표한 낱말 꽃 구체시(도판 2.6)와 크게 다르지 않다.

사이버의 단어는 '유기농 제품'에 대한 소비자 중심의 개념에서 나왔다. 꽃 뿌리는 아예 가격표다. 1985년 앤디 워홀은 "잘 생각해 보면 백화점은 거의 박물관 같다."라고 말

2.2. 매트 사이버, 「무제 #26」(2004)

81

2.3. 매트 사이버, 「무제 #21」(2003)

했다.[14] 이 진술의 진정성에 의문을 품을 수는 있지만, 워홀의 요점은 솔트가 만든 낱말 정원의 진지한 달콤함과 사이버가 제시한 소비자 주도의 못된 언어 온실 등 두 접근법의 세대 차이가 증명한다. 사이버의 약국은 사진가 안드레아스 구르스키의 기념비적 소비자주의 풍경을 상기시킨다. 특히 구르스키의 널리 알려진 작품 「99센트」는 천장에 온통

유리가 달린 할인 매장이 무한한 소비 풍경, 현대판 대풍작, 풍요로운 수확을 보여 주는데, 가까이 들여다보면 같은 상품과 물건 서너 개를 포토숍으로 겹겹이 이어 붙인 모습이 드러난다.

사이버와 찰스워스의 미술 실험에 상응하는 오디오 작업이 있다. 자칭 언어 제거 서비스인 비밀스러운 익명의 예술가 그룹이다. 이 그룹의 명칭은 멤버들의 행동을 말 그대로, 즉 유명인들의 녹음 연설에서 모든 말을 지우는 작업을 기

2.4. 매트 사이버, 「무제 #13」(2003)

술한다. 전해지는 이야기에 따르면 이들은 할리우드에서 배우의 말을 다듬는 음향 편집자로 시작했고, 당일 촬영본에서 모든 '음', '아', 말을 얼버무리는 소리를 지우는 일을 했다. 일이 끝난 뒤 이들은 편집실 바닥에 남겨진 테이프 조각을 모두 주워 여러 유명 배우에 관한 비언어적 묘사를 예술품으로 재구성했다. 장난 삼아 시작한 이들의 실험은 모든 형식의 녹음 연설을 대상으로 범위가 넓어지면서 진지해졌다. 언어 제거 서비스 그룹은 머지않아 정치인, 유명 운동선수,

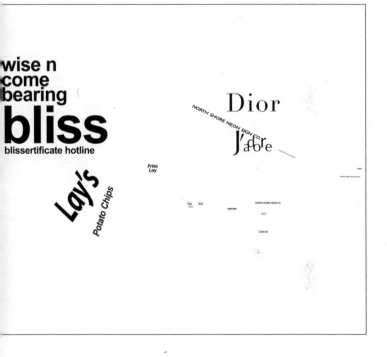

시인의 초상을 만들기 시작했는데, 거기에는 말을 얼버무리
는 소리, '음', '어', 한숨, 재채기, 기침, 숨소리, 침을 삼키는
소리 등 언어 외적 흔적만 남았다. 매릴린 먼로든, 맬컴 엑스
든, 노엄 촘스키든 억양과 리듬은 뚜렷하게 화자의 것이다.
윌리엄 S. 버로스의 호흡과 말더듬은 틀림없이 그만의 비음
을 담고 있고, 투덜거림마저 잘 알려진 대로 버로스답다.[15]

15. 언어 제거 서비스 그룹의 작업은 소리 시의 관심사를 반영한다. 소리

2.5. 매트 사이버, 「무제 #3」(2002)

언어 제거 서비스 그룹은 사람들이 무엇을 말하는지가 아닌 어떻게 말하는지에 우리의 관심을 이끌어 냄으로써, 우리와 언어 사이의 정상 관계를 뒤집고 투명성과 의사소통보다 물질성과 불투명성을 우선순위에 둔다. 같은 방식으로 사이버는 우리가 평상시 낱말을 보는 곳에서 그것을

시는 20세기 중반 구체시의 청각적 상대로, 단어의 의미가 아니라 소리에 강조점을 뒀다.

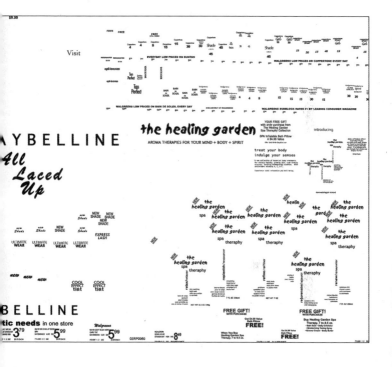

지움으로써, 가시 언어를 주변적으로 구체화하는 동시에 생소화한다. 두 예술가/그룹은 각각 소리와 이미지 군(群)을 사용하는데, 이를 통해 글 쓰는 작가들이 작품에서 어떻게 언어의 표준적 사용을 재구성하고, 재고하고, 뒤집을 수 있는지에 대해 영감을 얻을 수 있다. 나도 『독백』을 쓸 때 이와 비슷하게 접근했는데, 이 600쪽짜리 책에서 나는 월요일 아침에 일어난 순간부터 일요일에 잠들기 전까지 내가 한 모든 말을 편집 없이 기록했다. 『독백』은 보통 사람이 평

소처럼 보낸 일주일 동안 말을 얼마만큼 하는지 알아본 조사 작업이다. 나는 이 책의 후기에 다음과 같이 적었다. "뉴욕시에서 하루 동안 사람들이 입 밖으로 낸 모든 말이 어떻게든 눈으로 물질화된다면, 매일 심한 눈보라가 칠 것이다." 거대한 폭설이 내린 그해 트럭과 굴착기가 브로드웨이를 오르내릴 때, 나는 눈 덩어리를 언어로 상상했다. 날마다 그런 덩어리가 생겨나고, 굴착기는 트럭 짐칸에 언어를 삽으로 퍼 담고, 다음에는 언어가 눈처럼 허드슨강에 내던져지고 바다로 떠내려갈 것이다. 16세기 작가 프랑수아 라블레가 생각났다. 그는 겨울 전투에 관해 이야기하는데, 어찌나 추웠는지 전투 중에 나오는 소리가 공기와 닿자마자 순식간에 얼어붙고 땅에 떨어져 병사들의 귀에 도달하지 못했다고 한다. 봄이 오자 오랫동안 들리지 않던 소리가 무작위로 녹기 시작했고, 원래의 시간 순서에 따른 활동을 왜곡해 소음을 만들어 냈다. 얼어붙은 소리 일부를 보존해 나중에 사용할 수 있도록 기름과 볏짚으로 싸 둬야 한다는 제안이 나오기도 했다.[16]

수학자 찰스 배비지는 공기가 정보를 전달하는 대단한 능력이 있다고 추론했는데 그 말이 옳았다. 1837년 배비지는 비가시적 전파를 예견했다. "공기 자체는 거대한 도서관이며 그 책 속에는 지금껏 남자들이 말하고 여자들이 속삭인 모두가 영원히 적혀 있다. 변하기 쉽지만 틀림없이 정확한 글자 속에, 인류의 가장 최초와 가장 최후의 숨과 섞여,

16. 나는 이런 생각을 더글러스 칸의 훌륭한 연구 저작에서 빌려 왔다.
Douglas Kahn, *Noise, Water, Meat: A History of Sound in the Arts*
(Cambridge: MIT Press, 1999).

상환하지 못한 다짐과 지키지 못한 약속이 영원히 기록돼 있다. 이것들은 인간의 불안정한 의지를 증거하듯 각 입자의 연합적 이동 속에서 영원히 존재한다."[17]

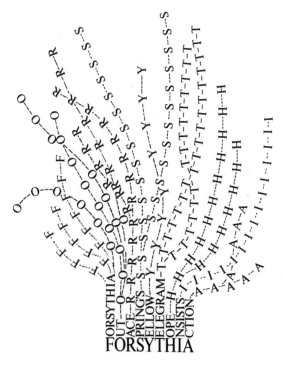

2.6. 메리 엘런 솔트, 「개나리」(1965)

17. Charles Babbage, *The Ninth Bridgewater Treatise* (London: Cass, 1967 [1837]), 111. (제임스 글릭은 『인포메이션: 인간과 우주에 담긴 정보의 빅히스토리』[박래선·김태훈 옮김, 동아시아, 2017년]에서 같은 문장을 인용한다.—옮긴이)

우리가 숨 쉬는 바로 그 공기를 뚫고 비가시적 언어가 질주
한다는 생각은 대단하다. 몇 개만 예로 들면, 텔레비전, 지
상 전파, 단파, 인공위성 라디오, 생활 부선, 문자메시지, 무
선 데이터, 인공위성 텔레비전, 휴대전화 신호가 있다. 이제
우리 공기는 침묵인 체하는 언어로 숨 막힐 만큼 짙다. 인구
와 건축물의 밀도가 높은 뉴욕시의 공기만큼 짙은 곳은 어
디에도 없을 것이다. 이곳에서 언어는 조용한 동시에 몹시
크다. 뉴욕시의 거리는 공적 언어의 장소다. 표지판에서 재
잘거림까지 언어의 흔적은 거의 모든 표면에 새겨져 있다.
티셔츠, 트럭 옆면, 맨홀 뚜껑, 시계 숫자판, 야구 모자, 자
동차 번호판, 음식 포장지, 주차 요금 징수기, 신문, 사탕 포
장지, 우체통, 버스, 포스터, 벽보판, 자전거 등. 익명성에
대한 착각, 즉 주위에 사람이 너무나 많으니 아무도 내 말을
듣지 않으리라는 느낌을 주는 요인은 뉴욕의 인구 밀도다.
세계 곳곳에서 대화는 닫힌 문 뒤쪽이나 온도가 조절되는
자동차 안에서 이뤄지지만, 뉴욕 길거리에서 말은 모든 사
람이 들을 수 있도록 밖에 나와 있다. 내가 좋아하는 일 하
나는 이야기를 나누는 두 사람 뒤를 몇 발짝 떨어져 따라 걸
으며 서너 블록을 가는 것이다. 두 사람 사이에 진행되는 대
화를 듣다가 빨간 신호등에 멈추면서, 그들의 이야기에 일
정한 속도와 리듬을 준다. 존 케이지는 우리가 듣고자 귀를
기울인다면 음악은 우리 주위에 널려 있다고 하지 않았던
가. 나는 그 말을 확장해 특히 뉴욕에서는 우리가 시를 보고
자 눈을 열고 시를 듣고자 귀를 기울인다면, 시가 우리 주위
에 널려 있다고 말하겠다.

　현대 도시는 또 다른 결의 언어인 휴대전화라는 난제를

추가했다. 방향 상실을 향한 욕망인 표류는 사람들의 기기 안에 GPS가 탑재돼 있거나 자신의 위치 좌표를 일반 공중에게 방송할 때는 실행하기 어렵다. "지금 6번로 북쪽으로 가고 있고, 막 23번가와 만나는 지점을 지났어." 휴대전화는 사적, 공적 언어 사이의 공간을 무너뜨렸다. 모든 언어는 이제 공적이다. 이는 마치 사적 대화의 공적 익명성이라는 환상이 증폭된 듯하다. 모든 사람이 공공장소에서의 휴대전화 사용을 둘러싼 현상을 강렬히 인식하며, 대부분 타인을 고려하지 못한, 예의를 벗어난 행동으로 본다. 그렇지만 나는 그런 현상을 일종의 표출, 문자적 풍요로움의 새로운 단계, 공적 담론을 다시 상상하기, 서사의 붕괴가 낳은 반쪽짜리 대화, 매우 인상적인 독백을 뱉어 내는 미친 사람들로 가득 찬 도시라고 생각하고 싶다. 한때 이런 종류의 대화는 제정신이 아닌 술 취한 사람만 한다고 여겨졌지만, 오늘날에는 모든 사람이 언어를 상대로 섀도 복싱을 한다.

거리의 공적 언어가 [디자인된 서명이나 별명과 같은] 그래피티 태깅을 포함한 적이 있지만, 태거들과 당국이 벌인 '고양이와 쥐' 게임으로 인해 문자적 불안정의 물리적 모형이 있었다고 본다. 아침에 지하철 차량에 표시된 태그는 그날 밤 깨끗하게 지워졌고, 그래서 기록 작업이 필수였다. 차량이 계속 이동하기 때문에 살아남은 작업을 보려면 특정한 시간 및 위치 정보가 필요했다. 언어는 아주 빠르게 왔다가 사라지면서 고속으로 움직였다. 뉴욕시가 지하철에서 그래피티를 없애자 문자적 전술이 변했다. 외부에 스프레이 물감을 뿌리는 방법은 내부의 유리 에칭과 플라스틱 스크래칭으로 대체되고, 이로써 차량을 뒤덮었던 본격적인 표시의 유령 같은 흔적을 남겼다. 오늘날 차량 외부는 또 다른 종류의 임시 언어로 덮여 있다. 이번에는 유료 광고라는 공식 언어다. 뉴욕 메트로폴리탄 교통 공사는 그래피티 문화에서 전술과 방법론을 배워 그것을 수익원으로 우회했다. 지하철 차량을 유료 광고로 장식하는 방식으로 말이다. 그 언어 자체는 컴퓨터에서 생성된 것으로, 이동 가능한 자동차 크기의 거대한 스티커 출력물이다. 아마도 그다음 주에는 열차 외부에 다른 광고 연작이 붙어 있을 것이다.

우리의 물리적인 환경과 디지털 환경을 둘러싼 언어는 비영구적 언어, 활자, 유동적 언어, 하나의 형식에 고정되기를 거부하는 언어와, 즉흥적으로 생각이나 마음의 변화에 따라 교체할 수 있는 언어로 표현한 감성이다. 해체주의 이론이 언어가 지닌 의미의 안정성에 의문을 제기한 반면, 온라인 및 실제 공간이 놓인 현재의 조건은 고도를 증폭하고, 말을 물리적으로 불안정해진 실체로 볼 것을 강요한다. 이는 우리가 글을 쓰는 작가로서 지면 위에서 말을 정리하고 구축하는 방식에 영향을 미치고, 또 그것을 변형시킬 수밖에 없다.

구체시와 스크린의 미래

20세기 중반 서서히 잊혀 가던 운동인 구체시는 시처럼 보이지 않는 시를 생산했다. 연이나 행으로 나뉘는 등 운문으로 쓰이지 않고, 율격은 없으며, 운율은 극히 적었다. 구체시는 글자가 겹겹이 쌓여 무리를 이루고 지면 한가운데 자리 잡은 모습 때문에 시보다는 기업 로고에 더 가까워 보였다. 구체시가 시각예술이나 그래픽디자인과 더 깊은 관계를 맺고 있는 만큼 실제로 자주 그런 작업으로 오인됐다. 그러나 어떤 때는 형식이 당대를 상당히 앞서고 뛰어난 예견력을 보여 이를 따라잡는 데 여러 해가 걸린다. 구체시에 바로 그런 일이 일어났다.

구체시는 1950년대 초에 시작해 1960년대 말 무렵 시야에서 사라진 국제 운동이다. 이 시 운동은 누구나 (어디에 살든, 어떤 모국어를 사용하든) 이해할 수 있는 초국가적, 범언어적 작법을 창조한다는 이상향적 의제를 가지고 활동했다. 언어를 상징과 도상으로 묘사한다는 점에서 구체시를 그래픽 에스페란토어로 생각해도 좋다. 다른 이상향과 마찬가지로 이 운동 역시 순조롭게 출발하지 못했지만, 여러 구체시 선언문의 잔재 속에는 우리가 미래에 언어를 어떻게 생각하게 될지 기대하는 알맹이가 흩뿌려져 있다.

20세기의 여러 다른 활동과 마찬가지로 이 운동의 취지는 시를 현대로 밀어 넣는 것이었다. 예컨대 (헨리 제임스의) 길게 늘어진 희미한 문장에서 벗어나 표제에서 영감을 받은 (어니스트 헤밍웨이의) 간결함을 지향했다. 구체시의 예상 밖 전개는 문학의 역사를 디자인 및 기술의 역사와 발맞추도록 하는 것이었다. 구체시인들은 언어에 바우하우스 감성을 적용함으로써 새로운 시 형식을 발명했다. 이들이 가독성을 중요시했기 때문에 시는 로고처럼 즉시 알아볼 수 있어야 했다. 흥미롭게도 구체시의 포부는 명령어 입력 방식에서 그래픽 아이콘으로 넘어가는 연산에서 일어난 변화를 반영했다. 구체시를 살아 움직이게 한 개념은 확실히 오늘날 디지털 환경에서 우리가 언어를 사용하는 방식과 공명한다.

2.7. bp니콜, 「눈」(eyes, 1966–67) 중 일부

구체시는 때때로 성좌를 배열하는 떠들썩한 글자 무리
처럼 보였고, 해체할 때는 지면 위에서 이리저리 날아다니
는 나뭇잎처럼 보였다. 어떤 때는 글자가 모여 트로피나 얼
굴 같은 이미지를 형성했는데, 시인들은 조지 허버트가
1633년에 쓴 시 「부활절 날개」에서 힌트를 얻었다. 기도문
을 시각적으로 구성한 이 시는 행이 줄지어 길어졌다 짧아
졌다 하다가 종국에는 날개 한 쌍의 이미지를 형성한다.

허버트의 시에서 (확장하고 수축하는 인간의 운명에 관
한) 내용은 단어들이 만든 이미지로 구현되고, 그 메시지는

┨ Eaſter wings.　　┨ Eaſter wings.

Lord, who createdſt man in wealth and ſtore,
Though fooliſhly he loſt the ſame,
Decaying more and more,
Till he became
Moſt poore:
With thee
O let me riſe
As larks, harmoniouſly,
And ſing this day thy victories:
Then ſhall the fall further the flight in me.

My tender age in ſorrow did beginne
And ſtill with ſickneſſes and ſhame
Thou didſt ſo puniſh ſinne,
That I became
Moſt thinne.
With thee
Let me combine,
And feel this day thy victorie:
For, if I imp my wing on thine,
Affliction ſhall advance the flight in me.

2.8. 조지 허버트, 「부활절 날개」(1633)

한눈에 파악할 수 있다. 「부활절 날개」는 복잡한 사상을 쉽게 요약한 단일 이미지로 압축한 아이콘이다. 구체시의 목적 중 하나는 모든 언어를 시적 아이콘으로 나타내는 것인데, 이는 누구나 컴퓨터 화면상의 폴더 아이콘이 의미하는 바를 이해하는 방식과 비슷하다.

　구체시의 시각적 단순함은 그 뒤의 풍부한 역사 감각과 지적 무게와 일치하지 않는다. 중세 필사본과 종교 소책자의 전통에 정박한 구체시의 모더니스트 뿌리는 말라르메의 『한 번의 주사위 던지기가 결코 우연을 없애지는 못하리라』에서 연유한다. 이 시집에서 단어는 시 짓기에 관한 전통적 개념에 대항해 전체 지면에 널리 퍼져 있다. 그러면서 지면을 물질 공간으로 열어젖히고, 공간을 글자를 위한 도화지로 제시한다. 말라르메의 작품만큼 중요한 것은 아폴리네르의 『상형시집』(1912-18)인데, 이 시집에서 글자는 시의 내용을 시각적으로 강조하기 위해 쓰였다. 예컨대 '비가 내린다'라는 시에서 글자는 지면에 줄줄이 쏟아져 마치 빗물처럼 보인다. 후일 E. E. 커밍스는 말라르메와 아폴리네르의 작업을 확장해 원자화된 단어를 쌓아 올렸고, 지면을 읽기와 보기가 섞인 공간으로 제시했다. 에즈라 파운드는 중국의 상형문자와 제임스 조이스가 여러 언어에서 가져와 만든 합성 신조어를 사용했고, 구체시는 여기에서 초국가적 의제를 끌고 가는 방법에 관한 생각을 얻었다.

음악도 한몫했다. 구체시인들은 작곡가 안톤 베베른의 클랑파르벤멜로디(*Klangfarbenmelodie*)라는 개념을 빌렸는데,[18] 이 음악 기법은 음의 흐름이나 선율을 악기 하나에 지정하는 대신에 여러 악기에 분산하고, 그럼으로 선율 선에 색(음색)과 질감을 덧붙인다. 시 한 편은 동시에 시각적이고 음악적이고 언어적인 (구체시인들이 언어청각시각적 [*verbivocovisual*]이라고 부른) 다차원 공간을 상연(enact)할 수 있다.

구체시는 그 비상함에도 대체로 상업 문화가 가로채 조명 광고나 티셔츠, 또는 장식품으로 만드는 상업적인 한 줄 문장(구체시에 영감을 받은 로버트 인디애나의 「사랑」[LOVE] 문자와 유사한)에 지나지 않는다고 묵살당했다. 미

---

18. http://en.wikipedia.org/wiki/Klangfarbenmelodie (2009년 8월 5일 최종 편집).

술계는 개념 미술가들이 언어를 1차 재료로 사용하기 시작한 순간에도 거리를 뒀다. 1969년 조지프 코수스는 "구체시는 시인의 재료를 형식화한다. 그리고 시인이 물질주의적이 되면 상황은 곤란해진다."라고 이야기한 적도 있다.[19] 이런 식의 묵살은 오늘날에도 일어난다. 근래에 최고의 학술 출판사에서 언어와 시각예술에 관해 펴낸 책에서 한 미술사가는 다음과 같이 쓴다.

> 가장 일반적인 의미로 볼 때 '언어예술'로서의 시는
> 어떠한 특정 내용 못지 않게 언어의 미학, 구조,
> 운용을 탐구하는 형식이다. 전후 시대에 특히
> 다양한 종류의 구체시와 시각적 시는 활자 지면의
> 공간을 탐사하고, 동시대 문학을 시각예술과
> 연결하겠다고 약속했다. 그렇지만 (제재의 모습을
> 따라 쓴 시에서와 같이) 꽤 별난 도해적, 회화적
> 방식에 의지한 결과, 구체시 대부분이 시각예술의
> 변화하는 인식 체계와 현대성 속의 언어가 마주한,
> 보다 넓은 조건과 동떨어졌다.[20]

그러나 그는 구체시가 미술계와 맺은 관계에 집중함으로써 요점을 놓친다. 알고 보면 관련은 시각예술보다는 화면의

19. Joseph Kosuth, "Footnote to Poetry," in *Art After Philosophy and After: Collected Writings, 1966–1990* (Cambridge: MIT Press, 1991), 35.
20. Liz Kotz, *Words to Be Looked At: Language in 1960s Art* (Cambridge: MIT Press, 2007), 138–139.

멀티미디어 공간과 있다. 그가 좀 더 거슬러 올라가 스위스 구체주의자 오이겐 곰링거가 1963년에 발표한 소책자를 읽었다면, 그저 "꽤 별난 도해적, 회화적 방식" 그 이상을 발견했을 것이다.[21] "우리 언어는 형식적 단순화를 향해 간다. 축약되고, 제약적인 언어형식이 부상한다. 한 문장의 내용은 종종 한 단어로 전달된다. 게다가 다수를 위한 언어가 소수를 위한, 보편적으로 유효한 것으로 대체되는 경향이 있다. 그러므로 새로운 시는 간략하며 전체적으로나 부분으로나 시각적으로 인지될 수 있다. [⋯] 새로운 시의 주요 관심사는 간결성과 간단명료함이다."라고 곰링거는 말했다.[22]

몇 년 후, 구체시인이자 이론가인 메리 엘런 솔트는 질주하는 다른 문화를 따라가지 못하는 시의 무능력을 비판하며 다음과 같이 쓴다. "전통적 종류의 시에서 언어 사용은 동시대 세계에서 작동하는 언어의 생생한 과정과 급속한 의사소통 방법과 보조를 맞추지 못한다. 동시대 언어는 다음과 같은 경향을 보인다. [⋯] 제목에서 광고 선전 문구와 과학 공식까지 모든 의사소통 단계의 축약형 언명, 다시 말하면, 즉각적이고 집중된 시각 메시지다."[23]

이런 언명을 부채질한 것은 1960년대에 출현한 세계적 컴퓨터 연결망과 그것들이 집중적으로 사용하는 자연언어

21. 미술사가 리즈 코츠는 앞의 문장에 달린 주석에서 오이겐 곰링거를 비롯한 시인들, 그리고 플럭서스와 함께 작업한 엠멧 윌리엄스와 디터 로스의 기획을 예외로 언급한다.—옮긴이
22. Eugen Gomringer, *The Book of Hours and Constellations* (New York: Something Else, 1968), n.p.
23. Mary Ellen Solt, ed., *Concrete Poetry: A World View* (Bloomington: Indiana University Press, 1968), 10.

와 계산언어이며, 세계화된 연산 현상이 영구히 증식하는 오늘날에도 당시와 마찬가지로 의미가 있다. 연산이 명령어 입력에서 아이콘으로 진화하자 이에 상응해 구체시는 시가 현대에도 의미가 있으려면, 운문과 연(聯)에서 성좌 배열, 무리, 표의문자, 아이콘 등 축약된 형식으로 이동해야 한다고 요청했다.

1958년 브라질에서 (파운드의 『칸토스』에 나오는 단어를 따라) 자신들을 노이간드레스파로 부른 구체시인들은 시에서 구현하기를 원하는 물리적 요소를 담은 긴 목록을 작성했다. 그것을 읽은 우리는 출현하기 거의 40년 전의 그래픽 웹에 관한 설명을 본다. "실질적 작문 요소로서의 공간('공백')과 타이포그래피 관련 장치 […] 시공간의 유기적 상호 침투 […] 말의 원자화 […] 관상학적 타이포그래피 […] 공간에 관한 표현주의적 강조 […] 실천보다는 미래상 […] 직접 화술, 유기적 통일과 기능적 구조."[24]

모든 그래픽 사용자 인터페이스는 '시공간'이라는 동적 환경에서 '실질적 작문 요소로서의 타이포그래피 관련 장치'를 제공한다. 단어를 클릭하고 그것이 '관상학적' 방식으로 '원자화'하는 모습을 보라. 그래픽물과 음향 요소 이면의 코딩과 같은 '기능적 구조' 없이 웹은 작동하지 않을 것이다.

모더니스트인 구체시인들은 깔끔한 선, 산세리프체, 굿 디자인을 흠모했다. 조형예술에서 이론을 도출한 그들은 비환영적 공간과 미술품의 자율성과 같은 그린버그의 모더

---

24. Noigandres Group, "Pilot Plan for Concrete Poetry," in Solt, *Concrete Poetry*, 71–72.

니스트 교리를 신봉했다. 초기 구체시들을 보면 마치 클레먼트 그린버그가 "어떻게 이 '형상들이 무겁고 2차원적인 느낌 속에서 평면화되고 분산되는지' 보라."라고 말하는 게 들리는 듯하다.[25] 화면과 인터페이스는 그것들이 평면 매체가 아니라고 입증하려는 시도가 계속되더라도 본질적으로 그렇다. 화면과 인터페이스는 고전적 디자인 수사를 위해 주로 헬베티카와 같은 산세리프체를 활용한다. 같은 이유로 깔끔함과 가독성과 명료함을 갖춘 에어리얼과 버다나가 화면용 기본 서체로 자리 잡았다.[26]

노이간드레스파 시인들이 쓴 구체시의 감정 온도는 과정 지향적이며 통제되고 논리적인데, 이는 의도적으로 유지한 것이다. "구체시는 언어 앞에 놓인 총체적 책임. 철저한 현실주의. 주관적, 향락적 표현 시에 대한 반대. 정확한 문제를 만들어 내고 그것을 지각 있는 언어의 관점에서 해결. 말에 관한 일반적 기술. 시적 산물, 다시 말해 유용한 대상."[27]

표현에 반대한다는 진술은 '정확한 문제'를 만들어 내고 그것을 '지각 있는 언어'로 해결해 '시적 산물'로, '유용한 대상'으로 떠오르게 하자는 구체시인들의 요구를 담고 있으므로 문예 선언문보다는 과학 전문지처럼 읽힌다. 그런 수학적 냉철함은 그들의 시를 오늘날의 연산과 깊은 관련이 있게

---

25. Clement Greenberg, "Towards a Newer Laocoön," *Partisan Review* 7.4 (July/August 1940), 296-310.

26. http://en.wikipedia.org/wiki/Verdana (2007년 9월 7일 최종 편집). (https://ko.wikipedia.org/wiki/버다나[2023년 7월 30일 최종 편집] 참조.—옮긴이)

27. Noigandres Group, "Pilot Plan for Concrete Poetry," in Solt, *Concrete Poetry*, 71-72.

만든다. 차가운 환경을 위한 차가운 말.

팝아트에 영향을 받은 구체주의자들은 언어와 광고의 변증법에 관심을 쏟았다. 일찍이 1962년, 데시우 피그나타리의 시 「마시자 코카콜라」는 콜라의 빨간색과 흰색을 깔끔한 디자인과 융합해, 정크 푸드와 세계주의의 위험성에 관해 두운을 맞춰 쓴 시각적 말장난을 만들었다. '마시자 코카콜라'(Drink Coca Cola)라는 선전 문구는 단어 여섯 개를 사용해 겨우 일곱 행을 거치는 동안 '침 흘리기'(drool) '풀'(glue) '코카(인)'(coca[ine]) '파편'(shard)으로, 그리고 마침내 하수구 또는 배설물이 생산되는 장내 소화강을 뜻하는 단어인 '배설강/오수 구덩이'(cloaca / cesspool)로 변형된다. 피그나타리의 시는 아이콘의 힘을 증거하지만 동시에 사회적·경제적·정치적 비판으로도 작용한다.

구체시의 국제화 지향은 비판적인 만큼 기념적일 수 있다. 1965년 시인 막스 벤제는 다음과 같이 선언한다. "구체시는 언어를 구분하지 않고 연합하고 결합한다. 구체시가 보여 준 언어적 의도의 이런 부분은 구체시를 최초의 국제시 운동으로 자리매김해 준다."[28] 결합력이 있으며 보편적으로 읽을 수 있는 언어에 관한 벤제의 주장은 웹으로 가능한 종류의 분산 체계를 예고한다. 그것은 범세계성의 시학이며 그 궁극적 표현이 기반을 두는 곳은 어떤 지리적 실체도 내용에 대해 독자적 소유권을 갖지 않는 탈중심적, 성좌 배열을 지향한 세계적 연결망이다.

[솔트의 책이 나온] 1968년에 이르자 수동적 수용자라

28. Solt, *Concrete Poetry*, 73.

는 독자 개념에 의문이 제기됐다. 독자는 시의 긴 멍에에서 거리를 두고, 그저 시의 실재를 구조와 재료로 인식해야 한다는 주장이다.

> [...] 옛 문법 구조와 구문 구조는 더 이상 우리
> 시대의 진보된 사고와 의사소통 과정과 맞지
> 않는다. 달리 말해 구체시인은 지난 수 세기 동안
> 부담이 되어 온 사상, 상징적 참조, 암시, 반복되는
> 감정적 내용을 시에서 덜어 주고자 한다. 더불어
> 다른 학문 분야에 대한 봉사 의무를 덜어 주고, 시를
> 그 자체로 나름의 대상으로 보고자 한다. 이는 물론
> 이제껏 독자로 불린 존재에게 너무 큰 역할을 묻는
> 일이다. 독자는 이제 시를 대상으로 인식하고,
> 시인의 창작 행위에 참여해야 한다. 왜냐하면
> 구체시가 전하는 것은 무엇보다 먼저 그 구조이기
> 때문이다.[29]

그렇지만 효과는 양쪽 모두에 있다. 구체시가 웹에 관한 담론을 구성했지만, 웹은 결과적으로 구체시에 제2의 생명을 안겼다. 컴퓨터 화면의 조명 아래, 반백의 먼지 많은 구체시는 놀랍게도 밝고 신선하며 현대적으로 보인다. 우리는 웹사이트를 소개하는 스플래시 페이지에 단어가 화면 전체에 뿌려질 때 구체시를 떠올리며, 또한 단어들의 움직임이 자동차 속도를 내포하는 자동차 광고에서, 또는 멈추지 않는

29. 같은 책, 8.

단어들이 폭발하고 사라지는 영화 시작 크레디트에서 구체
시를 연상한다. 화가 빌럼 더코닝의 유명한 진술인 "역사는
제게 영향을 미치지 못합니다. 제가 역사에 영향을 미치지
요."[30]처럼, 우리는 웹이 등장해서야 구체시학이 반세기 후
의 활발한 수용을 예견하는 데 얼마나 선견지명 있었는지
이해하게 됐다. 구체시에서 부족한 부분은 오히려 구체시
가 번성하는 데 적정한 환경이었다. 구체시는 오랜 세월 동
안 본거지 없이 새로운 매체를 찾아 나선 장르로서 연옥에
머물렀다. 그리고 이제 매체를 찾았다.

30. Morton Feldman, "The Anxiety of Art" (1965), in *Give My Regards to Eighth Street*, ed. B. H. Friedman (Cambridge: Exact Change, 2000), 32. (더코닝의 이 말은 모튼 펠드먼과 교류한 존 케이지의 글을 통해서도 알려졌다. 존 케이지, 「미국 실험 음악의 역사」, 『사일런스: 존 케이지의 강연과 글』, 나현영 옮김, 오픈하우스, 2014년, 81 참조.—옮긴이)

Anticipating Instability

3. 불안정성을 예측하기

흐려진 경계: 사유와 보기를 분석하기

1970년, 미국에서 활동하는 영국 출신의 개념 미술가 피터 허친슨은 서면 명제와 사진 기록으로 구성된 '구름 사라지게 하기'라는 작품을 제의했다. 명제의 내용은 다음과 같다. "강한 집중력과 초자연력을 갖춘 하타 요가 기법을 사용해 구름을 사라지게 할 수 있다는 주장이 제기됐다. 나는 그 기법을 사진 속 구름(네모 안)에 적용해 봤다. 보다시피 그런 일이 일어났다. 이 작품은 거의 전적으로 머릿속에서 벌어진다."[1] 이 작품은 뉴에이지 실험을 재치 있게 흉내 낸 풍자다. 모든 구름은 우리의 도움을 조금도 받지 않고 스스로 사라지지 않는가. 이 작업은 또한 누구나 할 수 있다. 나도 지금 타자를 치면서 머릿속으로 구름을 사라지게 하는 중이다.

허친슨의 작품은 개념 미술의 근본원리 중 하나인 보기와 사유의 차이를 보여 준다.

철학자 루트비히 비트겐슈타인은 오리-토끼 그림의 착시 현상을 이용하여 시각적 불안정성이라는 개념을 증명했다. 모든 착시 현상처럼, 오리-토끼 그림은 오리와 토끼 사이를 획획 오간다. 이런 현상을 적어도 순간적으로나마 안정시키는 방법은 보는 것에 이름을 부여하는 일이다. 즉, "물체를 보고 있다면 그것에 대해 생각할 필요가 없지만, 외침으로써(나는 "토끼!"라고 외친다.) 시각적 경험을 한다면,

---

1. Lucy Lippard, *Six Years: The Dematerialization of the Art Object* (New York: Praeger, 1973), 203. (도판 **3.1.** 참고.—편집자)

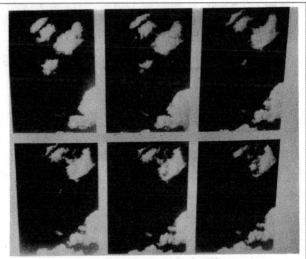

Peter Hutchinson. *Dissolving Clouds.* Aspen, Colorado. 1970.
 Using Hatha yoga technique of intense concentration and pranic energy it is claimed that clouds can be dissolved. I tried it on cloud (in square) in photographs. This is what happened. "This piece happens almost entirely in the mind."

3.1. 피터 허친슨, 「구름 사라지게 하기」(1970)
3.2. 비트겐슈타인의 오리-토끼

봄과 동시에 사유하는 것이다."[2] 허친슨의 기록 작업에서 우리는 바라보는가 하면 그의 언어적 명제에서는 그것이 무엇인지 사유해야만 한다.

1960–70년대 개념 미술에서 물질성과 명제 사이의 긴장은 가변적 영향을 지속적으로 시험했다. 즉, 미술 작품은 얼마나 시각적이어야 하는가? 1968년 미술가 로런스 위너는 계속 진행되는 연작을 시작하며 그것을 '진술들'이라 불렀는데, 이는 작품이 표명을 얼마든지 취할 수 있는 기회를 열어 주었다.

1. 미술가는 작품을 구성할 수도 있다.
   (The artist may construct the piece.)
2. 작품은 제작될 수도 있다.
   (The piece may be fabricated.)
3. 작품은 지어질 필요는 없다.
   (The piece need not be built.)

작품은 진술로 남을 수도 있고 실현될 수도 있다. 이 시기 위너의 대표작을 보면, 그것을 재연한다면 어떤 일이 일어날지 궁금해진다. 이런 명제를 함께 읽어 보자.

---

2. Ludwig Wittgenstein, *Philosophical Investigations* (New York: Macmillan, 1958), 197e. (루트비히 비트겐슈타인, 「철학탐구(제2부)」, 『논리철학논고 / 철학탐구 / 반철학적 단장』, 김양순 옮김, 동서문화사, 2008년, 전자책 참조.―옮긴이)

「일반 에어로졸 스프레이를 2분 동안 바닥에
뿌리기」[3]

이 진술은 언어로서의 명제 형식을 제한 없이 열어 둔다. 만약 나와 독자가 「일반 에어로졸 스프레이를 2분 동안 바닥에 뿌리기」에 관한 심상을 떠올린다면, 그것이 어떻게 보일지에 대한 생각은 분명 다를 것이다. 독자는 나무 바닥 위의 소방차 색 빨간 물감을, 나는 콘크리트 바닥에 있는 켈리 그린 물감을 떠올릴 수 있다.[4] 물론 우리 둘 다 옳다.

　이 작품의 실현으로 가장 자주 복제되는 이미지는 '1969년 1월 5-31일'이라는 제목의 도록에 실렸는데, 시각적·역사적·상황적으로 매우 고정된 이미지다. 그것은 유명한 개념 미술가인 솔 르윗의 소장품에서 나왔다는 훌륭한 혈통을 가지고 있고, 이 특별한 실현 작업에 출처와 진본성의 계통을 제공한다.

　그런 진본성은 (이제 희귀해진) 흑백사진에 의해 강화되고 역사성을 부여한다. 거기에다가 실제의 사진 인화, 즉 여러 장의 사진을 만들어 낸 음화가 존재한다는 물질적 사실로 신뢰성이 덧붙었다. 하지만, 20세기 대부분 동안 사진은 진본성을 파악하는 능력이 없다는 의심을 받았다. 발터 베

<hr />

3. "Language as Sculpture": Physical/Topological Concepts, http://radicalart.info/concept/weiner/index.html, 2009년 2월 12일 접속.
4. "나무 바닥 위의 소방차 색 빨간 물감"은 로런스 위너의 「일반 에어로졸 스프레이를 2분 동안 바닥에 뿌리기」(1968) 사진 기록을 가리키는 것으로, 이후 본문에서 관련해 언급되는 이미지나 사진은 줄곧 이 기록을 말한다.—편집자

냐민은 1935년에 쓴 글에서 다음과 같이 말한다. "예컨대 사진 원판에서 얼마든지 사진을 인화할 수 있는데도 '진짜' 사진을 요구하는 것은 무의미하다."[5] 디지털 사진의 폭발적 증가와 함께, 베냐민의 서술은 수십억 번이고 거듭 논파됐다.[6] 갑자기 우리는 아날로그 사진, 특히 흑백 복제 사진이 유일한 진본으로 다시 제시되고 있음을 알게 된다.

[도록에 실린] 이 사진에서 마루 자체는 중립 공간이 아니라 시간과 장소를 가리키는 지표다. 즉, 해당 시기 뉴욕 맨해튼 남부 미술가들의 거주 겸용 작업실(로프트)에서 흔히 볼 수 있던 낡고 거친 원래의 산업 시설용 마루다. 사진에 기록된 실현은 블리커 거리에 있는 위너의 작업실에서 나왔다. 그런 마루는 원주민이 밀려나는 현상이 수십 년간 지속되면서 부동산 가치가 상승함에 따라 일상적으로 뜯어지고 교체됐다. 실제로 부동산 가격 상승으로 위너가 로프트에서 쫓겨난 후, 로프트 구매자는 낡은 바닥판을 뜯어내고 새 마루로 교체하는 와중에 위너의 작업을 그대로 자르게 한 다음 그에게 선물로 보냈다. 이 작업은 지금까지 위너

5. Walter Benjamin, "The Work of Art in the Age of Mechanical Reproduction," http://www.marxists.org/reference/subject/philosophy/works/ge/benjamin.htm, 2010년 12월 25일 접속. (발터 벤야민[베냐민], 「기술복제시대의 예술작품[제3판]」, 『기술복제시대의 예술작품 / 사진의 작은 역사 외』, 최성만 옮김, 길, 2007년, 112–113 참조.—옮긴이)

6. Kenneth Cukier, "Data, Data Everywhere," *Economist*, February 25, 2010, http://www.economist.com/opinion/displaystory.cfm?story_id=15557443, 2010년 2월 26일 접속. 2010년 2월 기준으로 페이스북에 올라온 사진은 거의 400억 장에 달한다.

의 수장고에 보관돼 있다.[7] 그렇다면 이 사진은 단순히 명제의 실현 작업이 아니라, 진본성을 의미하는 형태로 존재하기를 멈춘 지 오래인 맨해튼에 관한 향수를 불러일으키는 기호화된, 역사적 시기를 다룬 작품이다. 우리는 이 사진 기록을 「일반 에어로졸 스프레이를 2분 동안 바닥에 뿌리기」의 '대표적' 판본이라 부를 수 있다. 어쨌든 그건 중립적 명제인 "일반 에어로졸 스프레이를 2분 동안 바닥에 뿌리기"와는 크게 다르다. 비록 일정 장소와 시간에 특정하게 고정돼 있지만, 위너의 작품이 보여 주는 것은 작품의 실현 작업이 작업의 단순한 명제와 달리 더 제한적이라는 점이다.

안정적이고 중립적인 환경에서 명제를 만들어 실현하는 것이 가능한가? 명제를 만들어 보자. "컴퓨터에서 지름 2인치 크기의 빨간 원을 그린다."

그러나 우리는 시작부터 언어 문제로 괴롭다. 여기 내 컴퓨터가 '빨강'으로 부르는 색이 있지만, 컴퓨터의 색이름 빨강은 더 많은 언어에 대한 약어일 뿐이다. '빨강'은 좀 더 정확하게 말해 코드다. 즉, 16진수 색상 코드는 '#FF0000'이며, RGB(적녹청) 색상 값은 'R: 255, G:0, B:0'이고, HSB(색조, 채도, 명도) 값은 'H: 0, S: 0, B: 100'이다. 당신이 동일한 명제를 당신의 컴퓨터에서 실현하더라도 모니터의 설정, 연식, 제조사 등의 이유로 인해 내 모니터가 나타낸 색상과 다른 색상을 내놓을 수밖에 없다. 그렇다면 빨강이란 무엇인가? 우리는 비트겐슈타인식 고리의 디지털 버전에 빠졌다. "사람들이 일반적으로 색에 관한 판단에 동의

7. 필자가 로런스 위너와 나눈 대화, 2007년 8월 9일.

한다고 말하는 것이 논리적인가? 그들이 동의하지 않는다면 어떨까? 어떤 사람은 꽃의 색을 빨강으로, 다른 사람은 파랑으로, 또 다른 사람은 또 다르게 말한다면 말이다. 하지만 우리는 무슨 권리로 이들의 말, 즉 '빨강'과 '파랑'을 우리의 색깔 낱말이라고 말할 수 있는가?"[8]

게다가 규모와 실현의 문제가 있다. 명제가 컴퓨터에서 만들어질 수도 있지만 그것을 출력해야 할까? 2인치 지름으로 우리가 뜻하는 것은 인쇄한 원의 크기인가, 아니면 화면에 보여진 원의 크기인가? 나는 '컴퓨터에 그린다.'라는 안내에 따라 원을 컴퓨터에서 봐야 한다는 뜻으로 이해하겠다. 그런데 내가 화면 해상도를 명시하지 않았기 때문에 문제가 생긴다. 나는 디지털 자를 가지고 640×480 해상도에서 2인치 지름 원을 잴 수 있다. 그러나 해상도를 1024×768로 바꾸면, 원의 크기야 여전히 2인치를 가리키겠지만 내 화면에서는 상당히 작아 보인다.

만약 내가 당신에게 내 빨간 원을 전자우편으로 보내고, 당신은 그것을 동일한 해상도를 갖춘 컴퓨터에서 본다면, 원의 크기는 모니터와 해상도의 폭차 때문에 여전히 다를 수 있다. 웹에서 보여 줄 때는 변수가 쌓인다. 즉, 화면 해상도 및 모니터의 차이를 감수해야 할 뿐 아니라, 브라우저와 그것들이 저마다 정보를 다르게 보여 주는 방식이라는 문제가 있다. 예컨대 내 브라우저는 '페이지'로 불리는 웹 문서에 맞춰 이미지 크기를 조정한다. 브라우저는 오직 이미지를 클릭할 때만 픽셀로 나타낸 '실제' 크기로 확장한다. 인쇄

8. Wittgenstein, *Philosophical Investigations*, 226e.

한 형태는 크기 조정 문제를 안정시키는 한편, 우리에게는 인쇄 출력물의 변수가 주어진다. 당신의 잉크와 종이 종류에 따라 프린터가 '빨간색'으로 출력한 결과물은 내 것에 비해 확실히 다른 음영과 색조를 보여 줄 것이다.

그렇다면 불안정성의 형식적 문제 너머에는 의미의 미끄러짐이 존재한다. 빨간 원을 보며 그것이 의미하는 바를 생각할 때, 나는 정지 신호등, 공, 일본 국기, 화성, 또는 해지는 모습을 연상한다. 미술에서는 러시아 구성주의의 기하학적 구조가 떠오른다. 내 화면 위의 빨간 원은 흰색 '페이지'를 배경으로 빛을 발한다. 그것의 일차적으로 망막적인 특성은 화가 애돌프 고틀립의 추상표현주의에서 표현을 뺀 그림을 연상시키고, 빨간 원은 이제 기하학적 아이콘으로 환원된다.

컴퓨터 화면의 밝은 빨간 점에서 눈길을 돌린 나는 이미지가 내 망막에 새겨졌음을 알아차린다. 책상 너머 하얀 벽을 바라보면 잔상이 보일 정도이지만, 그것은 전혀 빨갛지 않다. 빨강의 반대에 위치한 보색, 즉 녹색이다. 내가 이미지를 제대로 살펴보려고 애쓰면, 그것은 이전의 본모습을 따라다니는 환영을 남기며 사라진다. 우리 눈이 바라보는 것은 디지털 빨간 원이 정확히 무엇인지 정의하려는 노력과 같이 항상 움직이고 불안정하다.

생각하기가 도움이 되는 것도 아니다. 내가 컴퓨터를 등지고 빨간 원이라는 낱말을 생각하면, 내 머릿속에서 아주 다른 종류의 빨간 원이 그려진다. 내가 생각한 이미지는 둥근 모양으로 윤곽은 빨갛고 내부는 하얗다. 자, 내가 속이 꽉 찬 빨간 원을 생각하면, 색조는 다양해진다. 집중을 하니 빨강이 소방차의 적색으로 보인다. 이제는 또 적갈색으로 변한다. 나의 관측으로는 이미지는 항상 움직이며 자신의 형태와 속성을 바꾼다. 오리-토끼 착시 현상과 마찬가지로 나는 이미지를 정지한 채 머무르게 할 수 없을 듯하다. 크기 또한 내 생각에는 우주적으로 거대한 것(화성)에서 미시적인 것(적혈구)까지 가변적이다.

두 낱말을 타이핑할 때, 나는 연관성 있는 것, 아니 그 이상을 얻는다.

red circle

이 두 낱말은 글자 아홉 개와 공백 한 개를 합해 모두 열 개의 요소로 구성돼 있다. '레드 서클'에는 두 개의 *r*와 두 개의 *e*가 있는데, 낱말당 하나씩 속한다. 레드(red)의 *d*는 서클(circle)의 *cl*에서 반향한다. 글자체에서도 몇 가지 시각적 반향을 찾을 수 있다. 예컨대 *c*와 *e*가 두 번 반복되고, *cl*은 글자 *d*를 쪼개 놓은 변형으로 볼 수 있으며, 이와 비슷하게 *i*는 *l*의 윗부분이 잘려 세로획 위에 떠 있는 것으로 읽을 수 있다.

레드 서클이라는 [영어] 단어는 음절 세 개로 이뤄져 있다. 나는 첫 번째 또는 두 번째 낱말에 각각 강세를 두고 발음해 중요한 의미상 변화를 줄 수 있다. 레드 서클은 색을 도드라지게 나타내며, 레드 서클은 색보다 모양을 강조한다. 레드 서클이라는 단어를 소리 내어 읊는다면, 노래를 부르듯 억양의 높낮이에 변화를 주거나 단조로운 어조로 말할 수 있다. 내가 이 단어를 말하기 위해 선택한 방식은 전혀 다른 수용에 기여한다. 이 단어를 말할 때, 나는 또한 일본의 국기나 화성의 의미론적, 상징적 특성을 환기한다.

더 나아가 레드 서클이라는 구(句)를 인터넷에서 검색하면, 결과는 내가 개인으로서 상상하며 그려 낼 수 있는 것보다 더 먼 곳으로 나를 안내한다. 레드 서클이라는 이름의 사업체는 여러 개다. 샌디에이고의 레드 서클이라는 라운지, 미니애폴리스의 광고대행사, 미국 원주민 게이들을 위한 후천면역결핍증후군(AIDS)과 에이즈 바이러스(HIV) 관련 자료를 제공하는 프로젝트, 그리고 샌프란시스코에서 차마시기 여행을 운영하는 회사가 있다. 제목이 '레드 서클'인 영화는 두 편이다. 하나는 1970년 장피에르 멜빌 감독이 만들었고, 다른 하나는 리엄 니슨과 올랜도 블룸이 주연한 2011년 영화다. 아치 코믹스사의 계열 출판사인 레드 서클은 비주류 아치 캐릭터가 등장하는 만화를 발행했다. 문학에서는 셜록 홈스 시리즈 「레드 서클」(혹은 「붉은 원」)이 있으며, 여기서 빨간 원 표시는 확실한 죽음을 의미한다. 이 모든 것은 검색 결과의 첫 페이지에 불과하다.

의미론 중심의 이미지 검색에 몰두하면, 빨간 원이라는 단어는 우리의 관심을 시각적인 것으로 돌려놓지만, 그것은 내가 출발한 단순한 빨간 원과는 거리가 멀다. 대신 나는 광범위한 각종 빨간 원을 발견한다. 첫 번째 이미지는 금지를 나타내는 범용 기호로, 빨간 윤곽선을 두르고 대각선이 가로지르는 원이다. 다음은 콘크리트 벽에 스프레이로 대충 그린 빨간 원 윤곽인데, 앞서 위너가 제시한 명제의 변형처럼 보인다. 뒤이어 포토숍으로 윤곽을 그린 것으로 보이는 빨간 원이 푸른 하늘에 떠 있는 구름과 교차한다. 다음은 진짜 많은 빨간 원이 쏟아진다. 회화적 특징이 드러나는 빨간 원, 칸딘스키 그림처럼 표현적인 빨간 원, 숫자판에 붉은 원이 둘린 스와치 시계, 시험관 거치에 쓰이는 둥근 모양의 빨간 입체 고무 조각, 그리고 빨간 원 안에 넣은 분재 이미지 등.

사실 검색 결과는 속이 채워진 빨간 원을 보여 주지 않다가 여러 페이지를 넘기고 나서야 내 빨간 원을 많이 닮은 섬네일 이미지에 도달한다. 그러나 그것을 실물 크기로 보니 놀랍게도 전혀 빨간 원이 아니고, 질감 있는 붉은 긴 털 깔개의 모델링 이미지다. 깔개 이미지는 완벽하게 둥글지 않다. 원 둘레는 정돈되지 않은 긴 털로 인해 오른쪽이 고르지 않고, 색깔도 다르다. 이 원은 전체적으로 내 빨간 원보다 더 보랏빛을 띠며, 음영이 다양해서 왼쪽 아래 사분면은 어두워지고 위쪽으로는 밝아진다. 분명히 이 원은 매우 복잡하고 불안정한 '빨간 원'이다.

그런데 우리는 이 원을 더 복잡하게 만들 수 있다. 긴 털 깔개 이미지를 내 컴퓨터로 내려받아 파일의 확장자를 **.jpg**에서 **.txt**로 변경하고, 그것을 [맥용] 문서편집기에서 열면 내게 텍스트(도판 **3.3**)가 주어진다.

확실히 이 텍스트는 빨간 원처럼 보이지 않는다. 빨강이라는 낱말도, 원이라는 낱말도, 심지어 빨간 원 이미지조차 어디에서도 찾아볼 수 없다. 우리는 의미론적 언어를 다시 마주하게 됐지만, 그것은 카펫 이미지나 16진법 색채 체계로 이끈 검색어와는 완전히 다른 언어다. 이제 뭘 더 할 수 있을까? 이 텍스트를 가지고, 이미지로 행세하는 언어의 조형성과 가변성을 조사하는 데 도움이 되는 패턴을 애써 찾아볼 수 있다. 또는 이 텍스트만 꼼꼼히 읽고 논평할 수도

```
●○○                          Untitled 2
˚ÿˆ+JFIF˜€C
"" $(4,$&1'·=-157:::#+?D?8C49:7˜€C
7%%7777777777777777777777777777777777777777777777777" ¿cÇ"ˆƒˆf: Q!12Aqë
ºaÅ#±BRr—"$3bÇíci"·ƒˆƒ-1Aq!"±ì—2Qê·ÒaÅ"`/³ð÷·Îi·nC≤7ÑtSÕ[èîò[èÎ•Ön...Ôn VèjtëM
§=Ù˜Éâ˜áÎ8]t6Ws>ÊΠXm#'¡¿ŸJ9fÙÔnÀÒ·â¸f¡¡˜Øn+QŒ:T/7Õ0+Úi˜Ön+}åÕˆ_¸Ó{é˜8fÎJâõ
‹•Ÿ/çf§˚Ê≥Ìt]}âXΔEQ+0‰o≥anC≤Å≠¢óò¶Zj>}¿»˜Éa¥na~&Î×XfÎJ8g%èÒƒˆüÔn...
Ôn Ø≥óVs´Z      pAˆ|LΠ7ƒœÀ≤≤Å8•Åe
º¸ Fdh1Ïâ«^SM3âue^'¸"q¸Ú2·nC≤anC≤üh≤yH¬‹ád¬‹áe<èÊs[âÏÚÉ/,=Qôº#¢˜sPfî—
Jöp7¢Øtµi]NèmMˆf&/Lguê∑]¸˚CG@sXoÙZ˜€ŒÉ™•fΩ§+{º-.ã≤IΣð,vå|¿?wÎ—WàåSy/ˆ÷
¥Î˚˜™to‰'"íÉàÀ-Ç»/ñÎ38ò≤èwŒñqÿÒQiΩ{#}òVìˆì~k}ù5H© '%o œHƒ÷@å/
ò<ìâˆ=Ghœ"ƒèYÎÑˆ"aùpiºÏás]ÔΠˆdØƒ/{°í6N"â¢ŒÒÀ‰oàâ'ÄÚœàiÐÍàÍ·ÚPfi—JHínòÊÎQUujø;>
Ì,âÏÒ‰o∞£œ
˚µ≥&NÄÚ#¥‹Êƒ¬r~§%sz>6Z;;Exíæûˆ—""ÂgàÄ™àâ]bÍ¶µf§gb:¯ŒâÇ}¸6ú$ˆ>ƒÁEpÈVhæã?
"ÓÒ§˜€+˚sGˆ©ĆåˆoÉ˜€C}Û8ÙÒˆ,^HàâÍˆŒ_#'¸G™ 3∑ÑtRºº#¢ìø§ÿ/ooÑÒ˚ˆ'A?Eœ+¶Í"b
ºKúÎ&ÒàÅˆWÄâ§iÄœcò˜1+µÓ7ÿÆ|Kggfù}VÉÛ¯˜ÎDP,aD@VæÑD
ªœ  ¡ =Éˆ0™ÕwhÇD˚ŸS0Qó6ÉÉ˜¶åò<¥©Gâ«o&£f"ÉˆùˆÙ7ÑD[JÀÄwîâ¸#'€-;}Éºº#
¢ì5DìBåÍ•¸åƒzZˆ—œ˚Òà;Íˆ+Òu˜Í¢üÉí(—$fiC#¥¸Å˜áâˆ¸"d≤éóÿ¸Ø∑
R¯_s^¸éuEûzNbÚ7RººGÇˆ◊±˜ÈiXˆ¢ˆòk{"˚àÄ™"LéèS®K= ΣhÒo+¸œ•flÍ¸JN∂%
õOñíóˆ6vˆm¸¿^¥MŸS+~õ@√√5∑@Ù·ð3é>RˆˆE≤3[ΩUíˆ™p~¯éHà¶pœ; êTGÓ®ÄŒfi—
JÙ˜éaPD@¸˜¯Δl/h¿D
Ñ6›8CÕΠsGÉIW(uŸñ©K:ð~¯°ífˆΠÆÏX'dÂßÄ>/;/<odFá>E«'^√W
¯jàK≈.ûæ0'™·ˆˆ¸§Ó8æõ1E˜ÎòïÏM_Vµ1¢jÀ~vfˆ+ybsÿ{a?U
¯˜≤R+,Í/õÿ+‰o[Î=W<^bùiôâ¸ÙjˆtÒ¿kÉ™·í8è8rˆ◊√ΠflÚX/...T'¯±≥ø=; ÆZˆ4'v@ñÑ¯
±ûnd8m.sè+
ÿ°o/ßóàQ¥
k¸ðÁBÎfì+flˆuûm"yn'[?]º√,¶ÍCÇHn—7Ω>\vØ@§º¢'¸ùd·Em_^Äàãg™Œ_#'¸G™
àÏ#o¸ÏÍuÑDXÏ¸&±Ÿ˜D@5éœ¬küÑDXÏ¸&±Ÿ¯D@5éœ¬küÑDXÏ¸&±Ÿ˜D@5éœ¬küÑDXÏ¸&
±Ÿ˜D@ˆs>àÎÄÍˆ?˜Ÿ
```

> **3.3.** 빨간 원 이미지를 텍스트 파일(.txt)로 저장한 후 문서편집기에서 열어 본 결과

있다. 예컨대 세 번째 줄에 늘어선 51개의 7이나, 무작위적이면서도 공간적으로 다소 고르게 지면에 분포한 사과 마크들이 얼마나 호기심을 끄는지 말이다. 비유적으로 말하자면, 흑백 사과 마크들은 우리가 지금 마주한 추상성을 그림문자로 나타낸 은유라고 말할 수 있다. 여하튼 사과는 빨개야 한다. 우리가 시각시인 혹은 구체시인이라면, 이 모든 언어를 문서 편집 프로그램에 퍼 담아 '빨간색'이라는 글자에 음영을 넣고 정렬해 빨간 사과나 원을 나타낸 아스키(ASCII) 이미지를 만들 수 있다. 하지만 일단 우리가 사과의 디지털 이미지를 다루자면, 그것은 더 이상 사과(*apple*)가 아니라 애플(Apple)이다. 이만하면 충분하다.

이 모든 것은 물질성과 개념, 말과 이미지, 명제와 실현,

그리고 사유와 보기 사이의 예술적 유희가 얼마나 다루기 힘들고 복잡해졌는지 주목하려는 시도다. "미술가는 작품을 구성할 수도 [또는 구성하지 못할 수도]9 있다."라는 위너의 명제에서 2항(binary)적 유희였던 것이 이제는 언어학, 사상주의(寫像主義), 디지털, 맥락 등 많은 변수와 관련해 어떻게 언어가 의심을 받게 됐는지 보여 주는 예로 거론된다. 말은 어떤 정신에, 즉 이미지로 드러났다가 말이나 소리, 또는 비디오로 바뀌었다가 하는 변화무쌍한 암호에 사로잡히게 된 것으로 보인다. 글쓰기는 가장 개념적인 것에서 가장 물질적인 것까지 그런 유동적이고 끊임없이 변화하는 여러 상태를 고려해야만 한다. 그리고 비슷한 방법으로 자신을 모방하고, 반영하고, 변형시킬 수 있는 글쓰기는 올바른 방향을 가리키고 있는 것처럼 보인다.

누드 미디어: 토니 커티스, 박탈당하다

이런 종류의 미끄러짐은 모든 매체 형식에 걸쳐 발생하며, 내가 누드 미디어(*Nude Media*)라 부르는 현상에 의해 가장 잘 묘사될 수 있다. 일단 디지털 파일이 웹사이트의 맥락에서 다운로드되면, 그것은 자유롭거나 벌거벗은 상태가 된다. 예술 작품 자체의 내용만큼이나 예술 작품에 많은 의미를 부여하는 경향이 있는 규범적, 외재적 기표가 벗겨지기 때문이다. 브랜드화나 학자풍 해설로 장식되지 않고, 별다른 권위가 없는 원천에서 나온 그런 디지털 객체는 아무것도 걸치지 않은 누드다. 개방된 P2P 배포 체계에 투입된 누

드 미디어 파일은, 종종 본연의 역사상 중요성마저 잃고 자유 부유하는 미디어 작업으로 번져 들어가 관습적 구조를 입었을 때는 근접할 수 없는 비슷한 유와 어울린다. 브랜드화, 로고, 레이아웃, 맥락은 모두 의미를 만들어 내지만, 그런 특성은 디지털 환경에 놓이면 불안정해지고, 더 많은 변수가 혼합에 투입되는 상황에서 모든 요소를 갖춘 문서는 벌거벗은 상태로 변한다.

웹에 올림으로써 변형된 모든 전통적 매체 형식은 어떻게든 박탈당한 상태다. 예컨대『뉴욕 타임스』일요판 예술·여가 소개 지면에 실린 영화배우 토니 커티스 관련 기사는

3.4. 2002년 10월 6일 일요일, 예술·여가 소개 지면,
nytimes.com의 스크린 숏

이 신문의 권위 있는 편집 관습을 갖추고 있다. 활자체에서 주요 인용문, 사진 배치까지 모든 것이 이 정통 신문의 권위를 시사한다. 일요일에 이 일간지의 시각적 표현법으로 제작하고 보강한 예술·여가 소개 지면을 읽을 때 뭔가 마음을 편안하게 해 주는 것이 있다. 『뉴욕 타임스』는 모든 면에서 안정성을 대표한다.

그러나 같은 기사를 『뉴욕 타임스』 웹사이트에서 보면, 전통적 인쇄판 글에서 견고한 안정감을 줬던 많은 요소가 사라졌음을 알 수 있다. 우선 토니(Tony)의 첫 글자에 고전적 블랙체(볼드체보다 두꺼운)인 세리프 계열의 T를 쓰지 않고 대신 워싱턴(Washington)의 첫 글자에 산세리프 계열의 W를 썼다. 따라서 메시지는 대담 장소가 기사의 주체보다 더 큰 의미를 갖는다는 것. 다른 요소 중에서는 특히 활자체의 크기와 특성이 바뀌었다. 모든 브라우저의 기본 활자체는 타임스 로먼이지만, 컴퓨터 화면과 비교하며 신문을 보면 타임스 로먼과 뉴욕 타임스 로먼이 다르다는 사실을 알 수 있다.

커티스의 이미지 또한 다르다. 옆으로 밀려나고 축소된 사진은, 세라 찰스워스가 신문을 우회한 작업을 상기시킨다. 스타벅스 배너 광고는 (인쇄판에서 전혀 보이지 않았으나) 거의 사진 설명으로 기능한다. 계속 열거할 수도 있지만, 내 생각에 요점은 분명하다. 이 기사의 웹 버전은 전통적 인쇄판의 권위 있는 지표가 빠진, 구조의 옷을 거의 입지 않은 상태로 불릴 수 있다.

웹페이지의 오른쪽 상단 모서리에 기사를 전자우편으로 보낼 수 있는 옵션을 제공한다. 그렇게 선택했을 때 우리의

받은 편지함에 도착하는 것은 웹페이지에 비해 지나치게 골
자만 남은 모습을 하고 있다. 그것은 그냥 텍스트다. 그것이
『뉴욕 타임스』에서 왔음을 알려 주는 단 하나의 표시는 전자
우편물 상단의 "[…]이 당신에게 아래의 **NYTimes.com** 기사
를 보냈습니다."라는 글 한 줄이다. 타임스체는 사라졌고,

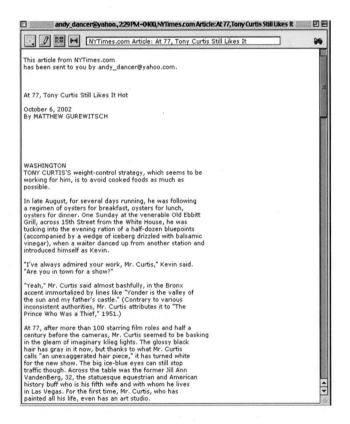

3.5. 전자우편으로 받은 기사

(적어도 나의 받은 편지함에서는) 마이크로소프트사에 소유권이 있는 화면용 산세리프체인 버다나가 대체했다. 이 파일에는 워싱턴(*WASHINGTON*)과 토니 커티스의(*TONY CURTIS'S*)라는 단어의 대문자 적용 외에 아무런 이미지도, 주요 인용문도, 타이포그래피 처리도 없다. 게다가 *NYTimes.com*이라는 단어를 지우기는 또 얼마나 쉽겠는가. 그

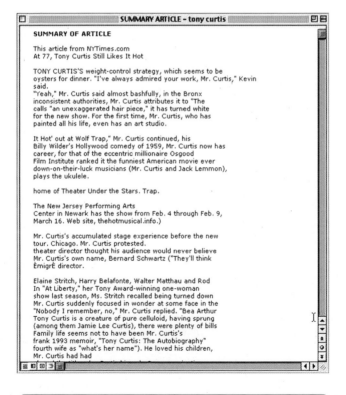

```
  SUMMARY ARTICLE - tony curtis

SUMMARY OF ARTICLE

This article from NYTimes.com
At 77, Tony Curtis Still Likes It Hot

TONY CURTIS'S weight-control strategy, which seems to be
oysters for dinner. "I've always admired your work, Mr. Curtis," Kevin
said.
"Yeah," Mr. Curtis said almost bashfully, in the Bronx
inconsistent authorities, Mr. Curtis attributes it to "The
calls "an unexaggerated hair piece," it has turned white
for the new show. For the first time, Mr. Curtis, who has
painted all his life, even has an art studio.

It Hot' out at Wolf Trap," Mr. Curtis continued, his
Billy Wilder's Hollywood comedy of 1959, Mr. Curtis now has
career, for that of the eccentric millionaire Osgood
Film Institute ranked it the funniest American movie ever
down-on-their-luck musicians (Mr. Curtis and Jack Lemmon),
plays the ukulele.

home of Theater Under the Stars. Trap.

The New Jersey Performing Arts
Center in Newark has the show from Feb. 4 through Feb. 9,
March 16. Web site, thehotmusical.info.)

Mr. Curtis's accumulated stage experience before the new
tour. Chicago. Mr. Curtis protested.
theater director thought his audience would never believe
Mr. Curtis's own name, Bernard Schwartz ("They'll think
Èmigrè director.

Elaine Stritch, Harry Belafonte, Walter Matthau and Rod
In "At Liberty," her Tony Award-winning one-woman
show last season, Ms. Stritch recalled being turned down
Mr. Curtis suddenly focused in wonder at some face in the
"Nobody I remember, no," Mr. Curtis replied. "Bea Arthur
Tony Curtis is a creature of pure celluloid, having sprung
(among them Jamie Lee Curtis), there were plenty of bills
Family life seems not to have been Mr. Curtis's
frank 1993 memoir, "Tony Curtis: The Autobiography"
fourth wife as "what's her name"). He loved his children,
Mr. Curtis had had
```

3.6. 기사 요약

렇게 하면 이 파일은 어떤 권위에서도 떨어지고, 모든 게 벗겨진다. 실제로 매일 나의 받은 편지함에 도착하는 꽤 많은 분자 기반 첨부 파일과 전혀 구분이 안 된다.

한 걸음 더 나아가, (더 이상 '기사'가 아닌) 텍스트를 잘라서 마이크로소프트 워드에 붙여 넣고, 자동 요약 같은 원시적 단계의 변형 기능을 실행하면, 결국은 종이나 웹에 발행된 원래 기사와 유사점이 매우 적은 것을 얻는다. 이제 첫 글줄은 **기사 요약**(SUMMARY OF ARTICLE)이며, 요약문의 출처가 이어지고 그다음은 제목이다. 신기하게도 인쇄판이나 웹 버전에서 그렇게 현저한 모습을 보인 낱말인 워싱턴(*Washington*)은 어디에도 안 보인다. 본문 또한 근본적으로 흐트러지고 박탈당했다.

내가 이 텍스트를 많은 사람들에게 전자우편으로 보내거나 온라인 문자 변경 조정기에 입력한다면, 누드 미디어 게임은 무한정 계속된다. 그것을 끊임없이 진화하는 '전화기' 게임[옮겨 말하기, 일명 '고요 속의 외침']이라고 생각해 보라. 인터넷상에서 자유 부유하는 미디어 파일은, 원천에서 더 멀리 떨어져 나갈 때 연속적인 형태 변환과 조작의 대상이 된다.

불안정해진 텍스트를 재맥락화하고 '권위 있는' 구조를 갈아입히면, 그 결과는 신경에 거슬릴 수 있다. 한 예로 이젠 사라진 포르노라이저(pornolize.com) 조정기를 들 수 있다. 포르노라이저는 웹사이트의 권위 있는 의복을 유지한 상태에서 모든 웹페이지를 저속하고 상스러운 말씨의 문서로 바꿔 놓음으로써 『뉴욕 타임스』 웹사이트 구조 설계를 조롱했다.

3.7. 포르노라이저(pornolize.com)

소리 또한 다양한 불안정성 상태를 거치는데, 디지털일 때 변수는 더 늘어난다. 20세기 후반을 지나는 동안, 앙리 쇼팽의 시 「빨강」은 구조를 입거나 입지 않은 두 종류 모두의 변형을 겪었다. 쇼팽은 1950년대 중반 유럽에서 녹음기 실험 작업을 시작했는데, 1956년에 녹음한 「빨강」은 그의 초기작 중 하나다.[10] 이 작업은 있는 그대로의 소리 그림으로, 빨강(루주)이라는 낱말이 마치 연속적으로 바뀌는 붓놀림처럼 강세가 다르게 반복된다. 음성을 조작해 소리를 변화시키는 기법과 트랙 레이어링은 점차 밀도가 높아지는

---

10. 비교적 전통적인 소리 시로 볼 수 있는 「빨강」은 앙리 쇼팽을 널리 알린 그의 신체 소리에 기반한 전자 작업류와 상당히 다르다.

표면을 강화한다. 시대를 반영하는 이 작품을 추상표현주의 화폭으로 생각하자.

루주 루주 루주
루주 루주 루주
루주 루주 루주

루주 루주 루주
루주 루주 루주
루주 루주 루주

쇼크 쇼크 쇼크
뒤르 & 루주 뒤르 & 루주
루주 루주 루주

브뤼 브뤼 브뤼
루주 루주 루주
쇼크 쇼크 쇼크

루주 루주 루주
루주 루주 루주
루주 루주 루주

뉘 뉘 뉘
뉘 뉘 뉘
루주 루주 루주

루주 뉘 뉘 뉘 뉘

일 네 크 벤 일 네 크 벤[11]
일 네 크 상 일 네 크 상[12]
　　일 네 크 셰르[13]

루주 루주 루주
루주 루주 루주
루주 루주 루주

루주 루주 루주
루주 루주 루주
루주 루주 루주

루주 루주 루주 루주 루주
루주 루주 루주 루주 루주
루주 루주 루주 루주 루주
루주 루주 루주 루주 루주

일 네 크 벤 일 네 크 벤
일 네 크 상 일 네 크 상
　　일 네 크 셰르

---

11. 그것은 단지 동맥이다. 그것은 단지 동맥이다.
12. 그것은 단지 피다. 그것은 단지 피다.
13. 그것은 단지 살(색)이다.

루주 루주 루주 루주 루주 루주 루주 루주 루주 루주 루주
　　루주 루주 루주 루주 루주 루주 루주 루주 루주 루주

˟ ˟ ˟ ˟ ˟ ˟
쇼크 쇼크 쇼크

루주 루주 루주 루주 루주 루주 루주 루주 루주 루주
　　루주 루주 루주 루주 루주 루주 루주[14]

rouge rouge rouge

rouge rouge rouge

rouge rouge rouge

rouge rouge rouge

rouge rouge rouge

rouge rouge rouge

choc choc choc

dur & rouge dur & rouge

rouge rouge rouge

bruit bruit bruit

rouge rouge rouge

choc choc choc

---

14. 앙리 쇼팽, 「빨강」, 미출판, 세바스티앙 디세네르(Sebastian Dice-naire) 녹취. (낭독: https://soundcloud.com/borovin/henri-cho-pin-rouge, 2023년 8월 1일 접속.—옮긴이)

rouge rouge rouge

rouge rouge rouge

rouge rouge rouge

nu nu nu

nu nu nu

rouge rouge rouge

rouge nu nu nu nu

il n'est que veine il n'est que veine

il n'est que sang il n'est que sang

il n'est que chair

rouge rouge rouge

rouge rouge rouge

rouge rouge rouge

rouge rouge rouge

rouge rouge rouge

rouge rouge rouge

rouge rouge rouge rouge rouge

rouge rouge rouge rouge rouge

rouge rouge rouge rouge rouge

rouge rouge rouge rouge rouge

il n'est que veine il n'est que veine

il n'est que sang il n'est que sang

il n'est que chair

rouGE rouGE rouGE rouGE rouGE rouGE rouGE

rouGE rouGE rouGE rouGE rouGE rouGE

rouGE rouGE rouGE rouGE rouGE rouGE

rouGE rouGE

choc choc choc

ROUge ROUge ROUge ROUge ROUge ROUge ROUge

ROUge ROUge ROUge ROUge ROUge ROUge

ROUge ROUge ROUge ROUge

이 시는 쇼팽의 주된 관심사인 몸과 목소리의 교차점을 묘사하는데, 쇼팽은 후에 전부 자신의 몸에서 나온 소리로 만든 오디오 작품으로 알려졌다. 쇼팽은 자신의 혈액순환 체계, 심장박동, 소화기 계통에서 나오는 소리를 증폭시켜 작품의 토대로 삼았다. 이 초기 작품은 몸 자체를 사용하는 대신 여전히 언어를 사용해 몸을 묘사한다.

　「빨강」은 당대에 음반사가 '공식' 발매한 LP 음반이 없다. 시인의 육성 그대로 탄생한 「빨강」은 24년 후 독일의 한 화랑이 내놓을 때까지 출판사 없이, 미발매 상태로 남아 있었다.[15]

---

15. 훈데르트마르크 갤러리(Hundertmark Gallery), 독일, 1981. 이후

쇼팽이 소리 시의 촉진자이자 출판인으로서 눈에 띄게 활동한 덕분에 그의 작품 테이프들은 당시의 선진 음악계가 돌려가며 들었다.[16]

녹음 후 10년이 지난 1966년, 「빨강」은 신기하게도 카를하인츠 슈토크하우젠이 전 세계 애국가를 혼합해 작곡한 전자음악인 『찬가』의 「지역 I」에 등장한다. 여기서 「빨강」은 많이 잘라 냈음에도 다양한 빨간색을 바탕으로 구성한 스포큰 워드(spoken word) 부분의 토대를 이룬다. 쇼팽의 목소리는 윈저앤뉴턴 물감 목록의 일부를 읽는 독일 억양의 목소리와 교대로 들린다. 이 발췌만 맥락에서 떼어 놓고 들어 보면, 쇼팽의 소리 그림을 연장한 것으로 생각할 수 있다. 그러나 「인터내셔널가」와 「라마르세예즈」를 해체한 자기테이프 사이에 끼워 넣으면, 그 의미는 아주 달라진다. 이렇게 '누드 시'는 좌파 정치를 착장한다.

21년이 지난 1997년, 슈토크, 하우젠&워크맨 — 그룹명을 보라 — 이라는 샘플 위주의 그룹이 「빨강」을 원래의 맥락으로 되돌린 적이 있다. 그들은 「빨강」을 샘플링해 모순적으로 보이는 팝 트랙 「플래깅」에 넣었다(플래깅[*flagging*]은 혈액 손실로 인해 야위거나, 약해지거나, 피로하거나, 기운이 빠진 상태를 의미한다). 가식적인 보컬, 경쾌한 드럼 비트, 어린이용 음반에서 전유한 수학 암송 가운데, 쇼팽의

컴파일 앨범으로 여러 차례 발행됐다.

16. 전자 소리 시의 출판인이자 열렬 애호가로서 쇼팽이 행사한 에너지는 1950년대와 60년대를 걸쳐 널리 알려져 있었다. 급기야 1964년 쇼팽이 기획한 소리 시 잡지인 『르뷔 우』(Revue Ou)가 나오기 시작했고, BBC에서는 그 작업을 정규적으로 방송하기에 이르렀다.

작품은 슈토크하우젠의 정치적 의제를 털어 내고 원래의 신체적 기원에 더 가까워졌다. 그러나 그것은 비우기 행위다. 결국 「빨강」은 많은 샘플 중 하나일 뿐이고, 소란한 풍경의 일부이며, 그래서 소리는 쉽게 얻어지는 만큼 조작하기도 쉽다. 그런 풍경에서는 어떤 소리도 다른 소리보다 더 큰 의미를 갖지 못할 것이다. 여기서 쇼팽의 ˝빨강˝이 가진 신체적이고 거친 이미지는 시인 앙토냉 아르토보다 배우 베티 페이지에 유사한 키치를 입는다.

슈토크, 하우젠&워크맨은 그래픽 감각으로 유명하다. 그들은 자신들의 음악적 실천과 시각적으로 흡사한 포장을 창조하는 방법을 안다. 포장(packaging), 또는 다른 말로 치장(*dressing*)은 가치의 맥락을 창조한다. 슈토크, 하우젠&워크맨이 「빨강」을 다시 마무리한 작업은 쇼팽의 시에 모든 요소를 갖춰 유통망에 올려놓는다.

구조의 옷을 입은 영역에서는, 대성공한 록 밴드인 소닉 유스가 '굿바이 20세기'라는 CD를 발매한 것을 계기로 대중문화의 역사적 아방가르드에 대한 집착은 정점을 찍었다. 정점에 선 소닉 유스 로커들은 음악가 존 케이지와 건축가 조지 마키우나스의 작품을 비롯한 난해한 곡 몇 개를 커버 버전으로 연주했다. 다운타운 감성과 대중 마케팅의 기발한 합일을 통해, 록에 열광하고 롤라팔루자 공연에 다니는 수천 명의 소닉 유스 팬들은 음반을 구입했고, 아주 최근까지 역사적 아방가르드의 변경에 머무르는 것을 경험했다.

이런 몸짓들을 통해 아방가르드는 잘 거래되고 어떤 경우에는 상품화된다. 좋은 음반 상점이나 미술관 선물 가게를 둘러보면, 전위음악의 재발행이든 아니면 한때 주변부

였던 예술가들이나 플럭서스와 같은 미술 운동에 관한 매끈하고 훌륭하게 제작된 작품집이든, 소비자가 덥석 사 갈 수 있게 재포장한 역사적 아방가르드 가공품을 수백 점 볼 수 있다. 그러나 이런 물품들은 구입하자마자 P2P 파일 공유를 거쳐 누드 미디어로 선발되기도 한다. 원래 반권위주의적 몸짓으로 만들어 낸 이런 자료의 일부는 인터넷 덕분에 급진적 의도를 되찾았다. 이런 예술품들은 디지털 매체의 조작적 특성으로 인해 대규모로 행해지는 리믹싱 및 난도질에 취약하며, 때문에 전통 매체에서 이런 물건에 부여하는 단 하나의 권위 있는 버전을 갖고 있을 리 없다. 그것들은 역사상 가장 널리 보급된 선물 경제에서 운용되는 변화무쌍한 진행 중인 작품이다.

이와 같은 상황은 여러 의문을 제기한다. 다양한 맥락을 갖는 것이 그런 물건의 문화적 수용에 어떻게 영향을 미치는가? 누가 또는 무엇이 상업적으로, 지적으로 가공물의 가치를 결정하는가? 이는 결국 어떻게 상업적으로, 지적으로 예술가의 평판에 영향을 끼치나? 가공물이 항상 유동적이라면, 언제 역사적 작품이 '끝났다'라는 결정을 내릴 수 있는가?

이 질문들에 답하기에는 아직 좀 이르다. 책과 음반(구조의 옷을 입은 안정된 형태의 매체)을 접하며 성장한 우리는 끊임없이 흐르는 문화적 가공물을 '진품'으로 받아들이기 어렵다. 『율리시스』가 일단 우리 책장에 당도하면, 새롭게 출판되는 판본은 오직 조판자의 수정판과 주석판이었고, 이는 제임스 조이스가 둘도 없는 천재라는 우리의 이해를 재확인해 줄 뿐이다. 제록스 복사와 콜라주 작업은 예외로 치고, 장

편소설인 『율리시스』의 규모로 글을 리믹스하기는 어려웠
다. 텍스트에 관한 한, 밀매매 현상에 육박한 것은 못 봤지
만, 복사와 검색이 가능한 글이 실린 불법 책(특히 학술 및
이론 서적)을 무상으로 유통하는 사이트들이 급증하고 있
다. 오픈소스 파일을 읽을 수 있는 전자책 리더기가 등장함
에 따라, 우리는 더 많은 텍스트 리믹스 작업을 접할 것이다.
누드 마이크로소프트 워드 문서나 글의 리치 텍스트 포맷
(.rtf) 파일이 웹을 떠돈 지 오래됐지만, 출처 및 브랜드화의
결여는 이상하게도 이런 종류의 몸짓들을 단념시켰다. 이제
는 모든 요소를 갖추고 화려하게 포맷한 PDF 파일이 불법
배포망을 통해 대학교 출판부에서 나옴에 따라, 텍스트 자
체는 개인 컴퓨터에서 잠재적으로 유용한 대상으로서 보다
세심하게 목록으로 만들어지고 아카이브된다. 비록 이런 텍
스트는 무상이지만, 텍스트의 권위 있는 버전은 해체될 조
건이 무르익었음을 의미한다.[17] 일찍이 1983년에 케이지는
불안정한 전자 텍스트야말로 리믹싱을 위한 잠재적 원자료
텍스트라는 생각을 예견하고 수용했다.

> 기술은 기본적으로 더 적은 노력으로 더 많은 일을
> 할 수 있는 방법입니다. 나쁜 일이라기보다는 좋은
> 일이지요. […] 출판사들은, 내 음악 출판사와 내 책

17. 이런 PDF는 다음 두 곳을 비롯해 여러 사이트에서 볼 수 있다.
Monoskop, http://burundi.sk/monoskop/log와 AAAARG, http://
a.aaaarg.org/library, 2009년 8월 10일 접속. (URL 변경, https://
monoskop.org/log와 https://aaaaarg.fail, 2023년 8월 1일 접속. 모
노스콥[설립자: 두샨 바록]은 서울미디어시티비엔날레 2018 『좋은 삶』
에 '전시 도서관'이라는 작업으로 참가했다.―옮긴이)

출판사는 그들이 계속하는 데 있어 제록스가 실질적
위협이 된다는 것을 알고 있어요. 하지만 그들은
계속합니다. 결국 해야 할 일은 출판물뿐만 아니라
제록스로 복사할 필요성까지 없애는 것입니다.
그리고 누구나 언제든지 원하는 걸 가질 수 있게
작업을 전화기와 연결해야 하고요. 지울 수도
있어야 하는데, 호메로스 책이 셰익스피어 책이 될
수 있게 말이지요, 으음? 빠르게 지우고 빠르게
인쇄하면요, 으음? […] 왜냐하면 그것이, 전자적
즉각성이 우리가 나아가고 있는 바이기
때문입니다.[18]

18. Sean Bronzell and Ann Suchomski, "Inter-view with John
Cage," in *The Guests Go in to Supper: John Cage, Robert Ashley,
Yoko Ono, Laurie Anderson, Charles Amirkhanian, Michael Peppe,
K. Atchley*, ed. Melody Sumner, Kathleen Burch, and Michael
Sumner (Oakland, CA: Burning Books, 1986), 25.

Toward a Poetics of Hyperrealism

4. 극사실주의 시학을 향해

과거 정체성 정치가 부상함에 따라 거부당한 많은 이가 목소리를 얻었다. 그리고 아직 할 일이 아주 많다. 여전히 많은 목소리가 주변으로 내몰리고 무시당한다. 할 말이 있는 사람이 그것을 말하고 청중은 그 얘기를 듣는 장소를 확보하기 위해 할 수 있는 모든 노력을 기울여야 한다. 이 일의 중요성은 과소평가될 수 없다.

그러나 정체성은 파악하기 어려운 문제이며 단일한 접근 방식으로 못 박을 수 없다. 예컨대, 생각해 보면 안정적이거나 본질적인 '나'는 없다. 나는 내가 지금껏 읽은 책, 내가 본 영화와 TV 프로그램, 내가 나눈 대화, 내가 부른 노래, 내가 사랑한 연인 같은 많은 것의 융합이다. 내가 실제로 독창적 사고나 생각을 한 적이 있나 싶을 정도로, 사실 나는 매우 많은 사람과 매우 많은 생각이 만들어 낸 결과물이다. 그러니 내가 '나의 것'이라 여기는 것이 '독창적'이었다는 생각은 매우 자기중심적이다. 이따금 독창적 생각이나 느낌이 들었다고 생각하는데, 그러면 새벽 두 시 텔레비전에서 예전에 본 옛날 영화를 몇 년 만에 다시 볼 때 주인공이 내가 전에 나 자신만의 것이라 주장한 무언가를 읊어 대는 식이다. 다시 말해, 나는 그의 말을 (물론 이것도 진짜 '그의 말'은 아니었지만) 가져다 내면화하고 나 자신만의 것으로 만들었다. 일상다반사다.

종종 (대부분 무의식적으로) 나는 나를 겨냥한 광고 속 이미지를 본떠 내 정체성을 만든다. 그리고 상점에서 옷을 입어 볼 때 그 광고에서 본 이미지를 불러내 거기에 나 자신과 내 이미지를 심적으로 삽입할 거다. 그건 모두 환상이다. 내 정체성은 상당 부분 광고에서 가져왔다고 본다. 이런 문화에서 살고 있는데 어떻게 내가 그런 상력한 힘을 무시할 수 있겠는가? 이게 이상적인가? 아닐 거다. 나는 광고와 소비주의의 힘에 휘둘리지 않기를 바라는가? 물론이다. 그렇지만 이 문화의 일원으로서 내가 누구인지에 이것이 큰 비중을 차지한다는 사실을 인정하지 않는다면 그건 자신을 기만하는 일일 것이다.

트랜스젠더는 태어난 대로가 아니라 현재 있는 그대로의 사람이 되고자 노력한다. 트랜스섹슈얼 또한 그들 자신을 계속 다시 만들어 가는 상태로, 새롭고 유동적인 정체성을 취하고자 용감히 평생을 바쳐 힘든 일을 지속한다. 나는 이런 유동적이고 가변적인 정체성 개념에서 영감을 얻는다.

인터넷에서 이런 성향은 다양한 방향으로 움직이는데, 진정성 있는 정체성부터 완전히 조작된 정체성까지 온갖 종류를 망라한다. 우리는 현실 공간에서보다 훨씬 더 적은 노력으로, 키보드를 몇 번 두드려 다양한 페르소나(외적 인격)를 투사한다. 온라인에서 나는 다양한 방향으로 모습을 바꾸는 편이다. 이 대화방에서는 여성이고, 이 블로그에서는 정치적으로 보수주의자이며, 이 포럼에서는 골프를 즐기는 중년이다. 그래도 진정성 없다거나 진짜가 아니라고 비난받지 않는다. 다만 '아줌마'라거나 '꼴통 우익 새끼'로 불리기는 한다. 그래서 나는 인터넷에서 내가 말을 거는 사람이 진짜 '그 사람'은 아닐 거라 생각하게 됐다.

만약 내 정체성이 (내가 믿는 대로) 정말 마음만 먹으면 뭐든 될 수 있고 시시각각 변할 수 있다면, 중요한 것은 끊임없이 변하는 정체성과 주체성이라는 이런 상태를 내 글쓰기에 반영하는 것이다. 이는 '내 것'이 아닌 목소리, '내 것'이 아닌 주체성, '내 것'이 아닌 정치적 입장, '내 것'이 아닌 의견, '내 것'이 아닌 글을 가져온다는 말인데, 왜냐하면 결국 내가 무엇이 내 것이고 아닌지를 규정할 수 있을 거라 보지 않기 때문이다.

때로 관습적 비평보다 비개입주의적 텍스트 복제를 통해 더 깊이 있고 명쾌하게 정치 문제를 조명할 수 있다. 예컨대 세계주의를 비창조적 글쓰기를 통해 비판하고자 한다면, 기후 관리 위협 요인을 그대로 인정하길 거부한 주요 8개국 정상 회의의 기록 문서를 복제하고 재구성할 수 있고, 이런 응답 방식은 누군가 사설을 통해 할 수 있는 것보다 더 많은 것을 드러낸다. 텍스트 자체가 모든 것을 보여 주도록 하자. 주요 8개국의 경우, 그들 자신의 어리석음 때문에 자승자박하게 될 테니. 나는 이것을 시라 부른다.

언어로 무엇을 하든 그것은 표현적이다. 그럴 수밖에 없지 않은가? 실제로 나는 언어로 작업하면서 자기 자신을 표현하지 않는 것은 불가능하다고 생각한다. 우리가 물러나고 재료가 제 일을 하게 한다면 결국에는 그 결과에 매우 놀라고 기뻐할 수 있을지도 모른다.

비창조적 글쓰기는 포스트정체성 문학이다. 디지털의 파편화와 함께, 어떤 종류든 통합된 진정성과 일관성이라는 감각은 오랫동안 보류된 상태다. 월터 옹은 글쓰기가 일종의 기술이며 따라서 인공적 행위라고 주장하며 다음과 같이 말한다. "기술이란 단지 외적인 도움이 될 뿐만 아니라 의식을 내적으로 변화시키는 것이며, 기술이 말에 관련될

때 가장 그러하다. [···] 기술은 인공적이다. 그러나, 또 다른
역설이지만 이 인공성은 인간에게는 자연스러운 것이기도
하다. 기술도 적절한 방식으로 내면화되면 인간 생활의 가
치를 낮추기보다 오히려 높여 준다."[1] 소비주의의 힘으로
형성된 우리의 변하는 정체성을 받아들인 작업을 선보인
로버트 피터먼은 다음과 같이 가정한다.

> 우리 자신만의 개인적 경험을 꼭 쓰지 않아도
> 주체성을, 나아가 개인적 경험까지 표현할 수
> 있을까? [···] 개인적인 것을 끌어오거나 되찾으려는
> 욕망이 분명히 있었다. 나는 주체성과 개인적
> 경험을 포함하는 데 관심이 있다. 다만 그것이 나
> 자신만의 것이 아니라면 더 좋을 뿐. 오늘날 나는
> 직감 혹은 진심에서 나온 개인적 발화와 표현에
> 무한히 접근할 수 있다. 무수한 직감을 들을 수 있는
> 때에 왜 굳이 내 직감에 귀를 기울이겠는가? [···]
> 1970년대와 80년대에 성인이 된 작가에게 다중
> 정체성과 차용된 정체성이라는 개념은 일종의
> 모국어이며, 시장 전략가가 고안해 대상을 선정한
> 다중 페르소나에서 자연스럽게 나온 결과물이다.[2]

1. Walter J. Ong, *Orality and Literacy* (London: Routledge, 1982),
82–83. (월터 J. 옹, 『구술문화와 문자문화: 언어를 다루는 기술』, 이기
우·임명진 옮김, 문예출판사, 1995년, 135 참조.—옮긴이)
2. Robert Fitterman, "Identity Theft," in *Rob the Plagiarist* (New
York: Roof, 2009), 12–15.

피터먼은 시각예술가 마이크 켈리를 인용하는데, 켈리 또한 다음과 같이 소비주의 측면에서 정체성 담론의 틀을 잡는다. "글램 록은 상업 음악계를 온전히 이해하고 그 무대인 파사드와 공허를 수용했으며, 드래그 퀸 이미지를 그 상태에 대한 기호로 이용한 음악이었다. […] 데이비드 보위는 페르소나를 취하고 기분에 따라 던져 버리며 시장을 위해 끊임없이 자신을 재창안한다. 그는 계획적 진부화라는 우리 문화를 그대로 비춘다. 알려진 바에 따르면, 소비문화에서 끊임없이 변하는 카멜레온 같은 페르소나는 역량 강화를 '재현한다'."[3] 글쓰기는 이 방향으로 움직여야 한다.

그러나 진정성 있는 이야기에 감동하지 않을 사람이 어디 있겠는가? 근래 들어 정체성에 기초한 가장 감동적인 서사 중 하나는 분명 버락 오바마의 이야기일 것이다. 오바마는 조상 대대로 거주하던 케냐 마을에서 자신의 이름을 딴 학교 설립을 기념한 연설에서, 출신지에 대한 긍지뿐 아니라 어떻게 케냐가 그의 할아버지에게 오바마 집안이 미국에서 놀라운 성취를 이루는 원동력이 된 가치를 심어 줬는지 말했다. "아버지는 이 근처에서 자랐습니다. 할아버지를 위해 염소를 돌보고 어쩌면 가끔 '상원 의원 버락 오바마 학교'와 크게 다를 바 없는 학교에도 갔을 겁니다. 아마 규모가 더 작고, 교구와 책도 적었을 것이고, 선생님의 급여도 훨씬 적었을 거란 점만 빼면 말이지요. 그리고 학업에 전념할 수 있는 돈도 충분치 않았을 겁니다. 그러나 이 모든 여건에도 지역사회는 아버지에게 용기를 북돋고 중고등학교

3. Mike Kelley, *Foul Perfection* (Boston: MIT Press, 2003), 111.

와 미국 대학교에 진학할 기회를, 그리고 하버드 대학교에서 박사 학위를 딸 기회를 줬습니다."[4]

미국에는 이런 놀라운 이야기가 넘쳐난다. 아르메니아계 미국인 작가인 아라 시리냔의 이야기도 그중 하나다. 시리냔은 아르메니아 소비에트 사회주의 공화국에서 태어났는데, 그의 집안은 아르메니아인 집단 학살의 여파로 서아시아 전역으로 흩어졌다. 1987년에 시리냔의 가족은 미화 1,500달러와 여행 가방 몇 개를 들고 미국으로 이주했다. 그의 아버지는 도착한 다음 날 보석상으로 일하기 시작했다. 어머니도 골동품 양탄자를 수선하는 일을 했다. 그들은 일주일 내내 일했고 도착한 지 1년 만에 집을 샀다. 시리냔의 아버지가 귀금속을 제조하기 시작하면서 사업이 커져 엄청난 양의 귀금속을 팔았다. 아버지가 은퇴할 무렵에는 로스앤젤레스 시내 대형 건물 한 층 전부를 사업장으로 쓸 정도였다. 공립학교가 양성한 시리냔은 이제 국제적 명성과 화려한 경력을 소유한 작가가 됐다. 그는 끈끈한 아르메니아계 미국인 공동체 일에도 매우 열심이다.

감동적인 이야기이다. 그런데 왜 시리냔은 국민적 귀속(nationality)을 다룬 그의 수상작을 쓸 때 이 얘기를 쓰지 않기로 선택했을까? 그 책 『당신의 나라는 대단하다』에서 시리냔은 전 세계 모든 국가명을 알파벳순으로 정리하고

4. "Obama Receives Hero's Welcome at His Family's Ancestral Village in Kenya," *Voice of America*, http://www.voanews.com/english/archive/2006-08/2006-08-27-voa17.cfm, 2009년 8월 5일 접속. (URL 변경, https://www.voanews.com/a/a-13-2006-08-27-voa17/313373.html, 2023년 8월 1일 접속.—옮긴이)

'[국가명]은 대단하다'라는 구절을 구글에서 검색한 후 (대부분 이용자가 후기를 쓰는 여행 관련 웹사이트에서 나오는) 결과를 국가별로 선별하고 분류했다. 그다음 각 연이 다른 견해를 나타내도록 그 댓글을 나열했다. 결과물은 여러 국가에 대한 이용자 주도의 내용과 견해를 담은 여행안내서다. 인용구의 출처도, 그것을 쓴 이도 밝히지 않은 이 작품은 추하다가 아름답고, 도움을 주다 해를 입히고, 정확한 정보를 주다 거짓 정보를 흘리고, 핵심을 찌르다가 완전히 다른 길로 새 버리는 양극을 오간다. 시리냔은 본래 열광적일 수밖에 없는 이런 정체성에 기초한 논의에 냉철하고 이성적인 방법론을 가져옴으로써, 글이 모든 걸 말하게끔 해 독자가 표명된 의견을 처리하도록 한다.

이 책에서 그의 고국인 아르메니아는 알파벳순으로 다음에 오는 아루바와 다를 바 없이 다뤄진다.[5] 시는 우리에게 아르메니아나 아루바에 관해 무엇을 말해 주는가? 많지 않다. 시리냔이 개인 서사를 기꺼이 포기한 이유는 더 큰 핵심, 즉 세계화가 언어에 미치는 치명적 효과를 보여 주기 위해서다. 그의 책은 '현실 세계'와 월드와이드웹 사이의 공간을 붕괴시키며 다음과 같은 의문을 제기한다. 국지적이란 무엇인가? 국민적/국가적이란 무엇인가? 다문화적이란 무엇인가? 시리냔은 언어를 차이화(differentiation)의 매개체로 보는 현 개념을 받아들이는 대신, 모든 것이 훌륭하지만 어떤 것도 훌륭하지 않은 시대에 의미를 완전히 파괴해 상

5. Ara Shirinyan, *Your Country Is Great: Afghanistan-Guyana* (New York: Futurepoem, 2008), 13-16.

투어로 가득한 웅덩이 속으로 처박아 버리는 언어의 평준화 성질을 설득력 있게 보여 준다. 내가 가 봤다면 훌륭한 곳이다. 즉 글로벌 투어리즘(세계 관광)은 일종의 권위다.

시리냔은 신중하게 구절을 선별하고 병치함으로써 이 작업을 기술이 연료를 공급한 포스트정체성 글쓰기 실천, 즉 저자의 정체성이 실제로 그것을 쓴 사람과 관계가 있는지를 독자가 궁금하게 만드는 글쓰기를 이뤄 내려면 작가가 어떻게 시작할 수 있는지를 보여 주는 교과서적 사례로 만든다. 이 책은 거리낌 없이 일인칭 시점을 선택해 전략적이고 자유롭게, 그러나 불특정하게 이용하며 지독히 국가주의적인 동시에 놀랍도록 무미건조한 작품을 만들어 낸다.

프랑스 예술가 클로드 클로스키는 책 『나의 상품 목록』에서 시리냔과 다르지만 똑같이 감정에 좌우되지 않는 요령을 구사하는데, 그의 방식은 자신이 지닌 모든 물건을 실제 그것이 실렸던 상품 목록이나 광고 문구와 함께 목록화하는 것이다. 이 작품을 위해 그는 단순히 '당신'이나 '당신의 것'이라는 지시어를 주격 '나' 혹은 '나의 것'으로 대체했을 뿐이다.

발췌문을 읽어 보자.

나의 냉장고

나의 냉장고는 나의 신선 식품과 냉동식품을 넉넉히
보관할 만큼 통상 용량보다 월등히 큰 가용 공간을
가지고 있습니다. 온도를 조절할 수 있는 육류
보관실과 습도 조절 기능을 갖춘 신선 야채실

덕분에 내 식재료를 안심하고 완벽하게 보관할 수
있습니다. 그뿐 아니라, 나는 간접 냉각 방식으로
만든 얼음과 신선한 물을 버튼만 누르면 바로 즐길
수 있습니다. 게다가 나의 냉장고는 항균 코팅
기능이 있어 손쉽게 관리할 수 있습니다.

나의 클렌징 젤

번들거리는 피부를 단계적으로 보송보송하게 만들고,
늘어난 모공을 조이며, 블랙헤드를 없애는 거라면,
나에게는 비결이 있어요. 바로 매일 밤, 아연을 함유한
퓨리파잉 젤로 세안하는 거예요. 이 제품은 낮 동안
쌓인 불순물을 피부 자극 없이 없애 주는 강력한 피지
조절 기능이 있다고 하죠. 이제 내 피부는 번들거리지
않아요. 아연의 진정력은 보습제로 한층 강화돼 내
얼굴의 건조한 부위를 부드럽게 하고 진정시키죠. 내
피부는 더는 당기지 않아요.

나의 일체형 안경

나는 일체형 안경으로 태양 광선을 길들이죠. 이
제품은 유해 자외선을 차단하고 눈부심을 방지하는
데도 탁월하지만, 안경으로도 매우 훌륭합니다. 내
얼굴을 완벽히 감싸거든요. 충격에 강한 곡선형
렉산 렌즈가 제공하는 넓은 시야도 만족스럽습니다.
이 안경은 사방에서 들어오는 자외선을 차단해

태양으로부터 내 눈을 보호할 뿐만 아니라 바람,
모래, 먼지로부터도 지켜 줍니다. 내 얼굴 윤곽과
완벽히 들어맞는 소형 고무 밴드는 편안하고 완벽한
착용감을 보장합니다. 궁극의 정교함이란 바로 이런
것이지요. 거의 무게감을 느낄 수 없는 이 제품을
나는 어떤 상황에서도 착용할 수 있습니다. 탈착식
줄과 함께라면, 이 제품은 내가 좋아하는 스포츠를
할 때도 진가를 발휘합니다.[6]

클로스키는 자발적으로 자기가 소유한 것으로 자기 자신을
규정할 뿐만 아니라 스스로 자기 소유물에 완전히 사로잡
힌 상태가 되도록 하겠다고 공언함으로써, 소비에 광분해
과부하된 언어, 즉 당대의 자화상 형식을 만들어 낸다. 어떤
식으로든 설교나 개인적 견해나 과도한 감정을 드러내기를
거부하며 자기 자신을 궁극의 소비자이자 최고의 소비자로
치켜세운다. 그는 설득할 필요가 없는 소비자다. 이미 열광
하고 있으니 말이다. 내가 여러분이 팔려는 모든 것을 살 뿐
만 아니라 여러분의 상품을 숨이 막힐 지경까지 모두 수용
하겠다고 말한다면, 굳이 구매를 권유할 이유가 있겠는가?
클로스키는 시장 관리자보다 한 발 더 나아가 소비 지향 자
본주의에 언어에 기초한 해독제를 제공한다.

　　롤랑 바르트는 『S/Z』에서 오노레 드 발자크의 단편소
설 「사라진」에 대한 철저한 구조주의적 해체를 수행한다.

6. Claude Closky, *Mon Catalogue*, trans. Craig Dworkin (Limoges:
FRAC Limousin, 1999), n.p.

이 책에서 그는 계급의 기표가 어떻게 파티나 가구 비치, 혹은 정원에 관한 악의 없어 보이는 진술에 표현되는지를 드러낸다. 그의 책은 모든 예술 작품에서 이런 약호(코드)를 알아내는 도구를 제공한다. 그러나 비창조적 글쓰기가 잠재적으로 하는 일은 바르트의 프로젝트를 뒤집는 것인데, 즉 그런 일반적으로 숨겨진 약호(코드)가 전면과 중심으로 끌려 나와 작품 전체를 구성하는 상황이다. 광고, 음악, 영화, 시각예술만큼이나 문학 담론도 다음 단계로 이동했다.

알렉산드라 네메로프의 「맨 처음 나의 모토로라」 같은 작업으로는 무엇을 할까? 이 작업에서 네메로프는 일어나서 잠드는 순간까지 온종일 자신이 만진 모든 것의 상품명을 목록화한다. 작품은 다음과 같이 시작한다.

맨 처음, 나의 모토로라
그다음 나의 프레테
그다음 나의 소니아 리키엘
그다음 나의 불가리
그다음 나의 애스프리
그다음 나의 까르띠에
그다음 나의 콜러
그다음 나의 브라이트스마일
그다음 나의 세타필
그다음 나의 브라운
그다음 나의 브라이트스마일
그다음 나의 콜러
그다음 나의 세타필

그다음 나의 블리스
그다음 나의 애플
그다음 나의 카시
그다음 나의 메이택
그다음 나의 실크
그다음 나의 폼

그리고 이렇게 끝난다.

그다음 나의 랄프 로렌
그다음 나의 라펠라
그다음 나의 H&M
그다음 나의 앤트로폴로지
그다음 나의 모토로라
그다음 나의 불가리
그다음 나의 애스프리
그다음 나의 까르띠에
그다음 나의 프레테
그다음 나의 소니아 리키엘
그리고 마지막으로, 나의 모토로라[7]

'명랑하게' 자신의 습도 조절식 냉장고를 '좋아한다'라고 자
처하는 클로스키와 반대로, 네메로프는 이런 상품명을 호
불호 측면에 놓고 보지 않는다. 거기에는 상품명 말고는 아

7. Alexandra Nemerov, "First My Motorola," 미출판 원고.

무엇도 없다. 네메로프는 하찮은 존재이자 껍데기이며 그저 로봇 같은 소비자다. 그는 "나는 쇼핑한다. 고로 존재한다."라는 바버라 크루거의 유명한 구호를 상연하며 대담하게 새로운 유형의 자화상을 만들어 낸다. 그것은 바로 공모에 가담한 인구 집단이자 시장 관리자의 꿈이다.

2007년 『타임』은 제약사 상속자인 루스 릴리가 시 재단에 기부한 미화 2억 달러가 사람들이 시에 관해 느끼는 방식을 실제로 바꿀 수 있는지에 의문을 제기했다. "2억 달러는 이를 바꾸지 못할 것이다. 어떤 것도, 심지어 돈으로도 사람들이 억지로 뭔가를 즐기게 할 수는 없다. 진정으로 시에 필요한 것은, 아방가르드 시각예술을 위해 앤디 워홀이 한 일을 시를 위해 할 수 있는 작가다. 바보 같은 시를 만들지도, 잘난 체하지도 않으면서 시를 매력적이고 멋지며 쉽게 다가갈 수 있는 것으로 만드는 일이다. 이런 작가가 등장할 때 문화는 빠르고 비교적 수월하게 바뀐다."[8] 이 주장은 많은 문제점이 있지만, ─예컨대 그(이 글의 저자)는 워홀을 택해 워홀이 워홀이 되도록 허락한 1960년대라는, 돌아오지 않을 특정 문화적 순간이 회귀하기를 바란다─ 그의 문제 제기로 나는 왜 그동안 시에는 앤디 워홀 같은 이가 없었는지 궁금해졌다.

8. Lev Grossman, "Poems for People," *Time Magazine*, June 7, 2007, http://www.time.com/time/magazine/article/0,9171,1630571,00.html, 2009년 8월 13일 접속. (URL 변경, https://content.time.com/time/subscriber/article/0,33009,1630571,00.html, 2023년 8월 1일 접속.─옮긴이)

어쩌면 여러분은 조지 W. 부시 행정부 시절 호황기 동안, 갑자기 소비주의를 지지하는 시인이 대거 등장했으리라고 생각할 수도 있다. 사실은 반대다. 7월 서스퀘해나에서 낚시하기에 관해 쓴(실은 거기서 낚시하지 않는 시인 자신에 관한 시이지만) 빌리 콜린스, 9월 현관에 놓인 그네 의자를 목가적으로 묘사한 테드 쿠서, 또는 소달구지를 끄는 시골 사람으로 향수를 자극한 도널드 홀 같은 부시 행정부의 계관시인은, 미국인 대부분(과 세계 대부분)을 사로잡고 있던 것 즉 물건 사기와는 대책 없이 동떨어져 있었다. 본질적으로 부시 행정부 계관시인이 향수를 자극하는 시 형식으로 돌아간 것은 놀랍지 않다. 시인이 '진정한' 미국의 가치에 관해 쓰던 시절에 대한 시뮬라크르를 자신이 수행하고 있다는 것도 모른 채 말이다. 시 문학계는 아직 팝아트 같은 운동을 경험하지 못했다. 팝아트가 나온 지가 50년이 넘었는데도 말이다. 언어를 이용하는 (구체시, 언어시, 픽션 컬렉티브 2[FC2]식의 혁신적 소설 같은) 다양한 대안적 방식이 제안됐지만, 대중의 상상 속에서 글쓰기는 대체로 전통적이고 서사적이며 투명한 이용 방식에서 벗어나지 못했고, 이는 글쓰기가 일종의 분수령 같은 팝아트를 경험하지 못하도록 막았다. 예컨대 뉴욕파 시인들이 대중문화를 주관성으로 가는 문으로 이용해 소비주의를 달콤하게 어루만 졌지만("당신과 마시는 콜라 한 잔이 / 산세바스티안, 이룬, 앙다이, 비아리츠, 바욘에 가는 것보다 훨씬 더 즐거워요." 라는 프랭크 오하라의 말처럼),[9] 그것은 다음과 같은 워홀

9. Frank O'Hara, *The Selected Poems of Frank O'Hara*, ed. Donald

의 냉정한 객관성과 노골적 예언에는 결코 미치지 못했다. "콜라는 그냥 콜라여서, 아무리 돈을 많이 낸다 해도 길거리의 건달이 마시는 콜라보다 더 좋은 콜라를 마실 수 없다. 모든 콜라는 같으며, 모든 콜라는 품질이 좋다. 리즈 테일러는 그 사실을 알고 있으며, 대통령도 알고, 건달도 알고, 당신도 안다."[10]

시 재단이 발행한 잡지 『포이트리』 2009년 7/8월 호는 소비주의의 함정에 관해 경고하는 토니 호글랜드의 짧은 시 「갤러리아 쇼핑몰에서」로 시작한다.[11] 불쌍한 루신다는 반짝인다고 해서 다 금은 아니라는, 기록된 것 중 가장 오래된 격언에 속아 넘어가고, "오늘은 그가 더는 얼굴을 보지 않고 / 지갑에 붙은 꼬리표를 평가하기 시작한 날"에서 볼 수 있듯 그 과정에서 인간성을 잃어 간다. 이 어린 소녀가 교훈을 얻을 수 있는 유일한 길은 과거 우리 같은 연장자나 신들이 교훈을 터득한 방식뿐이다. 즉 우리는 유혹에 굴복한 후에야 비로소 얼마나 어리석은 것을 추구했는지 깨닫는다. 아, 젊음이란! 마지막 연에서 나타나는 이 작품의 망원적 특징은 (문화로서, 국가로서) 우리를 멈춰 세우고 그런 우연한 만남으로 얼마나 우리가 소외되고 외로워지며 인간성과 단절되었는지 생각하게 한다. 이는 우리에게 특정한

Allen (New York: Vintage, 1974), 175.

10. Andy Warhol, *The Philosophy of Andy Warhol: From A to B and Back Again* (San Diego: Harcourt Brace Jovanovich, 1975), 101. (앤디 워홀, 『앤디 워홀의 철학』, 김정신 옮김, 미메시스, 2007년, 121.—옮긴이)

11. Tony Hoagland, "At the Galleria Shopping Mall," *Poetry* 194.4 (July/August 2009), 265.

것을 가르치려는 작품이다. 어리석은 젊은이를 향해 다 안다는 듯 손가락을 가로저으며 진정하고 현명한 가치를 전하려는 시이다.

호글랜드는 파스텔색 아기 양말, 속옷, 중국산 텔레비전 등이 있는 특정 순간을 포착한 사진을 제공함으로써, 렘 콜하스가 '정크스페이스'(Junkspace)라 부른 것을 속기하듯 표현하고자 한다. 여기서 정크스페이스는 일종의 임시 건축물로, 쇼핑몰, 카지노, 공항 등을 제공한다. 그런데 정크스페이스에서 어떤 것을 특정하거나 안정시키려는 시도는 그것의 본성에 반하는 일이다. "정크스페이스는 파악될 수 없는 것이기에 기억될 수도 없다. 그것은 컴퓨터 화면 보호기처럼 화려하지만 기억에 남지 않는다. 그것은 응고시킬 수 없는 것이기에 즉각적인 기억상실을 유발한다. 정크스페이스는 완벽함을 창조하는 척하지 않는다. 단지 흥미를 유발할 뿐이다. [...] 우주에 블랙홀이 존재하듯이, 정크스페이스에는 명품 브랜드가 있다. 그것의 본질은 의미를 사라지게 만드는 것이다."[12] 쇼핑몰 경험을 유화로 그려 보려고 J. C. 페니 백화점 정문 밖에 이젤을 편 화가처럼, 호글랜드는 잘못된 재료를 선택하는 잘못된 접근 방식을 취한다. 심층 이미지는 이런 무중량 공간에서 날지 못한다.

같은 호 『포이트리』에는 로버트 피터먼의 '매장 안내도'라는 시도 실렸다. 이 시는 단순히 어느 이름 없는 쇼핑몰의

---

12. Rem Koolhaas, "Junkspace," in *Project on the City* (Köln: Taschen, 2001), n.p. (렘 콜하스, 「정크스페이스」, 렘 콜하스·프레드릭 제임슨, 『정크스페이스 | 미래 도시』, 임경규 옮김, 문학과지성사, 2020년, 14.—옮긴이)

매장 안내도를 형식, 운율, 소리에 관한 시적 고민으로 둘러
싸 제시한다. 콜하스는 정크스페이스는 반사의 미로라고,
즉 "그것은 수단과 방법(거울, 광택, 메아리)을 가리지 않고
우리의 방향감각을 앗아 간다."라고 말한다.[13] 피터먼은 쇼
핑몰 경험 자체만큼이나 지루하고 재미없고 따분한 입점
매장 목록화를 통해 표현하기보다 반사하기로 의도적으로
언어적 방향감각 상실을 조장한다.

메이시스
서킷 시티
페이리스 슈즈
시어스
케이 주얼러스
GNC
렌즈크래프터스
코치
H&M
라디오섁
짐보리

더바디샵
에디 바우어
크랩트리앤에블린
짐보리

13. 같은 곳. (같은 글, 11.—옮긴이)

풋락커
랜즈 엔드
GNC
렌즈크래프터스
코치
페이머스 풋웨어
H&M

렌즈크래프터스
풋락커
GNC
메이시스
크랩트리앤에블린
H&M
시나본
케이 주얼러스
랜즈 엔드

히코리 팜
GNC
더바디샵
에디 바우어
페이리스 슈즈
서킷 시티
케이 주얼러스
짐보리

더바디샵
히코리 팜
코치
메이시스
GNC
서킷 시티
시어스

H&M
케이 주얼러스
랜즈 엔드
렌즈크래프터스
에디 바우어
시나본

라디오색
GNC
시어스
크랩트리앤에블린[14]

피터먼의 목록은 댈러스 포트워스 국제공항(DFW)의 정크
스페이스에 관한 콜하스의 말을 연상시킨다. "DFW는 단
세 개의 요소만이 무한히 반복되는 형식을 취하고 있다. 한

---

14. Robert Fitterman, "Directory," *Poetry* 194.4 (July/August
2009), 335.

종류의 기둥, 벽돌, 타일, 게다가 이 세 가지 모두가 단 하나의 색깔로 칠해져 있다. 이게 암청록색? 아니면 녹? 담배? […] 겉으로 보기에 자동차 하차 구역은 피자헛과 데어리퀸 영상 광고판 너머 치유할 수 없는 허무의 심장을 향한 여행을 시작하기에 흠잡을 데가 없다."[15] 피터먼은 우리가 바로 알아볼 수 있는 상품명을 멍해질 정도로 연달아 제시함으로써 불특정성을 반복해 글로벌 자본주의의 본질을 그대로 보여 준다. 이는 라디오색과 서킷 시티가 상호 교체 가능한 것과 마찬가지다. 그리고 실제로도 그렇지 않은가? 피터먼 시가 주는 효과는 『프린스턴 가족』의 돌고 도는 배경과 같다. 만화에서 똑같은 나무와 산이 나오고 또 나오듯 시에서는 H&M, 케이 주얼러스, 더바디샵이 반복된다. 그리고 호글랜드의 조카딸이 소외감 혹은 활기를 느낀다고 하듯이, 피터먼의 무감각하게 만드는 상점 목록을 훑어 내려가면 우리 독자는 실제로 쇼핑몰에 있는 느낌을 받는다. 실제로 피터먼은 거의 아무것도 하지 않고, 자신의 논지를 설득하기 위해 설교에 의존할 필요 없이 호글랜드보다 더 현실적인 경험을 제공했다. 이 시가 주는 교훈은 이 시를 경험하는 것이다.

미국의 전 계관시인인 도널드 홀은 시 「달구지를 끌고」에서 다른 종류의 시장 경험에 관해 쓴다.

---

15. Koolhaas, "Junkspace." (렘 콜하스, 「정크스페이스」, 임경규 옮김, 47–48.—옮긴이)

10월이 되자
농부는 밭에서 캐낸 감자에서
종자로 쓸 감자와
저장분을 뺀 나머지를 자루에 담아
달구지 바닥에 싣는다.

그가 4월에 깎은 양털,
벌집 꿀, 리넨,
무두질한 사슴 가죽,
그리고 대장간에서 손수 테메운
통에 담은 식초를 포장한다.

농부는 소를 몰고 열흘 동안 걸어
포츠머스 시장에 도착한다. 그리고
감자, 감자를 담아 간 자루,
아마 씨, 자작나무 빗자루, 단풍나무 설탕,
거위 털, 실을 판다.

달구지가 비자 농부는 달구지를 팔고,
달구지가 팔리자 소를 팔고,
마지막으로 고삐와 멍에까지 판다.
주머니에 그해 소금을 사고 세금 낼 돈이 두둑해져
집으로 걷는다.

추운 11월이 되자 농부는 벽난로 앞에 앉아
내년을 위해 헛간에 있는 소에게 씌울

새 고삐를 만들고,

멍에를 깎아 만들고,

새 달구지를 만들 나무를 톱질한다.[16]

아무것도 생산하지 않고 일생 중 맹목적 소비만 가능한 단계인 호글랜드의 조카딸이나, 피터먼이 보여 준 소비주의에 대한 객관화된 시각과 달리, 홀은 커리어 앤드 이브스의 석판화에서 나온 듯한 이상화되고 향수를 자극하는 그림을 보여 준다. 그때는 남자들이 정직하고 정직하게 일하던 시절이었다. 사람이 자연의 풍요로움을 기르고 거두고 포장하고 운송할 뿐 아니라 팔던 때였다. 10월부터 11월까지 자연의 주기와 교감하며 농부는 다음 계절을 대비해 모든 것을 비우는 동시에 다시 채우느라 열심히 일했다.

빌리 콜린스는 홀의 『시 선집』에 관해 『워싱턴 포스트』에 다음과 같이 썼다. "오랫동안 홀은 꾸밈없는 시골 시인이라는 로버트 프로스트의 전통에 속한다고 평가받았다. 그는 단순하고 구체적인 표현과 평서문의 간단명료한 순서 배열에 의지해 자신의 시에 안정감을 부여하고 진심 어린 권위에서 나오는 목소리를 불어넣는다. 처음 몇 줄에서 성공적으로 독자를 사로잡을 수 있는 것은 바로 일종의 단순성 때문이다."[17] 그러나 나는 피터먼의 '단순성'이 호글랜드

16. Donald Hall, "Ox Cart Man," http://poets.org/viewmedia. php/prmMID/19216, 2010년 4월 16일 접속. (URL 변경, https:// www.poets.org/poetsorg/poem/ox-cart-man, 2023년 8월 1일 접속.—옮긴이)

17. http://www.poets.org/poet.php/prmPID/264, 2009년 6월 5일 접속.

의 도덕성에서 나온 정서나 홀의 시골 향수를 자극하는 소박한 소품보다 사람들 대부분의 일상 경험에 훨씬 더 가까운 진실을 표현한다고 본다. 그리고 그 점에서 내 생각에 진정한 대중주의적 표현은 그러한 것들이다. 쇼핑몰 상점 목록보다 더 이해하기 쉬운 게 어디 있겠는가? 미국인 대부분이 날마다 출퇴근하며 지나는 길과 그들이 끝없이 펼쳐지는 쇼핑몰과 공통적으로 하는 상호작용을 그대로 반영하니 말이다.

아방가르드가 공통으로 받는 비난은, 엘리트주의적이고 최근 동향에 어둡고 상아탑에서 분투하며 몇 안 되는 정통한 사람에게만 호소한다는 점이다. 대중주의라는 허울로 포장한 많은 '난해한' 작품이 만들어졌으나 결국은 그것이 의도한 청중에게 해독할 수 없거나 심지어는 상관없다는 이유로 거부당할 뿐이라는 사실에 동의한다. 그러나 비창조적 글쓰기는 진정으로 대중주의적이다. 왜냐하면 피터먼의 비창조적 글쓰기는 우리가 읽기도 전에 그것이 무엇인지, 즉 우리가 그것을 이해하지 못하는 것은 불가능하다고 정확히 말하며 처음부터 의도를 분명히 밝히기 때문이다. 그렇다면 드는 의문은 이것이다. 왜? 그리고 이 의문과 함께 우리는 우리를 그 대상에서 떼어내 사변의 영역으로 데려가는 개념의 영토로 이동한다. 우리가 마음 편히 책을 던져 버리고 논의와 함께 계속 나아갈 수 있는 것은, 즉 비창조적 글쓰기가 환영하는 움직임을 계속할 수 있는 것은 바로 이 시점부터다. 책은 사고로 도약할 수 있는 발판이다. 우리는 독자 됨(readership)을 맡는 것에서 사유자 됨(*thinkership*)을 받아들이는 쪽으로 이동한다. 읽기(와 그에 따른 독자 됨)라는 짐을 버리면 그때부터 우리는 비창조적 글쓰기가 누구나 이해할 수 있는 문학작품이 될 잠재력이 있다고 생각할 수 있다. 이 (단순한) 개념을 이해하면, 지리적 위치, 소득 수준, 교육 혹은 사회적 지위에 상관없이 누구라도 이런 글쓰기를 활용할 수 있다. 비창조적 글쓰기는 모두에게 열려 있다.

이런 비창조적 글쓰기 방식은 사실주의 시학을 제공하는데, 여기서 에밀 졸라의 『루공·마카르 총서』이면에 있는 기록 충동이 연상된다. 이 책에서 졸라는 돈벌이를 위해 싸구려 글을 쓰는 작가로 가장한 채, 어떻게 하면 제2제국 시기 프랑스인의 삶을 빠짐없이 가장 잘 묘사할 수 있을까라는 방대한 프로젝트에 착수했다. 졸라는 농부에서부터 성직자, 시장에서 백화점까지 아우르는 이 작품이 한낱 소설을 넘어선다고 주장했다. 그의 의도는 "절대적으로 자연주의적이고 생리학적"이었는데,[18] 오노레 드 발자크보다 미셸 드 세르토에 더 가까운 주장이다. 졸라에게 영감을 받은 이 새로운 글쓰기는 사실주의를 넘어선 사실주의다. 그것은 극사실주의적이며, 문학의 사진사실주의다.

일반적으로 고급 과정에서만 아방가르드를 가르칠 수 있다고 하지만, 유타 대학교 교수인 크레이그 드워킨은 생각이 다르다. 그는 거트루드 스타인의 『부드러운 단추들』 같은 글(텍스트)은 어느 수준이든 효과가 있다고 보는데,

---

18. http://seacoast.sunderland.ac.uk/~os0tmc/zola/diff.htm, 2009년 5월 21일 접속. (URL 삭제, https://web.archive.org/web/20080914025050/http://seacoast.sunderland.ac.uk/~os0t-mc/zola/diff.htm, 2023년 8월 1일 접속.—옮긴이)

왜냐하면 그 글은 그리스신화, 문학적 암시, 영국 왕실 역사, 문학 용어를 몰라도, 심지어 어휘력이 좋지 않아도 이해할 수 있기 때문이다. 우리가 아는 단어만 나오고, 그게 전부다.[19] 시인이자 교수인 크리스천 북은 학생들이 처음에는 『부드러운 단추들』 같은 작품에 거부감을 갖는다고 설명한다. 왜냐하면 그들이 익숙한 언어를 생경하게 표현하는 걸 좋아하지 않으며 (오히려 그 반대로) 생경한 것을 쉽게 이해할 수 있게 만드는 것이 그들이 받는 교육의 핵심이라고 생각하기 때문이다. 그는 수업 시간 대부분을 학생들에게 스타인이라는 이상한 수수께끼가 지닌 경이로움을 보여 주는 데 할애한다. 북은, 예컨대 스타인이 핀 상자 같은 익숙한 물건을 '핵심'(full of points)이라고 묘사해 우리를 '실망시킬'(disappointing) 때, 실은 그가 시 그 자체처럼 '핵심 없는'(pointless) 어떤 것이 지닌 날카로움에 관해 매우 간단하지만 미묘한 핵심을 지적하고 있음을 보여 준다.[20]

비창조적 글쓰기는 전유한 언어를 자기 반영적으로 이용하는 과정에서 빌려 온 언어에 내재한, 그리고 그것이 계승한 정치를 포함한다. 다시 말해 개념적 글쓰기 작가는 본의 아니게 자신의 것이 아닌 글이 지닌 도덕적 또는 정치적 의미를 소리 내 읊을 수밖에 없다. 그런데도 그 시를 만드는 방식 혹은 기계가 정치 의제에 불을 지피거나 도덕성 혹은 정

---

19. 개념적 글쓰기 리스트서브로 보낸 메시지, 2009년 6월 15일 월요일 오후 5시 25분.
20. 개념적 글쓰기 리스트서브로 보낸 메시지, 2009년 6월 16일 화요일 오후 1시 11분.

치 문제에 의문을 제기한다. 버네사 플레이스는 윤리 문제를 제기하는 불미스러운 법률 문서를 다시 문학으로 제시하는 작가다. 그는 문서를 한 자도 바꾸지 않는 대신 단순히 법률에서 문학으로 틀만 옮겨 그에 대한 도덕적 판단은 독자에게 남겨 둔다.

플레이스의 작업에는 허먼 멜빌의 바틀비 같은 느낌이 있다. 바틀비는 정신없이 돌아가는 일터에서 마치 고요와 침묵의 등대처럼 평정심과 엄격한 자기 주도의 윤리 의식으로 빛을 비추어 자신을 둘러싼 바쁜 일상 속 공허함과 습관성을 드러냈다. 그는 블랙홀처럼 모든 이를 자신 속으로 빨아들여 결국 내파하고 만다. 플레이스는 변호사다. 바틀비처럼 그가 하는 일도 기록 복사와 편집이 주를 이루는데, 플레이스의 경우는 난잡한 삶과 더러운 행위를 법정에 제출할 '중립적' 언어로 표현하는 항소이유서 작성을 포함한다. 이것이 그의 본업이다. 플레이스의 시는 자신이 근무 중 쓴 문서를 전유한 것으로, 다시 말해 플레이스는 자신이 쓴 이유서를 근무시간 후 문학으로 뒤집어 놓는다. 그리고 문학작품이 대부분 그러하듯, 그의 시 또한 강도 높은 드라마, 파토스(정념), 공포, 인간성으로 가득 차 있다. 그러나 대다수 문학작품과 다르게 그는 한 글자도 쓴 적이 없다. 아니 썼을까? 플레이스의 시가 흥미로워지는 지점은 여기에 있다. 그는 그것을 썼고 동시에 그것을 법원 서류철과 관료주의라는 암울한 세계에서 구해 내며 철저히 전유했다. 그리고 단지 틀을 바꿈으로써 그것을 설득력 있는 문학작품으로 바꿨다.

플레이스는 무자력 성범죄자의 항소를 대리한다. 그가

말한 대로 쉬운 일이 아니다. "제 의뢰인 모두는 이미 중대한 성범죄로 유죄를 선고받은 상태예요. 그리고 주립 교도소에 수감 중일 때 제가 그들 사건에 선임되지요. 제 경력이나 전문성 때문에 저는 주로 여러 범죄에 대해 유죄판결을 받고 수백 년 징역형과 다수의 종신형을 선고받은 사건을 맡습니다. 주로 강간범과 아동 성추행범을 대리하지만, 매춘 알선업자와 성폭력 흉악범을 대리할 때도 있습니다. (그들은 복역 후에 강제로 주립 병원에 수용되는데, 저는 그 수용 명령에 대한 항소를 대리하지요.)"[21]

뛰어난 실험소설 두 편을(그중 하나는 한 문장으로 된 130쪽짜리 소설이다.) 연이어 출간한 이후, 요즘 그의 문학 생산은 자신이 맡은 법정 사건에서 나온 사실 진술서를 재출간하는 일을 포함한다. 항소이유서는 세 부분으로 나뉘는데, 사건의 절차상 이력을 제시한 사건 진술서와 재판에 제출한 범죄 증거를 서술형으로 제시한 사실 진술서, 그리고 판결을 뒤집기 위해 오류가 있음을 주장하고 피고인을 변론하는 변론 부분이다. 플레이스는 자신의 문학 생산을 위해 이유서 중에서 가장 객관적이고 서술적인 사실 진술서만을 이용한다.

플레이스는 증인과 피해자의 신원을 보호하기 위해 특정 정보를 제거하는 일 외에는 어떤 식으로도 원본 문서를 바꾸지 않는다. 그가 진술서를 문학으로 다시 제시한다고 해서 어떤 공식적 윤리 기준이나 변호사 행위 규범을 위반하는 것은 아니다. 그가 작성한 모든 항소이유서는 공공 기록물이므로 누구라도 찾아볼 수 있기 때문이다. 그러나 플레이스는 바틀비 같은 방식으로 그 언어를 비평하고 드러내기 위해 직업상 불문율을 어기는 것처럼 보인다. 그는 "제 의뢰인은 모두 법적으로 유죄입니다. 대부분은 도덕적으로도 유죄이고요. 그들의 변호인인 저는 법적으로는 죄가 없지만 도덕적으로는 유죄일지도 모릅니다."라고 말한다.[22] 법에서 예술로 맥락을 바꾸고 그 언어에서 법률적 목적을 제거하자 우리는 갑자기 전에는 볼 수 없던 방식으로 이런 문서를 본다. 이 몸짓이 제기하는 유형의 질문이 플레이스 실천의 핵심이다.

언어는 결코 중립적이지도 안정적이지도 않고, 진정으로 객관적일 수 없다. 따라서 사실 진술서는 사실에 입각한 진술을 가장한 변론이나 다름없다. 사실 진술서 작성을 위한 기본 원칙마저도 다음과 같이 이런 선입견을 인정한다. "사실 진술서에서 […] 우리는 명시적으로 변론하는 것이 허용되지 않는다. 그렇다면 무엇을 하는가? 바로 암묵적 변론이다. 암묵적 변론이란 무엇인가? 명시적 변론이 명시적으로 바로 그 이유를 진술하는 것이라면, 암묵적 변론은 '왜?'라는 질문에 대한 답에서 어떤 이유를 명시적으로 진술하지 않는 것이다. 대신에 암묵적 변론은 사실을 배열하고 강조해 변론의 수신자에게 바람직한 결론을 끌어낸다."[23] 플레이스는 자신의 본업을 위해서 의도적으로 암묵적 변론을 작성하고, 자신의 예술을 위해서 그 허위성을 드러낸다.

22. 필자에게 보낸 이메일, 2009년 5월 17일.
23. http://www.davidleelaw.com/articles/statemen-fct.html, 2009년 5월 18일 접속. (URL 삭제, 2023년 8월 1일 접속.—옮긴이)

플레이스의 25개 사건으로 구성한 400쪽 분량의『사실 진술서』중 출간된 한 부분은 아동 성추행범인 삼촌 차벨로와 그의 조카딸 세라의 충격적 이야기를 전한다. 10쪽에 걸쳐 성에 대한 생생한 묘사가 이어지며, 사이사이 심리적 교착 상태와 가슴이 미어지는 분투기가 나온다. 법원 서기의 녹취 기록(법정에서 들은 일을 요약 표기법으로 기록한 일지)이 지속해서 글의 흐름을 방해하는데도 쉬운 영어로 쓴 명확한 서사가 보인다. 다음은 발췌문이다.

한번은 세라 어머니가 세라 속옷이 젖었고 정액 냄새가 나는 것을 알아차렸다. 세라에게 이에 관해 물었지만, 세라는 어떻게 거기서 그런 냄새가 나는지 모르겠다고 말하고는 나가 버렸다. 그래서 세라 어머니는 세라 속옷을 세탁기에 넣고, '지금 벌어지는 이 악한 일'에 대해 생각하지 말자고 속으로 말했다.

항소인이 마지막으로 세라에게 손댄 것은 세라의 집에서였다(속기사의 항소 기록[Reporter's Transcript on Appeal, RT] 1303). 항소인이 세라에게 손댔을 때 세라는 음부에 통증을 느꼈다. '찌르는 것' 같았다. 나중에 세라가 화장실에 갔을 때도 아팠다(RT 1302). 세라는 음부가 '베인 상처에 알코올을 바르는 것 같은데 그보다 더 아파서' 견디기 힘들어지자 병원에 갔다. (3) 세라 어머니는 '구름다리에서 놀다가 생기는 물집 같은' 물집을 봤다. 물집 생긴 곳이 가려웠다. 의사는 세라에게 무슨 일이 있었는지 물었지만, 세라는 말하지 않으려 했다. 의사는 세라에게 한 달

동안 매일 복용하는 약을 줬고, 물집은 사라졌다.
물집이 재발했고, 세라는 약을 다시 먹어야 했다.
다시 물집이 사라졌으나 또 재발했다. 세라는 다시
의사를 찾았고, 코프먼 박사를 만났다(RT 1306–1309,
1311–1313, 1318, 2197).

---

(3) 세라는 어머니에게 소변볼 때 아프다고
호소했다. 그래서 세라 어머니는 세라에게 3일 동안
약용 차를 줬다. 통증이 가시지 않자 세라 어머니는
세라의 질을 살펴봤고, 물집을 발견하자 세라를
의사에게 데려갔다(RT 2196–2197, 2218–2221).
세라는 질에 물집이 생긴 적이 한 번도 없었다(RT
2199).[24]

플레이스가 문학으로 이 작품을 재구성하면서 가장 먼저
하는 일은, 법조계가 요구하는 (그가 '권위를 나타내는 작은
견장'이라 부르는) 세리프체를 제거하는 것이다. 이는 그 문
서에 법정에 속한 문서와는 다른 역할을 부여한다. 그러나
그것 말고는 주석부터 서기의 녹취 기록까지 어떤 것도 손
대지 않은 원본 그대로다. 변호사와 비창조적 작가라는 두
가지 직책을 동시에 수행하는 플레이스는, "제 직업은 정보
를 '처리'하는 겁니다. 모든 수사법과 모든 언어가 하는 일

---

24. Vanessa Place, *Statement of Facts* (UbuWeb: /ubu, 2009),
http://ubu.com/ubu, 2009년 8월 10일 접속. (URL 변경, http://
ubu.com/ubu/unpub/Unpub_042_Place.pdf, 2023년 8월 1일 접
속.—옮긴이)

처럼요."라고 말한다.

그러나 플레이스는 실제 삶 그리고 예술이라는 두 가지 각도 모두를 이용해 예술과 윤리에 관한 내 장밋빛 그림에 그림자를 드리운다. 많은 이에게 『사실 진술서』는 단순히 충격적이고 선정적으로 다가올 수 있지만, 내용에 연연하면 개념을 놓친다. 이 작품의 개념은 그것을 둘러싼 사회적, 도덕적, 정치적, 윤리적 장치가 얽힌 망(매트릭스)이며, 바로 이 개념이 작품에 진정한 의미를 부여한다. 그리고 플레이스가 이런 글을 낭독하는 것을 들을 때, 우리는 작품의 불쾌한 내용은 빙산의 일각에 불과하다는 사실을 깨닫는다. 낭독하는 동안 청자인 우리에게 일어나는 일이야말로 그가 하는 일이 그토록 중요한 이유다.

당연하게도 그의 낭독을 듣는 일은 힘들다. 얼마 전 나는 『사실 진술서』를 낭독하는 45분 내내 앉아 있었다. 무대에서 플레이스는 판사 앞에 설 때와 같은 옷을 입고서 낮고 단조로운 목소리로 읽어 내려간다. 냉정하고 기계적인 전달로 인해 극도로 열띤 주제는 잠잠해진다. 이 작품을 듣자마자 나오게 되는 첫 번째 반응은 충격과 공포다. 어떻게 사람이 이토록 끔찍할 수 있단 말인가? 그러나 우리는 계속 듣는다. 멈추기 어렵다. 이야기가 우리를 끌어당기고, 어느새 우리는 쌓여 가는 작은 사건에 귀를 기울인다. 의사가 피해자를 진단하고, 피해자가 자신에게 범죄행위가 일어났음을 천천히 고통스럽게 인정한다. 정점으로 치달아 마침내 항소인이 체포되고, 결국 정의가 실현되는 듯하다. 얼마 안 가 작품은 비극과 구원이 가득한 할리우드 영화처럼 느껴지기 시작한다.

앤디 워홀은 "계속해서 몇 번이고 끔찍한 그림을 보면, 그 그림은 실제로 아무런 효과도 미치지 못하게 된다."라고 말했다.[25] 그리고 플레이스가 오래 낭독힐수록 나는 그가 말하는 내용에서 오는 공포에 점점 더 면역이 생겼다. 마치 형사처럼 사실에 대한 나의 감정적 반응과 절연하고, 턱을 쓰다듬며 그의 변론에서 논리적 허점을 찾고 각 사건에 대해 판결을 내려 나갔다. 바틀비의 직장 동료가 그러했듯 플레이스의 이야기에 부응해 내 위치를 바꾸고 있는 거다. 의식하지 못한 채 나는 수동적 청자에서 능동적 배심원으로 변모했다. 실제로 그는 작품의 수신인이라는 내 위치를 바꿨고, 내 의지와 전혀 상관없는 방식으로 나를 돌아 세웠다. 나는 내 경험을 객관화하고 싶지 않았으나 그렇게 하고 말았다. 플레이스는 매일 배심원에게 하듯 독자이자 청자인 내 안에 변화를 일으키기 위해 일종의 법정 논리인 소극적 강압을 썼다. 내가 경험하고 있던 것은 사법제도였다. 나는 오싹하게도 그 음모에 걸려든 거다. 범죄에 관한 장황한 설명을 들으며 내 회로는 과부하가 걸렸다. 다음과 같은 플레이스의 말처럼. "저는 정보를 (매우 심란하게 하는 잡동사니라 해도) 언어적 퇴비라고 생각합니다. 생각할 것이 너무 많고, 빈약하고도 빽빽한 내용을 담은 글도 너무 많습니다. 감당할 게 너무 많아서 우리는 안 합니다. 그래도 저는 독자에게 감당하고 증인이 되거나 아니면 하지 않기를 선택하라고

25. Gene R. Swenson, "What Is Pop Art? Answers from 8 Painters, Part I," *ARTnews*, November 1963. Kenneth Goldsmith, ed., *I'll Be Your Mirror: The Selected Andy Warhol Interviews* (New York: Carroll and Graf, 2004), 19에 재수록.

요청합니다. 어느 쪽이든 그들은 연루됩니다. 편견 없는 증인 같은 건 없습니다. 악의 없는 구경꾼 같은 것도 없고요. 잠시라도 들었다면 그럴 수 없지요. 듣기를 멈췄다면 더욱 그럴 수 없고요.”[26]

객관주의 시인 찰스 레즈니코프는 1930년대에 '증언: 미합중국(1885-1915): 레시터티브'라는 서사시를 쓰기 시작했다. 이 작품은 행으로 배치하고 운문으로 각색한 법정 증언 수백 건을 담고 있다.[27] 각각은 하나의 이야기를 들려주는 짧은 시이다.

어밀리아가 고아원을 나왔을 때는 겨우 열네 살이었다.
　　그의 첫 직장은 제본소. 네 선생님, 네 부인, 아, 정말
　　기쁘게 해 드리고 싶어요.
그는 탁자에 서서 금발 머리를 어깨까지 늘어뜨린 채 책
　　꿰매는 일을 하는 메리와 세이디를 위해 '정리하고
　　있었다'
('정리하기'는 치울 책 수를 세서 차곡차곡 쌓는 일이다).
바닥에는 책을 꿰매는 기계 스무 대가 있는데, 탁자
　　아래 길게 놓인 축으로 작동했다.
책 꿰매는 이가 각자 작업물을 기계에 통과시키면,
그는 그것을 탁자 위로 던졌다. 책은 빠르게 쌓여 가고
몇몇은 바닥으로 미끄러졌다.

---

26. 필자에게 보낸 이메일, 2009년 5월 17일.
27. 첫 책은 1934년에 출판됐으며, 모든 시가 출판된 때는 1970년대 후반이었다. (첫 책은 산문집이며, 시집 형태로는 1권이 1965년에, 2권이 1968년에 나왔다.—옮긴이)

(여자 감독이 말했다. 작업물을 바닥에서 치워!)
그러자 어밀리아는 책을 집으려고 몸을 숙였다.
서너 권이 탁자 밑에 떨어져 있었다
다리에 못으로 고정한 널빤지 사이에.
그는 머리카락이 부드럽게 걸리는 것을 느꼈다.
몸을 일으켜 세우고 빙글빙글 돌아가는 축을 느꼈다.
거기에 머리카락이 걸리며 상처가 생겼고 축을 따라
　　계속 돌다가
두피가 머리에서 떨어져 나갔다.
그리고 그의 얼굴과 허리를 타고 피가 흘러내리고
　　있었다.[28]

레즈니코프의 이야기는 시대를 초월한 통과의례를 은유적
으로 읊조리는 민요, 블루스 낭송, 혹은 찰스 디킨스류의 이
야기 같다. 짧은 구절이지만 성적 은유로 가득하다.[29] "금발
머리를 어깨까지 늘어뜨린" "아, 정말 기쁘게 해 드리고 싶
은" 사춘기 소녀는 "정리하는"(knocking up) 일을 한다. 사
건은 그가 "빙글빙글 돌아가는 축"을 느낄 때 필연적 대단
원에 이르며, "그의 얼굴과 허리를 타고 흘러내리는" 피로
가득한 처녀성 상실을 상징한다. 그것은 에로스와 타나토

28. Charles Reznikoff, *Testimony*. Jerome Rothenberg and Pierre
Joris, eds., *Poems for the Millennium*, vol. 1 (Berkeley: University of
California Press, 1995), 547에 재수록.
29. 예컨대 '부드럽게'(gently)와 '금발'(blonde)은 법원 기록에는 없는,
레즈니코프가 더한 말이다. Richard Hyland, "For Amelia," 2014년 1
월 10일, https://jacket2.org/commentary/charles-reznikoffs-
amelia-case-study-richard-hyland, 2023년 8월 1일 접속.—옮긴이

스가 벌이는 시적이고 미묘한 차이를 지닌 복잡한 놀이로, 수술하듯 엄선한 행 배치와 행간 걸침으로 표현된다. 단 몇 줄로 온 세상을 그려 내고 감정적 충격을 가하는 이 시는 놀랍도록 경제적이다.

반대로 플레이스는 은유를 취급하지 않는다. 그가 하는 일에 미묘한 것이라곤 없다. 그는 "어떤 상징도 의도하지 않았다."(no symbols where none intended)라는 (소설 『와트』의 부록 맨 끝에 나오는 구절인) 사뮈엘 베케트의 신조를 충실히 따른다. 우리는 레즈니코프의 이야기에 공포를 느끼지만, 한두 연밖에 되지 않기에 다음 압축된 비극으로 바로 이동한다. 계속 퍼붓는 플레이스의 공격과 달리, 레즈니코프는 우리가 객관성을 지키도록 해 그의 시에서 우리는 여전히 비극에서 멀리 떨어져 안전하게 그것을 지켜보는 독자다. 그러나 우리는 플레이스가 몰아세운 방식으로 독자 혹은 청자라는 우리 위치를 바꾸도록 강요받지 않는다. 레즈니코프 작업은 지나간 세계의 냄새를 풍기고, 그래서 그 내용에서 분리되기가 쉽다. 일상에서 계속 일어나는 끔찍한 이야기를 다루는 플레이스와 반대다. 실제로 레즈니코프의 시는 객관주의적이라는 이름에 걸맞게 독자와 저자를 시 밖에 둔다. 플레이스가 거부한 방식으로 말이다. 여기에 사실주의 시학이 있다. 감당하기에 과할 정도로 너무 사실적인.

과할 정도로 많은 것들을 다루는 플레이스의 작업은 워홀 시대에 관한 전설을 떠올리게 한다. 워홀이 1964년에 뉴욕의 스테이블 갤러리에서 브릴로 상자를 처음 선보이며 큰 논란을 불러일으켰을 때였다. 전시 개막식에서 술 취한 남성이 화를 내며 워홀에게 다가와 워홀이 저지른 (자신이 보기에) 비열한 짓에 대한 역겨움을 표현했다. 그는 워홀이 다른 누군가의 노고를 훔쳤다고 비난했다. 알고 보니 제임스 하비라는 이름의 이 남성은 성공하지는 못했지만 열심인 2세대 추상표현주의 화가였고, 생업으로 브릴로 같은 제품을 위한 그래픽디자이너로 일했다. 1961년에는 브릴로 상자의 원형을 디자인하기도 했다. 그는 워홀 때문에 두 번이나 무너졌다. 그의 본업과 관련해서 한 번, 그리고 더 큰 의미에서는 워홀의 팝아트가 그의 추상표현주의 '순수 미술'을 한물간 것으로 만들어 버렸을 때 또 한 번. 플레이스는 그렇지 않아도 복잡한 워홀의 이야기를 더 복잡하게 만든다. 왜냐하면 그가 피해자와 승자 둘 다를 연기하고, 자신의 소외된 노동을 가져다 그것을 만족스럽고 어려운 실천으로 우회시킴으로써 자기 자신을 제치고 앞서 나가기 때문이다.

호기심 많고 밝지만 몹시 지루해하는 사촌과 휴일 저녁 식사를 함께 한 일이 떠오른다. 그도 변호사다. 그는 직업상 날이면 날마다 끊임없이 따분한 법률 문서나 써야 한다며 신세 한탄을 하고 있었다. 나는 사촌에게 자극을 주려고 말하길, 네가 온종일 하는 일을 예술이라고 생각해 보면 어떨까? 그런 문서를 재구성하면 내가 지금껏 본 많은 개념 예술 기록물과 크게 달라 보이지 않을 텐데 말이야. 사실 크리스토 같은 예술가의 실천에는 이를테면 캘리포니아 황무지에 수 마일에 달하는 울타리를 치기 위해 그가 제출해야 했던 법률 문서가 모두 포함되거든. 많은 개념적 예술과 글쓰기는 법률 용어의 건조한 권위와 기록화에 대한 매혹으로 가득 차 있지. 그리고 "너도 그 전통의 일부가 될 수 있을 거

야.”라고 제안했다. 버네사 플레이스 작업에 관해 얘기해 줄
수도 있었다. 사촌은 흥미를 느꼈지만, 이의를 제기했고 그
후로도 여러 해 동안 계속 지루해했다.

Why Appropriation?

5. 왜 전유인가?

개념적 혹은 비창조적 글쓰기를 보여 주는 가장 훌륭한 책은 이미 나왔다. 발터 베냐민은 자신이 전 생애에 걸쳐 다룬 다양한 개념을 1927년부터 1940년까지 '아케이드 프로젝트'라고 불린 하나의 작업으로 종합했다. 많은 이가 이를 일컬어 일관된 사고를 담은, 끝내 실현되지 못한 저작을 위한 수백 쪽의 메모에 지나지 않으며 조각과 스케치 더미에 불과하다고 주장했다. 반면, 이 책이 전유와 인용을 이용한 1,000쪽에 달하는 획기적인 작품이며 그 정리되지 않은 형식은 문학사에서 이런 접근 방식을 취한 다른 작품을 떠올릴 수 없을 만큼 급진적이라고 주장한 이들도 있다. 『아케이드 프로젝트』는 베냐민 필생의 역작이다. 책 내용 대부분은 그가 쓴 것이 아니라 도서관 책 더미에서 다른 이가 쓴 글을 단순히 베낀 것이며, 일부 구절은 여러 쪽에 걸쳐 이어진다. 그러나 관습도 남아 있는데, 각 항목은 적절히 인용되고 베냐민 자신만의 '목소리'가 베낀 내용에 관한 눈부신 주해와 논평으로 삽입된다.

20세기에 언어를 비틀고 가루로 만든 시도가 있었고 소설과 시를 위한 수백 가지 새로운 형식이 제안됐지만, 다른 사람의 글을 가로채 자신만의 것으로 보여 주겠다고 생각한 사람은 없었다. 호르헤 루이스 보르헤스가 「피에르 메나르, 『돈키호테』의 저자」류로 이를 제안했지만 메나르조차도 베끼지는 않았다. 그는 어쩌다 보니 사전 지식 없이 미겔 데 세르반테스가 쓴 것과 똑같은 책을 썼을 뿐이다. 그건 순전히 우연의 일치였고, 비극적일 정도로 시기를 잘못 택한 천재의 환상적인 솜씨였다.

베냐민의 몸짓은 저자성의 본질과 문학의 구성 방식에 관한 많은 문제를 제기한다. 기존의 작품을 알든 모르든 새로운 작품은 기존의 것을 기반으로 하니 모든 문화 자료는 공유되는 게 아닌가? 저자들은 시대를 초월해 끊임없이 전유하고 있지 않은가? 콜라주와 패스티시 같은 잘 정리된 전략은 어떤가? 모두 전에 하지 않았던가? 그렇다면 다시 할 필요가 있을까? 전유와 콜라주는 뭐가 다른가?

답을 찾기에 좋은 출발점은 지난 세기 동안 전유적 실천을 시험하고 소화한 시각예술에 있다. 특히 마르셀 뒤샹과 파블로 피카소의 접근 방식이 주목할 만한데, 두 사람 모두 지난 세기에 일어난 산업 생산과 그에 따른 기술의 변화, 특히 카메라에 반응하고 있었다. 도움이 되도록 비유하자면, 피카소는 초, 뒤샹은 거울로 볼 수 있다. 촛불은 우리를 따뜻한 불빛으로 이끌고 그 아름다움으로 매혹해 붙잡아 둔다. [반면에] 거울이 지닌 차가운 반사성은 우리를 그 대상으로부터 멀리 밀어내 어쩔 수 없이 우리 자신에게 되돌아오게 만든다.

피카소의 「등나무 의자가 있는 정물」(1911-12)은 등나무 의자 이미지가 인쇄된, 산업 생산품인 유포(油布) 조각을 그 구성 요소로 포함하고, 실제 밧줄로 그림 주위를 둘러 액자로 삼는다. 다른 요소들로는 단어 저널(*journal*)을 가리키는 것으로 추정되는 문자 *J, O, U*가 있는데, 이런 요소들은 입체파의 전형적 색채인 갈색, 회색, 흰색으로 그린 다양한 인물 및 정물 형태들과 회화 속에서 뒤섞인다. 피카소의 회화는 화가가 일반적으로 하는 일의 정석을 보여 준다. 마치

새가 둥지를 만들듯이 개별 요소를 모으고 한데 꿰매 조화로운 전체를 만들어 낸다. 콜라주한 요소를 손으로 그리지 않았다는 사실은 어떤 식으로도 구성에 지장을 주지 않으며 오히려 그 힘을 강화한다. 피카소는 몇 가지 매체와 방법에 대해 자신이 달성한 완성도를 여실히 드러내고 우리는 당연히 그의 기술에 감명받는다. 「등나무 의자가 있는 정물」은 마치 초처럼 우리를 그 구성 속으로 이끄는 그림이다. 분명히 당신은 이 그림에 몰입해 시간 가는 줄 모르고 거기서 나오는 따뜻한 빛을 쬘 수 있다.

이와 대조적으로 불과 몇 해 후인 1917년에 나온 뒤샹의 「샘」은 가명으로 서명한 뒤 거꾸로 좌대에 올려놓은 소변기다. 이 작품에서 뒤샹은 피카소와는 반대로 오브제 전체를 전유함으로써 이 산업적으로 생산된 샘을 낯설게 하는 동시에 기능을 무화한다. 피카소의 구축적 방법과 달리 뒤샹은 콜라주를 이용해 조화롭고 강렬한 구성을 창작하는 게 아니라 오히려 그런 망막과 관련된 속성을 멀리해 관람자 됨보다는 사유자 됨이 필요한 오브제를 만들어 냈다. 지금껏 뒤샹의 소변기 앞에서 그 유약의 품질과 도포 상태에 감탄해 눈이 휘둥그레진 채 서 있던 사람은 없었다. 대신 뒤샹은 거울을 떠올리게 하며 쫓아 버리고 반사하는 오브제, 즉 우리를 다른 방향으로 돌아서게 하는 것을 만들어 낸다. 이 작품이 우리를 어디로 보내는지는 여러 문헌에 철저히 기록됐다. 대체로, 피카소의 행동이 우리를 그 오브제와 우리 자신만의 사고 가까이에 잡아 두는 흡입력을 지닌다면, 뒤샹의 행동은 개념적 세계를 양산하는 생성적 특성을 지닌다고 볼 수 있다.

문학에서는 에즈라 파운드의 『칸토스』에 나타난 구축적

방법론과 발터 베냐민이 『아케이드 프로젝트』에서 보여 준 필경사에 필적한 과정으로 이와 유사한 비교를 할 수 있다. 『칸토스』는 아상블라주와 콜라주를 이용해 수많은 상이한 문학 및 비문학 원전에서 뽑은 수천 개 행을 한데 꿰맨다. 그리고 이 모두는 파운드만의 언어라는 접착제로 제자리를 지키며 통합된 전체를 만들어 낸다. 파운드는 역사의 이삭을 모으는 사람처럼 여러 시대의 단명 자료 더미를 수집하고 거기서 자신의 서사시를 구축할 보석을 찾기 위해 이를 자세히 살펴본다. 그리고 소리, 광경, 의미가 반짝이는 운문으로 동결된 채 한데 어우러진다. 모든 게 어딘가 다른 곳에서 나온 듯 보이지만 실은 세심하게 쌓아 온 독특한 취향으로 선택되었다. 파운드의 천재성은 발견된 자료를 일관된 전체로 종합하는 데 있다. 손으로 쓴 메모, 가격 목록, 언어 조각, 괴상한 타이포그래피와 이상한 글자 사이 공간, 서신 뭉치, 난해한 법률 용어, 대화 토막, 10여 개 언어, 참조되지 않은 수많은 각주 등을 포함한 표류물 모두가 필생의 작품에서 한데 결합한다. 어떤 체계나 제약도 따르지 않고 쓰여 뒤죽박죽 두서없이 펼쳐지는 이 작품은 놀랍도록 감각적이다. 결과적으로 이는 경지에 이른 장인이 대충 꿰맞춰 지은 정교한 구축물과 같다. 파운드의 실천은 피카소와 마찬가지로 종합적이라 볼 수 있는데, 즉 우리를 작품 속으로 이끌어 그 수수께끼를 풀어내고 그것이 발하는 순전히 아름다운 빛을 누리게 한다. 파운드는 미적인 측면은 물론이고 사회적이고 정치적인 분명한 야망과 생각을 가지고 있다. 그러나 이 모두는 그 자신만의 여과기를 통해 매우 정교하게 정제되고 종합되기에 그의 정교한 창작과 분리할 수 없다.

　반면에 베냐민은 영화에서 단서를 얻어 문학적 몽타주 작업, 즉 '순식간에 사라지는 작은 그림들(장면들)'을 이접(異接)적으로 잇따라 병치하는 작품을 만든다.[1] 베냐민은 서로 충돌하는 850여 개 원천 자료를 가지고 자신의 인용문들을 느슨하게 범주별로 정리하는 일 외에 이를 통합하려는 어떤 시도도 하지 않는다. 학자 리처드 시버스는 "[이] 판본을 구성하는 25만 개의 단어 중 적어도 75퍼센트는 텍스트를 그대로 필사한 것"이라고 설명한다.[2] 파운드와 반대로, 베냐민은 『아케이드 프로젝트』에서 조각들을 전체에 뒤섞으려 하지 않는다. 대신 거기에는 축적된 언어가 존재하는데, 이 중 대부분은 베냐민의 것이 아니다. 따라서 이 작품에서 우리는 저자의 종합하는 기술에 감탄하는 대신 베냐민의 정교한 선택, 즉 그의 더할 나위 없이 훌륭한 취향을 생각한다. 이 작품의 성공 요인은 그가 무엇을 베끼기로 선택했는지에 있다. 베냐민이 부단히 파편적 전체를 이용했기에 이 글은 최종 목적지가 되지 않는다. 대신 뒤샹의 경우처럼 우리는 거울이 지닌 힘으로 이 대상에서 멀리 던져진다.

　파운드와 베냐민의 글쓰기 방법은 모두 그들 자신이 생성하지 않은 언어 조각들을 전유하는 것에 주로 기초한다. 그러나 그들은 전유된 텍스트를 구축하는 데 서로 다른 두 가지 접근 방식을 시연한다. 파운드는 텍스트 파편들을 엮어 통합된 전체를 만드는, 더 직관적이고 즉흥적인 방법을

1. Richard Sieburth, "Benjamin the Scrivener," in Gary Smith, ed., *Benjamin: Philosophy, Aesthetics, History* (Chicago: University of Chicago Press, 1989), 23.
2. 같은 글, 28.

보여 준다. 발견된 글을 모두 정확히 맞추려면 이를 잘 다듬고 더 좋아 보이게 바꾸며 편집하는 파운드의 개입이 종종 꽤 많이 필요하다. 그에 비해 베냐민의 접근 방식은 미리 정해져 있는 편이다. 작품을 만드는 기계가 미리 설정되고, 따라서 작품의 성공 여부는 이런 범주에 적당한 글을 발견된 순서대로 채우는 일에 달려 있다. 베냐민의 방법론을 정확히 짚어 낼 수는 없지만, 일반적으로 학자들 사이에서 일치하는 의견은 『아케이드 프로젝트』가 베냐민이 '파리, 19세기의 수도'라고 부르려던 실현되지 못한 원대한 프로젝트를 위한 메모 뭉치였다는 것이다. 그리고 메모들이 그런 책을 위한 장과 스케치, 즉 설득력 있고 논리적인 글로 귀결되지만, 최종 작품을 그렇게 읽는다는 것은 그런 가능성을 부인할 수밖에 없다. 베냐민을 연구하는 학자인 수전 벅모스가 말하듯, "하나의 서사 틀 안에서 [제목은 다르지만 같은 책인]『파사젠베르크』를 이해하려는 노력은 실패하게 마련이다. 단편들은 해석자를 의미의 심연으로 밀어 넣으며, 바로크 알레고리 작가의 우울에 필적하는 인식론적 절망으로 위협한다. [···]『파사젠베르크』는 필연적 서사 구조가 부재하기 때문에 단편들이 자유롭게 묶일 수 있지만, 이 말은 절대로 개념 구조가 부재하다거나, 저작의 의미 자체가 전적으로 독자의 변덕에 달려 있다는 뜻은 아니다. 벤야민[베냐민]이 말했듯이, 혼란을 보여 주는 것은 혼란스럽게 보여 주는 것과는 다르다."[3] 이 책은 독립적인 작품으로 독해될 (혹

3. Susan Buck-Morss, *The Dialectics of Seeing: Walter Benjamin and the Arcades Project* (Cambridge: MIT Press, 1991), 54. (수전 벅모스, 『발터 벤야민과 아케이드 프로젝트』, 김정아 옮김, 문학동네, 2004년,

은 우리가 어떤 틀로 그것을 보고 싶어 하는지에 따라 오독
될) 수 있다. 그것은 버려진 것들과 잔여물로 이루어진 책으
로, 중심보다는 언저리와 주변에, 예컨대 단편적인 신문 기
사, 잊힌 역사에 관한 불가해한 구절, 일시적 선풍, 날씨 소
식, 정치 소책자, 광고, 문학적 경구, 떠도는 시, 해몽, 건축
물 묘사, 불가사의한 지식론을 비롯해 판에 박히지 않은 수
백 가지 주제에 주의를 기울이며 역사를 쓴다.

　『아케이드 프로젝트』는 19세기 파리에 관한 문헌 말 뭉
치(기록된 언어 자료)를 꼼꼼히 살펴봄으로써 구축됐다. 베
냐민은 관심이 가는 구절을 단순히 카드에 베껴 쓴 다음 이
를 일반적 범주에 따라 정리했다. 이 책은 20세기 후반에 나
타난 언어의 불안정성을 예상하듯이 정해진 형식이 없었다.
베냐민은 자신의 노트들을 이 묶음에서 저 묶음으로 옮기며
끊임없이 섞곤 했다. 결국 어떤 구절도 한 범주에서 영원히
살 수 없다는 사실을 깨달은 그는 많은 항목을 상호 참조했
고, 그런 주석들이 인쇄본과 함께 여행하며 『아케이드 프로
젝트』를 방대한 하이퍼텍스트 작업의 원형으로 만들었다.
책을 인쇄하는 과정에서 글은 정착할 수밖에 없었는데, 왜
냐하면 편집자가 지면 위에 고정된 개체로 이를 영원히 못
박았기 때문이었다. 베냐민이 의도한 최종본은 누구도 알지
못했고, 그를 대신해 그의 글을 1,000쪽에 달하는 두꺼운
책 형식으로 고정한 이는 후대 사람들이었다. 그러나 쓰인
지 60여 년이 지난 지금에도 이 책에 그토록 많은 에너지와
생명과 놀이를 부여하는 것은 바로 그 미스터리, 즉 이 형식

79-80.—옮긴이)

이 베냐민이 필생의 역작을 위해 의도한 것인가 하는 문제다. 『아케이드 프로젝트』가 쓰인 이후 반세기 동안 고정되지 않은 지면에 대한 온갖 종류의 실험이 등장했다. 오늘날에는 구매자가 자기 마음대로 배열할 수 있게 제본하지 않고 낱장으로 구성한 책을 [뉴욕의 독립 서점인] 프린티드 매터 같은 곳과 북 아트 전시에서 어렵지 않게 찾을 수 있다. 일례로 존 케이지의 회고전 『롤리홀리오버』의 도록을 들 수 있는데, 그 속에는 50여 점의 단명 인쇄물이 위계질서 없이 들어 있었다. 이 도록은 케이지의 우연성 작업을 구현하며, 고정성이나 완결성이 없는 책이자 진행 중인 작업이었다.

『아케이드 프로젝트』는 최종 형태에서조차 정해진 경로 없이 지면을 이리저리 옮겨 다니기에 아주 좋은 책이다. 상점으로 들어갈 필요를 느끼지 않고 잠깐 멈춰 우리의 시선을 끄는 상품 진열을 감상하는 윈도쇼핑처럼 말이다.

예를 들어, 「묶음 G: 박람회, 광고, 그랑빌」 장을 임의로 펼치면 가격표와 상품에 관한 마르크스의 말을 인용한 구절이 눈에 띈다. 그리고 몇 쪽을 넘기면 해시시에 취한 시각으로 카지노를 묘사한 구절이 있고, 거기서 두 쪽을 건너뛰면 "부자의 죽음은 출구 없는 나락과 같다."라는 루이 오귀스트 블랑키의 말을 인용한 구절이 나온다. 우리는 빠르게 다음 윈도로 이동한다. 그도 그럴 것이 이 책은 표면적으로 쇼핑몰의 전신인 파리의 아케이드를 다루기에, 베냐민은 우리가 우리 자신이 다른 상품에 현혹돼도 내버려두듯이 언어의 소비자가 되라고 독자를 부추긴다. 『아케이드 프로젝트』를 결코 끝낼 수 없는 이유는 그것이 지닌 엄청난 부피감과 풍부함 때문이다. 이 책은 너무 풍부하고 조밀해 읽는 이

에게 기억상실증을 유발한다. 이 구절을 읽었는지 아니면
저 구절을 읽었는지 확신할 수 없으니 말이다. 정녕 끝이 없
는 텍스트다. 이 작품을 한데 묶는 (동시에 우리를 계속 헤
매게 만드는) 것은 많은 항목이 상호 참조되지만 종종 막다
른 길로 이끈다는 사실이다. 예컨대 광고와 유겐트슈틸에
관한 인용문은 '꿈 의식'과 상호 참조되는데 그런 장은 존재
하지 않는다. 우리가 『아케이드 프로젝트』를 읽다가 길을
잃거나 표류하는 것은 그것이 제공하는 핵심적 독서 경험이
다. 베냐민의 책이 '미완성'이든 아니든 상관없이 우리는 마
무리된 형태로 그것을 접하기 때문이다. 그래도 만약 우리
가 베냐민의 '하이퍼링크'를 따라가고자 한다면, 꿈이라는
단어를 포함한 두 개의 장인 「묶음 K: 꿈의 도시와 꿈의 집,
미래의 꿈들, 인간학적 허무주의, 융」과 「묶음 L: 꿈의 집,
박물관, 분수가 있는 홀」 중에서 선택해야 한다. 책장을 뒤
로 넘겨 그중 하나로 가자마자 십중팔구 우리는 우리를 매
혹하고 사로잡으며 끝없이 펼쳐지는 듯한 장들 속에서 표
류하며 산보객처럼 길을 잃은 자신을 발견하게 될 것이다.

『아케이드 프로젝트』를 읽는 방식은 여러모로 지금껏 우
리가 터득한 월드와이드웹 이용법을 시사한다. 우리는 하이
퍼링크를 통해 한 장소에서 다른 장소로 복수의 텍스트를 비
선형적으로 연결하고, 광대한 웹을 항해하며 길을 찾는 방식
을 배웠고, 한 장소에서 다른 장소로 목적 없이 돌아다니는
가상의 산보객이 되는 법과 웹을 선형적으로 읽어야 한다는
생각 없이 정보를 관리하고 수집하는 방법 등을 터득했다.

『아케이드 프로젝트』는 느슨한 노트 뭉치와 완전히 다
른 책이라는 형식으로 출판됐고, 이로 인해 베냐민의 작업

은 우리가 연구할 수 있는 방식, 다시 말해 그가 성좌라고
부른 상태로 동결된다. "과거가 현재에 빛을 던지는 것도,
그렇다고 현재가 과거에 빛을 던지는 것도 아니다. 오히려
[이미지란] 과거에 있었던 것이 지금과 섬광처럼 한순간에
만나 하나의 성좌를 만드는 것을 말한다." 1940년에 베냐민
이 사망하자 파리 국립도서관의 기록 관리사이자 사서였던
그의 친구 조르주 바타유는 베냐민의 미출간 노트 뭉치를
기록 보존소 깊숙이 넣어 두었고, 거기서 제2차세계대전이
끝날 때까지 안전하게 보존됐다. 원고가 구축된 것은 여러
해 동안 이를 견고한 형식 혹은 성좌로 한데 결합한 후인
1980년대에 이르러서였다. 웹 역시 이와 유사하게 성좌와
같은 구조를 지닌다고 볼 수 있다. 온라인상에서 신문을 읽
고 있다고 생각해 보자. 우리가 페이지를 불러올 때 광고 서
버, 이미지 서버, RSS 피드, 데이터베이스, 스타일 시트, 서
식 등 웹을 가로지르는 무수한 서버들이 함께 끌려와 그 페
이지의 성좌를 만든다. 페이지를 구성하는 이런 서버들 또
한 웹의 수많은 서버에 연결돼 업데이트된 내용을 제공받
는다. 우리가 온라인에서 읽고 있는 신문은 그 페이지 안에
연합통신사(AP) 피드를 포함할 확률이 높고, 이는 다양한
서버를 통해 동적으로 업데이트되며 우리에게 새로운 기사
제목을 전달한다. 만약 이런 서버 중 하나 이상이 다운된다
면 우리는 접근하려는 페이지를 불러올 수 없을 것이다. 어
쨌든 제대로 작동한다는 것은 기적에 가깝다. 어떤 웹페이
지든 섬광처럼 한순간에 만나는 (그리고 그만큼 빨리 사라
질 수 있는) 성좌와 같다. 이를테면 『뉴욕 타임스』웹사이트
의 시작 페이지를 새로 고쳐 보자. 그러면 우리가 불과 몇

초 전에 본 것과 다르게 보일 것이다.

이처럼 성좌와 같은 형식을 지닌 웹페이지는 베냐민이 '변증법적 이미지'라고 부른 것, 즉 과거와 현재가 순간적으로 한데 녹아 하나의 이미지(이 경우에는 그 웹페이지의 이미지)를 만들어 내는 장소다. 또한 베냐민은 "우리가 [그런 변증법적 이미지를] 만나는 장소가 바로 언어다."라고 가정한다. 우리는 책을 쓸 때 (예컨대 개인적, 역사적, 사변적인) 일련의 지식을 모두 끌어내 변증법적으로 책이라는 고정된 형식의 성좌를 구축하며, 이는 웹페이지와 크게 다르지 않다. 그리고 웹은 로마자와 숫자 코드로 구성되므로 우리는 그것을 (그 디지털 텍스트, 이미지, 동영상, 소리를 포함해) 베냐민이 말한 하나의 거대한 변증법적 이미지로 가정할 수 있다.

베냐민의 『아케이드 프로젝트』는 전유를 위한 문학적 지침을 제공한다. 20세기에 걸쳐 브라이언 가이신, 윌리엄 S. 버로스, 캐시 애커 등의 작가가 이 지도를 통해 길을 찾았고, 그 길을 따라가면 오늘날 더 급진적으로 전유를 이용한 텍스트를 만날 수 있다. 그러나 베냐민이 전유의 신기원을 열었다면, 그와 대조적으로 20세기에는 전체적인 것이 아니라 파편적인 것을 받아들이고 이용하기 시작해 그 시대 자체를 점점 더 작은 언어의 파편으로 소진시켰다. 물론 『아케이드 프로젝트』도 전체보다는 (종종 그 크기가 더 클지언정) 파편을 다룬다. 다시 말해 베냐민은 한 번도 다른 누군가의 책 전체를 베껴 이를 자기 자신만의 것이라고 주장하지 않았다. 또한 그가 베끼는 일에 대한 애정을 고백하기는 했지만 이 책에는 여전히 상당한 저자의 개입과 '독창적인 천재성'이 존재한다. 그렇다면 그의 책을 진정한 의미에서 전유라고 부를 수 있을까, 혹은 그것은 단지 파편화된 모더니즘의 또 다른 변형은 아니었을까?

상황은 우리가 문학적 전유란 무엇인지를 정확히 정히자면 더 난해해진다. 나의 전유 작업인 『날』(2003)을 이에 관한 시험 사례로 살펴보자.[4] 이 작품에서 나는 한 개체에서 나온 텍스트를 또 다른 개체로(예컨대 신문에서 책으로) 개작함으로써 되도록 최소한의 개입을 통해 문학작품을 창작할 수 있는지 알고자 했다. 책으로 재설정된 신문은 우리가 일상적으로 그것을 읽는 동안 볼 수 없는 문학적 속성을 지니게 될 것인가?

나의 전유 방식은 충분히 직접적이고 간단해 보인다. "2000년 9월 1일 금요일, 나는 당일 『뉴욕 타임스』를 한 쪽 한 쪽 왼쪽 위부터 오른쪽 아래까지 단어 하나하나, 글자 하나하나 타자 필사하기 시작했다."[5] 목표는 최대한 비창조적이 되는 것이었는데, 이는 특히 이런 규모의 프로젝트에서 예술가가 끌어낼 수 있는 가장 어려운 제약 중 하나다. 키보드를 칠 때마다 재미없는 언어를 적당히 꾸미고 잘라 붙이며 왜곡하고 싶은 유혹이 밀려온다. 그러나 그렇게 하면 이 실행을 망칠 게 분명했기 때문에 나는 그저 본 바를 정확히

---

4. 멕시코 출신 작가인 크리스티나 리베라 가르사는 2012년에 개최된 제3회 인천 AALA 문학 포럼에서 이 소설을 인용 문학의 일례로 소개한 바 있다. 크리스티나 리베라 가르사, 「인용의 미학: 스페인어로 된 오늘날의 가로지르는(writing-through) 글쓰기」, 제3회 인천 AALA 문학 포럼, 2012년.—옮긴이

5. Kenneth Goldsmith, "Uncreativity As Creative Practice," http://writing.upenn.edu/epc/authors/goldsmith/uncreativity. html, 2023년 8월 1일 접속.—옮긴이

타자하며 신문 전체를 훑어 나갔다. 광고, 영화 시간표, 자동차 광고에 나온 번호판 숫자, 줄 광고 등과 같이 영숫자 단어나 문자가 나올 때마다 이를 타자 필사했다. 주식시세만 해도 200쪽이 넘었다.

간단해 보이겠지만, 단순히 신문을 '전유'해 문학작품으로 바꾸기 위해 나는 일반적으로 저자가 하는 결정을 수십 번 내려야 했다. 그중 첫 번째는 텍스트를 신문 지면에서 떼어 내 컴퓨터로 가져오는 과정에서 직면했다. 서체와 글자 크기, 서식을 어떻게 하면 좋을까? 만약 이미지를 제거한다 해도(자동차 광고 속 번호판 숫자처럼 이미지 속에 포함된 텍스트는 잡아내겠지만), 그 설명(캡션)은 유지해야 한다. 행갈이는 어디서 해야 할까? 신문의 좁은 단을 그대로 따를지, 아니면 각각의 기사를 긴 단락 하나로 이어야 할지? 기사의 주요 내용을 발췌한 인용문은 어떻게 처리할까? 이 경우 줄은 어디서 바꿔야 하나? 그리고 지면에서는 어떻게 나아가야 할까? 왼쪽 위에서 오른쪽 아래로 이동한다는 대략적인 규칙은 있지만, 단 끝에 가니 '26면에서 계속'이라는 문구가 있다면 어디로 가야 하나? 26면으로 가서 그 기사를 마저 끝낼까, 아니면 옆 단으로 건너뛰어 다른 기사를 시작할까? 후자의 경우라면 줄을 바꿔야 하나, 아니면 텍스트가 끊이지 않고 이어지게 해야 하나? 많은 경우 재미있는 텍스트 요소로 다양한 서체와 서식을 포함한 광고는 어떻게 다룰까? 단어들이 지면을 떠다니는 광고에서 행갈이는 어디서 할까? 그리고 영화 시간표, 스포츠 통계, 줄 광고는 어떠한가? 계속 진행하려면 나는 일종의 기계를 만들어야 한다. 각각의 질문에 답하고 여러 규칙을 설정한 후 이를 엄격히 따라야 한다.

일단 텍스트를 컴퓨터에 입력하고 나면 이 책과『뉴욕 타임스』의 관계를 보여 주기 위해 적절한 서체를 선택하는 문제에 봉착한다. 누가 봐도 분명하게 '타임스 뉴 로먼'을 쓰는 게 좋을까? 그런데 그러면 원본 출판물에 나의 바람보다 더 많은 신빙성을 부여해 이 책을 해당 신문의 시뮬라크럼이 아니라 복제물처럼 보이게 할지도 모른다. 어쩌면 버다나 같은 산세리프체를 써서 이 문제를 회피하는 게 나을 수도 있다. 그런데 버다나를 적용하면 책을 종이와 화면(스크린)의 격전지 쪽으로 과도하게 밀어 넣는 게 아닐까? 버다나는 화면용으로 디자인된 서체인 데다가 그 지식재산권은 마이크로소프트에 있으니 말이다. 게다가 내가 구태여 지금보다 더 마이크로소프트를 후원할 이유가 없지 않은가? (결국『뉴욕 타임스』를 넌지시 가리키지만 타임스 뉴 로먼은 아닌, 세리프체인 가라몽을 적용했다.)

그다음에는 수십 가지의 파라텍스트적인 결정 사항이 남아 있다. 책의 크기는 어떻게 할까, 그리고 이는 책의 수용에 어떤 영향을 미칠 것인가? 그날 신문의 거대한 크기를 반영할 만큼 책을 크게 하고 싶은 마음도 있었지만, 그렇다고 커피 테이블 크기로 만들어 버리면 신문의 고유한 형식에 가까워지는 위험이 있고, 이는 신문을 문학적 오브제로 보여 주려는 나의 바람과 정반대의 결과를 가져올 게 분명했다. 반대로, 마오쩌둥 주석의 (중국에서는 홍보서[紅寶書]라 불린)『작은 빨간 책』처럼 너무 작게 만들면 책이 귀엽기야 하겠지만 집 근처 반스앤노블 계산대 옆에서 집어 드는 새로운 소품처럼 보일지도 모른다. (결국 하버드 대학교 출판부에서 나온 『아케이드 프로젝트』의 보급판과 똑같은 크기와 부피로 만들었다.)

이제 어떤 종이에 책을 인쇄할 것인가? 너무 좋은 종이에 인쇄하면 고급스러운 아티스트 북, 즉 소수만 살 수 있는 어떤 것으로 보일 위험이 있다. 더구나 이 프로젝트는 대중 매체의 산물을 재해석하고 재유포하는 데 기초했으므로, 이 책을 원한다면 가능한 많은 이가 적당한 가격에 살 수 있어야 한다고 생각했다. 그렇다 해도 신문지에 책을 인쇄하면 지나치게 실제 신문을 암시해 일종의 복제판이 될 위험이 있다. (최종적으로 일반 백지로 정했다.)

표지는 어떤 모습이면 좋을까? 당일 신문에서 이미지를 뽑아 써야 할까? 아니면 신문 1면을 복제할까? 안 되겠다. 그건 너무 직설적이고 설명적일 거다. 나는 신문을 의미하되 복제하지는 않는 어떤 것이기를 원했다. (이미지 없이 짙은 파란색 표지로 가기로 했다. 흰색 산세리프체로 쓴 '날'이라는 제목과 그 밑에 하늘색 세리프체로 인쇄한 나의 이름과 함께.)

책은 얼마에 팔아야 할까? 한정판 아티스트 북은 미화 수천 달러에 팔린다. 그 길로는 가고 싶지 않았다. 최종적으로 이 책을 836쪽짜리 750부 한정본으로 출판해 미화 20달러에 팔기로 결정했다.[6]

형식과 관련된 결정을 마치면 윤리적인 문제를 고려해야 한다. 진정한 의미에서 이 작업을 '전유'한다면, 나는 신

---

6. 글을 쓰고 있는 2010년 현재, 출판된 지 7년이 지난 이 책의 한정본 중 50여 권이 팔리지 않은 채 출판사 창고에 남아 있다.

문의 모든 단어를 충실히 베껴/써야 한다. 동의할 수 없는 정치인이나 영화 비평가의 글을 아무리 바꾸고 싶어도 그러면 전유와 거래 관계를 맺은 엄격한 '전체들'을 훼손할 수밖에 없다. 따라서 아무리 간단한 전유라 해도 실은 그렇게 간단한 일이 아니다. 독창적인 작품이나 콜라주한 작품에서만큼이나 거기에도 수많은 결정, 도덕적 고민, 언어적 선호, 철학적 난제가 있었다.

그런데도 나는 여전히 이 작품의 '무가치함'과 '영양가 없음', 그리고 창조성과 독창성의 결여를 자랑스럽게 공언한다. 실은 정반대일 때도 말이다. 사실, 나는 문학으로 수십 년 전에 미술계가 일으킨 전유 열풍을 따라잡으려는 것일 뿐이다. 내가 그다지 급진적이지 않고, 이런 작품들에 여전히 나의 이름이 있으며, 앞서 언급한 모든 결정이 도리어 독창적 천재라는 개념을 유지하는 데 이용된다고 비방하는 이들의 주장은 실은 대부분 사실일지도 모른다. 자아를 내세우지 않는 프로젝트인데 그 안에 내가 꽤 많이 투여되고 말았다. 한 저명한 블로거는 "실제로 케니[케네스] 골드스미스가 하는 예술 프로젝트는 케니 골드스미스의 투사다."라고 날카롭게 논평했다.[7]

그러나 20세기 동안 미술계는 그런 몸짓으로 가득 차 있었다. 지난 수십 년간 일레인 스터트번트, 루이즈 롤리, 마이크 비들로, 리처드 페티본 같은 예술가들은 다른 예술

---

7. Ron Silliman, blog entry, February 27, 2006,, http://epc.buffalo.edu/authors/goldsmith/silliman_goldsmith.html, 2009년 7월 30일 접속. (URL 변경, http://writing.upenn.edu/epc/authors/goldsmith/silliman_goldsmith.html, 2023년 8월 1일 접속.—옮긴이)

가의 작품을 재창작해 그들 자신만의 것이라 주장했고, 그
들의 작품은 오래전부터 정당성을 인정받은 실천으로 흡수
됐다. 어떻게 하면 젊은 작가들이 현재의 기술과 배포 방식
을 이용해 완전히 새롭게 이런 실천을 이어 갈 수 있을까?
어쩌면 미래의 접전지들을 어렴풋이 볼 수 있던 계기는 익
명의 작가 세 명이 지금은 악명 높은 『이슈 I』을 편집했을 때
였을 것이다. 저자의 승인과 허락 없이 출판된 3,785쪽짜리
선집인 이 책에는 3,164명의 시인이 '쓴' 시가 담겨 있었는
데, 실제로 그 시들은 책에서 저자라고 밝힌 시인의 작품이
아니었다. 대신에 시를 만들어 낸 것도, 그 시와 각각의 저
자를 연동시킨 것도 컴퓨터였다. 문체상으로 이는 말이 되
지 않았다. 예컨대 전통적인 시인이 컴퓨터가 쓴 급진적으
로 이접적인 시와 쌍을 이뤘고, 반대의 경우도 있었다. 『이
슈 I』의 창작자들이 의도한 바는 문학계의 다양한 전선을
따라 도발을 일으키는 것이었다. 지금껏 쓰인 시 선집 중 최
대 규모의 책을 아무도 모르게 한데 모아 하룻밤 사이에 전
세계에 배포할 수 있을까? 이 몸짓은 즉각적으로 문학과 관
련된 추문을 일으킬 수 있을까? 더는 시인이 스스로 시를
쓰지 않아도 될까, 혹은 그들을 위해 컴퓨터가 시를 쓰는 것
만으로도 충분할까? 3,164명의 특정한 시인들은 어디서, 왜
선택됐으며, 오늘날 영어로 시를 쓰는 수천 명의 다른 시인
들이 선택되지 않은 이유는 무엇인가? 포함된다는 것은 무
엇을 뜻하는가? 배제된다는 것은 무엇을 뜻하는가? 그리고
이 일의 배후에는 누가 있는가? 그들은 왜 이런 일을 했을
까? 『이슈 I』은 개념에 기초한 현안을 제기하고, 창작, 배포,
저자성을 다루는 전통적 방법을 거부함으로써 비창조적 글

쓰기를 위한 많은 시금석을 공유한다.

　　그러나 문체상의 문제가 '기고자들'의 눈살을 찌푸리게 만든 결정적인 원인은 아니었다. 그보다 그들을 화나게 만든 것은 배포한 후 통보하는 방식이었다. 이 책은 대용량 PDF 파일로 묶여 어느 늦은 저녁 미디어 서버에 올라왔다. 많은 이들은 자신이 새로 나온 주요 선집에 포함됐다는 것을, 자신의 이름으로 설정해 놓은 구글 알리미에 그 사실이 뜬 다음 날 아침이 돼서야 처음 접했다. 선집으로 이동하는 링크를 클릭해 PDF 파일을 내려받고서 그들은 자신이 쓰지 않은 시에 자신의 이름이 달려 있음을 발견했다. 산불이 번지듯이 문학계 전체에, 내가 왜 이 선집에 들어가 있지? 왜 나는 포함되지 않았지? 왜 내 이름을 이 시와 연결했을까? 누가 이런 일을 벌였을까? 등의 반응이 퍼져 나갔다. '기고자들' 중 절반은 포함됐다는 사실에 기뻐했고, 나머지 절반은 격분했다. 포함된 시인 중 몇몇은 자신이 썼다는 시를 다음 시집에 넣겠다고 말했다. 일부 저자들은 이 선집이 자신들의 천재성과 진정성에 대한 명성을 실추시켰다고 언짢아했는데, 그들을 대표해 블로거이자 시인인 론 실리먼은 "나는 『이슈 I』을 무정부주의적인 플라프(anarcho-flarf)의 반달리즘 행위라고 부르겠다.[8] [...] 다른 이의 명성을 가지고 놀려거든 위험을 각오하라."라고 말했다. 이어서 그는 1970년대에 자신을 포함한 일군의 저자들이 소송을 통해 저작권 침해에 따른 보상금을 받아 낸 일을 인용하며, 그런

---

8. 플라프 시에 대한 구체적인 내용은 이 책 9장 「데이터 클라우드에 파일 배포하기」 참조.—옮긴이

움직임이 『이슈 I』에 의해 명의를 도용당한 저자들을 위한 좋은 생각일 수 있다고 제안했다. 실리먼은 『이슈 I』의 창작자들을 거론하며 험악한 어조로 "분명히 나는 1,849쪽에서 내 이름과 엮인 텍스트를 쓰지 않았으므로 [⋯] 당신들의 작품도 당신들이 썼다고 생각하지 않는다."라고 말했다.[9]

그런데 정작 실리먼은 자기 자신만의 작품을 쓰는가? 많은 시인과 마찬가지로, 답은 '그렇다'이기도 하고 '아니다'이기도 하다. 지난 40년 동안 실리먼이 자신의 실천을 통해 추구한 주요 목표 중 하나는 안정적이고 진정한 저자의 목소리라는 개념에 도전하는 것이었다. 그의 시는 언어 조각들, 떠도는 문장들, 그리고 관찰로 이루어지며, 이는 독자가 그 출처에 관해 계속 추측하도록 만든다. 실리먼은 종종 '나'를 주어로 쓰지만, 정말 그가 말하고 있는 것인지는 확실치 않다. 초기 시 중 하나인 「버클리」는 명백하게 저자의 특이성에 도전한다. 1985년에 그는 한 인터뷰에서 "모든 행이 '나'라는 단어로 시작하는 서술문인 「버클리」에서는 매우 비슷한 어떤 것이 [반복적으로] 등장합니다. 대부분의 행은 발견된 자료인데, 그중 한 출처에서 나온 것은 거의 없습니다. 그리고 가급적 서사적이거나 규범적이라는 느낌을 주지 않도록 배치되지요. 그럼에도 이 되풀이되는 복수의 '나'는 순전히 병치를 통해 한 인물, 즉 느껴진 존재를 만들어 냅니다. 실제로는 문법적 특색이라는 추상에 불과한. [⋯] 그리고 이 존재는 결과적으로 해당 행이 어떻게 읽히는지, 또는

9. Ron Silliman, blog entry, October 5, 2008, http://ronsilliman. blogspot.com/2008/10/one-advantage-of-e-books-is-that-you. html, 2008년 10월 20일 접속.

이해되는지에 지대한 영향을 미쳐 이를 원래의 맥락에서 지닌 의미와 확연히 다르게 만들 수 있지요."라고 말한다.[10] 밥 펄먼 또한 「버클리」를 다룬 글에서 다음과 같이 실리먼의 주장을 반복한다. "「버클리」와 같은 초기 시는 […] 특히 하나의 통합된 주체를 만들어 내는 어떤 읽기도 파괴하는 듯이 보인다. 시를 구성하는 100여 개의 일인칭 문장들은 다음과 같이 각각 '나'로 시작하고, 바로 그 기계적 측면 때문에 그것들을 통합하기란 불가능하다. '나는 다시 한번 기회를 얻고 싶어요 / 나는 당신을 쏠 수 있어요 / 나는 정말 몰라요 / 나는 그게 가면은 아니라고 생각해요 / 나는 다음에는 꼭 기억할 거예요 / 나는 당신을 알고 싶지 않아요 / 나는 아직 옷을 입지 않았어요 / 나는 위험을 무릅써야 했어요 / 나는 진짜 봤어요 / 나는 당신이 어떻게 생각하든 상관없어요 / 나는 태양을 벗어나 있어요 / 나는 여전히 내 소유랄 것이 있었어요 / 나는 죽을 때까지 여기 머물 거예요 / 나는 내 생각이 맞는다는 확신을 얻었어요 / 나는 그걸 변기에 내려 버렸어요 / 나는 내 의자에 주저앉았어요 / 제가 장소를 잊어버렸습니다, 선생님.'"[11] 오랫동안 안정적인 저자성을 해체해 온 시인인 실리먼이 『이슈 I』에 대해 보인 반응은 정말이지 영문을 모르겠다. 『이슈 I』은 실리먼의 정신(에토스)을 논리적으로 끝까지 확장하지 않았는가?

10. http://www.english.illinois.edu/maps/poets/s_z/silliman/sunset.htm, 2010년 12월 29일 접속.

11. Bob Perlman, *The Marginalization of Poetry: Language Writing and Literary History* (Princeton: Princeton University Press, 1996), 186, n. 26.

『이슈 I』에 수록된 시들에 관해서는 논의할 게 그다지 많지 않았기 때문에, 다시 말해 이 몸짓에 관해 나오는 모든 말과 그 시들은 꽤 무관해 보였기 때문에, 우리는 어쩔 수 없이 그 익명의 저자들을 움직이게 만든 개념적 장치를 고려해야 했다. 한 번의 몸짓으로 그들은 내용에서 맥락으로 초점을 이동시키며 디지털 시대에 시인으로 활동하는 것이 무엇을 뜻하는지를 보여 주었다. 디지털이든 아날로그든 어떤 시대라도 시인이 된다는 것은 자신의 실천을 규범적 경제 밖에 위치시켜 이론적으로 이 장르가 수익성이 높은 벤처 기업은 감수하지 않을 법한 위험도 불사하도록 한다. 지난 세기에 시에서 나타난 일부 모험적인 언어 실험에서 목격했듯이 이제는 저자성, 출판, 배포 개념에 관해 같은 실험을 해야 할 시점이며, 『이슈 I』이 일으킨 도발이 이를 증명한다.

그리고 이 모든 일의 중심에는 전유가 있다. 20세기에 저자의 진정성을 둘러싸고 벌어진 소동은 여기서 일어나는 일에 비하면 시시해 보인다. 텍스트 자체를 전유하는 것은 물론이고, 이에 더해 저자를 본인이 쓰지 않은 시에 임의로 연결해 그의 이름과 명성을 전유하기까지 한다. 『이슈 I』은 지금껏 편찬된 시 선집 중 최대 규모였으며, 한 번의 주말 동안 한 블로그에서 시작해 다른 블로그들, 그리고 그 댓글들에서 끊임없이 언급되며 수천 명에게 배포됐다.

촛불은 바람에 꺼졌고, 우리에겐 거울로 된 방이 남았다. 실제로 웹은, 부재하지만 분명히 현전하는 저자의 자아를 위한 일종의 거울이 됐다. 베냐민이 문예를 전유해도 좋은 장르로 만들었고, 나의 아날로그 작업이 책 길이의 형식을 빌려 와 그의 작업을 확장했다면, 『이슈 I』 같은 프로젝트들은 이런 담론을 디지털 시대로 옮겨 전유의 가능성을 규모와 범위에서 크게 넓혔고, 전통적인 저자성 개념에 결정타를 날렸다. 이를 단순히 '무정부주의적 플라프의 반달리즘 행위'로 치부하는 것은 이런 몸짓이 울리는 경종, 다시 말해 디지털 환경으로 인해 내용과 저자성이라는 측면 모두에서 문학의 활동 무대가 완전히 변했다는 사실을 놓치는 것이다. 언어의 양이 기하급수적으로 증가할 뿐 아니라 그런 글을 잘 다루고 조작하며 보기 좋게 바꿀 수 있는 도구를 더 쉽게 구할 수 있는 이때에, 전유는 작가의 도구 상자에 들어 있는 또 다른 도구, 즉 문학작품을 구축하기 위해 수용할 만한 (그리고 수용된) 방식일 수밖에 없다. 심지어 전통적인 성향의 작가라 해도 말이다. 프랑스의 인기 소설가인 미셸 우엘베크는 『리베라시옹』 신문이 '천재적 작품'이라 부른 자신의 최근 소설이 '표절' 의혹을 사자 다음과 같이 주장했다. "이 사람들이 정말 그렇게[이 책이 표절이라고] 생각한다면, 그들은 문학이 무엇인가라는 첫 번째 개념을 이해하지 못한 겁니다. […] 이건 제가 쓰는 방법 중 하나예요. […] 많은 저자가 실제 기록과 허구를 뒤섞는 이런 접근법을 써 왔습니다. 저는 특히 [조르주] 페렉과 [호르헤 루이스] 보르헤스에게 영향을 받았지요. […] 제가 바라는 건 이런 종류의 자료를 써서 제 책을 더 멋지게 만드는 겁니다."[12]

12. John Lichfield, "I stole from Wikipedia but it's not plagiarism, says Houellebecq," *Independent*, September 8, 2010, http://www.independent.co.uk/arts-entertainment/books/news/i-stole-fromwikipedia-but-its-not-plagiarism-says-houelle-becq-2073145.html, 2010년 9월 15일 접속.

Infallible Processes:
What Writing Can Learn from Visual Art

6. 오류 불가능한 과정:
글쓰기가 시각예술에서 배울 수 있는 것

시각예술은 오랫동안 창조적 실천으로서 비창조성을 수용해 왔다. 마르셀 뒤샹의 레디메이드로 시작된 20세기는 미술가의 우위성에 도전하고 기존의 저자성 개념에 의문을 제기하는 작품들로 넘쳐났다. 특히 1960년대에는 개념 미술의 등장으로 뒤샹적 경향은 극단까지 시험에 부쳐졌고, 댄 플래빈, 로런스 위너, 오노 요코, 조지프 코수스와 같은 비범한 미술가들은 대개 일시적·명제적인 작업을 상당수 생산했다. 그들이 만든 것은 그것을 만드는 방법에 관한 발상에 비해 종종 이차적으로 여겨졌다.

작가들은 이런 미술가들이 어떻게 천재성, 노동, 과정이라는 전통적 개념을 뿌리째 흔들어 나갔는가에서 배울 수 있는 게 많다. 이런 개념들은 개념 미술 대부분이 체계적·논리적 언어에 기초를 두고 있었기 때문에 특히 오늘날의 디지털 환경에서 유의미해 보인다. 예컨대, 구체시인들과 상황주의자들과 다름없이 언어의 물질적 사용과 직접적으로 연관된다. 실제로 많은 개념 미술가들이 단어를 주요 매개체로 삼아 명제 형식으로 그리고/또는 갤러리 기반의 표현으로 사용했다.

동시대의 독자층이 개념 미술의 선례에서 배울 수 있는 것도 역시 많다. 오늘날, 극장이나 갤러리에 들어갔다가 조리법에 따라 벽에 그린 선(솔 르윗)을 본다거나, 극장이나 미술관에서 여덟 시간 동안 자는 남자에 관한 영화(앤디 워홀의 「잠」[1963])를 보여 준다고 해서 주춤거릴 사람은 없

을 것이다. 그런데 같은 결의 행동을 책의 지면에 담아 저작
으로 출판하면 여전히 여기저기서 붉은 깃발을 치켜들고
목소리를 높인다. "그건 문학이 아니야!"라고 말이다. 1960
년대의 갤러리 관객들은, 워홀의 영화가 그랬던 것처럼, 그
런 영화를 보는 게 아니라 오히려 그것에 관해 어떻게 사고
하고 글을 쓰는지를, 또 그것을 끝까지 봐야 한다는 부담 없
이 토론하는 법을 빠르게 배웠다. 마찬가지로, 많은 이들은
르윗 그림에서 감정적 쾌감을 요구하기란 (어차피 그런 게
없음을 알고 있기에) 헛된 노력임을 알게 됐다. 그들은 그
대신에 기계적 표현이 똑같이, 그러나 다르게, 아름답고 감
동을 줄 수 있음을 인식하면서, 다른 질문을 하는 법을 깨쳤
다. 많은 이유로 미술에서 그런 접근 방식에 대한 저항은 빠
르게 무너졌고, 워홀과 르윗 둘 다 정전화되었으며 심지어
주류 미술가가 됐다.

　개념 미술의 역사는 널리 알려졌지만, 개념 미술과 동시
대 글쓰기와 디지털 문화 사이의 겹침과 연결은 좀처럼 다
뤄지지 않는다. 앞으로 이어지는 내용은 솔 르윗과 앤디 워
홀의 실천에서 비창조적 글쓰기에 적용할 수 있는 방법을
탐구한다. 두 사람 모두 미술가를 '천재성'이라는 부담에서
해방하기 위해 노력하지만, 그 문제에 대한 해결책은 다르
다. 르윗은 수학과 체계로, 워홀은 수축, 변조, 애매성으로.

미루는 버릇에 관한 내가 가장 좋아하는 서술은 시인 존 애
시베리에 관한 인물 묘사로 2005년 『뉴요커』에 실렸다.

다섯 시인가 다섯 시 반이니 벌써 늦은 시각이다. 존 애시베리는 타자기 앞에 앉아 있지만, 타자를 하는 건 아니다. 그는 찻잔을 들었고, 아직 꽤 뜨겁기 때문에 두 모금 마신다. 그리고 찻잔을 내려놓는다. 그는 오늘은 원래 시를 좀 쓰기로 했다. 그런데 오늘 아침에 꽤 늦게 일어났고, 이후로 줄곧 빈둥거리고 있다. 커피를 조금 마셨다. 그리고 신문을 읽었다. 책 두어 권을 읽기 시작했다. 프루스트 전기는 5년 전에 구입했는데 갑자기 읽어야겠다는 생각이 들어서 이제 읽기 시작했고, 진 리스의 소설은 최근 헌책방에서 우연히 발견한 책이다. 이렇듯 그는 체계적인 독자가 아니다. 그는 텔레비전을 켜고 어떤 터무니없는 프로그램을 반 정도 봤다. 밤이 후덥지근하고 불쾌해서 아파트에서 나갈 마음이 내키지 않았다. 아무리 뉴욕 여름이라 해도 말이다. 그는 자신이 아직 글을 쓰기 시작하지 못했고 글감이 떠오르지 않는다는 사실과 연관된, 미미하지만 지속적인 불안감을 느꼈다. 그의 생각은 이리저리 오갔다. 그는 최근 전시회에서 본 장 엘리옹의 그림에 대해 생각했다. 그는 9번가에 위치한, 자신이 좋아하는 비교적 새로운 인도 식당에서 또 저녁을 주문해야 할지 고민했다. (그는 외출하지 않을 것이다. 그는 일흔여덟 살이고, 요즘 외출을 자주 하지 않는다.) 그는 욕실로 이동했다가 머리를 깎을 때가 됐음을 알아차렸다. 그는 아픈 시인 친구와 전화 통화를 했다. 하지만 5시가 되자, 그는

근무시간이 끝나기까지 겨우 한 시간 남짓 남았다는
사실을 피할 수가 없어서 스테레오에 CD를 넣고
책상 앞에 앉았다. 그는 벽에 전에 알아차리지
못했던 작은 얼룩이 있음을 본다. 일단 시작할 수
있다면 짧은 걸 급히 쓰는 데 30분에서 40분
정도밖에 안 걸릴 텐데, 발동을 걸기가 어렵다.[1]

애시베리 씨, 걱정하지 마세요. 당신을 도와줄 사람은 많답
니다. 당신 같은 사람을 위해 치료법을 제공하는 책이 수십
권 있습니다. 예를 들어, 당신은 옷을 갈아입고 싶을 수도
있고("존, 진짜 새로운 시작을 위해서요."), 아니면 잠시 몸
풀기 운동을 할 수도 있고, 20분마다 일어나서 물 한 잔을
마시는 게 좋은 생각일 수도 있고, 정말로 자유롭게 글을 써
볼 수 있습니다. 그냥 마음을 편안하게 하고 흐르는 대로 두
는 식으로요. 존, 아니면 글을 '잘 못' 써 볼 수도 있습니다.
'인터넷을 끄는 것도 좋은 생각'일 수 있고요. 어쩌면 책상
에서 일어나 잡일을 하나 해도 도움이 될 것입니다. 하지만
작가의 쓰기 막힘 현상에 관한 모든 책이 제시하는 해결책
이 있습니다. 즉, 다섯 단어를 쓰라는 것이지요. 무엇이든
다섯 단어. 애시베리 씨, 이 조언을 따르신다면 다시는 쓰기
막힘 상태에 빠지지 않을 겁니다.

1. Larissa Macfarquhar, "Present Waking Life," *New Yorker*,
http://www.newyorker.com/archive/2005/11/07/051107fa_fact_
macfarquhar, 2009년 7월 13일 접속. (URL 변경, https://www.
newyorker.com/magazine/2005/11/07/present-waking-life,
2023년 8월 1일 접속.—옮긴이)

역설적인 점은 앞의 마지막 제안이 사실 지난 세기에 두 번이나 작품으로 실현됐다는 것이다. 하나는 1930년 간단히 '한 줄에 낱말 다섯 개'라는 문장 하나로 이뤄진 시를 쓴 거트루드 스타인에 의해, 그리고 다른 하나는 1965년 영문 대문자로 FIVE WORDS IN RED NEON이라는 글을 당연히 붉은 네온으로 만들어 스타인 작품을 구현한 조지프 코수스에 의해. 스타인과 코수스는 이런 작업을 아주 쉬워 보이게 한다. 이와 같은 몸짓을 볼 때, 과연 어떤 이가 여전히 쓰기 막힘 현상에 시달릴 수 있는지 누구나 궁금할 것이다.

그럼에도 불구하고 시인 콰메 도스는 다음과 같은 이야기를 들려준다. "몇 년 전 미국 공영 라디오(NPR)에 출연한 시인이자 극작가인 데릭 월컷이 백지에서 공포를 느낀다고 고백했다. 다시 할 수 있을지, 다시 성공적인 시를 쓸 수 있을지 궁금해하는 사람이 느끼는 공포감이다. 인터뷰 진행자는 위대한 노벨상 수상자라도 그런 공포를 느낄 수 있느냐고 말하면서 약간의 불신을 담아 웃었다. 월컷은 '누구라도 [어떤 시인이라도] 그렇지 않다고 한다면 거짓을 말하는 것이다.'라고 주장했다."[2]

난 그렇게 확신하지 않는다. 이런 종류의 작가의 쓰기 막힘은 동시대 미술계에서 많이 들을 수 없는 것이다. 일부 '독창성'이라는 오래된 개념을 고수하는 이들은 막힐 수도 있지만, 결정을 내리는 데 도움이 되는 기계적이고 과정에 기반한 방법을 채택하는 잘 알려진 전통이 있다. 세상을 자

2. Kwame Dawes, "Poetry Terror," http://www.poetryfoundation. org/harriet/2007/03/poetry-terrors/#more-66, 2009년 7월 13일 접속.

신의 화방으로 사용했던 뒤샹으로 시작해서, 만약 당신이 좋은 조리법을 생각해 낸다면, 올바른 재료를 첨가하고 지시를 따르면 좋은 예술품을 내놓게 될 것이다. 득히 1960년 대에는 수십 명의 미술가들이 [작업을 위한] 노력을 [작업을 위한] 절차로 바꾸면서 창작의 고통이라는 짐을 내려놓았다. 나는 1960년대 중반 대학원에 다니던 조각가 조너선 보로프스키가 에너지가 떨어진 상황을 떠올린다. 예일 대학교 작업실에 혼자 앉아 그는 단순히 숫자를 세기 시작했고, 몇 주 동안 계속했다. 숫자가 그의 마음에서 입으로, 지면으로, 그리고 지면에서 3차원으로 이동할 때까지, 이런 연습에서 비정상적 구상 세계가 자라날 때까지 계속 세었다.

이것이 글쓰기에 의미하는 바는 심오하다. 작가들이 다시는 쓰기 막힘을 마주하지 않기 위해 이러한 작업 방식을 취한다고 상상해 보라. 바로 솔 르윗이 「개념 미술에 관한 단락들」(1967)과 「개념 미술에 관한 문장들」(1969)을 썼을 때 그렇게 했다. 이 글 두 편은 사물보다 생각에 더 관심을 갖는 세대를 대변하는 놀랄 만한 선언문이다. 그의 생각은 너무 좋아서 그는 그것을 받아들이고 난 후 결코 뒤돌아보지 않았다. 스스로 부과한 엄밀한 일련의 제약으로 인해 그의 뒤이은 작품 생산은 수십 년 동안 모든 생산적인 방향에서 꽃을 피웠다. 르윗은 다시는 어떤 종류의 막힘도 겪지 않았다. 그의 사고와 방법론을 자세히 살펴보면, 우리는 비창조적 글쓰기의 본보기를 찾을 수 있다. 그것의 시작부터 실행까지, 그것의 유통과 수용까지 주욱. 르윗의 시각적 관심사를 문학적 관심사와 교환함으로써 우리는 「개념 미술에 관한 단락들」과 「개념 미술에 관한 문장들」을 개념적이거나 창조적이지 않은 글쓰기를 위한 로드맵과 지침서로 채택할 수 있다.

르윗은 앞서 언급한 두 글에서 조리법 기반의 미술을 요구한다. 그는 재료를 사고 음식을 요리하는 것처럼 미술 작품을 만들기 위한 모든 결정은 미리 만들어져야 하며, 작품의 실제 실행은 단지 의무의 문제로서 너무 많은 생각, 즉흥적으로 만든 것, 혹은 진심 어린 감정조차 필요로 하지 않는 행동이라고 말한다. 그는 미술이 기량에 기반을 두어서는 안 되며 누구나 작품을 실현할 수 있다고 생각했다. 사실, 그는 활동 기간 동안 자신의 작품을 직접 만든 적이 없다. 대신에 그는 그의 작품들을 실행하기 위해 제도사와 조립자로 이루어진 팀을 고용했다. 이는 르네상스 화가들의 공방과 도제들의 교육장으로 되돌아가는 몸짓이었다. 그는 건축 사무소에서 일하면서 그런 생각을 얻었다. "건축가는 삽을 들고 가서 기초공사를 하고 벽돌을 하나하나 쌓지 않는다."라는 생각이 들자,[3] 그는 그런 생각을 고안해 내고 사람들과 계약하여 그들이 실현하도록 했다.

이런 면에서 르윗은 인공호흡기(*respirator*)가 되기 위해 예술 창작을 포기했다고 주장하는 마르셀 뒤샹과 가깝다. 뒤샹은 "나는 살며 숨 쉬는 일을 작업하는 것보다 더 좋아한다. [⋯] 어쩌면 나의 예술은 산다는 것일 것이다. 매 순간 매 호흡은 아무 데도 기록되지 않고, 시각에 호소하지도 않고, 정신적이지도 않은 작품이다. 그것은 일종의 항구적인 환

3. Andrea Miller-Keller, "Excerpts from a Correspondence, 1981–1983," in Susanna Singer, ed., *Sol LeWitt Wall Drawings 1968–1984* (Amsterdam: Stedelijk Museum, 1984), 114.

희다."4 (물론 뒤샹은 예술 창작을 포기한 적이 없다. 그는 수십 년 동안 비밀리에 작업했을 뿐이다. 그리고 이런 모순은 주장되는 것과 실제로 일어나는 것 사이에 발생하며, 나중에 알게 되겠지만 사실상 르윗과 뒤샹을 결속시킨다.) 앤디 워홀의 방식대로 작가들이 침묵하는 체하거나 다른 사람들이 대신 책을 쓰게 하는 일을 상상해 보라.

나는 글쓰기가 전통적 의미로 이해되는 기량에 근거할 필요가 없다는 생각에 호기심을 느낀다. 주사위 던지기, 주역, 또는 무작위화하는 컴퓨터 프로그램과 같이 우연에 바탕을 둔 작품으로 유명한 존 케이지에게 왜 그 일을 했느냐는 질문이 자주 쏟아졌다. 누구라도 그렇게 할 수 있지 않을까? 케이지의 대답은 "그래요, 하지만 아무도 그러지 않았어요."였다. 만약 우리가 르윗의 선례를 따라 누구나 작품을 실현할 수 있는 공개 초청으로서 조리법을 고안한다면 어떨까? 나는 내 책들 중 아무거나, 예를 들어 『날』을 가지고 다음과 같은 조리법을 고안해 낼 수 있다. "『뉴욕 타임스』의 일일판을 처음부터 끝까지 다시 입력한다. 지면을 넘나들며 왼쪽에서 오른쪽으로 작업한다. 논설이나 광고를 구분하지 않고 신문에 실린 모든 철자를 타자로 필사한다." 확실히 당신의 선택, 즉 당신이 신문을 가로지르며 나름의 방법으로 작업하는 방식, 행갈이 방법의 선택 등은 완전히 다른 작품을 만들게 될 것이다.

---

4. Pierre Cabanne, *Dialogues with Marcel Duchamp: The Documents of Twentieth-Century Art*, trans. Ron Padgett (New York: Viking, 1976), 72. (피에르 카반느, 『마르셀 뒤샹: 피에르 카반느와의 대담』, 정병관 옮김, 이화여자대학교 출판부, 2002년, 138.—옮긴이)

르윗은 미술이 전적으로 망막적일 필요는 없다고 한 뒤 샹의 주장에 공감하고, 더 나아가 최소한의 결정, 선택, 변덕으로 예술 작품을 만들어야 한다고 말했다. 르윗은 만약 미술가가 의도적으로 관심 없는 선택을 해서 관객이 작품 뒤의 개념들을 못 보게 된다면 더욱 좋다고 제안하는데, 이는 비창조적 글쓰기라는 개념에 가까운 정서다. 그리고 때로는 최종 결과물을 예술 작품으로 판단하지 말아야 한다. 대신에, 작품이 어떻게 구상되고 실행되었는지에 관한 모든 배경 기록 과정이 예술 자체보다 더 흥미로울 수 있다. 그 기록 과정을 모아서 당신이 예술 작품이 될 거라고 생각했던 것 대신에 제시하라. 르윗은 미적 결정은 수학적으로나 이성적으로 해결될 수 있다고 말하면서, 예술가에게 항상 독창적이고 기발하려고 애쓰지 말라고 부탁한다. 만약 당신이 곤경에 처해 있다면, 모든 것을 같은 거리에 두고, 댄스음악처럼, 미리 정해진 최면을 거는 듯한 박자를 작품에 부여한다. 그렇게 한다면 실패할 수가 없다. 마지막으로, 그는 새로운 재료와 기술에 눈이 멀어서는 안 된다고 경고한다. 새로운 재료가 반드시 새로운 아이디어를 만들어 내지는 않기 때문이며, 이 문제는 여전히 기술적으로 열광하는 우리 시대의 미술가와 작가 들에게 함정이라고.

자, 그런데, 르윗이 진술한 의도와 그의 예술 활동을 증명하는 멋진 결과물에는 약간의 문제가 있다. 내가 르윗의 벽 그림을 볼 때, 그것이 어떻게 개념적으로 기반하는지에 상관없이 나에게는 지금껏 만들어진 벽 그림 중에서 눈이 튀어나올 만큼 가장 아름다운 미술품이다. 그렇게 메마른 수사와 과정에서 어떻게 그런 감각적이고 완벽한 결과가 나올 수 있을까? 르윗이 결과로 생긴 미술 작품이 매력적이지 않을 수도 있다고 주장했을 때, 그는 물론 자신의 미술 실천에서 비롯한 결실을 언급하고 있었을 리가 없다. 그래서 이 부분에서 나는 르윗이 우리를 놀리고 있다는 생각이 든다. 내가 보기에 그는 우아하게 정교한 시각적 감각을 지닌 보기 드문 천재로서, 세련되게 연마하고 정교하게 만든, 지적으로, 시각적으로, 그리고 정서적으로 가성비 높은 생산물을 상징하는 완벽주의자다.

이 작품들이 실제로 어떻게 만들어졌는지 자세히 살펴본다면 우리는 어쩌면 이런 불일치에 관한 단서를 찾을 수 있을 것이다. 우선, 르윗의 모든 작품은 조리법을 적은 각각의 단문이 지시한다.

1969년에 쓴 것은 이렇다.

벽에 딱딱한 연필로 약 8분의 1인치 간격을 둔
12인치 길이의 평행선을 1분 동안 그린다. 이 줄
아래 10분 동안 평행하게 줄을 그려 나간다. 이 줄
아래 한 시간 동안 평행하게 줄을 그려 나간다.[5]

1970년에 쓴 것은 다음과 같다.

벽(가능하면 매끄럽고 하얀색)에 제도사가
1제곱미터의 면적 내에서 500개의 노란색, 500개의

5. Lucy Lippard, *Six Years: The Dematerialization of the Art Object* (New York: Praeger, 1973), 112–113.

회색, 500개의 빨간색, 500개의 파란색 선을
그린다. 모든 선의 길이는 10센티미터에서
20센티미터 사이여야 한다.[6]

르윗 자신은 이 작품들을 만들어 낸 적이 없다. 그는 이 작
품들을 구상하고 나서 다른 누군가에게 실현하게 했다. 자,
왜 개념 미술가가, 특히 망막적인 것에 혐오감이 있는 이가
무엇이든 실현할 필요가 있을까? 그가 "개념 미술가는 물질
성에 대한 이런 강조를 가능한 한 개선하거나 역설적 방법
으로 사용하기를 원한다.(발상으로 전환하기 위하여.)"라고
말할 때,[7] 자신을 부정하고 있지 않은가? 오노 요코의 「시간
그림」과 같이 발상으로 제시하면 안 되나?[8]

　우리에게 오노의 「시간 그림」이 실행된 적이 있는지 알
려 주는 증거는 없다. 실행됐다 하더라도, 성공 변수는 파악
하기 어렵고 비특정적이며, 주관적이다. 이 작품이 어디에
서 수행돼야 하는지 전혀 명확하지 않다. 누군가는 그가 "하
루 중 특정 시간"을 언급하고 있기 때문에, 이 그림은 야외
에서 그려질 것이라고 가정할지도 모른다. 그것이 사실이
라고 가정하더라도, 하루 동안 빛은 끊임없이 변화하는데
어떻게 그가 말하는 "특정 빛"을 알 수 있을까? "특정 시간"
이 몇 시인지 어떻게 알 수 있는가? 게다가, "매우 짧은 시

6. 같은 책, 162.
7. Sol Lewitt, "Paragraphs on Conceptual Art," http://radicalart.
info/concept/LeWitt/paragraphs.html, 2009년 7월 15일 접속.
8. Yoko Ono, "Time Painting," *Grapefruit* (New York: Simon and
Schuster, 2000 [1964]), n.p. (1964년 초판은 도쿄에서 일본어로 출
판됐다.―옮긴이)

간"은 무슨 뜻인가? 1초, 아니면 5분인가? 무엇에 비교해 짧
은가? 하루, 아니면 평생일까? 반대로 그림을 실내에서 그
린다면 "특정 빛"은 어떤 종류의 빛일까? 백열등인가, 형광
등인가, 촛불인가, 블랙 라이트인가? 마지막으로, 우리가
어떻게든 모든 좌표를 맞힐 수 있다면, 색이 맞는지 어떻게
알 수 있을까? 여기에도 신비로운 함의가 있다. 만약 우리
가 (숨겨진 동굴을 봉인하고 있는 바위를 움직이기 위해 [영
화 속] 인디애나 존스가 그렇게 하듯) 모든 좌표를 정렬하는
방법을 알아낼 수 있다면, 우리도 비슷한 우주적 미래상으
로 보상을 받을 수 있을 것이다.

르윗은 오노의 생각에 동의한다. 예술은 오로지 정신 속
에만 존재해야 한다. 그는 다음과 같이 말한다. "발상이 예
술 작품이 될 수 있다. 그것은 결국에 어떤 형태를 찾아내는
발전의 사슬 속에 있다. 모든 발상이 물리적으로 만들어져
야 하는 것은 아니다."[9] 그럼에도 그는 발상이 결국 실현될
수 있다고 고집하는데, 오노는 그런 주장을 펴지 않는다. 자
신의 작업이 문학인지, 개념 미술인지, 조리법이나 시각 미
술인지, 또는 실현할 필요가 있거나 그렇지 않으면 개념으
로 남아 있어야 하는지 명기하지 않았다. 반대로 르윗은 미
술가로 활동하는 동안, 지시문의 실행으로 유명해진다. 그
는 지시문을 현저히 가시화하고, "계획은 발상으로 존재하
지만 최적의 형태로 표현되어야 한다. 벽 그림이라는 발상
만으로도 벽 그림이라는 발상의 모순이다."라고 노골적으

9. LeWitt, "Sentences on Conceptual Art," http://radicalart.info/
concept/LeWitt/sentences.html, 2009년 10월 22일 접속.

로 말했다.[10] 모순은 르윗이 취한 자세와 과장법에도 불구하고 그가 포용하는 상태로 보인다. '개념 미술에 관한 문장들'이라는 글은 뉴에이지 발언으로 시작한다. "개념 미술가들은 합리주의자들이라기보다는 신비론자들이다. 그들은 논리가 닿을 수 없는 결론으로 도약한다."라고 썼고,[11] "비이성적 사고를 전적으로 논리적으로 따라야 한다."라는 등의 [『이상한 나라의 앨리스』에 나오는 모자 장수] 매드 해터 같은 발언을 한다.

그의 지시문 역시 오노의 지시문처럼 모호하고 파악하기 어려울 수 있다. 예를 들어, 뉴욕의 구겐하임 미술관에서 실행된 1971년 작 벽 그림을 위한 조리법을 읽어 보자.

짧지 않은, 직선이 아닌, 교차하고, 만나는 무작위로 그린 선, 네 가지 색상(노란색, 검은색, 빨간색, 파란색)을 사용해 최대 밀도로 벽의 전체 표면을 덮어서 균일하게 분산함.[12]

누군가 이 그림을 해석하고 실행해야만 했는데, 그게 내가 아니어서 다행이다. "짧지 않은"과 "직선이 아닌"이란 무엇을 의미하는가? "무작위"가 뜻하는 것은? 몇 해 전 여름 욕실을 개조할 때, 나는 시공 계약자에게 타일의 색이 무작위적

10. Lippard, *Six Years*, 200–201.
11. Sol LeWitt, "Sentences on Conceptual Art," http://www.ddooss.org/articulos/idiomas/Sol_Lewitt.htm, 2009년 10월 22일 접속. (URL 변경, https://ddooss.org/textos/otros-idiomas/para-graphs-on-conceptual-art, 2023년 8월 1일 접속.—옮긴이)
12. Lippard, *Six Years*, 201.

이기를 원한다고 말했다. 나는 그가 타일을 되는대로 놓아서 무작위로 보이게 만들 거라고 생각했다. 매일 밤 일을 마치고 집으로 돌아오면, 나는 욕실에 머리를 쑥 들이밀고 왜일이 그렇게 느리게 진행되는지 궁금해하곤 했다. 다음 날점심시간에 그 이유를 알아내려고 들렀을 때, 나는 한 남자가 거기 앉아 주사위를 굴리는 모습을 보았다. 실제로 각 타일이 완전히 무작위로 놓이도록 하려고 그렇게 한 것이다.

다른 질문도 있다. "최대 밀도"는 어떻게 얻어 내는가? 그 작품이 완성될 때까지 한 점이라도 흰 벽이 보여서는 안된다는 뜻으로 해석할 수도 있는데, 이는 나에게 엄청나게많은 일처럼 보인다. 게다가 선을 무작위로 그려야 하므로, 내 남은 인생을 이 작업에 걸어야 할지도 모른다.

그리고 내가 생각했던 방식으로 작업을 하며 10년을 보냈다고 가정해 보자. 만약 그것이 '성공적'이지 않았다면 어떻게 되는가? 만약 르윗이 내 작업에 만족하지 않았다면? 내 "짧지 않은" 선이 너무 길고 "직선이 아닌" 선이 너무 구불구불하다면 어떻게 될까? 어떤 시시포스식의 악몽에서르윗이 나를 처음부터 다시 시작하게 만들까?

다행히도 우리는 데이비드 슐먼이라는 제도사가 앞에서언급한 1971년 구겐하임 작품을 실행하는 동안 적은 기록문서를 알고 있다.

(짧지 않은, 직선이 아닌, 교차하고, 만나는 무작위로
그린 선, 네 가지 색상[노란색, 검은색, 빨간색,
파란색]을 사용해 최대 밀도로 벽의 전체 표면을
덮어서 균일하게 분산함.)

1월 26일에 시작되었는데, 최대 밀도 지점(매우 애매한 지점)에 도달하는 데 얼마나 걸릴지 전혀 몰랐다. 시간당 3달러를 받았고, 내 재정적 요구가 일하는 시간의 양에 거의 영향을 주지 않도록 노력했다. […] 나는 3일 동안 일을 한 끝에 밀도에 조금의 진전도 없이 지쳐 버렸다. 샤프펜슬 한 자루만 가지고 있다 보니 연필심을 가는 데 소비하는 에너지조차 쌓여 피로해지는 결과를 가져왔다. […] 나는 가능한 한 빨리 짧지 않고, 직선이 아니고, 교차하고, 만나고, 무작위로 선을 그리는 데 힘을 줬다. 나는 한 번에 한 가지 색을 사용하고, 그 색이 내가 생각하는 "최대 밀도"의 4분의 1에 해당하는 지점에 이를 때까지 사용하기로 했다. […] 불편함이 주는 신호는 내가 언제 작업을 멈추고 그림에서 물러날지를 결정하는 무의식적 시간기록계가 됐다. 멀리서 그림을 보기 위해 경사 계단에 오르면 그리는 일의 물리적 긴장이 잠시 풀렸다. 멀리서 보면, 각각의 색은 벽의 한 부분을 가로질러서 느리게 그려졌으므로 집단화 효과를 보여 준다. […] 어떻게 보면 그 그림은 역설적이었다. 선들의 고른 밀도와 처리는 매우 체계적인 효과를 가져왔다. 일단 각 색상 고유의 어려운 점이 결정되면, 이전에 그려진 선과 관련해 선을 어떻게 그려 나갈지에 관한 생각은 그려지는 선에 대한 의식적 생각이 없어질 때까지 점차 줄어들었다. 그리기를 하면서 나는 내 몸을 완전히 이완하는 것이 깊은 집중력에 도달하는 방법 중 하나일 뿐임을 깨달았다. 또 다른 방법은 그림을 그리는 무심한 행위였다. 내 몸을 거의 무의식적인 방법으로 완전히 활동적으로 유지하는 것은, 어떤 면에서 내 마음을 완전히 편안하게 해 주었다. 마음이 편안해지면 생각이 더 부드럽고 빠른 속도로 흘러가곤 했다.[13]

슐먼이 우리에게 몇 가지 해답을 주기는 하지만, 그의 해석은 막연하다. 그 또한 밀도가 무엇을 의미하는지 알지 못하며, "짧지 않은"이나 "직선이 아닌", "무작위"가 정확히 무슨 뜻인지 모호한 입장이다. 그리고 글이 끝날 때쯤 그는 더 이상 예술 창작에 대해 이야기하지 않는다. 그는 마음/몸의 분리에 대해 말한다. 이 모든 것이 개념 미술보다는 요가에 더 가깝게, 묘하게 영적으로 느껴지기 시작한다.

슐먼의 질문에 답하자면, 어떻게 그 작품이 자체의 순서와 규칙을 따르며 저절로 만들어지기 시작하는지 궁금하다. 르윗이 다음과 말했을 때, 그는 이런 상태를 규정한, 아니 거의 예견한 것이리라. "제도사와 벽은 대화를 시작한다. 제도사는 지루해하겠지만 나중에 이 무의미한 행위를 통해 평화나 비참함을 발견한다."[14] 그렇게 될 줄 그는 어떻게 알 수 있을까? 이쯤에서 그는 오노의 신비한 추론에 근접했다.

자신의 작품에 대해 드러내 놓고 신비로운 선불교적 태

도를 취했던 존 케이지도 비슷한 말을 했다. "뭔가 2분 후에 지루하다면, 4분 동안 시도해 보라. 그래도 지루하다면 8분. 다음에는 16분. 다음에는 32분. 마침내 그것이 조금도 지루하지 않다는 것을 알게 된다."[15] 이는 케이지가 그의 음악을 연주하기 위해 고용되었으나 당혹스러워하는 음악가들을 달래기 위해 한 말이었다. 어떻게 보면 계약을 맺고 연주하는 음악가는 다른 사람의 이름을 위해 예술 작품을 실행하고 보수를 받는 익명의 장인 데이비드 슐먼 같은 제작자와 비슷하다. 편집자를 제외하고는 홀로 창작하는 상태에서 일하는 소설가와는 달리 관현악단이 연주하는 음악, 밴드, 라이브 공연 등은, 그리고 때로 (르윗의 경우처럼) 시각예술은 사회계약의 상연이기도 하다. 자신이 잘못된 대우를 받고 있다고 느낄 때 노동하는 사람은 예술의 성공을 전복시킬 수 있는데, 이런 일이 케이지에게 자주 일어났다.

관현악단의 계약 연주자들이 자신의 음악을 진지하게 받아들이지 않자 존 케이지가 화가 나서 리허설 세션에서 뛰쳐나간 적이 많다는 이야기가 전해진다. 케이지도 르윗과 마찬가지로 자신의 악보를 음악가들의 폭넓은 재량에 맡겼고 오직 모호한 지침만 줬으나, 더러 그 결과에 좌절하곤 했다. 예컨대, 우연에 의해 작동하는 추상 작품을 연주하는 중에 트롬본 연주자가 「시골 경마」의 음 두서너 개를 끼워 넣어서 케이지의 끝없는 화를 돋우기도 했다. 그는 뉴욕

15. John Cage, "Four Statements on the Dance," in *Silence: Lectures and Writings* (Middletown: Wesleyan University Press, 1962), 93. (존 케이지, 「무용에 관한 네 개의 소고」, 『사일런스: 존 케이지의 강연과 글』, 나현영 옮김, 오픈하우스, 2014년, 113 참조.—옮긴이)

에서 생긴 일에 관해 다음과 같이 말했다. "내가 건넨 그런 음악을 마주한 그들은 완전히 고의적으로 방해 행위를 했다. 뉴욕 필하모닉은 나쁜 관현악단이다. 갱단 같기도 하다. 그들은 부끄러운 줄 모른다. 내가 그런 공연을 마치고 무대에서 내려왔을 때, 형편없이 연주했던 이들 중 한 명이 악수를 하며 '10년 후에 다시 오시면 우리가 더 잘해 드리겠습니다.'라고 말했다. 그들은 음악에서, 그리고 음악에 관한 전문적 태도에서 어떤 것을 떼어내 그리 아름답지 않은 어떤 사회적 상황으로 바꾼다."16

케이지에게 음악은 유토피아 정치를 실천하는 장소였다. 관현악단은 그가 군대처럼 규제와 통제가 이뤄진다고 생각한 사회 단위로서, 하나의 단위로 활동하지 않는 자유가 주어질 수 있다. 대신 각 단원이 하나의 사회조직 내에서 개인이 되도록 허락될 수 있다. 서양 문화에서 가장 확립되고 성문화된 제도 중 하나인 관현악단의 구조를 훼손함으로써, 그는 이론적으로 서구 문화 전체가 '즐거운 무정부 상태'라고 부르는 체계 내에서 작동할 수 있을 것이라고 생각했다. 케이지는 "우리가 비폭력적으로 사회 변화를 이룰 수 있음을 아는 이유는 우리에게 비폭력적인 예술 변화가 있었기 때문"이라고 말했다.17

르윗은 케이지가 기성 관현악단과 마주했던 어색한 상황을 피하기 위해 애를 썼다. (그는 때때로 120개 악기로 구

16. Richard Kostelanetz, *Conversing with Cage* (New York: Limelight, 1988), 120. (리처드 코스텔라네츠, 『케이지와의 대화』, 안미자 옮김, 이화여자대학교 출판부, 2001년, 199 참조.—옮긴이)

17. 같은 책, 263. (같은 책, 396 참조.—옮긴이)

성된 관현악단과 거래하는 케이지와는 반대로 소규모 장인 집단과 함께 일했다. 또한, 그가 훈련한 제도사들은 일반적으로 이 프로젝트에 동조하고, 르네상스 공방의 작업 방식처럼 다른 사람들을 훈련하고, 다음에는 이들이 또 다른 사람들을 훈련해서 대대로 이어질 것이라는 기대를 공유했다.)[18] 이를 위해 1971년, 슐먼이 구겐하임 작품에 임했던 같은 해에 르윗은 세부 사항을 적은 계약서를 써서 미술가와 제도사 사이의 사회적·직업적 관계에 관한 애매한 점을 해소하고 제도사의 자유를 크게 허용했다.

> 미술가는 벽 그림을 구상하고 계획한다. 벽 그림은
> 제도사들에 의해 실현된다. (미술가 자신이 제도사로
> 활동할 수 있다.) 쓰거나 구술한 계획, 혹은 그림은
> 제도사에 의해 해석된다.
>
> 제도사는 계획 안에서, 계획의 일부로서, 결정을
> 할 수 있다. 각각의 개인은 유일한 사람이므로,
> 동일한 지시 사항이 주어지더라도 다르게 수행할
> 것이다. 사람마다 지시 사항을 다르게 이해할
> 것이다.
>
> 미술가는 자신의 계획에 관해 다양한 해석을
> 허용해야 한다. 제도사는 미술가의 계획을
> 인지하고, 그다음에 그것을 자신의 경험과 이해로

---

18. Holland Cotter, "Now in Residence: Walls of Luscious Austerity," December 4, 2008, http://www.nytimes.com/2008/12/05/arts/design/05lewi.html?_r=1&pagewanted=all, 2009년 10월 23일 접속.

재정리한다.

비록 미술가가 제도사라 할지라도, 제도사의
기여는 미술가가 예측할 수 없다. 같은 제도사가
같은 계획을 두 번이나 따랐다고 해도, 다른 미술
작품 두 개가 나올 것이다. 아무도 똑같은 걸 두 번
할 수 없다.

미술가와 제도사는 미술 작품을 만드는 과정에서
협업자다.

사람마다 선을 다르게 그리며 사람마다 낱말을
다르게 이해한다.

선도 말도 발상이 아니다. 그것들은 발상이
전달되는 수단이다.

계획을 어기지 않는 한, 벽 그림은 미술가의
예술이다. 만약 계획을 어겼다면 제도사는 미술가가
되고 그림은 그의 미술 작품이겠지만, 원작의
개념을 패러디한 예술이 될 것이다.

제도사는 계획을 훼손하지 않으면서도 계획을
따르는 데 오류를 범할 수 있다. 모든 벽 그림에는
오류가 있다. 그것들은 작품의 일부분이다.[19]

르윗이 미술가와 제도사가 협업자라고 주장했지만, 그의
모든 협업자들은 이름을 밝히지 않았고 이후에도 계속 그
랬다. 이는 미술 작품을 발표할 때 제목에 제작자의 이름을
항상 적은 스코틀랜드의 구체시인이자 조각가인 이언 해밀

19. Lippard, *Six Years*, 200-201.

턴 핀레이의 매우 관대한 방식과 비교된다. 예를 들어 핀레이는 작품 제목을 '바위 장미(리처드 디마코와 함께)' 또는 '연, 하구 모형(이언 가드너와 함께)'처럼 지었다.

르윗은 1980년대 중반까지 상당히 느슨하고 전진적인 저작권 개념을 가지고 있었다. 그의 조리법을 엄격히 준수하는 한 누구나 자유롭게 작품을 복사할 수 있도록 허용했고, 누군가 그런 행위를 한다면 영광된 일로 여겼다. 이렇게 해서 그는 과학소설 작가 코리 닥터로가 2006년에 드러낸 정서의 전조가 된다. 자신의 책을 인쇄본뿐 아니라 인터넷에서도 자유로운 이용을 허락하는 닥터로는 이렇게 말한다. "불법 복제될 만큼 잘 알려졌다는 것은 최고의 업적이다. 나는 세기의 지배적 매체에서 설 곳이 없는 형식에 인생을 바치느니, 사람들이 훔칠 만큼 관심을 쏟는 저술에 미래를 걸고 싶다."[20] 특성 손실 없이 무한히 모사할 수 있는 디지털 자료와는 달리, 르윗은 미숙련 제도사들이 만든 불량 복제본의 수가 너무 많아서 결국 자기 입장을 어겼다. "연필, 손, 그리고 명확한 언어로 된 지시서를 가진 사람은 누구나 그의 그림을 복제할 수 있다."라는 그의 유토피아적 관념에도 불구하고 말이다.[21] 이렇게 함으로써, 르윗은 우리에게 좋은 개념 미술을 만드는 것이 얼마나 어려운지를 상기시킨

20. Cory Doctorow, "Giving It Away," *Forbes*, December 1, 2006, http://www.forbes.com/2006/11/30/cory-doctorow-copyright-tech-media_cz_cd_books06_1201doctorow.html, 2009년 10월 21일 접속.
21. 뉴욕주 디아 비컨 미술관에서는 방문 학교 그룹을 위한 교육 프로그램의 일환으로 '일반 시민'(civilian)의 르윗 그림 그리기를 진행한다. 여기서 아이들은 르윗의 지시문에 따라 르윗 그림을 그린다.

다. 그에게 해법은 예리한 생각과 정확한 실행 사이의 미묘한 균형을 맞추는 것이었다. 다른 미술가들에게 이런 혼합은 다를 수 있다.

그는 단호한 자세를 취하며 형세를 뒤집었다. 후기작은 더욱 좋아졌다. 시간이 지남에 따라, "르윗의 많은 제도사들이 그들의 기법에서 '사무라이 전사'가 되어 특정 기술을 전문화하면서, 르윗의 그림들이 질적으로 향상됐다는 증거가 있다. 오늘날 능숙하게 실행된 르윗 작품은 르윗 자신이 정기적으로 제작한 작품의 우수함을 무색케 한다."[22] 1980년대 초, 르윗은 뉴욕을 떠나 이탈리아로 이주했다. 이탈리아의 르네상스 프레스코 벽화에 둘러싸여 사는 동안, 그의 작품은 엄청난 변화를 겪었다. 그의 작품은 갑자기 극도로 감각적, 유기적, 유희적으로 바뀌었다. 절도 있는 선과 치수가 사라진 자리에는 조리법에 따른 절차적 개념 미술보다 1970년대의 패턴과 장식 운동에 더 큰 빚을 진 것처럼 보이는 다채롭고 기발한 작품들이 나왔다. 그러나 당시의 작품들은 초기 작품들과 동일한 방법을 통해 만들어졌다. 그는 단지 다른 요소를 교체했을 뿐이다. 그래서 초기 작품들은 엄격한 기하학적 구조를 고수하면서 네 가지 원색만을 허용하지만, 새로운 작품들에서는 물결무늬의 형광 주황색과 화려한 밝은 녹황색이 번갈아 가며 나타나 환각적일 수 있

---

22. http://www.artinfo.com/news/story/33006/the-best-of-intentions, 2009년 10월 23일 접속. (URL 삭제. 다음은 위의 인용문이 등장한 배경에 관한 글이다. https://greg.org/archive/2009/10/21/the-quality-of-a-skillfully-executed-lewitt.html, 2023년 8월 1일 접속.—옮긴이)

다. 종종, 그런 작품들은 화려한 취향으로 미술관이라는 흰 상자 안에서 어울리지 않게 보였다. "1980년대에 모색한 변화(곡선과 자유로운 형태와 더불어 새로운 색을 허용한 수묵을 추가)에 관한 질문을 받았을 때, 르윗 씨는 '왜 안 되죠?'라고 대답했다."[23]

훈련되지 않은 눈으로 볼 때, 이 작품들은 르윗이 그 시점까지 옹호해 온 모든 것에 대한 완전한 배신이었다. 그것들은 어떤 형식적 엄격함이 결여된, 그저 기발하고 노골적으로 망막에 기반한 것처럼 보였다. 그러나 자세히 들여다보면, 그것들은 여전히 조리법에 근거했다. 1998년의 작품들은 다음과 같은 지침을 가지고 있다.

벽 그림 853: 벽은 평평한 검은 띠로 테두리가 둘리고, 수직으로 둘로 나뉜다. 왼쪽 부분: 사각형은 곡선 하나로 수직으로 나뉜다. 왼쪽: 유광 빨간색, 오른쪽: 유광 녹색. 오른쪽 부분: 사각형은 곡선 하나로 수평으로 나뉜다. 상단: 유광 파란색, 하단: 유광 오렌지색.

벽 그림 852: 벽은 왼쪽 상단에서 오른쪽 하단으로 곡선 하나로 나뉜다. 왼쪽: 유광 노란색, 오른쪽: 유광 보라색.

23. Michael Kimmelman, "Sol LeWitt, Master of Conceptualism, Dies at 78," *New York Times*, April 9, 2007, http://www.nytimes.com/2007/04/09/arts/design/09lewitt.html?pagewanted=all, 2009년 7월 13일 접속.

하지만 나에게 이것은 모든 것의 묘미다. 이 작품들은 누가 무슨 짓을 했든 간에 정말로 실패할 수 없는 작품들이다. 모두 정확히 계획에 맞춰 행해졌고, 따라서 그것들이 얼마나 비(非)르윗적인 것처럼 보이는지에 상관없이 완벽하게 실행되었고 그렇기 때문에 성공적이었다.

르윗에게서 배워야 할 것이 많다. 즉, 저자 없는 예술이라는 개념, 저자와 제작자 사이의 사회적으로 계몽화된 춤사위, 낭만적 충동의 허점 찾기, 잘 표현된 수사와 정확한 논리의 유용성 등. 그것이 불러오는 자유는 말할 것도 없고, 일차적 형식과 구조의 우아함, 백지 공포의 극복, 좋은 취향의 승리, 모순의 포용 등. 하지만 다른 무엇보다도 두드러지는 게 하나 있다. 우리는 항상 우리 자신을 표현하기 위해 최선의 노력을 기울이지만, 르윗은 우리 자신을 표현하지 않는 것이 얼마나 불가능한지 깨닫게 한다. 항상 독창적이고, 새롭고, 중요하고, 심오한 말을 하려고 애쓰다가 거대한 난관을 맞이하는 걸 보면 작가들은 아마도 지나치게 노력하는 것이리라. 르윗은 우리가 곤경에서 벗어날 수 있는 방법을 제공한다. 완벽한 기계를 만들고 그것을 가동시킴으로써, 작업 방법 스스로 창조한다. 그리고 결과는 그 기계의 품질을 반영할 것이다. 즉, 부실하게 고안되고 실행되는 기계를 만들면 부실한 결과를 얻을 것이며, 빈틈없고 공을 들이고 충분히 검토된 기계를 만들면 결과는 좋을 수밖에 없다. 르윗은 우리가 종종 전적으로 최종 결과에만 집중하는 관습적 예술 개념을 뒤집기를 바란다. 그렇게 함으로써 그는 또한 천재에 관한 관습적 개념을 뒤집어 우리에게 '비독창적 천재'의 잠재력과 힘을 보여 준다.

앤디 워홀은 비창조적 글쓰기에서 아마도 가장 중요한 인물일 것이다. 워홀의 모든 작품은 비창조성이라는 개념에 기반한다. 겉보기에는 힘들이지 않고 제작한 기계적 그림들과 아무 일도 일어나지 않아서 '봐 줄 수 없는'(unwatchable) 영화들이 그것이다. 워홀은 문학 작업의 결과물에서도 다른 사람들이 그의 책을 대신 쓰도록 함으로써 한계를 뛰어넘었지만, 표지에는 그의 이름이 작가로 올랐다. 그는 새로운 장르의 문학을 발명했다. 『에이: 소설』은 카세트테이프 수십 개를 전사한 것에 불과한데, 철자 오류와 말실수와 말더듬은 일부가 오타가 난 채로 남아 있다. 상당히 두꺼운 『앤디 워홀 일기』는 워홀이 조수에게 전화로 말한 내용으로, 상세하지만 주로 일상적인 한 사람의 삶의 움직임을 기록했다. 마저리 펄로프의 용어를 사용하자면 앤디 워홀은 독창적이지 않은 천재였다. 워홀은 자기 것이 아닌 생각과 이미지를 분리하고, 재구성하고, 재활용하고, 재생산하고, 끝없이 복제했지만 막상 그의 작업이 끝났을 때 그것들은 완전히 워홀의 것이었으니 그는 이런 방식으로 크게 독창적인 작품을 창조했다. 워홀은 정보 조작(몇 개만 예를 들자면 언론, 자신의 이미지, 혹은 그의 슈퍼스타 집단)을 통해 자신이 문화에 통달할 수 있다는 걸 알았다. 워홀은 널리 밈으로 퍼진 어떤 대상의 창시자가 된다는 건 촉매가 되는 사건의 창시자가 되는 것과 아주 비슷할 수 있음을 상기시킨다. 리블로깅과 리트윗하기와 같은 재몸짓(regesture)은 그 자체로 명성에 관한 문화적 의례가 됐다. 선별(sorting)과 걸러 내기(filtering), 다시 말해 정보를 움직이는 일은 문화 자본의 현장이 됐다. 걸러 내기는 취향이다.

그리고 워홀의 경우를 보면, 좋은 취향은 시대를 지배한다. 워홀의 정교하게 조율된 취향과 결합된 그의 예리한 감수성은 미술 생산의 현장이 창작자에서 매개사로 이동하는 것을 촉구했다.

워홀은 1966년에 있었던 텔레비전 회견에서, 외(外)화면의 공격적이고 회의적인 대화자가 쏘아 대는 질문에 마지못해 대답했다. 이 회견에서 워홀은 입술을 꼭 다문 채 은색 엘비스 그림 앞의 걸상에 앉아 있다. 카메라는 어두운색의 깨진 선글라스를 낀 워홀의 얼굴을 자주 구도에 넣고 확대한다. 손가락이 입술을 가리고 있기 때문에 워홀은 주저하는 듯한, 거의 들리지 않는 답변을 입안에서 중얼거린다.

> 워홀. 제 말은, 그냥 당신이 말해 주면 저는 그걸
> 반복하겠다는 거예요. 왜냐하면 저는 못 해요, 음
> […] 못 해요. […] 저는 오늘 속이 텅 빈
> 느낌입니다. 아무 생각이 안 나요. 당신이 말해
> 주면 제 입에서 그대로 나올 텐데요.
> 질문자. 아니요, 걱정하지 마세요. 왜냐하면 […]
> 워홀. […] 아니, 아니요. […] 그렇게 해 주시면 정말
> 좋을 것 같아요.
> 질문자. 시간이 좀 지나면 긴장이 풀어질 거예요.
> 워홀. 흠, 아니요. 그게 아니라니까요. 그냥, 안 돼요,
> 음 […] 감기에 걸려서 아무 생각이 안 나요.
> 당신이 저한테 문장을 말해 주면 저는 그냥
> 반복할 수 있다면 정말 좋겠어요.
> 질문자. 흠, 대답하실 수 있는 질문 하나만 할게요.

워홀. 아니, 아니요. 그게 아니라 당신도 대답을
반복하는 겁니다.[24]

이보다 몇 년 전인 1963년 대담에서 워홀은 "하지만 왜 독
창적이어야 해요? 독창적이지 않으면 왜 안 되죠?"라고 묻
는다. 그는 새로운 것을 만들어 낼 필요가 없다면서, "저는
사물이 사용되고 재사용되는 것을 보고 싶을 뿐입니다."라
고 말한다. 워홀은 예술과 삶의 분리를 뿌리 뽑겠다는 당시
로서는 새로운 개념을 반영하듯 "저는 그저 평범한 것들을
좋아할 뿐입니다. 평범한 것들을 그릴 때, 저는 그것들을 특
별하게 만들려고 노력하지 않아요. 저는 그것들을 평범-평
범하게 그리려고 노력합니다. […] 그래서 저는 실크스크린,
스텐실, 그리고 다른 종류의 자동 복제 기술에 의존해야만
했습니다. 그래도 아직 인간적 요소가 스며 들어와요! […]
저는 번지는 게 싫습니다. 그건 너무 인간적이에요. 저는 기
계 예술 편입니다. 누가 내 예술을 베꼈어도 저는 알아볼 수
없을 거예요."[25]

　　워홀 자신도 모순의 연속이었다. 그는 어렵사리 발언했
지만, 그가 한 말은 문화적 진리가 됐다. 그는 낮았고(가장
상업적이고) 높았고(20세기의 가장 어렵고 도전적인 예술

24. "USA Artists: Andy Warhol and Roy Lichtenstein" transcrip-
tion of television interview, produced by NET, 1966, in Kenneth
Goldsmith, ed., *I'll Be Your Mirror: The Selected Andy Warhol In-
terviews* (New York: Carroll and Graf, 2004), 81. (https://archive.
org/details/illbeyourmirrors00gold, 2023년 8월 1일 접속.—옮긴
이)
25. 같은 책, 8–9.

을 창조했으며), 친절하지만 잔인하고, 불경스럽지만 종교
적인(일요일마다 교회에 갔다.), 겉보기에는 따분한 남자였
으나 흥미로운 남녀들을 곁에 뒀다. 이 목록은 끝없이 계속
될 수 있다.

워홀의 작품은 시인이자 변호사인 버네사 플레이스의
윤리와 도덕성에 관한 글에서 보여 준 것과 같은 긴장감을
담고 있다. 즉, 작가의 예술적 실천이 프로그램 면에서 기
만, 부정행위, 거짓, 사기, 가장, 신분 도용, 표절, 시장 조작,
심리전, 합의적 남용에 근거할 때 어떤 일이 일어날까? 인
본주의가 창밖으로 던져지고 기계가 살과 뼈보다 우선시될
때는? 어떤 실천이 감정을 완강하게 부정하고, 본질보다는
양식을, 천재성보다는 변덕스러움을, 촉각보다는 기계적
과정을, 오락보다는 지루함을, 깊이보다는 표면을 장려할
때는? 소외를 목표로 삼는 예술, 그러니까 우리가 일반적으
로 문화적이고 사회적인 가치를 가지고 있다고 여기는 것
과 의도적으로 단절되는 그런 예술이 만들어질 때 어떤 일
이 일어날까?

워홀은 사람들 대부분이 이론에서나 실제에서나 거의
상상할 수 없는 유연한 도덕성을 받아들였다. 그는 경력 내
내 그의 예술과 삶에서 그 결과가 종종 파괴적인 도덕성을
시험하며 보냈다. 워홀의 세계에는 행복한 결말이 없었다.
그 세계의 경로는 빠르고 매력적이었지만, 항상 실패가 기
다리고 있었다. 주목할 만한 루 리드를 제외하고, 워홀의 작
업실인 팩토리 거주자들 중 건실한 삶이나 당시 이후로까
지 이어진 경력을 건진 이는 얼마 되지 않는다. 몇몇에게 그
결과는 치명적이었다. 웨인 코에스텐바움은 저서인 워홀

전기에 다음과 같이 썼다. "내가 인터뷰한 많은 사람들은 워홀을 알고 지냈거나 함께 일했던 사람들인데, 그 경험으로 인해 손상되거나 정신적 외상을 입은 것같이 보였다. 내가 추측하건대 이렇다. 그들은 워홀이 접근하기 전에 상처 입었을지도 모른다. 하지만 그는 폐허에 빛을 비추는 방법(그 것을 화려하고, 눈에 보이고, 들을 수 있게 하는)을 알고 있었다. 그는 의식적으로 사람들을 해치지 않았지만, 그의 존재는 정신적 외상 극장의 앞 무대가 됐다."26 워홀은 사람들이 체계적이고 공개적으로 스스로를 망칠 수 있는 무대를 마련해 길 잃고 헤매는 젊은이들을 '슈퍼스타'라고 설득하고, 있는 그대로의 그들에 관한 (이야기하고, 마약을 하고, 사랑을 나누는) 영화를 만들고, 그들을 도시 여기저기서 열리는 파티에 데리고 다녔다. 그러나 결국 그들의 환상에서 이익을 얻은 것은 워홀의 이름과 경력이었다. 워홀이 총상을 입은 후, 한때 개방적이었던 팩토리의 문이 닫혔고, 많은 예전 슈퍼스타들은 더 이상 파벌의 일부가 아니었다. 자신의 행동으로 인해 워홀이 얻은 별명은 (드라큘라와 신데렐라의 혼합인) 드렐라이다. 주고 빼앗는 두 종류의 힘을 가졌기 때문에.

이는 종종 언급되는 워홀의 한 단면으로, 우리 모두에게 친숙한, 걷잡을 수 없이 망가지는 이야기이다. 그러나 달리 바라보는 방법이 있다. 나는 우리가 도덕성과 윤리의 한계를 긍정적 의미에서 시험하는 방법으로서 예술적으로 실천

26. Wayne Koestenbaum, *Andy Warhol* (New York: Viking / Penguin, 2001), 3.

하는 유토피아적 실험의 하나로 워홀이 보여 준 태도의 애매성과 모순의 예를 사용할 것을 제안하고 싶다. 만약 우리가 그와 작품을 분리할 수 있다면, 우리는 이 일련의 부정적 변증법에서 워홀이 사실 예술의 안전한 영역 안에서 자유로운 놀이 공간을 제안했음을 알 수 있을 것이다. "…이라면 어떨까?"라고 말할 수 있는 자유 공간으로서의 예술. 우리 문화에서 그런 실험을 허락할 수 있는 최적의 공간 중 하나로서의 예술.

우리는 다시 모순된 영역으로 돌아왔다. 그 문제에 대해서라면, 어떻게 우리가 워홀의 삶을 그의 예술과 분리할 수 있으며 어떤 예술가들의 삶을 그들의 예술과 분리할 수 있을까? 이 질문에 답하려면 결론을 도출하기 위해 롤랑 바르트의 중요한 글 「저자의 죽음」을 빌려 약간의 이론을 불러낼 필요가 있다고 본다. 이 글에서 그는 [상상적] 문학작품과 자서전을 구분했는데, 예컨대, "만약 우리가 용기와 도덕적 충성을 찬미하는 일련의 책들에 감탄한 후에, 그것들을 쓴 사람이 겁쟁이이고 게으름뱅이라는 걸 발견한다 해도, 이는 그 책의 문학적 질에는 조금도 영향을 미치지 않을 것이다. 우리는 이러한 불성실한 행동을 안타까워할 수도 있지만, 작가로서의 그의 솜씨에 대해 존경심을 보류해서는 안 된다."27 바르트는 저자가 없는 작품이라는 사상을 문학작품이 아닌 텍스트라고 불렀다.

바르트의 전제는 워홀이 생산한 방대한 문학작품들에서

27. Ann Course and Philip Thody, *Introducing Barthes* (New York: Totem, 1997), 107. (필립 소디, 『롤랑 바르트』, 권순만 옮김, 피에로 그림, 김영사, 2009년, 111 참조.—옮긴이)

가장 강력하게 증명됐다. 예컨대, 『뉴욕 타임스』베스트셀러 목록을 4개월간 지켰던 『앤디 워홀 일기』를 보자. 일기를 800쪽 넘게 할애해 택시비로 쓴 돈을 일일이 적고 모든 전화 통화를 기록하는 등, 어떤 면에서는 이보다 덜 매력적인 이야기를 상상하기 어렵다. 자서전에 대한 생각은 이 책에 잘못 스며들었다. 앞표지에 실린 글에서 『보스턴 글로브』는 이 책을 '궁극의 자화상'이라고 주장한다. 『앤디 워홀 일기』에 담긴 세밀하고 보잘것없는 세부 사항의 축적물은, 자서전으로 제시되었다는 사실을 제외하면 제임스 보즈웰의 『새뮤얼 존슨전(傳)』과 닮았다. 1982년 8월 2일 월요일의 일기다.

마크 긴스버그는 인디라 간디의 딸을 데려온다고 했고 그는 전화를 했고 아이나도 전화를 했고 밥은 이게 얼마나 중요한 일인지 말했다. 그래서 나는 운동 수업을 포기했고, 그런데 알고 보니 며느리였고, 이탈리아 사람이었다. 인도인으로 보이지도 않았다.

마이클 볼브라흐트네 가려고 이스트 39번가 25번지로 이동(택시 4달러 50센트)하는 길에 메리 맥파든을 우연히 만났고, 그가 화장을 안 했어도 아름다워 보인다고 말했고, 그는 이 이상 한 적이 없다고 말했다. 나는 그런 경우, 화장을 한 사람이 다른 사람에게 말하자면, 그가 아무것도 바르지 않은 것처럼 보인다고 말했다. 조르조 산탄젤로가 그곳에 있었다. 음식은 정말 맛있어 보였지만 난 아무것도 먹지 않았다.

다이앤 폰퓌르스텐베르크의 새 화장품 출시
파티에 갔고(택시 4달러) 파티에 온 모든 소년들은
파이어 아일랜드에 갔던 이들이다. 다이앤을 만나서
재미있었다. 향수를 강매하고 있었다. 그런데 그의
옷들은 볼품없었다. 플라스틱 비슷한 것처럼
보였다. 그런데도 그는 거기에 있는 모든 고급 패션
소녀들에게 그런 옷을 입혔다. 바버라 앨런이 거기
있었는데 그런 옷을 입으니 그조차도 끔찍해
보였다. 장식에 관련한 좋은 생각을 얻기는 했다. 방
안에 넣고 이리저리 움직이고 실내장식 계획에
변화를 줄 수 있는 커다란 색상 상자.[28]

지치는 삶이다! 워홀이 영향력 있는 공인들과 만날 수 있게
운동은 취소된다. 그래서 만나러 간 사람은 제프리 빈의 디
자이너인 볼브라흐트다. 여기서 워홀은 패션 편집자와 우연
히 만나고 또 다른 패션 디자이너와 어울린다. 다음으로, 또
다른 패션 디자이너를 위한 파티인데, 파이어 아일랜드에서
온 멋진 게이 소년들과 아름다운 모델들이 가득 찼다. 그는
부자들을 상대하지 않고 실내디자인에서 영감을 받는다.

이게 정말 자서전인가? 아니다. 이것은 고도로 편집되어
나온 환상소설로, 워홀의 삶을 바탕으로 한 작품이다. 저자
는 어디에 있는가? 워홀은 자신의 비현실적 이미지를 지시
하고 형상화했다. 식료품점이나 세탁소에 다녀온 적도 없

28. Andy Warhol, *The Andy Warhol Diaries*, ed. Pat Hackett (New York: Warner, 1989), 455. (앤디 워홀, 『앤디 워홀 일기』, 팻 해켓[해킷] 엮음, 홍예빈 옮김, 미메시스, 2009년, 503 참조.—옮긴이)

고, 교통 체증도 없고, 자기반성도 없고, 의심도 없고, 마찰도 없었다. 워홀은 그가 자신의 삶을 묘사한 것처럼 매력의 연속이었다. 그러나 모든 것이 매력적일 때 아무것도 매력적이지 않다. 이것이야말로 워홀식이라고 특정 지을 수 있는 매력이다. 즉, 그것은 평평하고 특징이 없고, 한 사람의, 다른 사람과 바꿀 수 있는 경험이다. 인물과 설정은 사용 후 버릴 수 있으며, 중요한 것은 우와[감탄사] 요인이다. 이 책은 물론 모든 자서전이 그렇듯, 부끄러운 기색 없이 소설로서의 자서전이다. 워홀은 그의 말년 12년 동안 매일 아침 비서/유령 작가 팻 해킷에게 전화를 걸어 전날 일을 들려주면서 편집된 자신의 삶을 꼼꼼하게 보고했다. 매일의 전화 통화는 국세청과의 문제 발생을 막기 위해 워홀이 지출한 개인 비용의 일지로서 족히 순진하게 시작했으나, 곧 그의 삶에 관한 본격적인 기록으로 발전했다. 해킷은 이 책의 문지기와 편집자 역할을 했으며, 제임스 보즈웰이 새뮤얼 존슨에게 그랬던 것과 마찬가지로 워홀의 삶에 관해 쓴 저자이자 그것을 형성한 사람이 됐다. 사실, 그는 2만 쪽의 원본 원고에서 "앤디에 관한 가장 훌륭한 자료이자 가장 대표적인 것"이라고 느낀 부분을 선별해 책을 요약했다.[29] 해킷은 "앤디가 파티 다섯 군데에 갔던 날, 나는 단 한 곳만 포함했을지도 모른다. 나는 일기에 서술적 흐름을 주고 동시에 일기가 사교계 칼럼처럼 읽히지 않도록 같은 편집 원칙을 이름에 적용해 […] 이름을 많이 뺐다. 앤디가 열 명쯤을 언급했다면, 나는 그가 대화를 나누었거나 가장 상세하게 거론한 세

29. 같은 책, xx. (같은 책, 22 참조.—옮긴이)

사람만 포함하기를 원했을 것이다. 그런 누락은 글에서 언급되지 않는다. 왜냐하면 그렇게 했을 때 효과는 단지 독자의 주의를 산만하게 하고, 읽기를 늦줄 것이기 때문이다."[30]

하지만 독자는 늦춰지고도 남은 게 아닐까? 해킷이 누구든지 실제로 『앤디 워홀 일기』를 주욱 '읽을' 것이라고 생각했다면 그는 실수한 것이다. 이 저작물을 소화하는 방법은 대충 훑어보는 것이고, 그마저도 시간이 지나면 사소한 자료의 엄청난 양 때문에 지쳐 버린다. 이 책을 어쨌든 간에 읽어야 하는 부담을 덜어 주기 위해 실제로 초판 이후 출판한 책은 이름 및 장소 색인을 포함했다. 클럽에 속한 사람들이 쉽게 자부심 서핑을 하고, 거기에 들어가지 못해 창문에 바짝 댄 코가 눌린 사람들을 부러워하게 만들었다. 워홀의 일기는 읽기 위한 것이 아니라 참고하기 위한 책이었다. 워홀은 이 모든 것에 기뻐했을 것이다. 그는 "게다가 나는 나에 대한 건 별로 안 읽는다. 그저 기사에 실린 사진을 볼 뿐이다. 그들이 나에 대해 뭐라고 말하든 중요하지 않다. 나는 단지 글의 질감을 읽을 뿐이다."라고 단언했다.[31]

읽지 않는다고 단언한 워홀이, 읽을 수 없다고 여겨지는 책인 『에이: 소설』을 출판한 것은 자연스러운 일이다. 그러나 문학작품으로서 그 책은 워홀의 작품이라는 표적을 모두 가지고 있다. 기계적 과정, 탈맞춤 표시(철자 오류)와 일상적 세부 사항에 대한 많은 현대주의적 난해함과 관심 등이 그것이다. 만약 그 안에 이야기가 있다면, 그것은 있는 그대

30. 같은 곳.
31. Goldsmith, *I'll Be Your Mirror*, 87–88.

로 녹취를 풀어낸 과정과 타이포그래피적 불일치에 깊이 파묻혀 있기 때문에 신호 대 잡음 비율이 관습적 읽기를 거의 불가능하게 만들며, 이는 물론 워홀의 의도였다. 1960년대 초에 워홀은 비슷한 전술을 써서 실험 영화계를 정복했다. 당시의 일반적 경향은 빠른 편집과 점프 컷이었지만, 워홀은 반대로 나갔다. 그는 카메라를 삼각대에 얹고 카메라를 돌리고 돌리고 또 돌렸다. 편집도 카메라의 이동도 없었다. 그의 느린 영화에 대해 묻자, 그는 자신의 관심은 앞으로 움직이는 것이 아니라 영화제작의 시작, 즉 카메라가 삼각대에 고정되었을 때로 돌아가 그 앞에 있는 무엇이든 포착하는 작업에 있다고 말했다. 카메라가 얼굴에 고정되어 있는 워홀의 3분짜리 스크린테스트를 보면 그 견해에 설득당하지 않을 수 없다. 그것들은 지금까지 만들어진 사진들 중에서 가장 인상적이고 멋진 초상화들이다. 여섯 시간 동안 자는 사람의 모습을 담은 「잠」과 엠파이어 스테이트 빌딩을 정지 상태로 여덟 시간 촬영한 「엠파이어」는 믿을 수 없을 만큼 놀라운 시간 기반 초상화들이다. 비록 워홀의 초기 영화가 종종 지속적인 단일 이미지로 구성됐고, 그의 소설은 일련의 빠른 점프 컷에 가까웠지만, 시청자와 독자에게 미치는 영향은 의도적으로 같았다. 즉, 지루함과 안절부절못함으로 인해 주의가 산만해지고 자기관찰로 이어진다. 서사의 부족은 마음이 예술 작품에서 벗어나게 하고, 이는 관객을 예술에서 삶으로 움직이게 하는 워홀의 방식이었다.

『에이: 소설』은 팩토리의 슈퍼스타 온딘을 24시간 분량의 테이프에 녹음한 초상으로 알려졌지만, 2년 동안 100명 이상의 인물을 녹음한 내용이 섞여 있는 것으로 밝혀졌다.

이 책의 각 부분은 테이프를 글로 옮긴 다양한 타자수들의 특이한 방식 때문에 각기 다른 타이포그래피적 레이아웃을 가지고 있다. 워홀은 자신에게 주어진 원고 그대로 두고 모든 오타를 유지하기로 했다. 결국 『에이: 소설』은 문학의 진실(vérité)이라는 개념에 접근하게 됐다. 그것은 복합 저자가 쓴 텍스트로서, 여러 녹취 기록자의 형식적 주관성투성이가 됐으며, 특이한 저자의 천재성이라는 관념에 근본적으로 의문을 제기했다. 모든 작품 제작에서 워홀이 그랬던 것처럼, 그는 개념주의자의 역할을 했거나, 또는 자신이 이해한 대로 공장장으로서, 그의 군단이 실제로는 있지도 않은 어떤 이해관계를 소유한 것처럼 느끼게 하기 위해 그의 개념을 충분한 허용 범위 안에서 수행하도록 했다.

『앤디 워홀의 철학』, 『팝피즘』, 『미국』, 『노출』과 같은 워홀의 다른 책들은 그의 목소리를 전달하는 그의 조수들이 썼다. 그들의 목소리는 그의 공적 목소리가 됐고, 한편 워홀은 대부분 침묵을 지켰다. 유명한 워홀의 경구(15분 동안 누구나 유명, 등)는 그가 쓴 것이 아닌 게 많다.

20세기 중반의 모더니즘은 시인 윌리엄 카를로스 윌리엄스가 '[뉴저지에 사는] 폴란드 어머니들의 구어'로 부른 것에 살짝 발을 들여놓아 봤지만, 폴란드 어머니들의 실제 구어는 시 세계의 대부분에게는 너무 거칠고 세련되지 않았다. '대화'(talk) 시의 아버지인 프랭크 오하라는 그의 후기 작품에서 마저리 펄로프가 '일상적 대화에서 예측 불허한 것'이라고 부른 접근 방식을 보여 줬다.[32]

32. Marjorie Perloff, *Frank O'Hara Poet: Among Painters* (Chicago:

"고마워 어둠과 어깨를 빌려줘서"
"오   고마워"

좋아, 5시에 기상청에서 만나
우리는 헬리콥터를 타고 폭풍의 '눈'으로 들어갈 거야
우리는 마침내 사태의 중심에서 행복하겠지
바람이 몰아치고 아무 일도 일어나지 않고 출발할
    것이다[33]

1961년에 쓴 오하라의 마지막 작품 「비오템(빌 벅슨을 위해)」은 평범한 구어를 흥미롭게 하려고 애를 쓴다. 예를 들어 시인은 시간의 경과를 암시하기 위해 '오'와 '고마워' 사이에 빈 공간을 포함시키는 시적 관행을 사용한다. 문장 구성역시 대단해 보일 수 있다. 단어 눈에 쳐진 인용 부호를 보라. 온화한 일기예보와 달리, '눈'은 진부한 삶의 곤경에서 멀리 떨어진 조용한 곳의 발견을 가리키는 은유가 된다. 오하라가 '일상적 대화에서 예측 불허한 것'을 가지고 이런저런 시도를 했지만, 나는 그것들이 얼마나 일상적이었는지 의문이다. 불과 5년 후, 『에이: 소설』은 거의 500쪽에 달하는 진짜 구어(*real speech*)를 출판함으로써 오하라의 구어 기반 현실주의에 대한 주장을 깨뜨린다.[34] 그 결과, 『에이: 소

University of Chicago Press, 1998), 178.

33. Frank O'Hara, "Biotherm (for Bill Berkson)," in *The Selected Poems of Frank O'Hara*, ed. Donald Allen (New York: Vintage, 1974), 211.

34. 워홀의 책이 무의식적으로 『율리시스』의 등장인물인 몰리 블룸의 독백에서 영감을 받았을 수 있지만, 조이스의 책과 달리 소설적/허구적

설』은 우리의 평범한 구어처럼 (작문하지 않았으니) 보잘것
없고 (간신히 서사적이므로) 어렵다. 예로 다음 구절을 살펴
보자.

O—내가 그 사람한테 암페타민을 줬어, 어느 날
밤에 암페타민을 줬는데, 언제 언제더라,
D—최근에? […] O—처음 만났을 때. D—아니 아니,
오래전에. O—그리고 그는 무서운 시였어
D—그렇지. O—그는 시를 썼어, 시를 썼지 D—그게
그를 매우 놀라게 했어. O—그를 겁나게 했지, […]
D—그는 엘에스디과 음, 약이랑 음 모든 O—자기,
그건 중요하지 않아. D—그건 중요하지 않지, 글쎄
글쎄- O—왜 왜 왜 니는 약을 먹지 않아도 되는 건데
D—뭐라고? O—웨 너는 약을 하-하-하지 않아도
되냐고? 왜 약을 하는 게 너한텐 필수가 아닌데?
D—오. O—왜, 왜냐면 넌, D—글쎄, 아니, 난,
O—너만큼 취했잖아 […] 여보세요? 누-구신지?
봉작 부인 오, 공작 부인 애인, 그럼 온딘이네.[35]

오하라의 시와 달리, 여기서 말은 구분되지 않은 하나의 문
자열, 아니면 그보다 더한 것으로 모두 얽혔다. 워홀이 의도
적으로 남겨 둔 타자수의 실수로 인해, 우리는 '엘에스디과'
라는 별난 합성어와 바로 이어진 평범한 감탄사 '음'을 읽는

요소나 문예체를 과시한 흔적이 없다.

35. Andy Warhol, *a: A Novel* (New York: Grove, 1968), 333.

다. 그리고 대단히 은유적인 순간에 관한 한, 그런 것은 어디에서도 찾아볼 수 없다. 사실상 이 구절은 '일상적 대화에서 예측 불허한 것'을 드러낸다. 워홀은 자연 발화(natural speech)에 관한 모더니즘의 관심을 논리적 결론으로 이끌었는데, 전혀 고치지 않은 상태의 허튼소리는 다른 파편적 모더니즘 전략과 마찬가지로 이접적이라는 점을 강조했다.

워홀의 '진짜 구어'에 관한 관심은 진공 속에 존재하지 않았다. 워홀을 둘러싼 것은 수명이 짧은 구어를 글로 옮기는 데 끊임없이 관여하는 사람들로 이뤄진 집단 전체였다. 워홀은 1960년대 회고록인 『팝피즘』에서 다음과 같이 말한다.

> 모두, 틀림없이 모두가, 다른 모두를 테이프에 녹음했다. 기계류는 이미 사람들의 성생활(딜도 등 온갖 종류의 진동기)을 장악했고, 이제는 녹음기와 즉석카메라로 사회생활도 그렇게 됐다. 브리짓하고 내가 오랫동안 했던 농담은 우리의 모든 전화는 다른 사람의 전화를 받고 "여보세요, 잠깐만요."라고 말하면서 시작하고, 접선하고 만나서 놀기 위해 달려간다는 것이었다. [...] 나는 통화 중 단지 좋은 테이프를 얻기 위해서 생각할 수 있는 어떤 종류의 히스테리라도 자극했다. 나는 자주 외출하지 않았고 아침과 저녁 시간에는 주로 집에 있었기 때문에 전화기를 붙들고 있는 시간이 많았다. 남 얘기 하고 말썽을 일으키고 사람들한테 아이디어를 얻고 무슨 일이 일어나고 있는지 알아내려고 노력했고, 모든 것을 녹음했다.

그런데 문제는 녹취록을 받는 데 시간이 너무
오래 걸린다는 것이었다. 심지어 그런 일을 하는
상근자를 뒀는데도 말이다. 그 시절에는
타자수들조차도 그들만의 테이프를 만들었다. 아까
말했듯이 모든 사람들이 그랬다.[36]

내가 피츠버그의 앤디 워홀 미술관에서 워홀 대담집에 필
요한 연구를 하고 있을 때, 기록 연구사가 엄청난 양의 문서
를 실은 수레를 끌고 나온 적이 있다. 그는 이것이 수년 동
안 전사한 워홀의 테이프 기록물이라고 말했다. 들어 보니,
워홀은 시내를 돌아다니며 밤을 보낼 때마다 (자신의 '아내'
라고 부르는) 녹음기를 휴대했고 저녁 내내 그것을 틀어 놓
았다. 사람들은 결국 그 녹음기의 존재에 익숙해져 그것을
무시하고 전혀 자의식 없이 계속 말했고, 어떤 이들은 앤디
워홀이 후세를 위해 녹음하고 있음을 알고 관심을 끌기 위
해 행동하기도 했다. 다음 날 아침, 워홀은 전날 밤의 테이
프들을 팩토리에 가지고 가서 책상에 내려놓고 조수들에게
녹취록으로 만들어 달라고 부탁했다. 이 문서들을 보자마
자 — 수십 년 전, 세계에서 가장 유명한 사람들 사이에서
일어났으나 잃어버린, 생명이 짧은 대화들의 날것의 미편
집 전사 기록 — 나는 이것이 훌륭한 다음 책이 될 것이라고
기록 연구사에게 제안했다. 그는 고개를 가로저으며 [출판
물에 의한] 명예훼손의 우려가 있어 이 테이프들은 워홀이

36. Andy Warhol and Pat Hackett, *Popism: The Warhol '60s* (New
York: Harcourt Brace Jovanovich, 1980), 291.

죽은 지 50년이 되는 해인 2037년까지 출판될 수 없다고 말했다.

미술관에는 또한 워홀의 타임캡슐이 도서관 선반에 쌓여 있었다. 미술가로서 활동하는 기간에 워홀은 항상 그의 작업실에 열려 있는 판지 상자를 비치해 뒀는데, 그는 팩토리 안을 떠다니는 폐기물과 보석처럼 귀중한 사물 두 가지를 그 안에 넣었다. 워홀은 저장한 것에 대해 아무런 차별을 두지 않고, 햄버거 포장지부터 명사가 서명한 사진, 잡지 『인터뷰』전권, 심지어 자신의 가발까지 모두 집어넣었다. 상자가 가득 차면 밀봉하고 번호를 매기고 워홀이 서명했고, 하나씩 미술품이 됐다. 그가 죽은 후 미술관은 총 8,000 입방피트 이상의 자료를 받았다. 내가 미술관을 방문했을 때, 수백 개로 보이는 자료 상자 중 겨우 20-30개만 열려 있는 게 눈에 띄었다. 왜 그런지 묻자 큐레이터는 상자 하나를 개봉할 때마다 그 안의 모든 물건을 기록하고, 목록을 만들고, 사진을 찍는 등 광범위하게 정리해야만 한다고 알려 주었다. 상자 하나를 열면 두세 명이 평상시 근무시간 기준으로 꼬박 한 달간의 작업 기간을 필요로 한다고 했다. 아카이빙뿐 아니라 해독 과정(목록화, 선별, 보존)의 의미로 인해 워홀의 작품은 웹 주도의 문학 실천이라는 관점에서 보면 특히 앞서는 것인데, 범람하는 정보의 양을 관리하는 일이 문학적 차원을 취하게 된 오늘날 더욱 그러하다(이 책의 「서문」참고).

그렇다면 워홀의 모든 작품은 문학보다는 텍스트로 읽혀야 한다. 이는 "텍스트는 인용의 조직이며, 수천 가지의 문화의 원천에서 비롯한다."라는 바르트의 생각을 되풀이

하는 것으로서,[37] 워홀 이후 수십 년 동안 이어진 전유적·'비독창적'·'비창조적' 예술 작품의 물결을 위한 간단명료한 방어다. 그것은 또한 왜 워홀이 재키 케네디의 신문 사진을 찍어 그것을 아이콘으로 만들 수 있었는지 설명해 준다. 워홀은 재키의 이미지를 둘러싼 '인용의 조직'이 시간이 흐를수록, 역사적 사건이나 시대를 지날 때마다 점점 더 복잡해질 것임을 이해했다. 그는 가장 축적된 잠재력을 지닌 이미지, 즉 올바른 이미지를 선택하는 데 예민한 안목을 가지고 있었다. 워홀이 작가로서의 자신을 계속해서 전략적으로 제거한 행보는 결국 모든 드라마가 끝난 후에 작품의 생명을 유지시켰다. 바르트가 말하듯이, "작가가 사라지면, 텍스트를 '해독'하자는 주장은 퍽 쓸모없어진다".[38] 표면상으로는 워홀의 삶에서 거짓말이 엉킨 거미줄로 보이는 것은 사실상 저자라는 인물을 깎아내리기 위한 의도적 왜곡의 연막이다.

1962년의 한 인터뷰에서 워홀은 유명한 말을 남겼다. 그는 "내가 이런 식으로 그림을 그리는 이유는 기계가 되고 싶기 때문이고, 내가 무얼 하든 또 무얼 할 때 기계처럼 하는 것이 내가 하고 싶은 것이라고 생각하기 때문"이라고 말했다.[39] 디지털 시대와 그 기술에 심취해 있는 우리 비창조

37. Roland Barthes, "The Death of the Author," *Aspen*, http://ubu.com/aspen/aspen5and6/threeEssays.html#barthes, 2009년 8월 10일 접속. (롤랑 바르트, 「저자의 죽음」, 『텍스트의 즐거움』, 김희영 옮김, 동문선, 2002년, 33 참조.—옮긴이)

38. 같은 글.

39. G. R. Swenson, "What Is Pop Art? Answers from 8 Painters, Part 1" in Goldsmith, *I'll Be Your Mirror*, 18.

적 작가들은 이것을 우리의 정신(에토스)으로 받아들이지만, 우리에게 영감을 주는 워홀의 실천을 적은 길고 상세한 목록 중 하나일 뿐이다. 변하는 정체성의 이용, 모순의 포용, 자신의 것이 아닌 글과 생각의 자유로운 사용, 예술적 최종 단계로서의 강박적 목록화와 아카이빙, 읽기 불가능 및 지루함의 탐구, 그리고 문화의 가장 원초적이고 가공되지 않은 측면에 관한 흔들림 없는 그의 기록적 충동은 워홀의 작품과 태도가 왜 오늘날 작가들에게 매우 중요하고 영감을 주는지에 관한 고작 몇 가지 이유일 뿐이다.

Retyping *On the Road*

7.『길 위에서』타자 필사

나는 몇 년 전 프린스턴 대학교의 한 학급에서 강의를 한 적이 있다. 수업이 끝난 후, 학생 몇이 내게 찾아와 그들이 배우고 있는 워크숍에 관해 이야기했는데, 미국에서 저명한 소설가가 진행한다고 했다. 학생들은 진행자가 교수법적 상상력이 부족하다는 불만을 털어놓았다. 그 작가는 학생들이 중학교 시절부터 해 오던 종류의 창작 연습 과제를 냈다고 한다. 예컨대 각자 제일 좋아하는 작가를 정하고 그 작가의 문체로 쓴 '독창적인' 작품을 다음 주 수업에 가지고 오라는 식이다. 나는 학생 한 명에게 어느 작가를 선택했느냐고 물었다. 잭 케루악이라는 답이 돌아왔다. 또한 과제에서 별 의미를 찾지 못했다고 했는데, 과제를 마치려는 목적으로 지난밤에 '케루악의 머리에 들어가서' '케루악 문체'로 글을 적으려고 노력해 봤기 때문이라고 했다. 처음에 나는 이 학생이 실제로 케루악 문체로 글을 쓰려면, 지붕 열린 48년형 뷰익 자동차를 타고 전국을 도는 장거리 여행을 떠나야 한다는 생각이 들었다. 사막 고속도로를 시속 85마일로 달리는 차 안에서, 암페타민을 한 움큼 입에 털어 넣고는 버번위스키로 넘기고, 그 와중에 수동 타자기를 열심히 두드리면서 말이다. 그렇지만 그렇게 한다 해도 학생의 경험은 (글쓰기는 물론이고) 케루악의 경험과는 완전히 달랐을 것이다.

내 생각은 이리저리 흐르다가 뉴욕 메트로폴리탄 미술관에서 옛 거장의 그림을 장시간 모사하는 수많은 화가 지망생을 떠올렸다. 만약 그런 일이 화가 지망생에게 그런대로 유익하다면 왜 우리에게는 그렇지 아니하겠는가? 타자로 필사하는 행위의 힘과 유용성은 발터 베냐민이 환기해 준다. 그 자신이 베껴 쓰기 명수인 베냐민은 공교롭게도 길이라는 은유를 불러내면서 베껴 쓰기의 덕목을 이렇게 극찬한다.

> 국도는 직접 걸어가는가 아니면 비행기를 타고 그 위를 날아가는가에 따라 다른 위력을 보여 준다. 텍스트 역시 그것을 읽는지 아니면 베껴 쓰는지에 따라 그 위력이 다르게 나타난다. 비행기를 타고 가는 사람은 자연 풍경 사이로 길이 어떻게 뚫려 있는지를 볼 뿐이다. 그에게 길은 그 주변의 지형과 동일한 법칙에 따라 펼쳐진다. 길을 걸어가는 사람만이 그 길의 영향력을 경험한다. […] 이와 마찬가지로 베껴 쓴 텍스트만이 텍스트에 몰두하는 사람의 영혼에 지시를 내린다. 이에 반해 텍스트를 읽기만 하는 사람은 텍스트가 원시림을 지나는 길처럼 그 내부에서 펼쳐 보이는 새로운 풍경들을 알 기회를 갖지 못한다. 그냥 텍스트를 읽는 사람은 몽상의 자유로운 공기 속에서 자아의 움직임을 따라갈 뿐이지만, 텍스트를 베껴 쓰는 사람은 텍스트의 풍경들이 자신에게 명령을 내리기를 기다리기 때문이다.[1]

필사하는 행위를 통해 글의 내부로 실제로 들어갈 수 있다는 발상은 매력적인 교수법이다. 아마도 이 학생이 『길 위

---

1. Walter Benjamin, "One Way Street," in *Reflections* (New York: Schocken, 1978), 66. (발터 벤야민[베냐민], 『일방통행로 / 사유이미지』, 김영옥·윤미애·최성만 옮김, 길, 2007년, 77.―옮긴이)

에서』의 일부를, 또는 포부를 크게 가지고 전문을 타자 필사했다면, 케루악의 문체를 자신에게 착 달라붙는 방식으로 이해할 수 있었을 것이다.

영국 예술가 사이먼 모리스는 필사에 관한 나의 제안을 알게 된 후, 1951년 출판된[투사지를 이어 붙여 만든 용지에 타자한] 두루마리 판본의 『길 위에서』를 하루에 한 쪽씩 타자로 필사하고 '케루악의 머릿속에 들어가기'[2]라는 제목의 블로그에 올리기로 마음먹었다. 그는 소개 글에서 이렇게 썼다. "재미난 일화이자 흥미로운 작업이 되리라는 생각이 들었다. 이 제안을 그 자체로 존재하는 작업으로 실현한다는 것과, 그 과정에서 내가 케루악의 산문을 타자로 필사하며 무얼 배울지 알아보는 것은 흥미로울 것이다." 그렇게 그는 2008년 5월 31일에 작업을 시작했다. 케루악 책의 첫 페이지를 가져와 "내가 널을 처음 만난 건 아버지가 돌아가시고 얼마 되지 않았을 때였다."로 페이지를 채워 나가기 시작하고, 『길 위에서』의 인쇄 지면에서와 같이 "그게 내 감방 문제를 기억나게 했어. 이제 절대적으로 필요한 건 우리가 개인적으로 사랑하는 것들에"라고 문장 중간에서 블로그 게시물을 마쳤다. 다음의 6월 1일 자 블로그 게시물은 전날 올린 글의 문장 중간에서 이어진다. "관한 나머지 일은 모두 뒤로 미루고, 바로 구체적인 일생활(worklife) 계획을 생각하는 거야." 그는 2009년 3월 22일, 마지막인 408쪽에 다다랐고, 그렇게 함으로써 프로젝트를 완성했다.

2. http://gettinginsidejackkerouacshead.blogspot.com/2008/06/project-proposal.html, 2009년 2월 8일 접속.

모리스는 그 책을 전에 읽은 적이 없는데, 타자 필사를 해 나가는 중에 펼쳐지는 서사를 읽는 게 즐거웠다고 한다. 그가 장당 400단어를 자판을 보면서 타자를 하는 데는 날마다 20분이 걸렸다. 내 예감대로, 그가 책과 맺게 된 관계는 책을 그저 읽기만 했을 때 생기는 관계와 매우 다른 것이었다. "나는 여러 사람에게 흥분하며 '이것은 내 인생에서 가장 짜릿한 독서/여행(read/ride)'이라고 말한 적이 있다. 정말로 나는 어떤 책 한 권에 이렇게 관심을 집중한 적이 없다. 전에 케루악의 책을 읽은 적이 없기에, 이야기의 전개는 정말로 즐거운 경험이다. 최고의 독서였다. 나는 매일 한 자 한 자 입력해 나갔을 뿐 아니라, 페이지마다 교정을 보면서 블로그에 올리기 전에 실수가 없는지 점검했다. [⋯] 그래서 각 페이지는 타자로 필사됐고 여러 번 읽혔다. [⋯] 하지만 이런 일상적 독해 활동을 통해 내용을 검토하는 수준이 높아졌고, 나는 케루악의 산문에 담긴 특징에 관심을 기울이게 되었다. 평상시 나의 독서 방식에서라면 필히 알아채지 못했을 거라고 거의 확신한다." 모리스는 거트루드 스타인의 다음과 같은 말과 공명한다. "나는 언제나 그림이 진짜로 무슨 그림인지 혹은 사물이 진짜 어떤 사물인지는 매일 그것에 쌓인 먼지를 털어 보기 전에는 모른다고 말한다. 마찬가지로 책도 무슨 책인지는 원고를 타자하거나 교정을 보기 전에는 알 수가 없다. 그렇게 해야 읽기만으로는 절대로 알 수 없는 어떤 일이 당신한테 일어난다."[3]

3. Gertrude Stein, *The Autobiography of Alice B. Toklas* (New York: Vintage, 1990), 113. (거트루드 스타인, 『거트루드 스타인이 쓴 앨리스 B. 토클라스 자서전』, 윤은오 옮김, 율, 2017년, 200과 거트루드 스

    예컨대 모리스는 케루악이 텍스트에서 줄표를 사용하는 방식을 눈여겨본다. 그는 이것이 고속도로의 차선과 유사성을 찾으면서 이야기에 흐름을 준다는 것을 발견했다. 모리스는 또한 '길 위에서'라는 표제 구절이 몇 번이나 나오는지 세어 봤다(첫 104쪽까지에서만 스물네 번). 그는 사려 깊게 말한다. "케루악의 책에서 '길 위에서'라는 말은 마치 주기도문과도 같다. 그것이 반복되면서 우리가 동부에서 서부를 잇는 아스팔트를 따라 텍스트를 계속 가로지르게 한다." 또한 그는 케루악의 줄임말이 독자가 머릿속에서 문장을 완성하게 해 주는 방식에 관한 통찰력을 얻었고, 몇 마디 자신의 말을 집어넣었다. "케루악의 글을 타자로 필사할 때 그런 일이 생겼다. '계산대 점원은, 새벽 3시가 넘은 때였는데, 우리가 돈에 관해 이야기하는 걸 듣고는 햄버거를 공짜로 줬다.' 나는 이 문장의 끝부분에 '공짜로'라는 말을 추가했고 결국 내가 추가한 부분을 지워야 했다. 이런 일은 한 번만 일어난 게 아니다. 그리고 물론 내가 추가한 부분을 잡아내지 못하고 케루악의 원문에 추가 단어를 여기저기 남겨 뒀을 가능성도 있다." 그렇다면 우리는 이런 궁금증이 생길 수 있다. 이것이 복사본인지, 아니면 어떤 면에서 원문에 기반한 완전히 다른 하나의 텍스트로 볼 수는 없는지 말이다. 한 발 더 나아가 보자. 모리스가 '공짜로'를 기입했듯이, 우리도 단순히 필요를 느끼는 부분에다가 낱말을 슬쩍 집어넣음으로써 새로운 텍스트를 쓸 수 있다.

타인, 『앨리스 B. 토클라스 자서전』, 권경희 옮김, 연암서가, 2016년, 185 참조.—옮긴이)

그렇게 함으로써 모리스는 전유가 정보를 전달하는 작업에 그칠 필요는 없다는 걸 보여 준다. 대신에 정보의 이동은 실제로 '저자'에게 다른 종류의 창의성을 자극해 기존의 텍스트의 다른 판본과 수정본을 (리믹스판까지) 생산한다. 모리스는 적극적 의미로 단어를 해석할 때 독자이자 저자다.

1970년대 실험적 경향이 있는 언어시인들은 실제로 독자가 저자가 되는 길을 제안했다. 그들은 지면을 가로지르며 단어를 원자화했는데, (문장 속 단어를 '틀린' 순서로 놓기와 같이) 규범적 구문 유형을 교란하는 작업을 곁들였다. 이런 비위계적 언어 풍경이 독자가 적합하다고 본 대로 텍스트를 재구성하도록 북돋울 것이라고 생각했다. 자크 데리다와 같은 프랑스의 이론가들에게서 힘을 얻은 그들은 텍스트적 장(textual field)이 불안정하며 항상 바뀌는 기호와 기표로 이뤄져 있고, 그렇기 때문에 저자든 독자든 저자성에 관해 주장할 수 없다는 것을 보여 주고자 했다. 만일 독자가 열린 텍스트를 재구성할 수 있다면, 저자의 그것과 마찬가지로 (불)안정하고 (무)의미하다는 주장이다. 결과는 모두를 위해 평지를 고르게 만드는 것이며, 전지전능한 저자와 수동적 독자라는 쌍둥이 신화 둘 다를 해체하는 것이다.

내가 생각하기에 모리스는 전통적 권력 역학에 도전할 필요성 면에서 언어시인들에 동의할 것이다. 그렇지만 그는 비접합과 해체 대신 모사와 복제에 기반한 완전히 다른 방식으로 이 문제에 대처한다. 그것은 정보를 한 장소에서 다른 장소로 있는 그대로 옮기는 문제다. 아주 적은 개입만 있어도 읽기/쓰기 경험 전부가 도전을 받는다.

모리스의 노력은 문학적 전화기 게임[말 옮기기]을 작동시켜, 텍스트는 우리가 음악계에서 봐서 익숙해진 방식으로 리믹스의 대상이 된다. 케루악의 『길 위에서』가 상징적으로 남아 있다면, 수십 개의 기생적이고 파라텍스트적인 판본이 불가피하게 나타날 수 있다. 시인 엘리자베스 알렉산더가 쓴 오바마 대통령 취임 시에 같은 일이 일어났는데, 알렉산더가 시를 낭독한 며칠 후 나는 독자들에게 그의 시를 리믹스할 것을 요청했다.[4] 알렉산더 낭독 MP3 파일이 [독립 라디오방송국] WFMU의 「블로그 주의」 프로그램에 올려졌고, 일주일 사이 50편도 넘는 시가 나타났다. 모든 시는 서로 몹시 달랐으며 알렉산더의 글과 목소리를 사용했다. 어떤 사람은 리믹스를 하면서 알렉산더의 낭독을 낱말별로 잘라 알파벳 순으로 다시 꿰었다. 다른 이들은 그의 시를 반복하고 비틀어 그가 의도한 바와 반대로 말하게 했고, 어떤 이들은 시에 음악을 입혔고, 또 다른 이들은 적힌 그대로 읽기는 했지만 매우 이상한 목소리였다. 비트박스를 하는 어린이 둘은 시를 완전히 망쳐 놓았다. 케루악과 마찬가지로 알렉산더의 지위는 상징적으로 남는다. 하지만 전지전능한 저자가 무수한 청취자들을 향해 읊는 대신에 폭발적 예술적 반응이 능동적 반응으로서 창조됐다. 가장 비창조적인 반응은 '나는 로봇이다'라는 작업인데, 그저 자신의 시를 읽는 알렉산더를 변조 없이 녹음한 것이다. 이것은 새로운 것인가? 언제나 글로 쓴 것이든 말로 한 것이든, 크고 작은 사건에 관한 풍자와 리믹스가 있지 않았나? 그렇

4. http://blog.wfmu.org/freeform/2009/01/the-inaugural-poem-remix.html, 2009년 7월 27일 접속.

다. 그러나 이렇게 빠르고, 민주적이며, 기술적으로 관여하는 방식은 아니었다. 그리고 다수의 반응이 보여 준 고도의 모사적 특성들은 다시 짜기(reframing)에 관한 여러 생각이 얼마나 우리가 생각하는 방식에 깊게 스며들었는지 보여 줬다. 또한 알렉산더의 글을 그저 툭 건드린 일부 작업 등 많은 반응은 몹시 '창조적'이고 '독창적'이고자 하는 것에 목표를 두지 않았다. 대신 상징적 인공물의 비창조적이고 무가공한 재표현물(re-presentation)을 새로운 맥락에 놓았을 때 충분히 창조적이라고 할 수 있음이 입증됐다. 하지만, 알렉산더의 텍스트를 리믹싱을 위한 소재거리로 다룸으로써, 유머, 반복, 우회, 두려움, 희망과 같은 폭넓은 범위의 표현으로 창조한 새로운 종류의 의미가 생겨났다.

마찬가지로, 모리스의 타자 필사는 웹이 등장하기 전에는 전혀 다른 프로젝트가 됐을 수 있다. 그런 행위를 위한 전례를 생각하기란 쉽지 않다. 확실히 밝혀지지 않은 수만큼 많이 밀매매되고 해적판으로 나온 책이 있었다. 복사기가 등장하기 전까지 그런 책을 위해 길고 긴 시간이 기존 텍스트를 타자 필사하는 데 소요됐고, 또한 역사를 걸쳐 온갖 유형의 중세 필경사와 대서인이 존재했다. 그렇지만 디지털 환경의 유동성은 이런 잠자는 생각들이 창조적/비창조적 행위로 열매를 맺을 수 있게 장려하고 배양했다. 「서문」에 썼듯이, 컴퓨터는 자르기와 붙이기가 쓰기 과정에 필수적인 상황에서 작가더러 컴퓨터의 작동 방식을 모방하라고 권장한다.[5]

5. 좀 더 확장한 논의는 「서문」을 참고할 것.

모리스는 다음과 같이 질문한다. "만약 케루악이 오늘날 살아 있다면, 종이에 출판할까, 아니면 미국을 떠도는 자신의 여정을 블로그에 쓰거나 트윗으로 올릴까?" 아마도 답은 화가 잭슨 폴록이 1951년에 가진 대담에서 찾을 수 있을 것이다. 폴록은 논란거리인 그의 화법에 관한 질문에 이렇게 대답했다. "새로운 요구는 새로운 기법을 요구한다는 게 제 의견입니다. 그리고 현대미술가들은 자신들의 진술을 만드는 새로운 방법과 새로운 수단을 발견했습니다. 제가 보기에 현대 화가는 지금 시대, 비행기, 원자폭탄, 라디오를 르네상스나 어떤 과거 문화의 옛 형식으로 표현할 수 없습니다. 시대마다 자신만의 기법을 찾아냅니다."[6] 모리스에게 그것은 블로그다. "나는 어쩌면 반대쪽으로 갔을 수 있다. 즉 케루악이 동부에서 서부로 여행하는 길을 따라 앞으로 나아갈수록, 블로그의 속성 때문에, '나의' 이야기는 뒤로 갈수록 일관성을 잃고, 일일 게시판으로 해체됐다." 그는 자신의 독자들을 여행에 동행한 승객으로 비유했다.

모리스의 프로젝트에서 접속량은, 이 맥락에서는 웹 접속량인데, 수백 일 동안 연이은 블로깅이 관심을 창출할 것이라는 통념에도 불구하고 많지 않았다. 가공물로 이뤄진 블로그로서 모리스의 프로젝트와 후속 생명력이 지속되는 동안, 모리스는 손으로 꼽을 정도의 논객/승객과 만났고, 그리고 신기하게도 그들 중 아무도 수익성 예술 작품을 무

6. Jeremy Millar, "Rejectamenta," in *Speed—Visions of an Acceler-ated Age*, ed. Jeremy Millar and Michiel Schwarz (London: Pho-tographers' Gallery and Whitechapel Art Gallery, 1998), 87–110, at 106.

상으로 다시 출판했다며 부정행위를 외치는 케루악의 재산 또는 사업 대리인이 아니었다. 그렇다면 모리스의 작업은 법적으로 대응할 만한 해적판이 아니라 이례적인 것이다. 그것은 그렇게 기능을 잃었고 미적 성격을 갖게 됐으니 하나의 작품일 수밖에 없다.[7]

이 7장을 마치고 몇 개월이 지난 후, 영국에서 책 두 권이 담긴 소포가 내 우체통에 도착했는데 둘 다 사이먼 모리스가 보낸 것이었다. 한 권은 펭귄 모던 클래식스에서 출판한 잭 케루악의 공식 영국판 『길 위에서』였고, 다른 책은 모리스의 『케루악의 머릿속에 들어가기』 종이판이었다. 책 두 권은 같아 보인다. 크기도, 표지 디자인과 타이포그래피도 같다. 케루악과 닐 캐서디의 흑백 펭귄 표지 사진은 모리스와 그의 시인 친구인 닉 서스턴의 흑백 이미지가 흉내 낸다. 책 등 또한 똑같이 디자인했는데, 예외라면 펭귄 로고를 새 판본의 출판사인 인포메이션 애즈 머티리얼 로고로 대체한 것이다. 인용구, 사진, 그리고 저자의 과거 출판 저작의 섬네일로 구성한 뒤표지의 레이아웃조차 똑같다. 내지를 보면, 두 책 모두 약력 자료와 서문이 앞에 나온다. 언뜻 보기에 그것들은 동일한 대작으로 여겨질 수 있다. 그렇지만 바로 거기서 유사점은 끝난다.

모리스의 책을 펴면, 『길 위에서』의 유명한 첫 줄, 즉 "내

---

7. 이런 게릴라 출판물을 보니 몇 년 전 아마존에서 책이 해적판으로 만들어진 방식이 생각난다. 누군가 서평이라는 가면을 쓰고 『해리 포터』 같은 책을 부분적으로 잘라 내 붙여 넣거나 타자로 필사했다. 그러자 각각 잇따른 '서평'은 소설이 끝날 때까지 그다음 페이지를 드러내 보여 줬다.

가 처음 딘을 만난 건 아내랑 헤어진 지 얼마 되지 않았을 때다."라는 글이 어디서도 보이지 않는다. 대신 첫 줄은 이미 진전 중인 문장이다. "음악회 입장권, 그리고 잭과 조안과 헨리와 비키라는 이름들, 그 소녀, 슬픈 농담과 그가 즐겨 하던 말인 '노대가에게 새 곡을 가르칠 수 없다.'와 함께." 물론 모리스의 책에서 첫 페이지는 그의 마라톤 타자 필사에서 생성한 마지막 블로그 게시물이다. 그렇기에 모리스의 책에서 첫 페이지 끝머리는 "나는 닐 캐서디를 생각한다."라는 케루악의 두루마리 원고의 끝머리다. 책은 내내 이런 식으로, 뒤로 한 쪽씩 (모리스의 첫 페이지 번호는 408이고, 두 번째 페이지는 407이다.) 케루악의 원문 첫머리에 도달할 때까지 전개된다.

모리스의 프로젝트를 온라인상에서 계속 읽은 나로서는, 블로그 주도 프로젝트가 인쇄물로 재탄생한 것을 보니 어색했다. 인쇄물이 (전자책이나 PDF 출판물 같은) 디지털 형식으로 이동하는 것을 보는 일은 일반적인 한편, 웹에서 탄생한 가공물이 죽은 나무로 만든 인쇄용지로 변형되는 것을 접하기란 드문 일이다. 케루악 책의 정본은 종이판(종이 두루마리, 문고본)으로 유명하다고 생각한다면 더욱 그렇다. 모리스의 몸짓이 드러낸 효과는 마치 유명 디자이너가 만든 드레스를 실수로 운동복 빨랫감에 던진 것을 본 것과 비슷한 느낌이다. 종이에서 웹으로, 그리고 다시 종이로, 케루악의 텍스트는 그 자체로 인식 가능하지만, 여하튼 줄어들었고, 비틀렸고, 어긋난다. 그것은 같지만 서로 매우 다르다. 말하자면 케루악의 명작이 거꾸로 거울에 비친 것이다.

모리스는 자신의 프로젝트를 설득력 있게 요약한다. "유사점보다는 차이점이 더 많다. 같은 글 한 편을 다른 맥락에서 타자로 정서(淨書)했을 때 완전히 새로운 글이 된다는 것은 이 프로젝트를 도전적이게 만든다."라고 주장한다. 그렇지만 타자 필사하면서 어떤 느낌을 받았는지 물어보자 모리스는 주저한다. "어떤 진정으로 심오한 반응을 듣기를 원하겠지만 그런 건 없다. 나는 아무런 느낌이 없다. 길을 나선, 뭔가 찾으려 했으나 아무것도 찾지 못한 자신을 향한 잭 케루악 자신의 여정과 조금 비슷하다." 그리고 머뭇거리며 자문한다. "이미 문학계의 예찬을 받은 즉흥적 산문 행위에서 타자로 쓴 글을 내가 '비창조적'으로 타자로 옮기며 나 자신을 잃어버린 걸까?" 그는 다음과 같이 답한다. "내가 일말의 확실함을 가지고 말할 수 있는 것이 있다면 그것은 내가 한 번도 책 한 권에 이토록 긴 시간을 보낸 적이 없다는 사실이다. 책을 읽을 때 우리는 종종 동시에 텍스트의 내부와 외부에 있다. 그러나 이번 경우, 나는 평소 내가 텍스트에 관여할 때보다 책 읽는 과정을 훨씬 더 많이 성찰했다. 그것은 (몇 번 더하거나 빠뜨린 적이 있긴 하지만) 케루악과 같은 순서로 같은 자판 키를 두드리는 일뿐만이 아니라 프로젝트의 과정에 관한 것이다." 결국, 모리스는 케루악의 머릿속에 들어가는 데 성공했는지는 모르지만, 확실히 자신의 머릿속 깊이 들어가는 데는 성공했다. 그럼으로써 독자이자 저자로서 자기 인식을 얻었으며, 이는 그의 경험 이후 절대 당연하다고 여길 수 없는 것이다.

Parsing the New Illegibility

8. 새로운 비가독성 구문 분석하기

앞서 나는 인터넷의 거대함과 그것이 생산하는 언어의 양, 그리고 이것이 작가에게 어떤 영향을 미치는지를 중점적으로 다뤘다. 이 장에서는 그 생각을 확장해 이런 새로운 환경 때문에 특정 유형의 책이 나오고 있음을 말하고자 한다. 바로 읽기보다 그것에 관해 사유해 봐야 하는 책이다. 구성에서 우리가 디지털 글을 상대하는 방식을 모방하고 논평하는 듯한 책 몇 권을 예로 들고, 이를 통해 읽기, 혹은 읽지 않기를 위한 새로운 전략을 제안한다. 월드와이드웹은 읽기와 쓰기 둘 다를 위한 장소로 기능한다. 작가에게 웹은 자신의 문학작품을 구성하는 막대한 텍스트 공급원이다. 같은 식으로 독자는 정보의 늪을 헤쳐 나가고 궁극적으로 읽기 못지않게 걸러 내며 제 역할을 한다.

인터넷은 독자의 능력을 시험하는데, 이는 그것이 쓰인 방식(주로 규범적·논증적인 최상위 수준 구문) 때문이 아니라 그것의 어마어마한 규모 때문이다.[1] 난해한 모더니즘 문학작품을 읽기 위해 새로운 읽기 전략을 개발해야 했듯, 웹에서도 훑어 읽기, 데이터 집계, RSS 피드와 같은 새로운 읽기 전략이 부상하고 있다. 빽빽한 글을 열쇳말 위주로 훑

1. 웹 초창기, 전형적인 만우절 거짓말은 누군가 인터넷의 모든 글을 CD롬에 담아 준다는 것이었다. 1995년만 해도 이는 명백히 불가능했다. "2005년, 인류는 150엑사바이트(기가바이트의 10억 배)의 데이터를 만들어 냈다고 추산된다. 올해는 1,200엑사바이트에 달할 것으로 보인다." "The Data Deluge," *Economist*, http://www.economist.com/opinion/displayStory.cfm?story_id=15579717&source=hp-textfeature, 2010년 2월 26일 접속.

고 지나가는 우리의 읽기 습관은 기계가 작동하는 방식을 모방하는 듯하다. 심지어 온라인에서 우리는 눈앞에 지나가는 모든 정보를 이해하기 위해 글을 읽는다기보다 오히려 구문 분석한다고, 즉 언어를 2진수로 처리해 정렬한다고까지 할 수 있다. 그리고 기계가 특별히 사람이 아니라 다른 기계가 읽도록 쓴 글도 점점 늘어난다. 웹페이지 조회 수나 광고 클릭률을 높이기 위해 만든 수많은 가짜 웹페이지, 비밀번호를 알아내는 데 쓰는 어휘 등이 이를 증명한다. 여전히 인간이 엄청나게 개입하지만, 문학의 미래는 점점 더 기계와 관련될 것이다. 유전학자 수전 블랙모어는 다음과 같이 이를 단언한다. "독창적 시를 쓰거나 대충 꿰맞춰 새로운 학생 논문을 만들어 내는 프로그램, 아니면 우리의 쇼핑 취향에 관한 정보를 저장하고 다음에 우리가 좋아할 만한 책이나 옷을 제안하는 프로그램을 생각해 보라. 이런 프로그램은 인간의 입력에 의존하고 인간의 뇌로 결과를 보낸다는 점에서 범위가 제한적일지는 모르나, 다루는 정보를 복사하고 선별하며 재조합한다."[2]

읽기/읽지 않기로 구분하는 이런 이분법의 뿌리는 지면에서 찾을 수 있다. 지금껏 내용이 아니라 범위를 통해 독자를 곤경에 빠뜨리는 책이 많이 출간됐다. 거트루드 스타인의 『미국인의 형성』을 선형적으로 읽으려는 것은 웹을 선형적으로 읽으려는 것과 마찬가지다. 대개는 들락날락하며

2. Susan Blackmore, "Evolution's Third Replicator: Genes, Memes, and Now What?" *New Scientist*, http://www.newscientist.com/article/mg20327191.500-evolutions-third-replicator-genes-memes-and-now-what.html? full=true, 2009년 8월 6일 접속.

조금씩 읽을 수 있을 뿐이다. 거의 1,000쪽에 육박하는 책의 무게도 위협적이지만, 이 책을 읽는 데 가장 큰 걸림돌은 범위다. "한 가족의 역사로 시작한 그 글은 그 가족이 아는 모든 사람의 역사로, 그다음 모든 종류의 사람들의 역사로, 그리고 모든 개별적 인간 존재의 역사로 바뀌었다."라는 말이 보여 주듯,[3] 소박하게 시작한 이 책을 개념적 작업이자 성취하기 어려운 멋진 제안으로 만들어 낸 바로 그 범위다. "시도해 봤던 것도. 실패했던 것도. 상관없다. 다시 시도하기. 다시 실패하기. 더 잘 실패하기."[4]라는 사뮈엘 베케트의 말은 비창조적 글쓰기에 쉽게 적용할 만한 경우다.

『미국인의 형성』은 오랫동안 이어 온, 샅샅이 보는 게 불가능한 기획 중 하나다. 여기에 속하는 또 다른 예로, 익명의 저자가 2,500쪽에 걸쳐 쉬지 않고 써 내려간 빅토리아 시대의 포르노그래피, 『나의 은밀한 삶』이 있다. 여러분이 펼친 쪽이 아무리 자극적이라 한들(실은 한 쪽 한 쪽 다 그렇다.), 이 책을 처음부터 끝까지 한달음에 소화할 방법은 없다. 그것은 무엇보다 일종의 개념이며 내용과 엄청난 규모 모두로, 당시 도덕적 억압에 맞서는 가히 미쳤다고 할 만한 언어 작업이다. 그것은 거대해야만 했다. 그것은 에로틱함이 최고조에 달한 잉여 텍스트다.

3. Gertrude Stein, *The Autobiography of Alice B. Toklas* (New York: Vintage, 1990), 113. (거트루드 스타인, 『앨리스 B. 토클라스 자서전』, 권경희 옮김, 연암서가, 2016년, 185.—옮긴이)
4. Samuel Beckett, "Worstward Ho," in *Nohow On: Three Novels* (New York: Grove, 1989), 89. (사뮈엘 베케트, 『동반자 / 잘 못 보이고 잘 못 말해진 / 최악을 향하여 / 떨림』, 임수현 옮김, 워크룸 프레스, 2018년, 75.—옮긴이)

아니면 더글러스 휴블러의 「가변 작품 #70」(1971)을 예로 들어 보자. 이 작품에서 휴블러는 "자신의 능력이 닿는 한, 살아 있는 모든 이의 실존을 사진으로 기록"하고자 했는데, "어쩌면 그런 방식으로 인류에 대한 가장 진정성 있고 포괄적인 재현을 만들어 낼 수 있으리라" 생각했기 때문이었다.[5] 스타인처럼 휴블러도 가까운 곳에서 시작해 거리에서 자신을 지나친 모든 이를 사진에 담았다. 그러다 나중에는 대규모 집회와 스포츠 행사에 가서 군중을 촬영하곤 했다. 결국, 자신의 노력이 부질없음을 깨달은 휴블러는 목적을 달성하고자 대규모로 모인 사람들을 찍은 기존 사진을 재촬영하기 시작했다. 물론 그도 '더 낫게 실패했다'.

또 다른 예로 조 굴드의 『우리 시대의 구술사』를 들 수 있다. 1942년 6월에 "약 9,255,000단어, 다시 말해 성경의 약 열두 배 길이"라고 알려진 이 작업은,[6] 양면에 읽기 힘든 손글씨로 쓰여 오직 저자인 굴드만 읽을 수 있었다.

굴드는 『구술사』에 자신이 보거나 들은 것만 담았다. 적어도 그중 절반은 말한 대로 받아 적거나 요약한 대화로 구성된다. 제목 그대로다. 굴드는 말하길, "사람들이 말하는 것이 역사다. 왕과 여왕, 조약, 발명, 큰 전투, 참수, 카이사르, 나폴레옹, 폰티우스

5. Frédéric Paul, "D H Still is a Real Artist," in *Douglas Huebler: «Variable», etc.* (Limousin: Fonds Regional D'art Contemporain, 1993), 36.
6. Joseph Mitchell, "Joe Gould's Secret," in *Up in the Old Hotel and Other Stories* (New York: Vintage Books, 1993), 626.

필라투스, 콜럼버스, 윌리엄 제닝스 브라이언 등 과거
우리가 역사라 여긴 것은 공식 역사일 뿐이며 대부분
거짓이다. 나는 셔츠 바람인 일반 대중의 비공식 역사,
즉 그들이 자기 일, 연애, 먹을거리, 유흥, 곤경 그리고
슬픔에 관해서 해야만 하는 얘기를 적겠다. 아니면
시도라도 하다 죽겠다."[7]

범위가 어마어마했다. 공원 벤치에서 부랑인이 하는 혼잣
말을 받아쓴 것부터 화장실에서 베낀 운문까지 모든 것을
포함했다.

1920년대 그리니치빌리지에 사는 다양한 직종의
사람들의 취태와 성적 모험담에만 수십만 단어를
할애했다. 이 지역에서 열린, 독한 술을 마셔 대는
파티에 관한 보고서가 수백 편에 달하는데, 파티에
온 손님에 관한 소문과 그들이 환생, 피임, 자유연애,
정신분석, 크리스천사이언스교, 스베덴보리주의,
채식주의, 알코올의존증을 비롯해 정치 및 예술에
관한 다양한 '주의'(ism)에 관해 논쟁하는 내용을
충실히 담은 보고서를 포함한다. "나는 내 시대의
지적 지하 세계라 부를 만한 것을 온전히
다뤘다."라고 굴드는 말한다.[8]

7. Mitchell, "Professor Seagull," 58.
8. 같은 글, 58–59.

굴드의 기획 또한 실패로 끝났다. 어떤 원고도 쓴 적이 없었으니 말이다. 그것은 엄청난 거짓말이었는데,『뉴요커』기자 조지프 미첼이 거기에 속아 넘어가 굴드에 관한 소책자를 쓰고 어쩌다 보니 사실상 그의 전기 작가가 될 만큼 매우 설득력 있었다.

　비록 어떤『구술사』도 없었지만,『미국인의 형성』은 존재한다. 그렇다면 이 책을 읽지 않는다면 우리는 그것으로 뭘 해야 할까? 거트루드 스타인 연구자인 울라 디도는 급진적인 해결책을 제안하는데, 바로 전혀 읽지 말라는 것이다. 그는 스타인의 작업 대부분은 결코 자세히 읽기 위한 것이 아니었고, 오히려 스타인은 시각적으로 읽는 방법을 이용했다고 언급했다. 너무 빽빽해서 읽을 수 없고 반복하는 듯 보였던 것은, 실은 훑어보도록, 그리고 이 책을 잡고 있는 동안 시각적으로 눈을 즐겁게 하도록 고안된 것이었다. "이런 구성은 놀라운 시각적 결과를 가져온다. 한정된 어휘, 병렬 구조의 반복구, 본질적으로 같은 문장이 지면 가득 시각적 패턴을 만들어 낸다. [⋯] 우리는 단어가 쌓여 의미를 구축하는 게 아니라 이해할 필요 없는 시각적 패턴을 만들 때까지 지면을 읽는다. 세부 요소가 아니라 디자인으로 여기는 장식용 벽지처럼."9 다음은 「허슬랜드 부인과 허슬랜드 집안 아이들」 장의 발췌문이다.

9. Gertrude Stein and Ulla E. Dydo, *A Stein Reader* (Evanston, IL: Northwestern University Press, 1993), 480.

그다음 자신 속에 하녀 근성을 항상 자신 속에 지닌
여성으로 이뤄진 수백만 명이 항상 있고, 그다음
자신 속에 약간의 공격성과 대개 두려워서 의존적인
나약함을 지닌 이가 그다음 수백만 명을 이루며
항상 있고 항상 있으며, 그다음 자신 속에 언제
어디선가 저항하려는 마음과 함께 두려워서 소심한
복종심을 자신 속에 지닌 그들이 수백만 명을
이루며 항상 있다. 그다음 이 첫 번째 유형의 그들
수백만 명 중 자신 속에 그런 공격성을 지닌 적이
그것을 결코 자신 속에 지닌 적이 없는 그들 중
독립적이고 의존적인 유형 몇몇이 항상 있고, 이 첫
번째 유형의 그들 그 수백만 명의 그들 중 자신 속에
그 두려워서 나약함을 자신 속에 거의 지니지 않은
이가 더 많이 있고, 그들 중 자신 속에 온순함 같은
그런 나약함을 자신 속에 지닌 몇몇이, 그들 중 이를
자신 속에 부드럽고 어여쁜 젊은이 특유의
순수함으로 그들 안에 지닌 몇몇이 있으며, 그다음
자신 속에 그들이 지닌 그 많은 유형의 생활 속에
그들 중 이런 유형의 수백만 명 속에 자신 속에 모든
유형의 혼합이 있다.

There are then always many millions being made
of women who have in them servant girl nature
always in them, there are always then there are
always being made then many millions who have
a little attacking and mostly scared dependent

weakness in them, there are always being made
then many millions of them who have a scared
timid submission in them with a resisting some-
where sometime in them. There are always some
then of the many millions of this first kind of
them the independent dependent kind of them
who never have it in them to have any such at-
tacking in them, there are more of them of the
many millions of this first kind of them, who have
very little in them of the scared weakness in
them, there are some of them who have in them
such a weakness as meekness in them, some of
them have this in them as gentle pretty young
innocence inside them, there are all kinds of
mixtures in them then in the many millions of
this kind of them in the many kinds of living they
have in them.[10]

이 인용구는 디도의 논지가 옳다는 것을 증명한다. 이는 극
도로 시각적인 글이며, 글자 *m*의 둥근 모양과 백만(million)
속 건축적 글자 형태인 *illi*가 지닌 수직성이 리듬을 만들어
낸다. 강력한 의미 단위인 단어 백만은 앞으로 읽으나 뒤로
읽으나 같은 단어처럼 보이는데, 이는 *illi*를 앞뒤로 감싸는

10. Gertrude Stein, *The Making of Americans* (Normal, IL: Dalkey Archive, 1995), 177.

시각적 상관물, 즉 *m*과 *on*에서 *on*의 둥글게 튀어나온 두 곳이 시각적으로 붙어 또 다른 *m*처럼 보이기 때문이다. 또한 *o*와 *n*의 여백은 *m*의 여백과 거의 같아 보인다. 그 결과, 새로운 단어 *millim*이, 즉 멋진 리듬을 지닌 앞뒤가 같은 단위가 시각적으로 구축된다. 여기서 *m*은 우리 눈을 한 단계 위 *i* 쪽으로 이끈 다음, 한 단계 더 높여 이 단위의 정점인 쌍둥이 *l*로 이끌고 다시 우리가 왔던 길로 내려가게 한다. 이 시각적 연쇄 작용은 단어 *sometimes*와 *them*에서도 비슷하게 일어난다. 이런 단어를 결합하는 조직은 *more of them/little in them/have in them/some of them/kind of them/many of them* 같은 접속어의 반복적 사용이며, 이는 구절에 스며들어 기본적 리듬과 흐름을 준다.

그렇다면 스타인의 글은 이런 관점에서 볼 때 보통 글이 기능하듯 실제로 기능하지 않는다. 우리는 이를 투명하거나 시각적인 개체로 읽거나, 아니면 전적으로 언어로 구축된 언어의 기표로 읽을 수도 있다. 후자는 크레이그 드워킨이 문법책 한 권을 그 책 자체의 규칙에 따라 구문 분석해 만든 284쪽짜리 책『구문 분석하다』에서 취한 접근법과 같다. 이 경우 글쓰기는 스타인의 반복을 추상화한 것, 즉 일종의 도식(스키마)에 가깝다.

가주어 3인칭 단수 현재 시제 자동사 부정(否定)
형용사 **명사** 선택 접속사 **명사** 처소격 관계대명사
조동사 수동태 동사구에서 함께 쓴 부정사와 불완전
분사 정관사 **명사** 소유격 전치사 관계대명사 마침표
관계대명사 3인칭 단수 직설법 현재 시제 동사와

타동사 구를 만드는 데 필요한 부사 큰따옴표
정관사 소유격 단수 명사 동명사 부정사의 전치사
부정형 자동사 쉼표 큰따옴표 모두 직접 목적어로
쓰임 접속사 큰따옴표 정관사 동명사 소유격 전치사
정관사 단수 명사 쉼표 큰따옴표 모두 직접
목적어로 쓰임 접속사 형용사 형용사 직접 목적격
복수 명사 부정사의 전치사 부정형 자동사와 수동태
불완전 분사 중복문 수동태 동사 구문으로 쓰임
부사 정관사 형용사 명사 마침표 **전치사** 능동태
분사 관계대명사 2인칭 주격 대명사 법조동사 2인칭
타동사 쉼표 큰따옴표 관계대명사 3인칭 단수
직설법 현재 시제 동사와 타동사 구를 만드는 데
필요한 부사 부정관사 **명사** 부정사의 전치사 부정형
자동사와 수동태 불완전 분사 중복문 수동태 동사
구문으로 쓰임 쉼표 고대 프랑스어 명령법의 축약형
마침표 작은따옴표 정관사 동명사 소유격 전치사
정관사 명사 마침표 작은따옴표 큰따옴표[11]

원문인 에드윈 A. 애벗의 『구문 분석법: 영문법에 학문적 원리를 적용하기』는 1874년에 초판이 나왔고, 영어도 라틴어처럼 분석해야 하는지에 관한 교육학적 논쟁에서 주도적 역할을 했다. 19세기의 마지막 4반세기 동안 수천 권이 인쇄돼 교과서로 쓰였다. 드워킨은 "이 책을 우연히 처음 발견했을 때, '문장을 도식화하는 것보다 더 신나는 일이 있었는

11. Craig Dworkin, *Parse* (Berkeley: Atelos, 2008), 64.

지 난 정말 모르겠다.'라는 (1874년이 낳은 또 다른 인물인) 거트루드 스타인의 고백이 떠올랐다. 그래서 당연히 나는 애벗의 책을 그 책 자체만의 고유한 분석 체계로 구문 분석 했다."라고 말한다. 과정은 매우 더뎌서 완성하는 데 5년이 넘게 걸렸다. 시작 당시에 드워킨은 이를 "견딜 수 없이[드워킨의 강조] 더딘" 일이라고 불렀지만, 끝날 무렵에는 원문을 가지고 앉아서 '전속력으로' 구문 분석하면서 바로 타자할 수 있었다.[12] 그러나 전속력으로 구문 분석하는 동시에 타자하려면 영감은 거의 필요 없고, 엄청난 땀과 문법 규칙에 관한 정확한 지식이 필요하다. 이는 거트루드 스타인의 그 유명한, 최면에 걸린 듯 밤을 지새워 글을 쓰는 모임과 완전히 달랐다. "글을 쓰는 순간에는 완벽하게 선명한데 그다음 의구심이 일기 시작한다. 하지만 다시 그 글을 읽으면 그걸 썼을 때처럼 다시 빠져들게 된다."[13]라는 스타인의 말처럼, 이 모임에서 영감은 과정과 떼려야 뗄 수 없었다. 드워킨이 우리에게 주는 것은 그야말로 문학으로서의 구조다. 그것은 스타인이 그토록 얻고자 애쓴 리듬감 있는 시각성과 구술성이 벌이는 유희를 의도적으로 포함하지 않는다. 이는 드워킨의 글에 시각적 재미가 없다는 게 아니라 그것이 우리에게 다른 질문을 던진다는 말이다.[14]

---

12. http://stevenfama.blogspot.com/2008/12/parse-by-craig-dworkin-atelos-2008.html, 2009년 7월 31일 접속.

13. Stein, *The Autobiography of Alice B. Toklas*, 113. (거트루드 스타인, 『앨리스 B. 토클라스 자서전』, 권경희 옮김, 연암서가, 2016년, 184. ─옮긴이)

14. 드워킨이 애벗의 텍스트를 시각적으로 표현하고자 했다면, 구문 분석 트리의 형식, 즉 문장을 도표로 그리는 시각적 방식을 취했을 수도 있다.

'구문 분석하다'란 무슨 뜻인가? 구문 분석하다(parse)라는 동사는 품사를 가리키는 라틴어 *pars*에서 유래했다. 일상어에서 구문 분석하다는 알아듣다 혹은 이해하다를 뜻한다. 문학에서는 문장을 그것을 구성하는 품사로 쪼개 전체에 대한 각 품사의 형태, 기능, 통사적 관계를 분석하는 방법을 말한다. 컴퓨팅에서 이 말은 컴퓨터가 코드를 더 효율적으로 처리할 수 있도록 코드 일부를 분석하거나 분해하는 일을 뜻한다. 컴퓨팅에서 파싱(parsing)은 파서(parser)가 하는데, 파서란 모든 코드를 하나도 빠짐없이 기계어로 번역해 유동적 데이터 구조를 구축하는 프로그램이다. 그런데 여기에 흥미로운 지점이 있다. 그것은 바로 컴퓨팅에서 구문 분석하는 언어가 애벗 같은 이들이 내놓은 영어 규칙에 기초한다는 사실이다. 오늘날 영어 규칙은 복잡하고 특이하며 애매하기로 악명 높고(영어를 배우고자 하는 아무에게나 물어보라.), 그런 변칙적 특성이 고스란히 컴퓨팅으로 이어졌다. 다시 말해, 컴파일러가 아주 쉽게 아주 혼란스러워질 수 있다. 컴파일러는 반복과 예측 가능한 구조를 좋아한다. 왜냐하면 컴파일러가 구문 분석해야 하는 애매함 하나하나가 궁극적으로 프로그램을 느리게 하는 결과를 가져오기 때문이다. 드워킨이 이 책에서 가장 잘 프로그램을 이용하고, 가장 논리적이며, 가장 모호하지 않은 곳은 그가 애벗의 책 찾아보기를 구문 분석했을 때다. 이건 너무 간단해서 심지어 나도 구문 분석할 수 있다. 다음은 단어 '콜론'에 대한 찾아보기 항목이다.

콜론, 309.

드워킨은 다음과 같이 구문 분석한다.

명사 쉼표 아라비아숫자 합성어 마침표

찾아보기에서 세로 단 하나를 보면 다음과 같다.

명사 쉼표 아라비아숫자 합성어 마침표
명사 쉼표 아라비아숫자 합성어 쉼표 명사 마침표
명사 쉼표 아라비아숫자 합성어 마침표
명사 쉼표 아라비아숫자 합성어 마침표
명사 쉼표 아라비아숫자 합성어 마침표
명사 쉼표 아라비아숫자 합성어 마침표
명사 쉼표 아라비아숫자 합성어 마침표
명사 쉼표 아라비아숫자 합성어 마침표
명사 쉼표 아라비아숫자 합성어 마침표
명사 쉼표 아라비아숫자 합성어 줄표 아라비아숫자
　　　합성어 쉼표 아라비아숫자 합성어 쉼표
　　　　아라비아숫자 합성어 쉼표 아라비아숫자 합성어
　　　쉼표 아라비아숫자 합성어 마침표
명사 쉼표 아라비아숫자 합성어 마침표
명사 쉼표 아라비아숫자 합성어 마침표
명사 쉼표 아라비아숫자 합성어 쉼표 아라비아숫자
　　　합성어 마침표
명사 쉼표 아라비아숫자 합성어 마침표

명사 쉼표 아라비아숫자 합성어 쉼표 아라비아숫자
  합성어 쉼표 아라비아숫자 합성어 마침표
명사 쉼표 아라비아숫자 합성어 마침표
명사 쉼표 아라비아숫자 합성어 마침표
명사 쉼표 아라비아숫자 합성어 쉼표 아라비아숫자
  합성어 쉼표 아라비아숫자 합성어 쉼표
  아라비아숫자 합성어 마침표[15]

이 단순하고 반복적인 구조는 내가 디렉터리 내용을 보려
고 유닉스(UNIX) 명령어 *ls*(list segments)를 사용했을 때
내게 돌아오는 많은 것과 거의 똑같다. 다음은 내 컴퓨터에
설치한 어떤 프로그램이 충돌하는 모든 시간을 기록하는
컴파일러가 작성한 로그 일부다.

Kenny-G-MacBook-Air-2:Logs irwinchusid$ cd
  CrashReporter
Kenny-G-MacBook-Air-2:CrashReporter
  irwinchusid$ ls
Eudora_2009-07-24-133316_Kenny-G-
  MacBook-Air-2.crash
Eudora_2009-08-05-133008_Kenny-G-
  MacBook-Air-2.crash
KDXClient_2009-04-05-030158_Kenny-G-
  MacBook-Air.crash

15. Dworkin, *Parse*, 283.

Microsoft AU Daemon_2009-04-23-
183439_Kenny-G- MacBook-Air.crash
Microsoft AU Daemon_2009-04-23-
184134_Kenny-G-MacBook-Air.crash
Microsoft AU Daemon_2009-04-24-
030404_Kenny-G-MacBook-Air.crash
Microsoft AU Daemon_2009-04-27-
233001_Kenny-G-MacBook-Air.crash
Microsoft AU Daemon_2009-04-27-
233203_Kenny-G-MacBook-Air.crash
Microsoft AU Daemon_2009-04-27-
233206_Kenny-G-MacBook-Air.crash
Microsoft AU Daemon_2009-04-27-
233416_Kenny-G-MacBook-Air.crash
Microsoft AU Daemon_2009-04-27-
233425_Kenny-G-MacBook-Air.crash
Microsoft Database Daemon_2009-01-28-
141602_irwin-chusids-macbook-air.crash
Microsoft Database Daemon_2009-06-10-
103522_Kenny-G-MacBook-Air-2.crash
Microsoft Entourage_2008-06-09-
163010_irwin-chusids- macbook- air.crash
Microsoft Entourage_2008-11-11-133150_irwin-
chusids-macbook-air.crash
Microsoft Entourage_2008-11-11-133206_irwin-
chusids-macbook-air.crash

Microsoft Entourage_2008-11-11-133258_irwin-
chusids-macbook-air.crash

Microsoft Entourage_2008-11-11-133316_irwin-
chusids-macbook-air.crash

Microsoft Entourage_2008-11-21-131722_irwin-
chusids-macbook-air.crash

제목/날짜/하드디스크 드라이브/충돌 순으로 나온 데이터 구조의 깔끔한 일관성을 눈여겨보자. 이는 애벗에서부터 드워킨 그리고 내 맥북 에어까지, 즉 수사학, 문학, 컴퓨팅으로 1세기 넘게 이어진 각각 같은 규칙과 처리 방식을 이용하는 간결하고 능률적인 글쓰기 방식이다. 언어에 관해서라면, 모든 이(와 각 기계)가 본질적으로 같은 작업을 수행하면서 노동이 일반적으로 평준화됐다. 디지털 이론가인 매슈 풀러는 "문학적 글쓰기 작업과 데이터 입력 업무는 언론인과 HTML 코더가 그러하듯 같은 개념적, 수행적 환경을 공유한다."라고 말하며 이를 가장 잘 요약한다.[16]

드워킨의 찾아보기는 그 하나만 해도 10쪽가량 이어지고, 이는 루이스 주코프스키의 인생 시 『A』의 찾아보기를 떠올리게 한다. 주코프스키는 이를 '이름과 사물에 관한 찾아보기'라고 부르지만, 명사나 개념을 포함하는 일반적 찾아보기와 달리 주코프스키는 몇몇 관사에 대한 찾아보기도 만들었다. *a*와 *the*에 대한 찾아보기 항목을 보자.

---

16. Matthew Fuller, "It looks like you're writing a letter: Microsoft Word," http://www.nettime.org/Lists-Archives/nettime-l-0009/msg00040.html, 2009년 7월 29일 접속.

a, 1, 103, 130, 131, 138, 161, 168, 173–175, 177, 185, 186, 196, 199, 203, 212, 226–228, 232, 234, 235, 239, 241, 243, 245–248, 260, 270, 281, 282, 288, 291, 296, 297, 299, 302, 323, 327, 328, 351, 353, 377, 380–382, 385, 391–394, 397, 402, 404–407, 416, 418, 426, 433, 434, 435, 436, 438, 448, 457, 461, 463, 465, 470, 473, 474, 477–481, 491, 493–497, 499, 500, 505, 507, 508–511, 536–539, 560–563[17]

the, 175, 179, 181, 182, 184, 187, 191193, 196, 199, 202, 203, 205, 206, 208, 211, 215, 217, 221, 224–226, 228, 231, 232, 234, 238, 239, 241, 243, 245–248, 260, 270, 285, 288, 290, 291, 296, 297, 302, 316, 321–324, 327, 328, 336, 338, 342, 368, 375, 379, 380, 383–387, 390–397, 402, 404, 406, 407, 412, 416, 426–428, 434–436, 440, 441, 463, 465, 468, 470, 473, 474, 476–479, 494, 496, 497, 499, 506–511, 536–539, 560–563[18]

그런데 주코프스키의 찾아보기에는 큰 결함이 있다. *a*가 1–103쪽에 수백 번 나오지만 찾아보기에는 포함되지 않았다. 마찬가지로 *the*도 책 거의 모든 쪽에 나오지만 찾아보기

---

17. Louis Zukofsky, *A* (Baltimore: Johns Hopkins University Press, 1978), 807.
18. 같은 책, 823.

에는 175쪽까지 등장하지 않는다고 하니 말이다! 알고 보니 캘리포니아 대학교 출판부가 『A』 전체를 출판하고자 주코프스키에게 연락했을 때, 주코프스키가 처음 한 생각은 (주관성을 제한한 글쓰기 방식인) 자신의 필생 작업을 이해하는 데 그가 느끼기에 핵심 단어인 *a, an, the*만으로 이뤄진 찾아보기를 만드는 것이었다. 그는 개념적 찾아보기라는 발상에 매우 만족했고, 그의 부인 실리아가 작업을 시작해 찾아보기 카드 수천 개를 모았다. 주코프스키는 자기 자신만의 독특한 이유로 어떤 카드가 불필요하다고 생각하면 이를 없애 버리곤 했는데, 그 수가 상당했고 바로 여기서 차이가 발생했다. 주코프스키는 이 찾아보기를 또 다른 시로, 그것도 개념적 시로 생각한 게 분명하다. 찾아보기 같은 인위적으로 만든 형식적 장치가 특히 시어처럼 그토록 거칠고 통제할 수 없는 야수 같은 언어를 진정으로 통제하고 분류하며 길들이고 안정화할 수 있으리라는 생각을 비웃는 시 말이다.

　나는 가장 난해한 글을 다루는 방법은 그것이 무엇인지 알아내려고 애쓸 게 아니라 그것이 뭐는 아닌지를 묻는 것임을 발견했다. 예컨대 『구문 분석하다』가 시집이 아니라고 한다면, 그것은 서사도 아니고, 허구도 아니며, 선율이 있는 것도 아니고, 파토스도 없고, 감정도 없지만, 그렇다고 전화번호부도 아니고, 참고서도 아니다. 이쯤 되면 우리는 점점 이것이 철학적 질문에 대한 물질적 탐구, 즉 문학을 가장한 개념이라는 데까지 생각이 미친다. 그러면 우리는 질문하기 시작한다. 문법책을 그 자체의 규칙에 따라 구문 분석하는 것은 무엇을 뜻하는가? 이는 우리에게 언어에 관해, 그리고 우리가 언어를, 그 코드를, 그 계층을, 그 복잡성을,

그 일관성을 처리하는 방식에 관해 무엇을 말해 주는가? 누가 이런 규칙을 만들었는가? 규칙은 얼마나 유연한가? 왜 더 유연할 수 없는가? 만약 이 책이 이를테면 중국어 문장을 구문 분석하는 방식을 다룬 책에 기초했다면 얼마나 달라졌을까? 드워킨은 '공부만 하고 놀지 않는 아이는 바보'라는 접근 방식을 강박적으로 취함으로써, 형세를 뒤집어 애벗에게 초등학생의 복수를 하고 있는가? 그는 애벗을 속속들이 대대적으로 바꾸려는 건가? 아니면 드워킨은 『플랫랜드』에서 지면을 넘어서라는 애벗의 요청에 응답해 어쩌면 진정으로 언어의 차원성을 볼 수 있는 어떤 입구를 우리에게 제공하는 것인가? 물질적 텍스트만큼이나 신기하게도, 우리가 그것을 진정으로 이해하기 시작하는 것은 그것을 읽지 않을 때다.

그러나 그것을 알아냈다고 생각하는 바로 그때, 우리는 다시 속아 넘어간다. 이 모든 구문 분석 가운데서 뜻밖에 우리는 완전한 문장이자 정상적 구문을 발견한다. 다음은 217쪽 전체 글이다.

명사 기수법 로마
숫자 마침표

가정법

답은, 여기서 우리가 말하고자 하는 사실은, 확고한 사실이 아니라 가능성으로서의 사실이라는 것이다.

(The answer is, that we desire here to speak of the fact, not as definite facts, but as possibilities.)[19]

아름답고 분명히 적절한 문장이지만 왜? 드워킨은 문장을 구문 분석하는 방법을 보여 주고자 애벗이 이용한 기본 뼈대만 갖춘 예시 문장을 단순히 표준 영어로 번역한다.

다음은 드워킨의 문장을 애벗 책에 나온 방식대로 구문 분석한 것이다.

정관사 명사 정의를 나타내는 단수 현재진행형 동사 쉼표 가대명사 1인칭 복수 주격 대명사 1인칭 복수 현재 시제 타동사 [처소격 부사] 부정사의 전치사 부정형 동사 소유격 전치사 정관사 목적격 단수 명사 쉼표 반사실을 나타내는 부사 공(共)범주어 형용사 복수 명사 쉼표 접속사 공범주어 복수 명사 마침표[20]

그러니 드워킨은 어느 정도 '창조적' 글쓰기를 정말 했다. 그는 원문에 나온 의미 있고 알아볼 법한 단어 묶음으로 문장 몇 개를 생각해 내야 했고, 이는 또한 텍스트에 교묘하게 영향을 미친다. 그는 (날씨나 배관 작업, 아니면 춤추기에 관한) 어떤 것으로도 그런 단어를 채울 수 있었지만, 문장 안에서 그것들을 철학적 삽입구, 즉 자기 자신만의 과정과 애벗의 글 둘 다에 대해 논평하는 데 쓰기로 선택한다. 또

19. Dworkin, *Parse*, 217.
20. 2009년 8월 9일 크레이그 드워킨이 번역해 전자우편으로 저자에게 보냄.

다른 삽입구는 이렇다. "딕과 제인 아니면 베케트의 방식으로, 환원적이며 치환 가능한 어떤 극에서, 속속들이 비인칭적인 배역을 제안하고자 한 예문 전체가 달린."[21] 이런 소소한 연습을 통해 드워킨은 이 책의 다음 버전을 위한 실습을 할 수 있었는데, 거기서 그는 애벗의 문법 구조를 기본 양식으로 이용해 (온전히 그 자신만의 말로) 서사적 소설을 쓸 계획이다. 그는 애벗의 책을 그 책 자체의 규칙에 따라 모두 재번역할 때까지 명사가 있어야 할 곳에 명사를 떨어뜨리고, 현재 시제 자동사가 있어야 할 곳에 현재 시제 자동사를 떨어뜨리며 글자 그대로 이 책을 따라갈 생각이다. 이중으로 초인적인 과업이다.

드워킨은 이 작업을 그저 제안만 할 수도 있었지만(주코프스키나 스타인도 마찬가지다.), 작업의 실현, 즉 작업이라는 사실은 우리에게 철학적 질문의 근간이 될 무언가를 제공한다. 그가 '문법책 한 권을 그 자체의 규칙에 따라 구문 분석한다.'라는 작업을 제안하는 데서 그쳤다면, 우리는 그것을 읽고, 손에 들고, 자세히 들여다보는 일이 어떤 느낌일지에 대해 아무런 개념도 없었을 것이다. 우리는 이 책이 주는 온전한 즐거움과 호기심, 만듦새와 솜씨, 드워킨의 정확한 실행, 멋진 언어, 그리고 멋진 개념을 누리는 기회를 얻지 못했을 거다. 이 책은 경이롭고 매우 강력한 사물이다.

에드윈 A. 애벗의 유령은 비창조적 글쓰기를 떠돈다. 2007년에 나온 책 『플랫랜드』에서, 데릭 볼리외는 애벗의 동명의 책에서 모든 글자를 제거해 의미론적 내용이 없는

21. Dworkin, *Parse*, 190. (구두점은 옮긴이가 추가했다.)

문학작품이자 글자를 사용하지 않고 글을 쓰는 방식을 만들어 냈다. 이 책은 온전히 『플랫랜드』에 기초하지만, 거기서 단어 하나 찾을 수 없다. 몇 쪽이고 계속 일련의 뒤엉킨 선이 보일 뿐이다. 드워킨과 마찬가지로 볼리외도 작품의 뼈대를 드러내기 위해 애벗에서 내용을 비운다. 애벗이 1884년에 쓴 『플랫랜드』는 2차원 정사각형이 3차원 정육면체를 만나 자신의 가정에 의문을 제기하고 자신의 내재한 한계를 보여 주는 모험을 연대순으로 기록한다. 애벗은 이 책을 영국 빅토리아시대 계급 구조가 지닌 경직성에 대한 풍자이자 대중의 상상에 4차원이라는 개념을 불어넣는 소책자로 썼다.

볼리외의 뒤얽힌 선은 애벗의 글에 나온 모든 글자가 처음부터 끝까지 어떻게 자리하고 있는지를 나타낸다. 이를 위해 볼리외는 각 쪽에 나오는 첫 번째 글자에서 시작해 그 글자가 해당 쪽에 다시 등장하는 곳까지 자로 선 긋기를 계속하다 그 쪽 끝에 도달하면 멈춘다. 그러고는 같은 쪽 첫 번째 단어의 두 번째 글자를 같은 방식으로 추적한다. 그는 모든 알파벳글자의 소재를 파악할 때까지 이를 계속한다.

이 작업의 결과, 각 지면에 고유한 그래픽 표현이 생겨난다. 볼리외의 책에서 같은 쪽은 하나도 없으며, 지면 각각은 고유한 순서로 이어지는 단어와 글자를 담는다. 이는 존 케이지의 전통에서 보자면 의미론적 내용이 아니라 [각 행의 가운데 글자가 일정한 어구가 되도록 시를 쓰는] 문자적 발생(letteristic occurrence)에 기초한 일종의 번역 혹은 [다른 텍스트를] 관통해 쓰기(write-through)로, 해당 글에 대한 개념적이고 통계적인 분석을 수행한다고 할 수 있다. 우리에게 남겨진 것은 드워킨보다 더 차갑고 냉정하며 스

타인에서 관능성을 뺀, 전혀 읽을 수 없으나 전적으로 언어
에 기초한 작업이다.

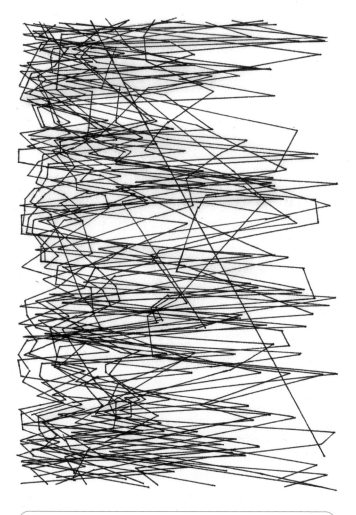

8.1. 데릭 볼리외, 『플랫랜드』 중에서

아마 무엇보다 가장 읽을 수 없는 글은 크리스천 북의『지노텍스트 실험』일 것이다. 이 기획은 암호화한 시를 박테리아에 주입하는 일을 포함한다. 사람 눈으로 읽을 수 없는 그 시는 아주 먼 미래에 읽히기 위한 것으로, 인류가 멸망하고 오랜 시간이 흐른 후에 외계종에게 읽힐 가능성이 크다. 600만 년이라는 범위를 아우르는 북의 비현실적인 작업에 비하면 스타인, 굴드, 혹은 휴블러의 계획은 소박하고 상상력이 부족한 듯 보인다.

크리스천 북이 7년에 걸쳐 쓴 초기 기획인『에우노이아』(선의)는 5장으로 이뤄지며, 각 장은 모음 하나만 써서 이야기를 전한다. 그리고 모든 장에는 하위 서사로 다양한 언어적 제약과 축제, 난잡한 파티, 여행 등이 있다. 북은 이런 믿기 어려운 위업을 달성하기 위해 약 150만 개 항목을 담은 세 권짜리『웹스터 국제 사전 제3판』을 모음 하나당 한 번씩 총 다섯 번을 읽었다. 북이 자신의 글쓰기 과정을 설명하는 것을 들어 보면, 그는 마치 컴퓨터 연산 파서처럼 영어가 지닌 특이성이 자명하게 보이도록 만들고, 자기 자신에게는 컴퓨터가 할 수 없는 일을 남겨 둔다. "그다음 저는 그것을 (명사, 동사, 형용사 같은) 품사로 분류해 나갔고, 그러고 나서 품사 각각을 (음식, 동물, 직업 같은) 주제 범주로 분류했습니다. 매우 고정된 어휘를 써서 무슨 얘기를 할 수 있을지 결정하기 위해서였지요. 이런 규칙을 준수하기는 몹시 어려웠지만, 그런 극도로 강압적인 조건에서도 결국 아름답고 흥미로운 무언가를 쓰는 게 가능함을 보여 줬다고 생각합니다."[22]

22. Jonathan Ball, "Christian Bök, Poet," *Believer 7.5* (June 2009),

이 책을 상대하는 건 매우 즐거운 일이지만, 책 자체는 어려운 읽을거리다. 왜냐하면, 책이 지닌 모든 음악성과 서사성에도 불구하고 전면에 드러나는 것은 제약 그 자체의 구조이고, 이를 날려 버려 그 아래 이야기를 드러내는 게 거의 불가능할 만큼 그것이 빠르게 두꺼워지며 내부를 파고들어 가기 때문이다. 독자는 이 글을 즐기지 못하고 언어의 신체성이라는 모래 늪에 빠진다. 또한 독자는 이 기념비적 작업을 구축하는 데 들여야 했던 노동에 계속 직면하고, 그로 인해 어̇떻̇게̇ 이̇ 일̇을̇ 한̇ 걸̇까̇?라는 질문이 저자가 말하는 바를 이해하는 것보다 더 시급한 문제가 된다.

제약이 있으면 글은 필연적으로 매우 경직된 산문이 된다. "신의 규범을 그대로 따르지 않는 사람은 신의 멸시를 자초하는데, 왜냐하면 신은 정통적 규약을 지키지 않는 어리석은 자를 못마땅해하기 때문이다. 누구든지 슬픔의 십자가나 가시면류관을 존중하지 않으면 진실로 많은 슬픔의 씨를 뿌리리라. 볼지어다!(Folks who do not follow God's norms word for word woo God's scorn, for God frowns on fools who do not conform to orthodox protocol. Whoso honors no cross of dolors nor crown of thorn doth go on, forsooth, to sow worlds of sorrow. Lo!)"[23] 그러나 북이 제약을 준수하고 그것을 이해할 수 있고 실현된 문학작품으로 만들고자 한다면, 문체는 그럴 수밖에 없었을 테다.

http://www.believermag.com/issues/200906/?read=interview_bok, 2010년 12월 25일 접속. (URL 삭제, 2023년 8월 1일 접속.―옮긴이)

23. Christian Bök, *Eunoia* (Toronto: Coach House, 2001), 60.

소외된 노동의 힘들고 단조로운 일과는 다르게, 장시간에 걸친 노고를 통해 북은 (그리고 확장하면 독자는) 그저이 작업을 제안만 했더라면 얻지 못했을 언어와의 친밀함을 얻었다. "저는 다섯 모음 각각에 그 자체만의 특이한 개성이 있다는 사실을 발견했습니다. 예컨대 매우 익살스럽고 외설적인 글자 O와 U에 비해 A와 E는 매우 우아하고 정중해 보이지요. 제가 보기에 단어가 지닌 감정적 함의는 이런 모음의 분포에 따라 정해지는 것 같습니다. 그러니까 이런 모음의 분포가 어느 정도 단어 자체에 대한 우리의 감정적 반응을 지배하는 거지요."[24] 북은 자기 생각을 철저히 탐구하고자 임의적 결정을 최소화했는데, 이 에두른 전략은전통적으로 표현력 있는 '창조적' 작업이 할 수 있던 만큼이나 제값을 했고, 그(와 다시 한번 확장하면 독자)가 언어의풍부함을 발견하도록 도왔다. 그는 "이 기획은 언어에 어떤제약을, 예컨대 검열을 가하더라도 언어는 언제나 이런 장애를 이겨 내는 방법을 찾을 수 있음을 보여 주며 언어 그자체가 지닌 다양한 능력을 강조했습니다. 진정으로 언어는 왕성한 활력을 지닌 생명체이지요. 언어는 온갖 종류의어려운 조건을 견뎌 낼 뿐 아니라 그 속에서도 번성할 수 있는 잡초 같습니다."[25] 그렇다면 부상하는 것은 건조한 허무주의나 부정성이 아니라 오히려 그 반대다. 북은 자기 자신을 표현하지 않음으로써 언어에 길을 터 줘 언어가 그 자체를 온전히 표현하도록 했다.

24. Ball, "Christian Bök, Poet."
25. 같은 글.

『지노텍스트 실험』은 지구 종말 이후에도 살아남을 만큼 오래가는 시를 박테리아에 주입하는 일과 관련된다. 과학소설에서 나온 얘기처럼 들리지만 실화다. 북은 캐나다 정부로부터 수십만 달러의 기금을 받았고, 이 기획을 실현하기 위해 저명한 과학자와 작업하고 있다.

북은 자신의 시를 상연할, 지구상에서 가장 회복력이 뛰어난 박테리아 종을 찾았다. 이 종은 극한의 추위, 열, 방사능을 견딜 수 있기에 핵무기 대학살에서도 살아남을 수 있다. 그는 다음과 같은 원대한 포부를 가지고 있다. "사실 저는 태양이 폭발할 때도 여전히 지구에 있을 법한 책을 쓰고 싶은 겁니다. 이 기획은 말 그대로 시간을 초월해 존재하는 시도로서 예술에 관해 생각해 보는 일종의 야심만만한 도전이라 할 수 있겠지요." 이 한 편의 시를 쓰는 과정은 미치도록 어렵다. 북은 이미 이 일에 일생의 몇 년을 할애했다. 북은 DNA를 이루는 뉴클레오타이드의 핵 염기를 나타내는 글자인, A(Adenine), C(Cytosine), G(Guanine), T(Thymine)를 이용해, 말 그대로 이 알파벳 체계를 써서 시를 쓴다. 그러나 쓸 수 있는 글자가 네 개에 불과하므로 그는 더 많은 글자를 나타내는 암호 세트를 만들어 내야 했다. 예를 들어, AGT라는 세 글자가 모이면 글자 B를 나타내는 식이다. 그런데 일이 더 복잡해진다. 북은 이 시가 DNA 가닥에서 화학적 반응을 일으켜 또 다른 시를 쓰기를 원한다. 그러니까 이 경우 새로운 서열에서는 AGT가 글자 X를 나타낼 수도 있다. 그리고 무엇보다 북은 두 시가 모두 문법적으로, 의미론적으로 말이 돼야 한다고 생각한다. 그는 이 난제를 다음과 같이 설명한다.

이 일은 서로서로 암호화하는 시 두 편을 쓰는 것과
같습니다. 두 시는 매우 엄격한 방식으로 상호
연관되지요. […] 글자들이 상호적으로 부호화하도록
알파벳을 암호화하는 방법이 약 8조 개가 있다고
떠올려 보십시오. 그 8조 개 암호 중 하나를
고르세요. 이제 아름답고, 말이 되는 시를 쓰세요. 그
방식은, 여러분이 그 시의 글자 하나하나 모두를
상호적 암호에서 그것과 대응하는 글자로 교체한다
해도, 여전히 아름답고, 여전히 말이 되는 새로운
시를 만들어 내는 겁니다. 그러니까 저는 이런 시 두
편을 쓰려는 거예요. 그중 하나가 박테리아에
이식할 시이고, 다른 하나는 그 응답으로 유기체가
쓰는 시이지요.[26]

북이 여전히 시라는 용어를 쓴다는 사실은 흥미롭기 그지
없다. 이 새로운 시는 컴퓨터 칩에 쓸 수도 있고, 아니면 이
경우처럼 생명 그 자체에 새길 수도 있다. 그는 이 작업을
시라 부름으로써 이 기획을 과학이나 시각예술 세계가 아
니라 정확히 문학 영역에 유지한다. 이 기획은 다양한 형태
를 띠겠지만(최종적으로는 슬라이드에 있는 유기체 표본과
시 자체에 대한 보충 자료로서 유전자 서열의 이미지와 모
형을 담은 전시를 포함해 구현된다.), 북의 가장 큰 난제는
좋은 시, 즉 먼 미래의 문명에 이야기하는 시를 쓰는 것이
다. 이렇게 북은 비가독성이라는 비유법을 이뤄 낸다. 이 시

26. 같은 글.

는 우리에게 읽히기 위한 것이 아니다. 그리고 이로써 북은 미래 문학은 다른 기계가 읽도록, 아니 더 좋은 표현으로는 구문 분석하도록 기계에 의해 쓰인다는 자신의 오랜 계율 중 하나를 상연한다.

Seeding the Data Cloud

9. 데이터 클라우드에 파일 배포하기

2009년 이란 대통령 선거는 널리 알려진 대로 140자 폭풍이라는 저항에 직면했다. 트위터는 억압적 정권에 저항하는 놀랍도록 효율적인 도구였다. 시위자를 즉각적으로 연결했을 뿐 아니라 정보 과부하 시대에 합당한 형태로 그것을 해냈다. 데이터가 더 빠르게 움직여 다뤄야 할 것이 늘어나면서 우리는 더 작은 덩어리에 끌린다. 소셜 네트워크 사이트의 상태 업데이트는 일상적이든, 아니면 이란 시위의 경우처럼 극적이든 개인의 현재 기분이나 상황을 간결하게 묘사한다. 이런 업데이트나 트윗은 복잡한 상황을 한 문장으로 줄이는 능력이 있다. 그리고 (게시물당 글자 수를 140자로 제한하는) 트위터처럼 기분을 공개적으로 날리는 서비스가 인기를 끌며 언어는 압축된다. 이 짧게 터져 나오는 언어는 중국 상형문자, 하이쿠, 전보, 신문 머리기사, 타임스스퀘어의 뉴스 전광판, 광고 문구, 구체시, 바탕화면 아이콘 등으로 유구하게 이어져 온 언어 축약의 최근 사례다. 여기에는 압축이 가져오는 긴박감이 있다. 누가 아침 식사로 뭘 먹고 있는지처럼 가장 일상적인 트윗조차 속보 같은 느낌을 주며, 다시 한번 여전히 미디어가 메시지임을 보여 준다. 트위터라는 인터페이스는 일상 언어를 재구성해 매우 특별하게 느끼도록 만들었다.

빠르고 일시적인 소셜 네트워크 사이트 업데이트는 외따로 나타나지 않는다. 오히려 그 가치는 재빨리 다른 것으로 이어진다는 데 있다. 다시 말해, 우리가 더 자주 더 많이 다수를 향한 글을 연이어 내보낼수록 그 수많은 작은 파편은 더 효율적으로 삶의 장대한 서사로 축적된다. 그러나 그것은 나오자마자 화면에서 밀려나고 어제의 뉴스라 부르던 것보다 훨씬 더 빠르게 증발한다. 이런 온갖 정보를 분석할 때 우리는 행동하고 응답하고 클릭하고 광적으로 수집하고 아카이빙하고 […] 그 모두를 잘 다루려는 충동을 느낀다. 아니면 그냥 둘 수밖에 없지 않은가. 주식시세가 종이테이프에 찍혀 나오던 식으로, 실시간으로 새로운 트윗이 화면에 계속 올라오고 사라지니 말이다. 이란 시위 중 '#이란대선'이라는 '해시태그'는 트위터 인터페이스가 따라가지 못할 정도로 수많은 트윗과 리트윗에서 공유됐다. 대기열에 있는 게시물 수가 2만 건에 달하기도 했고, 로마자 및 숫자 정보로 표현된 정보와 허위 정보로 가득 찬 '반향실'도 있었다. 상황을 지켜보던 대부분은 생명이 짧은 글이 화면에서 밀려나기 전에 그 유효성을 알아보고자 애썼지만, 그 와중에도 몇몇 작가는 트윗, 상태 업데이트 등 웹상의 온갖 글을 향후 문학 작업을 위한 토대로 여기며 은밀히 거둬들이고 있었다.[1]

1. 2010년 4월, 미국 의회 도서관은 트위터 전체 아카이브를 수집, 보관하고 있다고 다음과 같이 [블로그를 통해] 알린 바 있다. "그렇습니다. 2006년 3월 트위터가 시작된 이후 공개된 모든 트윗은 디지털 형식으로 의회 도서관에 아카이빙됩니다. 어마어마한 양이지요. 트위터가 매일 500만 개 이상의 트윗을 처리하니 총수는 수십억에 이릅니다." http://blogs.loc.gov/loc/2010/04/how-tweet-it-is-library-acquiresentire-twitter-archive, 2010년 7월 13일 접속. (2018년 1월 1일부터 미국 의회 도서관은 트윗을 선별해 아카이빙한다. 도서관은 수집 방침을 바꾼 이유로, 사진, 동영상 등에 기초한 트윗이 늘어나 전처럼 문자로 된 트윗만 수집하기에는 한계가 있고, 글자 수 제한이 풀리면서 수집해야 하는 양도 크게 증가했으며, 2006년부터 2017년까지 중요한 소셜 미디어 플랫폼의 부상을 기록하기에 충분한 자료를 구축했다고 설명했다. 미국 의회 도서관 블로그 https://blogs.loc.gov/

우리는 지난 세기에도 이런 사례를 여러 번 목격했다. 펠릭스 페네옹이 1906년에 한 프랑스 신문에 익명으로 연재한, 세 줄로 압축한 '소설'은 전보, 선문답, 신문 머리기사, 소셜 네트워크 사이트 업데이트가 뒤섞인 것처럼 읽힌다.

보르도의 빵은 이번에는 피로 물들지 않을 것이다.
행상인의 통행 문제가 사소한 싸움으로 끝나
버렸으니.[2]

사랑. 미르쿠르에서 방직공 콜라가 플레켄저 양의
머리에 총알을 박고 자신에게도 똑같이 가혹한 짓을
했다.[3]

"팔레조로 옮기면 어떨까?" 그랬다. 그런데
컨버터블을 타고 그리로 가던 중, 랑크르 씨가
폭행당하고 강도를 맞았다.[4]

헤밍웨이는 잘 알려졌듯 영어 단어 여섯 개만으로
단편소설을 썼다. "팝니다: 아기 신발, 사용한 적
없음."[5]

loc/2017/12/update-on-the-twitter-archive-at-the-library-of-congress-2 참조. 2023년 8월 1일 접속.—옮긴이)

2. Félix Fénéon, *Novels in Three Lines,* ed. & trans. Luc Sante (New York: New York Review of Books, 2007), 113.

3. 같은 책, 147.

4. 같은 책, 171.

5. 잡지 『와이어드』는 헤밍웨이에게 영감을 받아 여섯 단어로 쓴 소설

아니면 베케트의 후기 작업을 떠올릴 수 있는데, 다음과 같이 과감하게 줄인 언어는 전보의 간결한 압축과 상세히 설명하기를 주저하는 천성이 한데 어우러진 결과나.

아이라는 걸 보여 주는 건 아무것도 없지만 그래도 아이. 남자도 마찬가지지만 그래도 남자. 늙은 것도 마찬가지지만 그래도 늙은. 어떻게 아무것도 없는지 그저 새어 나올 뿐 아무것도 없지만 그래도. 굽은 등 하나는 어쨌든 노인의 것. 다른 것은 어쨌든 아이의 것. 어린아이의.

어떻게든 다시 그리고 모든 건 다시 응시 속으로. 한때 그랬던 것처럼 한꺼번에. 어떻게든 모든 것. 굽은 등 셋. 응시하는 눈. 모든 것이 좁은 빈 공간. 흐릿한 것 하나 없고. 모든 게 선명한. 흐릿하지만 선명한. 모든 것에 대해 활짝 벌어진 검은 구멍. 모든 걸 빨아들이는. 모든 걸 쏟아 내는.[6]

데이비드 마크슨은 일련의 주목할 만한 후기 소설에서 페

을 공모했다. 그중 약 100편을 http://www.wired.com/wired/archive/14.11/sixwords.html에서 볼 수 있다. 2009년 8월 10일 접속. (URL 변경, https://www.wired.com/2006/11/very-short-stories, 2023년 8월 1일 접속.—옮긴이)
6. Samuel Beckett, from "Worstward Ho," in *Nohow On* (London: Calder, 1992), 127. (사뮈엘 베케트, 『동반자 / 잘 못 보이고 잘 못 말해진 / 최악을 향하여 / 떨림』, 임수현 옮김, 워크룸 프레스, 2018년, 94-95.—옮긴이)

네옹의 르포르타주와 베케트의 간결한 산문을 융합하며, 수백 개의 예술사 파편 속으로 이름 모를 서술자의 주관적 감성을 던져 넣는다. 대부분 다음과 같이 한두 줄을 넘지 않는다.

델모어 슈워츠는 타임스스퀘어에 있는 지저분한 호텔에서 심장마비로 사망했다. 그의 시신을 인수하겠다는 사람을 찾는 데 3일이 걸렸다.

제임스 볼드윈은 반유대주의자였다.

책과 축음기 음반만 정리할 게 아니라 한평생 남긴 물건을 추려야 하나? 문서, 서신 더미는?[7]

이 소설은 트위터 타임라인처럼 작은 파편이 서서히 축적된 것으로, 파편들은 책 끝에 가서야 하나의 금이 간 서사로 맞아떨어진다. 마크슨은 강박적인 목록 작성자다. 누구라도 그가 예술사 연보를 샅샅이 뒤져 길고 복잡다단한 삶을 군더더기 없이 핵심만 담은 재담으로 요약하는 모습을 떠올릴 수 있다. 마크슨은 종종 이름을 약칭으로, 두 단어로 된 표제처럼 사용한다. 마크슨의 책에서 아무 쪽이나 펼쳐 훑어보자. 그러기만 해도 우리는 유명 예술가와 사상가의 놀라운 목록을 얻을 수 있다. 브렛 애슐리, 애너 위컴, 스티

7. David Markson, *Reader's Block* (Normal, IL: Dalkey Archive, 1996), 85.

븐 포스터, 자크 데리다, 롤랑 바르트, 모리스 메를로퐁티, 로만 야콥슨, 미셸 레리스, 줄리아 크리스테바, 필리프 솔레르스, 루이 알튀세르, 폴 리쾨르, 자크 라캉, 야니스 릿소스, 이안니스 크세나키스, 잔 에뷔테른, 아메데오 모딜리아니, 데이비드 스미스, 제임스 러셀, 레이디 메리 워틀리 몬터규 등. 마크슨의 목록은 가십 기사가 제 기능을 다하기 위해 굵은 활자로 인쇄한 이름을 넣어 중요성을 보여 주는 방식을 떠올리게 한다.

평론가 길버트 어데어는 지면에 인쇄된 이름이 지닌 폭발력에 관해 표현하기를,

인쇄된 이름은 얼마나 매혹적인 개체인가! 슈테피 그라프, 빌 클린턴, 우디 앨런, 버네사 레드그레이브, 살만 루슈디, 이브 생로랑, 움베르토 에코, 엘리자베스 헐리, 마틴 스코세이지, 게리 리네커, 애니타 브루크너를 떠올려 보라. 이 이름들의 유일한 공통점은, 사실상 이 글이 그들 중 누구도 다루지 않는다는 거다. 그런데도 이름의 대문자는 지면에서 얼마나 빛나는가. 그래서 아마도 이 글이 읽을 만한 무언가를 담고 있는지 보려고 글을 훑어보는 독자를 붙잡는 것은 그렇게 기능해야 하는 시작 단락이 아니라 십중팔구 단지 앞의 이름이 지닌 힘을 다룬 이 네 번째 단락일 것이다. 이 이름으로 아무것도 만들어 내지 않고, 그것에 관해 새롭거나 재밌거나 혹은 흥미진진한 어떤 얘기도 하지 않으며, 그 누적 효과가 게인즈버러가 '눈속임 기법'으로 그린

(멀리서는 복잡하고 심지어 매우 정교하게 표현한 듯 뵈던 새틴 가운이 가까이 들여다보니 불분명하고 의미 없는 흐릿한 붓질에 불과한) 초상화의 효과와 비슷하다는 사실도 거의 문제가 되지 않는다. 그런데도 결국 준비되지 않은 게으른 눈을 잡아끄는 것은 이 이름 한 꾸러미다. 그리고 이제 고유한, 되도록이면 누구나 아는 이름의 할당량을 정하지 않은 신문이나 잡지 지면은, 브리지 게임에서 숫자 카드 3, 5, 8 외에는 손에 든 게 없는 사람처럼 낙담해 뵈는 지경에 이르렀다. 누구나 아는 이름은, 간단히 말해 언론이 지닌 그림 카드다.[8]

1944년, 잘 알려지지 않은 작가 존 바틴 울가못은 거의 전부 이름만으로 구성한 '세라, 멘켄, 그리스도 그리고 베토벤에는 남자와 여자가 있었다'(이하 『세라, 멘켄』으로 표기)라는 작은 판형의 책을 개인적으로 출판했다. 이 책을 선형적으로 읽기란 불가능에 가깝다. 가장 좋은 방법은, 어데어가 보여 준 대로 신문의 가십 기사나 사회면 혹은 부고란을 훑어보듯 빠르게 이름을 훑고 지나가다 익숙한 이름이 나오면 잠깐 멈추는 것이다.

울가못은 뉴욕 링컨 센터에서 베토벤의 「영웅교향곡」 연주를 듣던 중, 이 음악에 공감각적으로 반응했고 "리듬 자체" 안에서 "자신에게 아무 의미 없는, 외국 이름"을 들었

8. Gilbert Adair, "On Names," in *Surfing the Zeitgeist* (London: Faber and Faber, 1977), 2.

다.[9] 며칠 후 그는 도서관에서 베토벤 전기를 빌렸는데, 기이하게도 그 두꺼운 책 속에서 교향곡 내내 자신의 귀에 울려 퍼지던 모든 이름을 하나하나 찾아냈다. 그리고 "리듬이 모든 것의 기초라면, 이름은 리듬의 기초다."라는 깨달음을 얻은 울가못은 자신의 책을 쓰기로 결심했다.[10] 책 전체는 128개의 단락으로 구성되며, 다음은 그중 하나다.

세라 파월 하트는 매우 영웅답게 요하네스
브람스풍의 진정으로 매우 훌륭한 자신의 방식으로
매우 알레고리적으로 그의 정말 매우 위대한 남자와
여자와 함께 클래런스 데이 주니어, 존 던, 루제로
레온카발로, 제임스 오언 하네이, 구스타프 프렌센,
토머스 비어, 조리스카를 위스망스 그리고 프란츠
페터 슈베르트에게로 매우 웅장하게 임했다.[11]

울가못은 [키스 월드롭이] 『세라, 멘켄』에 관해 문자 책에 나오는 이름을 구성하는 데는 1-2년이 걸렸지만, 이를 연결하는 문장, 즉 이름이 존재하는 인식 틀을 쓰는 데는 10년이 걸렸다고 말했다. 울가못은 (후에 이 글을 리브레토로 사용한) 작곡가 로버트 애슐리에게 조지 메러디스, 폴 고갱, 마거릿 케네디, 올런드 러셀, 할리 그랜빌바커, 페터르 브뤼

9. John Barton Wolgamot, *In Sara, Mencken, Christ and Beethoven There Were Men and Women* (New York: Lovely Music, 2002), 15, 1944년에 쓰여 개인적으로 출판됨. 울가못의 글에 로버트 애슐리가 붙인 곡을 담은 CD 음반 소책자 참조.
10. 같은 글, 15.
11. 같은 글, 48.

헐, 베네데토 크로체, 윌리엄 서머싯 몸의 이름을 나열한 책 60쪽을 어떻게 구성했는지를 다음과 같이 설명했다. "서머싯은 해 질 녘(sun-set)처럼 '여름'과 '저물다'라는 두 가지 뜻이 있지요. 몸은 남태평양의 어떤 섬처럼 들리고요. 몸은 고갱의 전기를 썼는데 고갱의 이름에는 '가다'(go)와 '다시'(again)라는 의미가 있어요. 그리고 올런드는 '오, 육지다.'라는 선원의 외침일 수 있고요. 그랜빌은 대도시를 가리키는 프랑스어처럼 들리는데, 고갱이 남태평양으로 가기 위해 떠난 곳을 말하지요."[12]

울가못이 『세라, 멘켄』을 시작하고 5년이 지난 1934년, 거트루드 스타인은 수많은 이름이 등장하는 『미국인의 형성』을 쓴 방식을 이렇게 설명했다. "처음부터 지금까지 그리고 미래에도 언제나 시는 사물의 이름을 다룰 것이다. 이름은 다양한 방식으로 반복될지도 모른다. […] 그러나 지금도 그리고 언제나 시는 이름을 어떤 것의 이름을 누군가의 이름을 무언가의 이름을 명명함으로써 창작된다. […] 여러분이 무언가의 이름을 사랑하고 정말 그 이름을 사랑할 때 그렇게 하고 할 때 하는 일을 생각해 보라."[13]

최근, 이런 역사를 잘 알고 있는 두 캐나다 작가 대런 워슐러와 빌 케네디는 계속 진행되는 작업 『상태 업데이트』에서 압축된 형식과 고유한 이름이 지닌 힘을 융합하고 거기에 디지털적 해석을 더했다. 그들은 데이터마이닝 프로그

---

12. 같은 글, 38-39.
13. Gertrude Stein, "Poetry and Grammar," in *Writing and Lectures 1909-1945*, ed. Patricia Meyerowitz (Harmondsworth: Penguin), 140.

램을 구축해 소셜 네트워크 사이트를 샅샅이 뒤져 모든 이용자의 상태 업데이트를 수집한다. 그다음 엔진이 이용자의 이름을 제거하고 무작위로 작고한 작가의 이름으로 대체한다. 결과물은 페네옹, 베케트, 마크슨, 울가못의 작업을 뜬금없이 변하는 소셜 네트워크 사이트 피드를 통해 걸러 매시업한 것처럼 읽힌다.

> 쿠르트 투홀스키는 눈이 많이 와서 이틀째 집에만
> 있어요. […] 뭘 하지, 뭘 하나? 셸 실버스타인은
> 일하러 가기 전에 잠깐 툼레이더를 하려고요. 로린
> 니데커는 짧은 휴식 시간을 만끽하는 중이에요.
> 조너선 스위프트는 오늘 밤 열리는 랭글러스 경기
> 티켓을 구했어요. 아르튀르 랭보는 단어
> '버팀목'(buttress)을 사용하는 방법도 알아냈어요.[14]

이 프로그램은 상태가 업데이트되는 대로 빠르게 그것을 낚아채 쉬지 않고 시를 쓰고 2분마다 자동으로 홈페이지에 게시한다. 웹페이지에서 각각의 고유한 이름은 클릭할 수 있으며, 이를 통해 해당 저자의 상태 업데이트 아카이브로 이동할 수 있다. 예컨대 아르튀르 랭보의 이름을 클릭하면 랭보 페이지로 이동하는데, 다음은 그 발췌문이다.

---

14. Status Update, http://www.statusupdate.ca, 2009년 7월 16일 접속. (웹사이트는 작동하지 않으나 2010년 책으로 출간됐다. Darren Wershler, Bill Kennedy, *Update* [Montreal: Snare Books], 2010 참조.―옮긴이)

아르튀르 랭보는 바보 같은 음악을 들으며 과거를 여행하고 있어요. 아르튀르 랭보는 모퉁이 집 마당 세일에서 귀여운 옛날 접이식 탁자를 10달러에 득템했어요. 아르튀르 랭보는 가게랍니다. 길가에서 발견한 새싹이 돋는 엄청나게 큰 나뭇가지로 윈도 디스플레이를 하는 중이에요! 아르튀르 랭보도 드디어 멋진 레코드판을 들을 수 있게 됐어요! 아르튀르 랭보는 자는 동안에도 배우고 읽을 수 있다면 좋겠어요. 아르튀르 랭보는 너무 졸려요! 아르튀르 랭보는 지금이 아니라면 언제일지 알게 될까요? 아르튀르 랭보는 취기가 좀 올라 회계사 만날 준비를 하고 있어요.[15]

랭보 페이지 하단에는 죽은 이와 소통하기를 즐겼고 실제로 그런 기술이 있던 19세기 유심론자 마담 블라바츠키가 꿈꿨을 법한, "아르튀르 랭보는 RSS 피드를 제공합니다. 지금 구독하세요!"라는 기능도 있다. 워슐러와 케네디는 맛깔스럽게 역설적인 몸짓을 구사해 이런 전설적인 인물을 좌대에서 끌어내려 그들의 의지와는 반대로 이 소동에 합류하도록 강요하며 허접쓰레기 같은 오늘날의 온라인 삶에 참여하게 만든다. 『상태 업데이트』가 하는 일은 이런 전설적 인물의 아우라를 훼손하는 것이며, 이를 통해 그들도 그들 자신의 시대에는 "사무실의 신이 그의 정리된 책상을 비웃는" 영문을 몰랐을 것을 상기시킨다.

15. Status Update, http://www.statusupdate.ca/?p=Arthur+Rimbaud, 2009년 7월 16일 접속.

워슐러와 케네디는 수학자 루디 러커가 '라이프박스'라고 부른 것을 본보기로 삼은 듯한데,[16] 이 미래 개념은 (상태 업데이트, 트윗, 전자우편, 블로그 게시물, 다른 사람 블로그에 남긴 댓글 같은) 데이터로 축적된 누군가의 일생이 강력한 소프트웨어와 결합하면 그 사람이 죽어도 살아 있는 사람과 그럴듯하게 대화할 수 있다는 것이다. 디지털 이론가 맷 피어슨은 말하길, "간단히 말해, 여러분은 돌아가신 증조할머니께 질문할 수 있습니다. 증조할머니가 그 주제에 관한 자신의 견해를 기록으로 남기지 않았어도 그분에게 기대할 수 있는 답변이 생성될 수 있습니다. [⋯] 일종의 살아 있는 구조를 지닌 자서전이지요. 우리 손주들은 지금 우리가 따뜻한 몸을 지닌 페이스북/트위터 친구와 맺는 것과 같은 수준의 관계를 죽은 이와 즐길 수 있을 겁니다. 그리고 시맨틱(semantic) 도구가 더 정교하게 발전하면서 '라이프박스'는 새로운 내용을 만들어 내거나 새로운 블로그 게시물을 쓰거나 혹은 동영상 메시지를 함께 복사하고 붙여 넣을 수 있게 되겠지요."[17] 실제로 피어슨은 컴퓨터 프로그래머에게 트위터 피드의 형태로 살아 있는 자기 자신의 기초적인 라이프박스를 만들게 했으며,[18] "나의 죽지 않는 클론은 일관성이나 관련성이 없을 수도 있습니다. [⋯] 하지만 정확히 내가 내뱉는 개소리처럼 들립니다."라고 주장한

16. http://www.cs.sjsu.edu/faculty/rucker/galaxy/webmind3. htm, 2010년 8월 16일 접속.

17. Matt Pearson, "Social Networking with the Living Dead," http://zenbullets.com/blog/?p=683>, 2010년 8월 16일 접속. (URL 삭제, 2023년 8월 1일 접속.—옮긴이)

18. http://twitter.com/dedbullets, 2010년 8월 19일 접속.

다.[19] (그의 자기 참조적인 트윗 하나를 보자. "『브리튼스 갓 탤런트』의 경쟁자들은 희생자다. 잠깐 이런 생각을 굴리다가 나는 나 자신만의 기초적인 라이프박스를 만들어 보기로 결심했다.")[20] 분명히 우리는 랭보에 관한 수십 권의 책과 그의 수많은 서신, 그를 다룬 논문, 그리고 그의 시까지 미래의 어느 때에 그럴듯하게 랭보를 되살리기에 충분한 데이터 흔적을 가지고 있다. 그러나 워슐러와 케네디는 당장은 랭보의 시신을 떠받치고 랭보에게 우리 디지털 세계로 합류하도록 강요하는데, 이 모두는 이런 '단명' 데이터가 우리가 생각하는 것처럼 그렇게 단명하지 않을 수도 있음을 설득한다. 실제로 미래의 우리는 전적으로 이런 데이터로 구축될 수도 있으므로 그런 글쓰기를 우리의 유산으로 생각해야 할지도 모른다고 말한다.

케네디와 워슐러가 이전에 기획한 전자적 글쓰기도 비슷한 관심사를 다룬다. 『돈호법 엔진』 또한 인터넷에서 언어 덩어리를 모으고 정리하고 보존한다. 그러나 이 프로그램은 더 작은 프로그램들을 실행해 일제히 밖으로 나가 언어를 수집하게 하며 아마도 지금껏 쓴 시 중 최대 규모의 시를 창작한다. 그리고 이 시는 누군가 호스팅 서버의 전원을 뽑을 때까지 계속 쓰일 것이다.

19. Matt Pearson, "Social Networking with the Living Dead," http://zenbullets.com/blog/?p=683>, 2010년 8월 16일 접속. (URL 삭제, 회원제로 운영되는 다른 웹사이트에서 읽을 수 있다, http://about.mouchette.org/social-networking-with-the-living-dead, 2023년 8월 1일 접속.—옮긴이)

20. http://twitter.com/dedbullets/status/21570100860, 2010년 8월 19일 접속.

작품의 홈페이지는 이게 정말 맞나 싶을 정도로 단순하다. 거기에는 1993년에 빌 케네디가 쓴, 각 행이 '당신은'이라는 지시어로 시작하는 목록 시가 그대로 나와 있는데, 알고 보면 각 행은 클릭할 수 있다. 그다음에 일어나는 일을 케네디와 워슐러는 이렇게 설명한다. "독자/작가가 어떤 행을 클릭하면 그 행이 검색엔진으로 보내지고 여타 검색과 마찬가지로 웹페이지 목록이 결과물로 나온다. 그러면『돈호법 엔진』은 가상 로봇 다섯 개를 만들어 이 목록을 모조리 살펴보고 '당신은'으로 시작해 온점으로 끝나는 구절을 수집한다. 로봇은 일정한 구절을 모으거나 정해진 수의 페이지를 처리하면 작동을 멈춘다."

다음으로『돈호법 엔진』은 로봇이 수집한 구절을 기록하고 단장한다. 대부분의 HTML 태그와 다른 이상한 것들을 제거한 다음 결과물을 엮어 원래 행을 제목으로 하는 새로운 시로 제시한다. [...] 그리고 새로운 행은 각각 또 다른 하이퍼링크로 기능한다.

『돈호법 엔진』의 온라인 버전은 언제라도 웹 자체만큼 클 가능성을 지닌다. 독자/작가는 어느 페이지의 어느 행이든 클릭함으로써 시 속으로 더 파고들어 갈 수 있으며, 계속 변하는 내용을 통해 환유적으로 미끄러진다. 더욱이 웹의 내용이 항상 변하기 때문에 시의 내용도 항상 변한다. 오늘 이 프로그램이 반환한 페이지는 그것이 다음 주, 다음 달, 내년에 반환한 페이지와 다를 것이다.[21]

21. http://apostropheengine.ca/howitworks.php, 2009년 7월 23일 접속. (URL 삭제, https://web.archive.org/web/20200130222848/http://apostropheengine.ca, 2023년 8월 1일 접속. —옮긴이)

결과물은 일종의 살아 있는 시로, 누군가 인터넷에 글을 쓰는 한 로봇의 철저한 구문 분석을 통해 계속 쓰이며 아무도 그것을 읽지 않는다 해도 끊임없이 성장한다. 『상태 업데이트』와 마찬가지로, 그것은 다수를 향한 연이은 짧은 글로 쓴 언어의 서사시이자 마크슨풍의 개요이며, 워슐러와 케네디는 정확히 그런 특성을 활용한다.

이 목록은 일종의 과잉과 싸우는 형식이다. 그것의
임무는 환원적으로 되는 것, 즉 정보 세계가
제공하는 모든 가능성을 하나의 최종적인 세트에
쑤셔 넣는 것이다. [⋯] 그러나 그 시적 효과는
정반대다. 목록 하나가 정보 과잉이라는 위협에
응답해 시 하나를 열어젖힌다. 시를 읽는 독자는
겸손하게 "이게 얼마나 오래갈 수 있겠어?"라고
궁금해하지만 동시에 위협도 가장 강하게 느낀다.
사실, 이는 꽤 오래 지속될 수 있다. 1993년, 초기
월드와이드웹이 지닌 모든 함의가 우리에게
나타나기 시작했을 때도, 이 카탈로그와 그
역설적인 싸움은 이미 우리가 우리의 글을 읽는
집단 능력을 넘어선 속도로 글을 생산하고 있다는
두려움을 다루는 논의의 장이 되고 있었다.[22]

그런데 이 역동적으로 생성된 글이 책 표지 사이에 묶여 고

---

22. Bill Kennedy and Darren Wershler-Henry, *apostrophe* (Toronto: ECW, 2006), 286–287.

정된다면 어떤 일이 일어날까? 워슐러와 케네디는 279쪽짜리 선집을 출판했고, 그 결과물은 전혀 다른 기획으로 보인다. 책 후기에서 저자는 인쇄본에서 최대의 효과를 얻고자 글을 손봤다고 밝히며 다음과 같은 그들의 변을 전했다. "『돈호법 엔진』은 다른 이의 글쓰기에 간섭했고, 우리도 그것의 글쓰기에 똑같이 했다. […] 엔진은 선택하기 어려울 정도로 풍부한 원재료를 제공했다. 아름답거나 진부하거나 아니면 둘 다이거나."[23]

원재료라는 말이 옳다. 웹상의 『돈호법 엔진』에서 조 코커의 히트송에서 온 "당신은 내게 너무 아름다워요"라는 행을 클릭했을 때 엔진이 내게 반환한 것의 발췌문을 보자.

당신은 (내게) 너무 아름다워요 안녕하세요,
자바스크립트가 꺼져 있거나 이전 버전의 어도비
플래시 플레이어를 사용하고 있습니다 • 당신은
내게 너무 아름다워요 조회수 306,638회 txml
added1:43 케이시 리는 머저리다. 조회수
628,573회 다엉망진창 added2:39 당신은 내게
너무 아름다워요 조회수 1,441,432회 caiyixian
added0:37 파충류 눈 • 당신은 (내게) 너무
아름다워요 0 • 당신은 너무 아름다워요 조회수
79,971회 konasdad added0:49 before • 당신은
내게 너무 아름다워요 조회수 19,318회 walalain
added2:45 이스케이프 더 페이트—당신은 너무

---

23. 같은 책, 289.

아름다워요 조회수 469,552회 darknearhome
added2:46 슬프고 느린 노래: 조 코커—당신은
너무 아름답 • 이미 회원이시군요 • 당신은 너무
아름다워요 (거의 언플러그드) 안녕하세요,
자바스크립트가 꺼져 있거나 이전 버전의 어도비
플래시 플레이어를 사용하고 있습니다 • 당신은
너무 아름다워요 조회수 1,443,749회 caiyixian
추천 동영상 added4:48 조 코커~당신은 너무
아름다워요 (몽트르 라이브 • 당신은 너무
아름다워요 조회수 331,136회 jozy90 added2:32
zucchero canta "당신은 너무 아름다워요" 조회수
196,481회 lavocedinarciso added3:50 조 코커
매드 독스—실컷 울어 보세요 1970 조회수
777,970회 scampi99 added5:18 조 코커—창백한
그림자 라이브 조회수 389,420회 dookofoils
added4:49 조 코커—잊지 말아라 조회수 755,731회
neoandrea added5:22 패티 라벨 & 조 코커-당신은
너무 아름다워요 • 당신은 최고예요 그거 굉장히
흥미진했어(thit was very exiting)> akirasovan
(5일 전) 보이기 숨기기 0개가 스팸으로 표시됨
답장 미친 뇌 손상

두서없는 엉망진창이다. 신호 대 잡음 비가 낮으니 그럴밖
에. 그런데 인쇄본에서 같은 구절을 발췌한 다음 것은 전혀
다른 존재다.

당신은 너무 아름다워요 • 당신은 너무 아름다워요 •
당신은 너무 아름다워요 • 당신은 너무 아름다운
아티스트예요, 베이비페이스 • 당신은 너무
아름다워요 • 당신은 너무 아름다워요, 그래요
당신은 내게 당신은 너무 아름다워요 당신은 내게
모르겠나요? • 당신은 너무 아름다워요 이 가사의
소유권은 해당 저자, 아티스트, 음반 회사에
있습니다 • 당신은 너무 아름다워요 • 당신은 너무
아름다운 아티스트예요, 레이 찰스 • 당신은 너무
아름다워요 • 당신은 너무 아름다워요 • 당신은 내게
너무 아름다워요 • 당신은 너무 아름다워요 • 당신은
너무 아름다워요 • 당신은 너무 아름다워요 • 당신은
너무 아름다워요 • 당신은 나에게 너무 아름다워요 •
당신은 너무 아름다워요, 그래 주시겠어요[24]

간격은 표준화됐고, 숫자는 삭제됐으며, 쓸모없는 행은 제
거됐다. 효과적으로 꽤 많이 편집됐다. 인쇄본은 거트루드
스타인이나 오페라 「해변의 아인슈타인」을 위한 크리스토
퍼 놀스의 리브레토처럼 들쭉날쭉하게 음악적으로 반복되
는 리듬으로 가득 차 아주 멋지게 읽힌다. 그리고 우리가 반
복되는 구절의 리듬으로 안심하려는 바로 그 순간 저작권
경고 같은 다른 유형의 내용을 세심하게 배치해 그 리듬을
깨뜨린다. "당신은 너무 아름다운 아티스트예요"라는 구절
뒤에 나오는 '잘 알려진' 두 개의 고유한 이름, 베이비페이

24. 같은 책, 128.

스와 레이 찰스는 서로 방해하지 않을 만큼 충분히 떨어져 완벽히 균형 잡힌 글을 만들어 낸다.

이 시를 위한 원재료를 수집한 것은 컴퓨터였지만, 필요 이상으로 많은 글에서 아름다움을 이끌어 낸 것은 더 전통적인 작품 연출, 즉 숙련된 편집자의 솜씨에 입각한 것을 지향하는 워슐러와 케네디의 저자적 솜씨였다. 그러나 지면에 묶인 버전은 더 거친 웹 버전이 하듯이 놀라움을 주고 성장하고 끊임없이 그 자체를 재발명하는 능력이 부족하다. 따라서 이 두 버전이 드러내는 문제는 컴퓨터와 인쇄된 책, 가공하지 않은 글과 손을 본 글, 무한한 것과 알려진 것 양쪽을 아우르는 균형이다. 이는 우리에게 동시대 언어를 표현하는 두 가지 방식을 보여 주며, 둘 중 어느 방식도 최종이라는 왕관을 쓸 수 없다.

우리를 대신해 컴퓨터에게 시를 쓰게 하는 것은 이제 옛날이야기이다. 최신 동향은 워슐러와 케네디처럼 작가가 언어에 기초한 검색엔진과 소셜 네트워크 사이트를 원천 텍스트로 활용하는 것이다. 컴퓨터에 기발한 시를 생성할 수 있는 독립 실행형 프로그램을 보유하는 것은 저기 웹에서 거대한 글 생성기가 우리의 집단 마음을 이용해 뱉어 내는 것과 비교하면 고풍스럽게 느껴진다.

때로 그 마음은 그렇게 예쁘지만은 않다. 플라프 컬렉티브는 의도적으로 최악의 결과를 얻고자 구글을 찾아 헤매고 그것을 시로 재구성한다. 인터넷은 상호 공격, 비아그라 광고, 스팸으로 이뤄진 세계 최대 언어 쓰레기 더미에 불과하다고 사람들이 주장한다면, 플라프는 그 모든 쓰레기를 시로 재구성함으로써 이런 동시대적 조건을 활용한다. 그리고 이 우물은 바닥이 없다.『월 스트리트 저널』은 플라프의 약력에서 그들의 글쓰기 방법론을 설명하기를, "플라프는 전자 시대가 만들어 낸 창조물이다. 플라프가 전형적으로 쓰는 방법 중 하나는 구글 검색에서 나온 단어 조합을 이용하는 것이며, 흔히 시는 전자우편으로 공유된다. 한 시인이 구글에서 '평화' + '야옹이'(kitty)를 검색한 후 시를 쓰자, 다른 시인은 '피자' + '야옹이'를 검색한 후 쓴 시로 응답했다. 2006년에 이 시를 낭송하는 동영상은 유튜브에서 6,700회가 넘는 조회수를 기록했다. 시는 이렇게 시작한다. '야옹이는 격분해 / 피자를 원한다.'"[25]

'poetry.com'이라는 온라인 시 공모에 시를 제출한 (그들은 가능한 최악의 시를 창작했고 당연히 거절됐다.) 일군의 사람들로 출발한 것이, 눈덩이처럼 불어나 하나의 미학이 됐고, 플라프의 공동 창립자 게리 설리번은 이를 "일종의 신랄하거나 귀엽거나 아니면 넌더리 나는 끔찍함. 잘못된. 정치적으로 부적절한. 통제 불능. '좋지 않은.'"이라 설명한다.[26] 전형적인 플라프 시, 나다 고든의 「유니콘을 믿는 이들은 파트와(Fatwas)를 공표하지 않는다」의 발췌문을 보자.

25. Gautam Naik, "Search for a New Poetics Yields This: 'Kitty Goes Postal/ Wants Pizza'," *Wall Street Journal*, 2010년 5월 25일, http://online.wsj.com/article/ NA_WSJ_PUB:SB10001424052 748704912004575252223568314054.html, 2010년 8월 19일 접속. (URL 변경, https://www.wsj.com/articles/SB1000142405274870 49120045752522223568314054, 2023년 8월 1일 접속.─옮긴이)
26. http://en.wikipedia.org/wiki/Flarf, 2010년 3월 20일 접속.

기이하게도 실제로
'유니콘 플레저 링'이 존재한다.
연구에 따르면 히틀러는
저 악명 높은 스와스티카를 일곱 빛깔 무지개에서
　　나타난
유니콘에게서 훔쳤다.

나치가 유니콘에게 말하길, "그런 우스꽝스러운
옷을 입고 나와 같이 나가려는 건
아니겠지." 당신은 마침내 딸에게 말할 수 있다.
유니콘이 진짜 있다고. 한 남자가 아돌프 히틀러
　　밀랍 인형의 머리를
확 떼어 버렸다고 경찰이 말했다.

4월 22일은 좋은 날이다. 난 정말 이날을 좋아한다.
내 말은 그 정도로 환상적이지는, 저 멍청한 히틀러
유니콘만큼은 아니라도, 내게는 꽤 특별하다.
우윳빛 대머리 독수리 아주 작은 에이브
링컨이 아주 작은 히틀러와 권투하고 있다. **마법의**
　　유니콘

"당신이 정말 유니콘이라고?" "그렇다. 이제
내 발에 입을 맞추라." 위대한 히틀러.
히틀러 […] 음 그래, 히틀러, 히틀러, 히틀러,
히틀러, 히틀러, 히틀러. […] 독일 음식은 형편없다,

히틀러조차 채식주의자였다, 유니콘처럼.[27]

고든은 온라인 포럼과 비밀스러운 컬트 사이트를 샅샅이 뒤져 웹에서 일상적으로 사용되는 저급한 언어를 사용해 시를 창작하며, 그의 언어는 그 원천 자료와 소름 끼칠 정도로 닮았다. 그러나 그가 선정한 단어와 이미지는 이 시가 세심하게 구성된 시임을 알려 주고, 발견된 언어가 (심지어 이처럼 형편없고 저급하다 해도) 재배열을 통해 예술로 탈바꿈할 수 있음을 보여 준다. 하지만 끔찍한 재료로 훌륭한 무언가를 만들려면 잘 선택해야 한다. 플라프의 공동 창립자인 K. 실렘 모하마드는 플라프를 '발견된'(found) 시가 아닌 일종의 '찾은'(sought) 시라 불렀는데, 시를 만드는 이가 지속해서 적극적으로 텍스트 마이닝 행위에 관여하고 있기 때문이다. 고든의 시는 파트와, 낙태, 히틀러의 생일 등 오글거리는 이미지부터 진부한 주제까지 온갖 민감한 버튼을 의도적으로 눌러 댄다. 금지된 것은 없다. 어떤 면에서 플라프는 친구에게만 통하는 농담으로 시를 채운 뉴욕파의 동인에 기초한 시학에서 역사적 단서를 취한다. 플라프의 경우, 시 대부분을 사적인 리스트서브에 게시하고, 그러면 그룹 구성원이 인터넷이 토해 낸 것에 기초해 이를 리믹스하고 재이용하며 꼬리에 꼬리를 무는 시로 만들어 낸다. 그렇게 나온 시는 원하는 다른 이가 난도질하도록 다시 웹에 게시된다. 반면, 뉴욕파는 '저급'과 '키치'라는 개념을 주창했지

27. Nada Gordon, "Unicorn Believers Don't Declare Fatwas," Poetry 194.4 (July/August 2009), 324-325.

만 결코 플라프만큼 '나쁜' 취향에 빠져들었던 적은 없었다.

플라프는 솔직하지 않은 주체성을 이용함으로써 자신이 말하는 바를 진심으로 믿지 않는다. 그러나 우리를 에워싼 언어의 본질을 재평가할 수밖에 없다는 통찰, 정확성, 감수성을 가지고 이 문화 저장소의 밑바닥을 격렬히 긁어 가며 어쨌든 계속 말한다. 우리가 느끼는 첫 번째 충동은 도망치고 그 가치를 부인하며 거기서 등을 돌려 그것을 과장된 농담으로 치부하는 거다. 그러나 우리는 워홀의 「자동차 사고」나 「전기의자」를 볼 때처럼 매혹과 즐거움과 혐오감을 똑같이 느낀다. 플라프가 우리 목에 겨누고 있는 것은 양날의 검으로, 우리는 어쩔 수 없이 검에 비친, 나르시시즘을 느끼며 황홀해하는 만큼 오금이 저리는 공포를 느끼는 우리 자신을 바라본다. 그리고 우리가 새로운 기술에 문학적으로 관여할 때 전형적으로 이런 혼합된 반응이 나온다. 플라프와 워슐러/케네디의 실천은 대부분의 사람들이 그들에게 던져지는 정보의 양에 빠져 허우적대고 있는 이 시점에 어떻게 시인이 새롭고 독창적인 작업을 창작할 수 있는지에 관한 두 가지 다른 해법을 제시한다. 그들은 웹이 생성한 언어가 저급하고 무작위한 형태 그대로 우리가 발명한 어떤 것보다 재구성, 리믹스, 리프로그래밍에 적합한 훨씬 더 풍부한 원천 자료라 제안한다.

The Inventory and the Ambient

10. 기록 목록과 주변적인 것

강박적으로 '실생활'의 사소한 세목을 목록으로 작성하려는 충동은 전기 작가 제임스 보즈웰이 묘사한 새뮤얼 존슨의 아침 식사에서부터 우리가 뭘 먹었는지를 트윗하는 활동까지 망라한다. 게다가 저장 능력이 늘어나고 항상 등장하는 더 강력한 데이터베이스를 보면, 기술이 우리 안에 잠자고 있는 기록 관리사로서의 본능을 깨우는 것으로 보인다. '데이터 클라우드'—대기(에테르)의 세계에 존재하며 우리가 지구 어디에 있든 접근할 수 있는 무제한 용량의 서버—와 그것의 인터페이스는 '삭제' 기능보다 '보관' 기능을 장려한다.[1] 데이터 클라우드에 저장된 다수의 자료가 마케팅 목적으로 보관되지만, 앞서 이야기했듯 작가들도 문학작품을 창작하려고 방대한 텍스트 창고를 표절한다. 자료를 자기들의 차기 소설을 위한 원재료로 사용하기 위해서라기보다는 잘 다뤄서 다른 형태로 만들기 위해서다. 어떤 저작가들은 이 텍스트 덩어리들을 마이닝[패턴을 읽고 지식을 발견하는 것]하는 대신 문학작품 구성에 활용할 수 있는 아카이

---

1. 이에 관한 초기 사례로 구글 메일의 '가상 삭제 키'를 들 수 있는데, 이 키를 누르면 이메일을 자동 삭제하지 않고 30일 동안 유지하다가 지워 준다. 이메일을 즉시 '영구' 삭제하길 원하면 마우스 클릭 몇 번으로 할 수 있다. 그렇지만 더 적절한 것은 굵은 글씨체로 더 두드러지게 내세운 아카이브 버튼으로, 그것은 아무것도 지우지 않은 채 메일함을 깨끗하게 유지할 수 있게 해 준다. 유사한 사례로 맥 운영체제가 있는데, 맥 컴퓨터 사용자가 바탕 화면에서 '휴지통 비우기'를 실행해도 파일을 복구할 수 있다. '휴지통 안전하게 비우기'를 클릭할 때에만 실제로 확실하게 영구 삭제한다. ('휴지통 안전하게 비우기' 기능은 운영체제 10.11 버전 이후 제거되었다.—옮긴이)

브의 기능을 탐구한다. 이런 작품들은 기존의 저술 활동보다는 음악인 브라이언 이노의 환경음악(ambient music)에 더 가깝고, 선형적 읽기보다는 글 자체의 몰입을 권한다. 개념적, 혹은 비창조적 글쓰기는 우리가 우리 자신에 대해 새로운 종류의 글을 쓸 수 있게 해 준다. 이것을 '속격 자서전'(oblique autobiography)이라고 부르자. 일상적인 것— 먹는 것과 읽는 것—을 꼼꼼히 기록함으로써 우리는 더욱 전통적인 일기체로 우리 자신에 대한 흔적을 남기고, 이는 독자가 무수히 많은 방식으로 점과 점을 연결하고 서사를 짜는 데 충분한 여지를 준다.

어떤 이야기는 너무나도 감동적이어서 창의적인 기교나 강화 요소를 더하면 영향력이 떨어진다. 허먼 로젠블래트가 쓴 인기 소설[이 되기 전 회수된] 『철책 너머의 천사』를 보자. 이 소설에서 로젠블래트는 유대인 수용소에 감금당한 어린 시절, 철책 너머로 사과를 건네주며 자기가 살아 있게 도와준 소녀 로마, 즉 훗날 아내가 된 사람과 만난 일을 이야기한다. 로젠블래트에 의하면, 두 사람은 세월이 흐른 뒤 우연히 뉴욕 코니아일랜드에서 만나 서로의 과거를 알게 된 후 결혼했고 그 후 행복하게 살았다. 로젠블래트 부부는 '오프라 윈프리 쇼'에 두 번이나 출연했는데, 진행자인 오프라 윈프리는 『철책 너머의 천사』를 가리켜, 이 쇼를 22년간 진행해 오면서 만난 "가장 독보적이고 위대한 사랑 이야기"라고 표현했다. 이 이야기가 가짜라는 사실을 알게 된 로젠블래트의 출판인은 지대한 관심이 쏟아졌음에도 회고록 출판을 취소했다. 이런 일이 있고 난 뒤 로젠블래트는 해명문에 이렇게 썼다. "내 꿈속에서 로마는 항상 사과를 건네

주겠지만, 이제는 꿈이라는 것을 잘 압니다."[2]

   미국의 에머리 대학교에서 유대 현대사 및 대학살 연구를 가르치는 교수 데버러 E. 립스타트는 또 한 권의 대학살 회고록이 거짓이었다는 소식을 듣고 다음과 같이 말했다. "유대인 대학살은 꾸미거나 과장할 필요가 없습니다. 그에 관련된 사실은 참혹하고, 그러니 누구든 참상을 가르칠 때 그냥 사실을 펼쳐서 보여 주기만 하면 됩니다."[3]

   립스타트의 심정은 (매우 다른 방식과 맥락에서) 공명하는 바가 있다. 그것은 바로 많은 작가가 지난 세기 동안 제안해 온 문제로, 대다수의 꾸며 낸 이야기가 불러일으키는 것보다 꾸미지 않은 삶이 더 깊은 감동과 복잡한 구조를 지니고 있다는 것이다. 대중문화는 다른 시점에서 우리에게 비슷한 메시지를 준다. 지난 10년 사이 리얼리티 프로그램이 출현하고 계속해서 연출된 시트콤보다 우위를 차지하고 있음을 보라. 우리의 온라인 삶도 강박적인 기록화를 통해 같은 방향으로 가고 있는 것으로 보인다. 우리는 초창기의 웹캠부터 오늘날의 속사포 같은 트윗까지, 미미해 보이고 덧없는 몸짓과 표시를 축적하는 과정을 통해 우리가 누구인지에 대한 특정한 개념을 구성하고 투사했다. 그럼으로써 우리가 진정 누구인지와 모종의 연관이 있을 수도 있고 없을 수도 있는 정체성을 만들어 냈다. 우리는 강박적인 속

2. Motko Rich and Joseph Berger, "False Memoir of Holocaust Is Canceled," *New York Times*, December 28, 2008, http://www.ny-times.com/2008/12/29/books/29hoax.html?_r=1&scp=1&sq=-False20Memoir20of20Holocaust20Is20Canceled&st=cse>, 2009 년 8월 13일 접속.
3. 같은 글.

성을 지닌 자서전 작가가 됐다. 그에 못지않게 다른 이들의 자서전 작가로서 우리는 렌즈의 초점을 맞추겠다고 선택한 대상에 대한 여러 상세한 사실과 인상을 수집한다. 가장 수변적이라고 할 만한 사람이나 시도에 관한 헌정 웹사이트, 팬 사이트, 위키백과 문서는 계속해서 한 줄씩 축적되며, 보즈웰의 『새뮤얼 존슨전(傳)』에 맞먹는 세부와 이력에 대한 강박증으로 귀결된다.[4]

보즈웰은 여러 방식으로 우리 당대의 언어학적 조건을 반영하고 예견한다. 보즈웰의 두꺼운 책은 편지, 관찰기, 대화 파편, 일상 기록물 등 생명이 짧은 이런저런 것들을 축적한 것이다. 글 자체는 불안정하다. 보즈웰의 주석이 지나치게 많고 스레일 부인이 보즈웰의 주관적으로 잘못된 관찰을 논박하고 바로잡으려고 여백에 써 넣은 글 때문이다. 스레일 부인의 주석은 이 글의 본문에만 적은 게 아니라 사소한 세목으로 가득 찬 보즈웰의 각주에도 적었고, 어떤 것은 해당 쪽에서 4분의 3을 차지하기도 한다. 『존슨전』은 여러 가닥으로 묶여서 이어지는 대화와 주해 때문에 [토론을 중시한 유대인들의 경전] 탈무드처럼 느껴진다. 책 속의 역동적인 텍스트 공간은 반응과 응답 체계를 장착한 오늘날의 월드와이드웹을 상기시키며, 온라인 공간에서와 같이 시끄

---

4. 이런 방식으로 만들어진 전형적인 웹 프로젝트로 미술가이자 행동주의자인 엘리 해리슨의 「잇 22」(Eat 22)을 들 수 있는데, 해리슨은 2001년 3월부터 이듬해 3월까지 1년 동안 자신이 먹은 모든 것을 기록했다. 소설가 조르주 페렉의 「1974년 한 해 동안 내가 먹어 치운 액체 및 고체 식품의 목록을 만들기 위한 시도」를 참조할 것. http://www.eat22.com, 2009년 5월 21일 접속. (URL 변경, http://eat22.ellieharrison.com, 2023년 8월 1일 접속.—옮긴이)

러운 난국에 처해 있다. 구경거리가 된 존슨의 삶은 어떤 면에서는 주인공을 능가한다.

보즈웰의『존슨전』은 표지 첫 장부터 끝까지 읽어 나갈수 있지만, 대충 넘기며 훑어보거나 분석하듯 뜯어보는 식으로 작은 단위를 나눠 읽어도 좋다. 월드와이드웹의 초창기에 자신은 온라인상에서는 '무심코' 읽는다고 토로한 친구가 생각난다. 그 친구는 글에 더 깊이 관여하기보다는 다음 링크를 클릭하는 데 호기심이 간다고 했다. 이는 여러 사람이 공통으로 내뱉는 말이다. 실제 우리는 온라인상에서 횡적으로 읽는 경향이 있다. 그렇지만『존슨전』은 200년 이상이나 오래된 책으로 모든 글이 엄격한 선형적 읽기를 요구하지 않는다는 점을 환기해 준다. 일단 보즈웰이 자신의 주인공을 실제로 만난 후에는 존슨의 죽음으로 끝나는 연대순을 따르는 것 외에 실제 서사적 요지는 없다. 이 부분에서부터 독자는 일반적인 방식으로 쓰인 전기에서와 달리 이야기의 맥락을 놓칠 걱정 없이 잠깐 들여다봤다 말았다 할수 있다. 책의 지면을 눈으로 보면서, 훑어 가며, 영원하도록 처리된 덧없는 일시적 순간을 경험하며 지식의 보물을 끌어당긴다. 게다가 보즈웰이 다음과 같이 쓴 사소한 일례처럼 일흔넷의 존슨을 파고든 악의 없는 야유가 많이 담겨 있다. "나는 그분이 '호지'라는 자기 고양이를 인내심 있게 대하는 방식을 결코 잊지 못하리라. 호지를 위해 직접 굴을 사러 외출하곤 했는데,[a] 하인들이 그런 귀찮은 일을 하게 되면 그 가엾은 미물을 싫어할 수도 있기 때문이다.[b]"5 마

5. James Boswell, *The Life of Samuel Johnson LL.D.*, vol. 3 (London:

치 블로그에 댓글을 다는 사람처럼 헤스터 스레일은 다음과 같이 방주를 쓰면서 맞장구를 친다. "(a) 호지의 말년에는 고통을 줄여 주기 위해 쥐오줌풀을 宁해나 주는 그를 놀리곤 했다. (b) 아니, 인간이 네발짐승의 시중을 들게 한 그분이 인류를 비하했다고 봐야 한다."[6]

또 다른 예를 보면, 포도주에 관한 딱히 뜻깊을 것도 없는 다음의 일상 회화는 앤디 워홀의 영화에 나옴 직한 두서없고 건조한 대화처럼 들린다.

> **스포티스우드.** 그래서 말입니다만, 선생님, 포도주는 상자를 여는 열쇠죠. 그런데 상자가 꽉 차 있나요, 아니면 비어 있나요? **존슨.** 아닙니다, 선생님. 대화가 열쇠예요. 포도주는 상자를 여는 데 도움이 되는 픽 록[자물쇠를 강제로 여는 핀]이고요. 사람은 포도주를 마시지 않아도 포도주가 주는 자신감과 준비성을 갖추기 위해 정신을 가꿔야 할 필요가 있어요. **보즈웰.** 포도주를 거절하지 못하는 가장 큰 어려움은 자비심에서 와요. 예를 들어, 어떤 훌륭한 인물이 20년 동안 창고에 보관한 포도주를 시음해 달라고 당신께 부탁한다면 말입니다. **존슨.** 선생님, 이 모든 자비심에 관한 개념은 자신이 다른 이들에게 실제보다 더 중요한 존재라고 생각하는 데서 나옵니다. 그런 사람들은 우리가 자신의

6. 같은 곳.

포도주를 마시든 안 마시든 조금도 관심이
없습니다. **조슈아 레이놀즈 경.** 그렇죠. 사람들은
당분간 그러는 겁니다. **존슨.** 당분간이요! 네, 설령
사람들이 지금 관심이 있어도 다음에는 잊죠.[7]

보즈웰이 존슨의 삶과 천재성에 대해 설득력 있는 초상을
그릴 수 있는 것은 작고 무의미해 보이는 세부를 통해서이
다. 보즈웰의 강점은 정보관리에 있다. 그는 훌륭한 균형감
으로 버릴 것과 지킬 것을 섞는다. 『존슨전』의 글은 수준을
고르게 하는 성질—무의미한 것과 심오한 것, 일상적인 것
과 영원한 것—이 있고, 그것은 우리의 주의력(과 삶)에 분
열되고 비슷한 가닥으로 묶이는 경향이 있는 것과 거의 같
다. 1938년 『리미티드 에디션 클럽 소식지』는 보즈웰에게
"하지만 『존슨전』이 20세기 독자에게 제공하는 건 무엇입
니까?"라고 물었다. 이 소식지는 당시 어법으로 그들이 가
정하는 이 책의 진가에 대한 관습적인 가치를 부여하면서
"『존슨전』은 모든 것에 관한 적절한 낱말과 구절을 가지고
있으며" 또한 "사적이기도 하고 고전적으로 보편적이다."라
고 말한다.[8] 70년 후 우리는 같은 질문을 할 수 있다. "『존슨
전』이 21세기 독자에게 제공하는 것은 무엇인가?"라고 묻
고, 우리가 현재 사는 방식과 가깝게 연결된 전혀 다른 답을
들을 수 있다.[9]

---

7. 같은 책, 33-34.
8. *The Monthly Letter of the Limited Editions Club*, no. 109 (1938년
6월).
9. 1897년에 출판된 M의 『스리 라마크리슈나 어록』(The Gospel of

　기록 목록에는 동시대적으로 느껴지는 무언가가 있다. 그래픽 사용자 인터페이스가 등장했을 때 많은 사람이 '이제 누구나 그래픽디자이너'라는 느낌을 받았다. 우리가 사용하는 연결망에 전달되는 정보와 자료가 점점 늘어나고 있어서 우리는 사탕 가게에 간 아이가 됐다. 모든 걸 원하고, 대부분 공짜라서 주워 담는다. 그 결과, 우리는 사물을 저장하고, 조직하고, 빠르게 소환하기 위해 해시태그를 다는 방법을 배워야만 했다. 우리는 이런 일을 아주 잘하게 됐다. 이런 정신은 우리 삶의 모든 측면은 물론 오프라인에까지 스몄다. 우리는 세상에 존재하는 방법으로서 정보를 꼼꼼하게 모으고 조직하는 자신의 모습을 본다. 런던에 사는 캐럴라인 버그발은 3개 국어를 구사하는 시인이다. 버그발은 최근에 영국 국립도서관에서 보유한 단테의 『신곡: 지옥 편』[영문] 번역본을 모두 모아 첫 몇 행을 목록화하기로 마음먹었다. 그는 단테 번역 활동이 '얼마간 문화 산업'이 됐다고 말한다. 실제로, 버그발이 자신의 판본을 위한 수집을 끝냈을 때(원문을 포함해 모두 마흔여덟 권이었는데) 영국 국립도서관의 사서 책상에 새로운 번역본 두 권이 도착했다. 버그발은 다음과 같이 이 과정을 설명한다. "제 목표는 주로 그저 『신곡: 지옥 편』의 각 판본에 나오는 대로 첫 3행 연구

Sri Ramakrishna)은 힌두교 성인의 모든 움직임을 강박적으로 기록한 수천 장에 달하는 책이다. 이 스승도 존슨과 마찬가지로 가벼운 묘사가 난무하는 가운데 심층적인 심오함을 담은 경구를 쏟아 냈다. 책에는 라마크리슈나가 잠에서 깨고, 배를 탔다가 내리고, 잠자리를 손보는 등 상세한 세부가 수없이 등장한다. ('M'은 이 책에서 라마크리슈나와 대화를 나누는 제자의 필명이다. 스와미 니킬라난다, 『라마크리슈나』, 정창영 옮김, 한문화, 2001년 참조.─옮긴이)

를 옮겨 적으려는 거였어요. 적어도 처음엔 그랬죠. 정확하
게 복사하려고요. 그런데 놀랍게도 한 번도 아니고, 여러 번
책을 찾아 도서관에 다시 가서 제가 입력한 내용, 출판 관련
정보, 철자를 재확인하고 수정했습니다. 각각의 행과 각각
의 변형을 한 번, 두 번 검토하면서요. 점차 이 프로젝트는
수를 세고 확인하는 작업이 됐습니다. 제가 베낀 게 책에 있
는 건지, 책에 실린 문장을 무심코 바꾸지나 않았는지 하고
말이죠. 각각의 번역적 표현에 깃든 몸짓을 복제했습니다.
오로지 이런 방식의 작업을 통해 이 합창과 낭송에 제 목소
리를 더하기 위해서요. 복사를 복사 행위로서 드러내는 거
죠.”10

　　버그발의 「비아: 48개의 단테 변주」에서 발췌, 소개한다.

Nel mezzo del cammin di nostra vita
mi ritrovai per una selva oscura
che la diritta via era smarrita [이탈리아어]
『신곡: 지옥 편』, 1곡, 1–3행

1.
인생 여정의 반을 지나
곧은길이 멈춘 곳에서 나는
어두운 숲을 또다시 마주했다.
―데일, 1996

10. 필자에게 보낸 이메일, 2008년 4월 1일.

2.

인생 여정의 중반기
곧은길이 사라진 어두운 숲속에서
나는 길을 잃고 말았다.
—크레아와 홀랜더, 1989

3.

한평생 행로의 절반까지 왔는데,
나는 밤처럼 컴컴한 숲에서
올바른 길을 잃고서 한참을 헤맸다네.
—머스그레이브, 1893

4.

우리가 가야 할 길의 중도에서
거대한 숲이 내 앞을 가리네.
갈피를 못 잡던 나, 길을 잃었구나.
—시손, 1980

5.

인생 여정의 반 즈음에서
좁은 길을 헤매던 나는
빛이 없는 숲에서 놀라 깨어났네.
—자풀라, 1998[11]

11. Caroline Bergvall, "Via: 48 Dante Variations," 미출판 원고.

기록 목록을 만드는 간단한 행위는, 불멸의 단테 작품이 누구에게나 열려 있기 때문에 번역의 주체성과 일치하지 않는다. 버그발은 재표현을 통해『신곡: 지옥 편』의 3행 연구를 치환한 시 혹은 울리포(OuLiPo, 잠재문학작업실)의 규칙 중 하나인 '명사+7' 문체 연습으로 변형한다. '명사+7'은 글이나 문장의 명사를 사전에서 찾고 거기서 일곱 번째 명사로 대치하는 규칙이다. 우리는 "어두운 숲"에서 "밤처럼 컴컴한 숲"으로, "거대한 숲"에서 "빛이 없는 숲"으로 이동한다. "인생 여정의 반"에서 "인생 여정의 중반기", "한평생 행로의 절반," "우리가 가야 할 길의 중도", "인생 여정의 반즈음"으로 이동한다. 각 구절은 은유, 암시, 문장구조, 장황함을 전혀 다른 방식으로 사용한다. 버그발은 많이 하지 않음으로써 많이 드러낸다. 그 밖에 다른 맥락에서 이런 목록은 번역 행위에 관련된 복잡한 사항, 예측하기 어려운 변화, 주체성을 보여 주는 데 사용될 수 있다. 물론 이 작업에서도 그런 고려 사항이 주요 부분이기는 하지만, 거기서 멈춘다면 더 큰 부분을 놓치는 것이다. 그건 다름이 아니라 버그발이 단순히 기존 글을 온전한 자신의 시로 개작함으로써 일종의 번역자로 행동한다는 점이다.

시인 탄 린은 자신이 '환경 문체론'(ambient stylistics)이라 부르는 것에 따라 정보를 엮어 내는데, 그의 문체론은 에리크 사티의 '가구 음악'이 내세운 '듣지 않는' 음악에 비유할 만하다. 1902년 파리의 한 갤러리에서 열린 전시 개막식 중에 에리크 사티와 그의 친구들은 갤러리에 있던 모든 이에게 자신들을 무시해 달라고 부탁한 후 그들이 '가구 음악'이라 부른 것, 즉 배경음악을 연주하기 시작했다. 벽지 같은 음악이자 들리지 않도록 의도한 음악이었다. 갤러리 후원가들은 자신들 틈에서 공연하는 음악가를 보게 돼 들떴고, 사티가 그들이 주의를 기울이지 않도록 사력을 다했음에도 말하기를 멈추고 정중히 지켜봤다. 사티에게 이 일은 '듣지 않기'를 통한 '듣기'로 향한 길을 내는 첫 번째 몸짓이었고, 이는 3분 길이의 이상한 피아노 소품인 「벡사시옹」에서 최고조에 달했다. 「벡사시옹」은 한 쪽짜리 악보에 불과하지만, 그 위에 휘갈겨 쓴 '840번 반복할 것'이란 지시를 포함한다. 이대로 연주하자면 스무 시간 정도가 걸리기 때문에 이 지시는 수년 동안 음악적 농담, 즉 지루하고 따분한 건 둘째치고 불가능한 일로 치부돼 왔다. 그런데 존 케이지는 이를 진지하게 받아들였고, 1963년 뉴욕에서 「벡사시옹」을 초연했다. 피아니스트 열 명이 두 시간 교대로 18시간 40분에 걸쳐 이 작품을 정복했다. 뒷날 케이지는 「벡사시옹」을 공연한 일이 자신에게 미친 영향을 "다시 말해 나도 변했고 세계도 변했다. […] 그건 나 혼자만의 경험이 아니었다. 참여한 다른 이들 역시 내게 서신을 보내거나 전화를 해서 자기들도 같은 경험을 했노라 말했다."라고 설명했다.[12] 그들이 경험한 것은 음악의 시간과 서사에 대한 새로운 개념이었고, 이는 형식적·정서적인 충격과 다양성을 추구한 교향곡의 전통적 악장 대신 극도의 지속 시간과 정체에 입각한 것이었다. 오히려 「벡사시옹」은 더 동양적인 특징을 띠었으며, 이 때문에 뒤늦게 [인도의 음계인] 라가를 비롯해 1960년대 초 서양 작곡가

12. Richard Kostelanetz, ed., *Conversing with CAGE* (New York: Routledge, 2003), 227. (리처드 코스텔라네츠, 『케이지와의 대화』, 안미자 옮김, 이화여자대학교출판문화원, 1996년, 352 참조.—옮긴이)

들에 의해 수용된 후 미니멀리즘, 즉 이후 20년간 우세한 작곡 방식을 형성한 다른 확장된 형식과 연결되기도 했다.

사티와 케이지의 몸짓을 다시 취한 인물은 브라이언 이노였다. 약 75년 후에 브라이언 이노는 환경음악이라는 자신의 개념을 다음과 같이 설명했다. "'앰비언스'(ambience)는 분위기 혹은 주위의 영향으로 정의된다. 말하자면 색조와 같다. 내가 의도한 바는 표면상으로는 (그렇다고 배타적이지는 않지만) 특정한 시간과 상황을 위한 독창적인 곡을 만드는 것이다. 그래서 폭넓은 기분과 분위기에 맞는 환경적 음악을 모은, 적지만 활용도가 높은 목록을 구축할 생각이다."13

린은 혁신적인 글쓰기를 위한 편하고 부담 없는 공간을 만들어 내기를 원한다. 그가 상상하는 글쓰기 환경에서 문학은 심지어 전혀 읽힐 필요 없이 존재한다. 즉 "좋은 시는 몹시 지루하다. […] 완벽한 세계에서 모든 문장은 그것이 연인에게 쓰는 것이든, 집배원에게 쓰는 것이든, 혹은 부서 간 쪽지 기록일지라도 전체적으로 비슷비슷한, 평균적인 배경의 느낌을 주는, 유동적 구조를 지닐 것이다. 표면적인 장애 요소가 있고 바로 이해할 수 없어도. 가장 좋은 문장은 비교적 일정한 비율로 정보를 잃어야 한다. 거기에 깨달음을 얻는 어떤 황홀한 순간도 있어서는 안 된다."14

13. Brian Eno, 1978년 발매된 『공항용 음악』(Music for Airports)에 관한 작곡가 해설, http://music.hyperreal.org/artists/brian_eno/MFA-txt.html, 2009년 8월 13일 접속.
14. Tan Lin, "Ambient Stylistics," *Conjunctions* 35 (Fall 2000), 131–133.

텍스트를 의도적으로 밋밋하고 지루하게 만든다는 개념은 우리가 '좋은' 문학에서 기대하게 된 모든 것에 정면으로 도전한다. 그의 프로젝트 「환경 소설 읽기 체계 01: 정확히 1년 동안 내가 읽은 것, 읽지 않은 것, 읽었다고 할 수 없는 것의 목록」[15]은 날마다 읽거나 짬짬이 훑어본 텍스트를 기록하는 블로그 형식을 취했다. '2006년 8월 22일 화요일'에서 발췌한 내용은 이렇게 시작한다.

10:08-15 집 안 사무실 뉴욕 타임스, 소아성애자 그들
　　　　자신만의 온라인 세계에서 영역을 확장해
10:15-23 파키스탄인 영국보다 미국이 적응하기 수월
10:24-26 뉴욕타임스닷컴 사설, 붕괴된 텔레비전…
　　　　시청자만 남겨
10:28-31 막강한 힘을 지닌 경찰차
10:31-4 음악 산업 더 이상 기타 기보법 공유 원치 않아
10:50-6 매디슨 애비뉴의 필수품 홍보용 코드
　　　　온라인으로 진출해
10:57-07 영웅과 악당이 만드는 무너진 도시의 비극,
　　　　제방이 무너졌을 때
11:09-15 새내기 시인이 자신 있게 날아오르도록 도와
11:15-12:16 AOL 데이터 공개에 대해 조치
11:59 위키백과 '압두르 차우더리'
12:16-23 로하틴 리먼 취임 예정, "그들과 처음 만난
　　　　때가 기억납니다. 에이드런 메이어의 서류 가방을

들고 바비 리먼과의 회의로 가고 있었지요.
1950년대 중반이었어요. 그들은 책상 여섯 개가
있었습니다. 저는 늘 그걸 동경해 왔지요."

12:23-5 위키백과 '로하틴', '그린버그'
12:25 스타일닷컴 '그린버그'
12:25-33 조직이 알기 원치 않는 사실은 해가 될 수
있어
12:34 자산 경매하는 타워레코드
12:34-57 공공장소 웹 서핑… 법률 분쟁으로 가는 길

그가 읽은(혹은 읽지 않은) 것의 지극히 평범한 목록처럼 보
이는 것을 들여다보면, 이는 풍부한 자전적 서사를 드러내
며 정보를 소비하고 보관하며 이동시키는 행위를 조명한
다. 린은 10시 8분에 자신의 집 안 사무실에서 그날의 뉴스
를 훑어보며 하루를 시작한다. 그가 읽은 첫 번째 소식은 소
아성애자가 어떻게 온라인 공간을 식민지화하고 있는지에
관한 이야기이다. 이 기사에 따르면 "그들은 미성년자와 일
상적 만남에 관한 얘기를 나눈다. 그리고 자신들의 주장을
다른 이에게 호소하기 위해 기술을 이용한다."[16] 린이 이 기
사를 종이 신문으로 읽었는지, 온라인에서 봤는지는 알 길
이 없지만, 그가 이에 관해 블로깅을 하거나 자신의 두서없

---

16. Kurt Eichenwald, "On the Web, Pedophiles Extend Their
Reach," *New York Times*, August 21, 2006, http://www.nytimes.
com/2006/08/21/technology/21pedo.html?scp=1&sq=Their2O
wn2OOnline2OWorld,2OPedophiles2OExtend2OTheir2O
Reach&st=cse, 2009년 8월 10일 접속.

는 읽기를 워드프로세서 문서에 입력하는 것을 보면 우리는 린이 컴퓨터를 사용하고 있음을 쉽게 짐작할 수 있다. 이런 점에서 이 기사는 (물론 소아성애자는 빼고) 린의 상황을 설명한다. 그는 자신의 컴퓨터 앞에 앉아 정보를 읽고 쓰며, 소비하고 재배포하며, 만들어 내고 퍼뜨리는 일을 동시에 하고 있다. 즉 "[자신의] 주장을 다른 이에게 호소하기 위해 기술을 이용한다." 기사에 담긴 선정적인 의미를 걷어 내면, 우리는 이 발췌문의 제목을 '탄 린, 자기 자신만의 온라인 세계에서 영역을 확장해'로 재구성할 수 있다.

10시 24분 즈음 그는 분명히 온라인상에 있다. 「붕괴된 텔레비전… 시청자만 남겨」는 디지털 기술이 어떻게 오래된 아날로그 텔레비전의 단순한 기능을 대체했는지에 관한 서민적인 매개 과정이다. 린은 뉴욕타임스닷컴에 접속한 창 하나와 또 하나의 블로그 글쓰기 창을 띄우고 이 기사에서 제기한 난국을 화면에서 보여 주고 있다. 즉 『뉴욕 타임스』의 점점 줄어드는 종이 신문에 실린 기사를 린은 뉴욕타임스닷컴을 통해 온라인상에서 읽는다.

화면에 몰입한 린은 계속해서 10시 31분부터 34분까지 오래된 매체의 유통 기능 약화를 다룬 「음악 산업 더 이상 기타 기보법 공유 원치 않아」를 읽는다. 지금도 뉴욕 타임스 웹사이트에서 온라인으로 볼 수 있는 이 기사는 1,500단어 길이다. 빨리 읽거나 대충 훑어본다면 린이 말한 시간 동안 이를 읽었다는 것은 매우 그럴듯하다. 그런데 그보다 훨씬 더 짧은 기사인 920단어 길이의 서평 「새내기 시인이 자신 있게 날아오르도록 도와」를 읽는 데는 6분이 걸린다. 이 기사에서 다룬 책의 저자는 "시는 우리 모두 안에 있는 원초적 충동"이라 주장한다. 다시 한번, 린은 그날의 뉴스를 뒤섞어 문학작품을 만들어 내며 이를 직접 보여 준다.

린의 작업 대부분은 정체성이 지닌 복잡성을 다루며, 따라서 자연스럽게 그는 이용자 다수의 신원이 노출된 아메리카 온라인(AOL)의 데이터 추문에 관한 기사인 「AOL 데이터 공개에 대해 조치」에 끌린다. 공교롭게도 이 AOL 유출 사건은 토머스 클래번이 책 한 권 분량의 작품인 『당신에게 타자를 치고 나니 한결 기분이 낫군요』의 근간을 형성한다. 이 작품에서 클래번은 한 이용자의 모든 데이터를 재출판했다. 그의 설명에 따르면,

> AOL이 실수로 공개한 이용자 검색 질의 파일 열 개 중 세 번째(user-ct-test-collection-03) 안에는 일종의 시가 담겨 있다. 올해 5월 7일부터 31일 사이에 AOL 이용자 '23187425'는 무언가를 찾겠다는 분명한 의도 없이 8,200개가 넘는 질의를 연이어 제출했다(입력어 중 몇 개만 검색 결과의 URL과 짝을 이룬다). 오히려 저자가 던진 일련의 질의는 의식의 흐름에 따른 독백을 형성한다.
>
> 그것이 사실이든 허구든, 고백이든 꾸며 낸 얘기든 상관없이 이 검색 독백은 이상하게 흥미진진하다. 이 독백은 독특한 시간성을 지닌 문학 형식이며, 여기서 서버의 타임스탬프가 시간의 흐름을 이 스토리텔링에 필수 요소가 되도록 만든다. 그것은 새로운 글쓰기 장르의 시작이거나 아니면 단순히 일종의 기행(奇行)일 수도 있다. 그러나 여기에는 더 많은

설명이 필요하다. 어떤 상황이 저자를 AOL의
검색엔진과 대화하도록 자극했을까?[17]

클래번의 시는 린의 시와 이상하게도 닮았다.

화요일 1시 25분 새벽
2006-05-09 01:25:15 끼어들까
2006-05-09 01:26:00 조지프 물어볼 게 있어요
2006-05-09 01:27:27 그렇게 오랫동안 델파이에서
    일한 이유가 뭔가요
2006-05-09 01:28:36 디트리오트[sic]로 갈 수 있었을
    텐데요
2006-05-09 01:29:40 왜 델파이 케터링에 자리를
    잡은 거죠
2006-05-09 01:30:09 당신의 자리를
2006-05-09 01:31:13 조 왜
2006-05-09 01:31:56 케터링을 선택했는지
2006-05-09 01:33:01 기회가 있었어요
2006-05-09 01:33:26 떠날 수 있는
2006-05-09 01:34:19 거기서 시작했지만 떠날 수
    있었죠
2006-05-09 01:34:54 알아요 거기서 시작했지만 떠날
    수 있었단 걸

17. Craig Dworkin and Kenneth Goldsmith, eds., *Against Expression: An Anthology of Conceptual Writing* (Evanston: Northwestern University Press, 2011), 138.

2006-05-09 01:35:28 왜 남았던 거죠

2006-05-09 01:36:14 도대체 왜

2006-05-09 01:37:46 나 때문에

2006-05-09 01:38:48 자전거를 타고 있는 당신을
봤어요

2006-05-09 01:39:31 왜 당신이 누군지 말하지
않았나요

2006-05-09 01:41:07 내게 말하지 않았어요

2006-05-09 01:41:47 명령

2006-05-09 01:42:38 제이티의 명령

2006-05-09 01:43:59 생각하고 있어요

2006-05-09 01:44:38 물어보려고 접속한 거예요

2006-05-09 01:45:17 아무도 알려 주지 않아요

2006-05-09 01:46:11 안 되나요

2006-05-09 01:47:45 다른 모든 이들에 대해 말했죠

2006-05-09 01:48:20 당신처럼 켈러도

2006-05-09 01:48:44 모두 쓰레기

2006-05-09 01:49:24 그들에 관해 말했어요

2006-05-09 01:50:27 내 타입이 아니었어요

2006-05-09 01:50:49 내 타입이 아니었다고요

2006-05-09 01:51:32 내 타입은 흔치 않거든요[18]

린이 자신의 읽기 습관, 그리고 그것과 연계해 자신의 정신
적 양상(패턴)을 추적하는 방식과 동일하게, 클래번은 'AOL

---

18. 같은 책, 138-140.

이용자 23187425'를 추적한다. 우리의 디지털 발자국이 데이터 흔적을 통해 시각적으로 표현될 때 그것은 흥미진진한 서사, 즉 심리적이며 자전적인 문학작품이 되고, '한낱 데이터'라도 예리하게 짜 맞추면 결코 시시하지 않다는 걸 다시 한번 증명한다.

AOL 유출에 관해 읽던 탄 린은 '압두르 차우더리'라는 이름을 발견했다. 차우더리 교수는 유출의 원인 제공자였다. 11시 59분에 린은 또 다른 검색창을 열어 위키백과 문서에서 '압두르 차우더리'를 찾아보지만, 그에 관한 어떤 글도 발견하지 못한 듯하다. 『뉴욕 타임스』기사에 따르면 "지난 봄 석 달 동안 모인, AOL 고객 65만 명 이상의 사적인 인터넷 검색 습관을 보여 주는 2,000만 개에 가까운 개별 검색 질의가 지난달 말 회사의 한 연구자인 압두르 차우더리에 의해 공개적으로 접근 가능한 웹사이트에 게시됐다."[19] 다음과 같은 린의 주장을 고려하면 이런 인물은 당연히 그의 관심사가 될 법하다. "웹에 기초한 환경에서 '읽기'는 저술, 출판, 배포, 마케팅을 가로지른다. '트위터 피드'는 일종의 출판인가? 아니면 저술인가? 아니면 '구독'하는 독자가 '견인한' 배포인가? 그것은 일종의 조합으로 볼 수 있으며, 이런 실천 방법들 사이의 경계는 저술과 출판이 시간상으로 구분되고 서로 다른 개체인 책보다 덜 경직돼 있다. 심지어 트위터 이용자가 사용하는 태그(언급하기)도 반드시 이름

19. Tom Zeller Jr., "AOL Acts on Release of Data," *New York Times*, August 22, 2006, http://query.nytimes.com/gst/fullpage.html?res=940CEFDA123EF931A1575BC0A9609C8B63, 2009년 8월 10일 접속.

で自分

으로 저자를 구별하지는 않는다."[20]

그렇다면 이 모두는 결국 무엇인가? 언뜻 다량의 무작위 정보로 보이는 것은 실은 다차원적이고 자전적이다. 그리고 이 중 대부분은 입증할 수도 있다. 그 기사들은 실제로 존재하며, 그에 상응하는 시간도 대체로 말이 된다. 요약하자면 우리는 이것이 소설 작품이 아니라 린이 한 해에 걸쳐 자신이 한 일과 그 일을 한 시간을 실제로 읽었다고 결론 내려야 한다. 종합해 볼 때 이것은 탄 린의 꽤 정확한 초상으로, 대명사 나를 한 번도 사용하지 않고 자기 자신과 자신의 상황을 정확히 묘사하는 다른 종류의 자서전이다.

울리포의 일원으로 활동한 작가 조르주 페렉은 1974년에 비슷한 질문을 던졌다. 그는 라블레풍의 방대한 작품 「1974년 한 해 동안 내가 먹어 치운 액체 및 고체 식품의 목록을 만들기 위한 시도」를 엮어 냈는데, 그 시작은 이렇다.

소고기 콩소메 아홉, 차가운 오이 수프 하나, 홍합 수프 하나.
게메네 앙두이 둘, 젤리형 앙두예트 하나, 이탈리아 샤퀴테리 하나, 세르브라 소시지 하나, 모둠 샤퀴테리 넷, 코파 하나, 돼지고기 플래터 셋, 피가텔리 하나, 푸아그라 하나, 프로마주 드 테트 하나, 멧돼지 머리 하나, 파르마 햄 다섯, 파테 여덟,

20. Chris Alexander, Kristen Gallagher, and Gordon Tapper, "Tan Lin Interviewed," *Galatea Resurrects*, no. 12 (May 2009), http://galatearesurrection12.blogspot.com/2009/05/tan-lin-interviewed.html, 2009년 8월 3일 접속.

오리 파테 하나, 송로를 더한 파테 푸아 하나, 파테
앙 크루트 하나, 파테 그랑메르 하나, 개똥지빠귀
파테 한 개, 파테 데 랑드 여섯, 브론 넷, 푸아그라
무스 하나, 족발 하나, 리예트 일곱, 살라미 하나,
소시송 둘, 뜨거운 소시송 하나, 오리 테린 하나,
닭고기 간 테린 하나.

그리고 다섯 쪽 후에 다음과 같이 끝난다.

아르마냑 쉰여섯, 버번 하나, 칼바도스 여덟,
브랜디에 담근 체리 하나, 그린 샤르트뢰즈 여섯,
시바스 하나, 코냑 넷, 델라망 코냑 하나, 그랑
마니에 둘, 핑크 진 하나, 아이리시 커피 하나, 잭
대니얼스 하나, 마크 넷, 뷔제 마크 셋, 마크 드
프로방스 하나, 자두 리큐어 하나, 수이야크 자두
아홉, 브랜디에 담근 자두 하나, 윌리엄스 배 둘,
포트와인 하나, 슬리보비츠 하나, 쉬즈 하나, 보드카
서른여섯, 위스키 넷.
     그리고 커피 무한정
     티젠[대용 차] 하나
     비시 광천수 셋[21]

---

21. Georges Perec, *Species of Spaces and Other Pieces* (London: Penguin, 1997), 240–245. (이 글은 영어판에만 추가로 실려 있다. 한국어판은 프랑스어 원서를 옮긴 것이다. 조르주 페렉, 『공간의 종류들』, 김호영 옮김, 문학동네, 2019년 참조.—옮긴이)

페렉의 기록 목록은 쾌락 원칙에 대한 방대한 탐닉으로, '당신이 먹은 음식이 곧 당신'이라는 상투어에 기초한 초상을 만들어 낸다. 혹은 그게 아니라면 자서전으로 볼 수도 있는데, 음식과 음료가 계급과 경제적 지위의 기표일 수 있다면 우리는 이 목록에서 저자에 대한 많은 것을 얻을 수 있다. 그런데 문제는 이 작품을 통해 페렉은 자신이 먹은 것을 이야기하고 있지만, 우리가 이를 입증할 방법이 없다는 것이다. 그리고 생각해 보면 1년 동안 먹은 것을 정확히 헤아리기란 거의 불가능하다. 페렉은 이 텍스트에서 '젖으로 키운 양고기 하나'를 먹었다고 주장한다. 그가 실제로 먹은 양고기의 양은 얼마일까? 계급은 와인이 언급될 때 더 쉽게 추적할 수 있는데, 예컨대 '61년산 생테밀리옹 하나'가 그렇다. 와인 제조자가 언급되지 않았기 때문에 오늘날을 기준으로 살펴보면 이 포도주의 가격대는 미화 220달러에서 1만 달러 사이다. 1974년에는 훨씬 더 쌌다고 해도 우리가 이것이 단지 공상, 즉 한 가난한 작가의 멋진 사치품에 대한 꿈이 아니라고 어떻게 알 수 있겠는가? 어느 날 밤 술에 취한 페렉이 자신의 그저 그런 아파트 책상에 앉아 이 기록 목록을 지어냈다고 상상할 수도 있다. 우리는 결코 알 수 없을 것이다. 그렇다 하더라도 결국 페렉이 진실을 말하든 그렇지 않든 그게 무슨 상관이 있겠는가? 페렉의 주장을 파헤쳐 보는 것도 재미있겠지만, 나는 누군가 1년 동안 자신이 먹은 모든 것을 수량화해 1,400단어 길이의 먹거리 목록, 즉 사회학적·미식학적·경제학적으로 풍부한 영향력을 지닌 문학작품의 형식으로 보여 주려 했다는 생각이 더 흥미롭다. 버그발이나 린과 마찬가지로 페렉은 작은 세부에 주의를 기울이고, 이를 분리해 덧없는 경험의 방대한 기록 목록을 만들어 낸다. 여기서 전체는 명백히 부분의 합보다 크다.

Uncreative Writing in the Classroom:
A Disorientation

11. 교실 속의 비창조적 글쓰기: 반(反)오리엔테이션

나는 2004년 펜실베이니아 대학교에서 '비창조적 글쓰기'라는 강의를 시작했다. 현재의 환경 외 다른 환경을 전혀 모르는 젊은 세대라면, 내가 온라인에 집중적으로 참여하면서 알아차린 디지털 풍경의 텍스트적 변화에 공감하리라는 느낌이 들었다. 다음은 강의계획서다.

> 오랫동안 소중히 지켜져 온 창의성 개념이 파일 공유, 매체 문화, 널리 퍼진 샘플링, 디지털 복제에 침식되면서 공격당하고 있음이 명백하다. 글쓰기는 이런 새로운 환경에 어떻게 반응해야 하는가? 본 워크숍은 전유, 복제, 표절, 해적질, 샘플링, 강탈 등의 전략을 작문 방법으로 이용함으로써 그 도전에 응할 것이다. 진행 과정에서 우리는 예술이 남긴 위조, 사기, 날조, 아바타, 타인 사칭이 언어를 이용하는 방식에 중점을 두고 그 풍부한 역사를 추적할 것이다. 우리는 우연, 절차, 반복, 지루함의 미학과 같은 현대적(모더니스트) 관념들이 어떻게 대중문화와 긴밀하게 연계해 언어학적 표현을 통해 시간, 장소, 정체성에 관한 통념을 빼앗는지 살펴볼 것이다.

내 직감은 틀리지 않았다. 학생들은 수업에 빠져들었을 뿐 아니라 내가 아는 것보다 더 많은 것을 내게 가르쳐 줬다. 그들은 매주 수업에 와서는 통신망에서 급속히 번지는 최신 언어 밈이나 내가 꿈꿔 온 것보다 텍스트를 더 잘 해체할 수 있는 새로운 리믹스 엔진을 보여 줬다. 교실은 온라인 커뮤니티의 성격을 띠기 시작했고, 전통적으로 교수가 일방통행식으로 강의하는 대학 강좌이기보다는 자유롭게 생각을 교류하는 역동적 장소가 됐다.

그러나 나는 시간이 지나면서, 학생들이 내게 쿨하고 새로운 것을 보여 줄 수는 있지만, 이런 인공물을 역사·문화·예술적으로 맥락화하는 방법을 모르고 있다는 사실을 알게 됐다. 예컨대 '히틀러 밈', 즉 올리버 히르비겔의 영화 「다운폴」의 자막을 바꿔 히틀러가 윈도 비스타 오류에서 부동산 거품 붕괴에 이르는 온갖 것에 관해 웅변하는 악명 높은 장면을 내게 보여 줬을 때, 나는 그들에게 1970년대에 상황주의자 영화감독 르네 비에네가 자막을 바꿔 포르노나 쿵후 영화와 같은 장르 영화를 사회와 정치를 통렬하게 비판하는 예술 작품으로 우회시켰음을 알려 줘야 했다. 게다가 학생들이 온라인 문화를 가지고 새로운 작품을 창조하기보다는 그것을 소비하는 데 매진하고 있다는 사실이 보이기 시작했다. 우리는 의미 있는 쌍방향 대화에 참여하고 있었지만, 여전히 충족해야 할 실제 교수법적 필요가 있으며, 그것은 맥락화에 관련된 쟁점을 중심으로 펼쳐질 수 있어 보였다. 또한, 지식의 격차가 존재했다. 마치 모든 조각이 있기는 한데 학생들이 그것을 알맞은 위치에 알맞은 순서로 놓는 데 도움을 주는 누군가가 필요한 것 같았다. 즉, 그들에게 이미 자연스러운 것에 관해 개념적인 방향 재설정이 요구되는 상황이었다. 나는 이 장에서 나의 학생들이 비창조적 글쓰기의 여러 발상에 익숙해지고, 언제나 그들 주위에 존재하고 존재해 온 언어와 그 풍부함을 인지할 수 있도록 내 주는 기본 연습 다섯 가지를 공유한다.

타자로 다섯 쪽 필사

맨 먼저 내가 하고 싶은 것은 학생들이 글을 쓰는 행위 자체에 관해 생각해 보도록 하는 일이다. 그래서 나는 '타자로 다섯 쪽 필사'라는 과제를 더 이상의 설명 없이 내 준다. 놀랍게도 일주일 후 학생들은 각자 개성 있는 글을 가지고 수업에 들어온다. 그들의 반응은 다양하며 놀랄 만한 것으로 가득하다. 몇몇은 예상대로 이런 작업을 못 견뎌 하며 해치우고 싶어 하지만, 다른 학생들은 타자 필사가 긴장을 풀어 주고 선(禪)과 비슷함을 발견한다. 그들은 처음으로 '영감'을 얻으려 애쓰는 게 아니라 타자하는 행위에 집중할 수 있었다고 말한다. 그 결과 그들은 단어와 그 의미가 의식을 들락거리며 표류하는, 기억상실과 비슷한 상태에 즐겁게 빠진 자신을 발견한다. 많은 수강생이 글을 쓸 때 자신의 몸이 하는 역할을 알아차린다. 몸의 자세에서 손에 이는 경련과 손가락의 움직임까지, 학생들은 글쓰기의 수행적 속성을 알게 됐다. 리듬 있게 자판을 두드리는 자신의 움직임에 넋을 잃은 한 여성은 이 연습을 글쓰기보다 춤에 가깝게 느꼈다고 말한다. 다른 여성은 타자 필사가 자신이 경험한 가장 강렬한 '독서' 경험이었고, 고등학교 수업에서 읽은 단편소설 중 좋아했던 작품을 타자로 필사하면서 놀랍게도 그 소설이 얼마나 못 쓴 글인지 발견했다고 말한다. 학생들 대부분은 글을 의미의 투명한 전달자일 뿐 아니라 흰 지면 공간 위에서 움직일 불투명한 객체로 보기 시작했다.

타자 필사하는 행위에서, 한 학생과 다른 학생을 구분하는 것은 무엇을 필사할지 선택하는 일이다. 예컨대 한 학생은 어떤 남자가 자꾸만 성행위를 끝마치지 못하는 이야기를 타자 필사한다. 필사의 대상으로 그 글을 선택한 이유를 묻자, '창조적'이면 안 된다는 말에 좌절한 만큼 그 글을 과제에 대한 완벽한 은유로 생각한다고 답한다. 낮에 종업원으로 일하는 한 여성은 자신이 일하는 식당의 차림표를 익혀 두면 도움이 되겠다는 생각으로 기억에만 의존해 그것을 필사하기로 결정한다. 이상한 일은 그게 실패한다는 것이다. 그는 이 과제가 싫고 직업상 전혀 도움이 되지 않아 화가 난다. 이는 예술의 가치란 종종 예술에 실용 가치가 없다는 것임을 참신하게 상기시켜 주는 일화다.

합평은 파라텍스트적 장치, 즉 일반적으로 글쓰기의 범위 밖에 있다고 여겨지지만 실은 모든 면에서 글쓰기와 관련이 있는 것을 검토하면서 이뤄진다. 이런 질문이 생긴다. 어떤 종이를 사용했는가? 왜 두꺼운 미색 종이에 인쇄된 원문과 달리 흰색 일반 컴퓨터 용지에 했는가? (나에게는 학생들이 항상 가까이 있는 일반 컴퓨터 용지를 기본 값으로 설정하고, 이런 질문을 고려해 본 적이 없다는 게 놀라웠다.) 용지 선택은 당신이 어떤 사람인지, 당신을 둘러싼 미적·경제적·사회적·정치적·환경적 상황에 관해 무엇을 말해 주었는가? (학생들은 자신들에게 한결 더 많은 선택과 자유가 주어진 세상이라고들 하지만 하던 대로 하는 경향이 있음을 시인한다. 경제적·사회적 차원에서는, 가격과 수급 가능성에 관한 토론이 이어졌고 여태까지 겉으로 드러나지 않았으나 현존하는 계급 차가 드러났다. 실제로 부유한 학생 몇 명은 다른 학생들이 고급 종이를 살 형편이 안 된다는 사실에 놀랐다. 환경보호에 관해서는 대부분 쓰레기에 관해 염려하면서도 아무도 같은 반 동료들에게 전자적으로 배부한다는 개념을 실험해 볼 생각을 하지 않았고, 대신 기본 값에 따라 인쇄한 후 종이 사본을 나눠 줬다.) 원문의 배치를 한 장 한 장 정확하게 복제했는가, 아니면 문서편집기가 작동하는 대로 단어를 그냥 다음 장으로 넘겼는가? 타임스 로먼이나 버다나로 조판한다면 다르게 읽힐까? [이번에도, 학생 대부분이 작품을 디지털 형식으로 나타내는 데 문서편집기의 기본 값을 사용했는데, 출전이 양쪽 맞춤일 때도 마이크로소프트 워드의 기본 값이 적용돼 오른쪽 여백이 들쭉날쭉했다. 몇몇 학생만 자신이 베끼어 쓰는 지면과 일치하도록 문서편집기에서 페이지 나누기를 삽입할 생각을 했다. 서체 역시 대부분은 타임스 로먼 이외의 서체 사용을 한 번도 고려하지 않았다. 아무도 서체 선택이 내포하는 역사적·기업적 의미를 고려하지 않았다. 예컨대 타임스 로먼은 그 명칭이 넌지시 암시하긴 하지만 (한때 전능했던 거대 매체인 『뉴욕 타임스』의 줄어드는 권력은 말할 것도 없고) 『뉴욕 타임스』의 서체와는 매우 다르며,[1] 화면 가독성을 위해 특별하게 만들어진 버다나는 마이크로소프트사가 소유권을 가지고 있다. 간단히 말해, 모든 서체는 복잡한 사회적·경제적·정치적 역사를 품고 있으며, 우리가 그런 역사에 민감하다면 그것은 우리가 문서를 읽는 방식에 영향을 줄

---

1. 타임스 [뉴] 로먼은 영국 일간지 『타임스』가 개발했다. 이 책 5장 참고.
—옮긴이

수 있다.] 결국, 우리는 그때까지 학생들에게 글쓰기란 투명한 경험이었음을, 그리고 그들이 지면에서 창작하는 단어들의 구성과 결과적 의미 외 다른 것을 고려해 본 적이 없음을 알게 됐다.

학생들이 자신의 작품을 논의하는 방식도 꼼꼼하게 살펴봤다. 예컨대 학생 한 명은 수업 중 작품을 발표하면서 별생각 없이 서문에 자신의 작품이 "세상을 바꾸지 못할 것이다."라는 주장을 썼는데, 이는 보통 "이 작품은 썩 좋지는 않다."의 준말이다. 그러나 이런 환경에서 그 학생의 표명은 글쓰기가 세상을 바꿀 힘이 있는가 또는 없는가, 그리고 글쓰기의 정치적 함의와 그 사회적 결과는 무엇인지에 관한 30분간의 뜨거운 토론으로 이어진다. 이는 다 천진하면서 몹시 감상적으로 주고받은 상투어 때문이었다.

짧은 오디오 저작물을 옮겨 쓰라

나는 본 수업에서 오디오 저작물을 전사(轉寫)하는 과제를 내 준다. 언어에 집중하기 위해 흥미나 관심 요소가 적은 것, 즉 어떤 학생에게도 '영감을 주지' 않도록 뉴스 보도나 무미건조한 것을 선택하려고 노력한다. 열 명에게 옮겨 쓸 목적으로 똑같은 음성 파일을 준다면, 완전히 독특한 전사 문서 열 개가 나올 것이다. 우리가 듣는 방식과 들은 것을 문어(文語)로 처리하는 방식은 주관성투성이다. 당신이 짧은 휴지(pause)로 듣고 쉼표로 옮겨 쓴 것을 나는 문장의 끝으로 듣고 마침표로 옮겨 쓴다. 그렇다면, 전사 행위란 번역과 변위를 수반하는 복잡한 것이다. 우리가 아무리 노력해도 이런 겉보기에는 단순한 기계적 과정을 객관화할 수 없다.

하지만, 어쩌면 단순한 전사만으로는 충분하지 않을 수도 있다. 전사 후 글이 나오기는 하지만, 다시 읽어 보면, 우리는 여전히 한 가지 핵심 요소, 즉 목소리의 신체적 특성(두절, 강세, 억양, 휴지 등)을 놓치고 있다. 일단 우리가 예측할 수 없는 그런 변화를 받아들이면, 판도라의 상자가 열린다. 혼란스러운 담화, 이를테면 두 사람이 각자 계속 말할 때는 어떻게 옮겨 쓸 것인가? 아니면 중얼거리듯 말하거나 이해할 수 없을 때는 뭘 해야 할까? 혹은 말하는 동안 웃거나 기침하는 사람은 어떻게 암시할까? 외국 억양이나 다국어 글에 관해서는 뭘 해야 할까? 겉보기에는 간단해 보이는 일이지만, 질문은 계속 쌓여 갔다.

한 학생이 인터넷 검색에서 법정이나 증인 진술에서 사용하는 표준 전사 규약 세트를 찾아냈고, 우리는 즉시 그것을 안내자로 채택했다. 이 전사 규약에서 우리는 글에서 목소리를 끌어내기 위해 고안된 정자법(正字法) 기호 세계를 발견한다. 작업을 시작한 우리는 건조한 글에 언어 외적 기호를 가미한다. 우리는 몇 번이고 반복해서 듣고, 매번 더 미세하게 집중 강도를 높여 구문 분석한다. 그 휴지는 (.10)초였을까, 아니면 (1.75)초였을까? 아니, 중간 어디쯤이었고, 미세 휴지(micro-pause)인 (.)로 표시했으며, 보통 4분의 1초 미만이다. 작업이 끝날 무렵, 목소리들이 지면에서 뛰쳐나와, 마치 녹음한 것을 방에서 틀어 놓은 것처럼 소리지르며 노래한다. 그 결과물은 '글'(writing)보다는 컴퓨터 코드와 더 닮았으며, 우리가 글에 부과하는 획일적 표준에도 불구하고 10여 편의 독특한 작품을 만들어 낸다. 예컨대, 대화의 한 조각을 전사한 것은 아래와 같이 이어질 수 있다.

그는 대화하러 와. 난 가끔 그를 위로하지. 위로와
상담. 그는 알지. 여기서 그걸 찾을 수 있을 거란 걸.
그는 알지. 여기서 그걸 찾을 수 있을 거란 걸.

그리고 결국에는 다음과 같이 보이게 된다.

\He comes for/ *cONversAtion—* I cOMfort him
some*ti*mes (2.0) COMfort and >cONsultAtion< (.)
He kno*w*s (.) that's what >H*E*'ll find—< (2.0) He
kno*w*s that's <wh*AT*—> >he'll fi—*n*d< (6.0)

이 구절은 다음의 전사 규약을 사용해 코드화했다.

음절 핵의 밑줄은 해당 단어를 통사 구조상 초점을 둔
억양으로 강조했음을 나타낸다.[2]
　대문자는 강한 강조와 함께 더 큰 음량으로 발화한
단어를 나타낸다.
　(2.0)은 약 2초 시한의 휴지를 나타낸다.
　(.)는 보통 4분의 1초 미만의 미세 휴지를
나타낸다.
　– (반각 줄표)는 발화자 스스로 단어 중간에서
중단함을 나타낸다.
　— (전각 줄표)는 발화자가 자신의 발언을
불완전하게 남겼음을 나타내며, 종종 상대방이

2. 타자기의 밑줄은 이탤릭체로 대체되었다.—옮긴이

발언을 완료하도록 초대하는 억양과 함께 표시한다.

\ / 빗금 내부는 낮은 음량(소토보체)을 나타낸다.

> < (화살표)는 주변 대화보다 (화살표 사이의) 말 속도가 더 빠름을 나타낸다.

< >는 주변 대화보다 (화살표 사이의) 말 속도가 더 느림을 나타낸다.

* * (별표)는 발화자가 부호 안의 단어를 발음하는 동안 목소리에 깃든 웃음을 나타낸다.

두 구절을 소리 내 읽으면 차이가 들릴 것이다.

이것은 글인가, 아니면 단순한 전사인가? 누구에게 물어보느냐에 따라 다르다. 속기사에게 그것은 일이며, 설득력 있는 서사를 말하는 데 집중하는 소설가에게는 막힌 줄거리다. 각본가에게 그것은 배우가 할 일이며, 언어학자에게는 분석 자료다. 그러나 (자신이 쓰지 않은 글에서 준거 틀을 미묘하게 바꾸면서 예상치 못한 언어적·서술적·감정적 풍요로움을 발견하는) 비창조적인 작가에게 그것은 전통적 유형의 글쓰기만큼 전사자/작가의 편견과 생각과 의사 결정 과정에 관해 많은 것을 드러내는 예술이다. 파싱(구문 분석)과 코딩(부호화)이 정보를 기호화하는 자에 관해 그렇게 많은 것을 보여 줄 수 있다고 누가 생각이나 했겠는가?

『프로젝트 런웨이』옮겨 쓰기

학기가 진행됨에 따라, 학반은 스스로 굴러가기 시작하고 학생들은 단체로 활동하기 시작한다. 학반은 가상으로 모이는데, 이를테면 화요일 밤 10시에 『프로젝트 런웨이』의 시즌 최종회를 함께 보기로 한다. 우리는 각자의 집이 있는 대서양 연안 남북으로 흩어져 있겠지만, 모두 채팅방으로 연결되어 있다. 일단 방송이 시작되면, 대화는 허락되지 않고, 오로지 TV에서 나오는 소리를 들으면서 들리는 대로 모든 걸 타자한다. 주관적 논평, 주석, 의견 등 독창적인 생각과 말은 금지된다. 방송 시작 크레디트가 올라가는 순간부터, 참가자 열다섯 명 전원이 입력한 반복하는 단어들이 쇄도하고 화면에서 순환한다. 우리는 광고가 나와도 멈추기는커녕 밤 11시까지 계속 글을 낳는다. 끝날 시간에는 75쪽이 넘는 아래와 같은 날것의 글을 만들어 낸다.

ChouOnTHISSS (10:19:37 PM): 정말 정말 행복해요

beansdear (10:19:37 PM): 모델 모두 옷을 입었

ChouOnTHISSS (10:19:37 PM): 내가 할 수 있는 게 뭔지 세상에 보여

WretskyMustDie (10:19:38 PM): 마이클 부모님

ChouOnTHISSS (10:19:38 PM): 마이클 부모님

customary black (10:19:38 PM): 세상에 보여 줄 준비가 되었어요

Kerbear1122 (10:19:38 PM): 정말로 정말로 행복하다

sunglassaholic (10:19:38 PM): 세상에 보여 줄 준비가 되었어요

ChouOnTHISSS (10:19:38 PM): 저는 정말 좋은데요.

ChouOnTHISSS (10:19:38 PM): 할 것인가, 포기할 것인가

tweek90901 (10:19:40 PM): 저는 정말 좋은데요

EP1813 (10:19:40 PM): 활기를 띠니 저는 좋아요

shoegal1229 (10:19:40 PM): 저는 할 것인가 포기할 것인가

WretskyMustDie (10:19:40 PM): 할 것인가 포기할 것인가 지금 아니면 없다

beansdear (10:19:40 PM): 저는 정말 조흔데요

tweek90901 (10:19:40 PM): 기회는 한 번뿐

shoegal1229 (10:19:40 PM): 지금 아니면 없다

sunglassaholic (10:19:40 PM): 기회는 한 번뿐

beansdear (10:19:40 PM): 할 것인가 포기할 것인가

shoegal1229 (10:19:40 PM): 기회는 한 번뿐

WretskyMustDie (10:19:40 PM): 제프리 여자 친구와 아들

beansdear (10:19:40 PM): 전 모든 걸 쏟아부을 겁니다

tweek90901 (10:19:40 PM): 모든 룩

tweek90901 (10:19:40 PM): 모든 여자의

sunglassaholic (10:19:40 PM): 모든 룩

customary black (10:19:40 PM): 모든 룩 모든 여자

그런 다음 학반은 편집 절차를 정한다. 학생들은 리듬의 흐름을 방해한다고 느끼는 언어("마이클 부모님"과 "제프리 여자 친구와 아들")를 제거하기로 한다. 오랜 논쟁 끝에 일부 학생들은 사용자 아이디와 시간 표기의 기록적 기능이 저작물을 이해하는 데 필수적이라고 생각했으나 제거했다. 모든 구두점을 삭제하고 오타를 수정하고, 모든 소문자 'i'를 대문자로 변경하여 다음과 같은 최종 글을 남긴다.

정말 정말 행복해

모델 모두 옷을 입었네

내가 할 수 있는 게 뭔지 세상에 보여

세상에 보여 줄 준비가 되었어

정말로 정말로 행복하다

세상에 보여 줄 준비가 되었어

정말 좋은데

할 것인가 포기할 것인가

정말 좋은데

활기를 띠니 좋아

할 것인가 포기할 것인가

할 것인가 포기할 것인가 지금 아니면 없다

정말 좋은데

기회는 한 번뿐

지금 아니면 없다

기회는 한 번뿐

할 것인가 포기할 것인가

기회는 한 번뿐

모든 걸 쏟아붓겠다

모든 룩

모든 여자의

모든 룩

모든 룩 모든 여자

간결하고 리듬감 있는 이것은 들은 것의 반복 말고 다른 데
서 생긴 것은 없다. 그런데도 이것은 E. E. 커밍스와 거트루

드 스타인의 미니멀한 중간물처럼 느껴지는 강력한 반향실
이다. 이 모든 것은 인기 있는 텔레비전 쇼가 쏟아 낸 것들
을 꼼꼼히 들은 학생들이 생성한 것이다. 글의 설득력이 부
족했을 때, 학생들은 각자 옮겨 '쓴' 구절을 말하면서 그룹
읽기를 하고, 매체로 포화된 글을 육체적 존재로 물리적 공
간에서 다시 살려 낸다. 만약 우리가 주변에서 쓰이는 일상
언어를 잘 듣는다면, 우리는 그 안에서 시를 찾을 수 있을
것이다.『프로젝트 런웨이』가 방송될 때, 말이 서사를 어떻
게 전달하는지 대신에 말이 발화되는 방식에 주의를 기울
이는 시청자를 찾기 힘들 것이다. 그러나 언어를 사용하는
모든 매체는 다면적이고, 투명한 동시에 불투명하다. 우리
는 주변에서 발견된 언어(found language)를 다시 짜고, 재
맥락화하고, 용도를 변경함으로써 우리에게 필요한 모든
영감이 바로 코앞에 있음을 알게 될 것이다. 존 케이지가 말
했듯이, "음악은 우리 주위에 있다. 우리에게 귀가 있다면,
연주회장은 필요 없을 것이다."3

복고풍 낙서(Retro Graffiti)

나는 학생들을 원고지와 화면을 벗어나 교실 밖으로 나가
게 하고, 상황주의자들의 책에서 찢은 한 장을 들고 길에서
비상조석 글쓰기를 연습하게 하는 것을 좋아한다. 나는 학
생들에게 불가사의한 글이나 "닉슨 탄핵"(Impeach Nixon)
과 같은 시대에 뒤떨어진 구호를 골라야 하고, 선택한 단어

3. As quoted in David Toop, "Altered states I: Landscape," in
Ocean of Sound: Aether Talk, Ambient Sound, and Imaginary Worlds
(London: Serpent's Tail, 2000), 143.

들을 공공장소에 영구적이지 않은 방법으로 낙서해야 한다
고 말한다. 눈에 띄지 않는 작업을 선택한 학생들은 버지니
아 울프의 소설『자기만의 방』의 한 부분을 볼펜으로 바나
나 껍질에 세밀하게 새기고(마이크로그래피) 나머지 바나
나 다발과 함께 그릇에 넣는다. 배짱이 두둑한 학생들은
1940년대 광고 문구를 붉은 립스틱으로 화장실 거울에 격
렬하게 휘갈겨 쓴다. 어떤 학생들은 자신의 가장 비밀스러
운 데이터를 공개하기로 하고, 한밤중에 은행 카드 비밀번
호가 새겨진 거대한 깃발을 운동장 깃대에 게양한다. 학생
하나는 서기 79년 폼페이의 [벽에 적힌] 선정적 구호인
MURTIS BENE FELAS("무르티스, 당신 정말 잘해")를
빨간 염색약으로 학교 구내 전역에 갓 내린 눈 위에 쓴다.
또 다른 학생은 와튼 스쿨 정문에 "속도는 새로운 미"
(SPEED IS THE NEW BEAUTY)라는 미래주의 구호를
써서 이 나라의 일류 경영 대학원을 은근히 비판한다. 또 다
른 학생은 교내 전역에서 찾을 수 있는 모든 평평한 표면에
원주율의 100자리를 분필로 쓴다. 그 결과 필라델피아의 한
신문이 이 불가사의한 낙서 작가의 정체성과 동기를 확인
하기 위해 조사 담당 기자들을 학교로 보내기도 했다.

　　다음 주, 학생들은 구호를 들고, 카드 종이와 컴퓨터를
사용해 가능한 한 매끄럽고 진짜처럼 보이도록 만들어진
봉투까지 갖춘 인사장을 만들었다. 그런 다음 나는 그들에
게 진짜 바코드를 찾아내 붙이도록 하고, 우리는 현지의
CVS 드러그스토어 카드 매대로 집단 행진해 진짜 '쾌유'와
'세례 축하' 카드 더미 속에 (슬쩍 훔치기와는 반대로) 슬쩍
놓고 온다. 우리는 이 '슬쩍 놓고 오기'(droplift) 상황을 기

록하고, 누가 우연히 발견해서 샀는지 보기 위해 잠시 머문다. 나는 바코드가 제대로 작동하는지 확인하기 위해 학생들에게 카드 몇 장을 사게 했다. 다음 몇 주 동안, 학생들은 카드들을 살펴봤는데, 그것들은 항상 거기에 있었다. 슬픈 눈을 가진 강아지를 부드럽게 그린 삽화에 "지금 남편과 다시 결혼하시겠습니까?"라는 여성주의 구호가 적힌 카드를 사는 사람은 드물다.

이런 연습이 언어를 다루는 방식은 1968년 5월 파리 곳곳의 벽에 스프레이로 칠해진 시적 구호(가장 유명한 것은 "자갈 아래는 해변"[Sous les paves, la plage])의 사용 방식과 맥을 같이한다. 이런 시적 구호의 비특정적, 문학적 특성은 담론 언어를 규범에 따른 논리적·사업적· 정치적 사용을 방해하는 데 기여한다. 그 대신에 이것이 선호하는 것은 상상력에 잠복한 잠재의식적 부분을 깨우기 위한 모호성과 몽상성이다. 이런 시적 구호는 시인 로트레아몽 백작의 유명한 구절인 "재봉틀과 우산이 해부대 위에서 우연히 만난 것처럼 아름다운"이라는 초현실주의자의 개념에 기반을 둔다. 공적 언어를 그렇듯 비특정적으로 사용한다는 것이 의미하는 바는, 철학자이자 사회학자인 헤르베르트 마르쿠제의 말처럼 대중이 "현실주의에서 초현실주의"로 이동하도록 농기를 부여하기 위한 것이다.[4] 2010년 대학 구내에서 이런 정치적 기대를 바란다는 것은 비현실적이지만, 사실이런 개입은 나름의 맥락 안에서 어떤 반(反)오리엔테이션

4. Herbert Marcuse, *An Essay on Liberation* (Boston: Beacon, 1969), 22. (헤르베르트 마르쿠제,『해방론』, 김택 옮김, 울력, 2004년, 38.—옮긴이)

을 전달하며 강한 반응을 불러일으킨다. 거리 미술 및 낙서와 공명하는 이런 몸짓은, 언어를 마주칠 것으로 가장 기대하지 않는 방식과 장소에서, 언어가 여전히 우리를 놀라게 할 잠재력을 가지고 있음을 학생들에게 상기시킨다. 그렇게 언어는 물리적이면서도 물질적이며, 환경에 삽입되어 능동적이고 공적인 방식으로 관여할 수 있다는 것을 학생들이 알게 해 주어, 단어들이 항상 지면에 갇혀 있을 필요가 없음을 깨닫게 한다.

각본

각본이 없는 영화나 비디오를 골라, 사후에 배우나 비배우가 재연할 수 있도록 정확하게 기록한 각본을 만든다. 각본의 형식은 일말의 우연이나 변덕스러움에 맡겨서는 안 된다. 학생은 각본 분야에서 표준으로 정한 서식의 제약 사항을 고수할 뿐만 아니라 [윈도 기본 서체인] 쿠리어를 사용해야 한다. 요컨대, 최종 작업은 할리우드 각본으로서 틀림없어야 한다.

학생 하나는 제이미 림즈가 출연한 '야한 여학생 이야기 #2'라는 단편 포르노 영화를 골라 각본으로 만들었다. 각본은 다음과 같이 시작한다.

페이드인(화면이 점점 밝아진다).
실외: 집－낮
아주 잠깐, 우리는 멋진 정장을 입은 남자가 높은
나무 문에 달린 호화로운 손잡이를 잡아당기고 있는
모습을 본다. 문 양쪽에 램프 두 개가 있고, 그

너머에는 돌기둥이 있다. 장면은 짧지만, 전체적
효과는 부와 명망이다.

실내: 침실 — 낮

장면은 침실의 내부로 빠르게 바뀐다. 카메라는
마호가니로 만든 커다란 썰매 침대[곡선 머리판과
발판이 달린]와 대각선 위치에 자리하기 때문에
우리는 방의 반만 볼 수 있다. 철제 장식 침대 옆
탁자와 바퀴 달린 옷장이 시야에 들어온다.
침대보는 붉은색과 금색 페이즐리 무늬로 만든
것인데, 베개 서넛과 탁자에 놓인 몇 가지 물건과
완벽하게 어울린다. 전경에 보이는 인물은 앳돼
보이는 노랑머리 제이미다. 버튼다운 셔츠, 타이,
감색 카디건, 헤드밴드 같은 전형적인 여학생
교복을 입고 있던 그녀가 이제 흰색 속옷을 입고
있다. 파란색과 노란색이 섞인 주름치마를
추어올리는 모습이 보인다. 옷을 입는 동안 그녀의
머리카락은 살랑살랑 흔들린다. 허리까지 치마를
올렸을 때 카메라는 치마에 가까이 줌인한다.
그녀는 지퍼를 잠그기 위해 손을 뒤로 가져간다.

보통 포르노 영화에서 사라지는 가구처럼 영화에서 볼 수
없는 카메라가 이 각본에서는 중요한 역할을 맡는다. 사실
포르노그래피에서는 몸과 성행위 외 거의 모든 것을 투명하
게 처리한다. 대화를 전사하면, 그 결과는 당연히 과장되고
어색하게 느껴진다. 이런 글은 다음에서 보듯이 책의 지면을
위해서도, 문학적 특질을 분석하기 위해서도 쓰이지 않았다.

제이미. (버릇없이) 저어… 오늘 제가 집에
　　있거든요….

토니. (눈썹을 치켜뜨며) 그렇구나….

제이미. (놀리듯 웃는다.)

제이미는 가랑이에 한 손을 넣고, 다리를 벌린다.
　　토니를 유혹하듯 쳐다보면서. 그는 제이미의
　　응시를 맞받아친다.

토니. 음…. (중얼거린다.)

제이미. (웃음) 무슨 뜻이지?

(토니는 두 번 헛기침을 한다.)

제이미. 무슨 뜻일 것 같은데요? (그녀의 목소리는
　　점점 감성적이고 도발적으로 변한다.)

부사와 형용사(버릇없이, 놀리듯, 감성적이고)의 선택과 구두점(줄임표, 괄호)의 사용은 학생의 기분에 따라 쓰인다. 같은 영화라도 각본을 쓰는 사람에 따라 다른 단어를 선택했거나 다른 행동을 묘사했을 수 있다. 글쓰기의 관습적 가치가 등장한다. 다시 말해, 대부분의 문학과 마찬가지로 글쓰기의 성패는 글쓴이의 단어 선택과 선택한 단어를 어떻게 배열하는가에 달렸다.

'행동'이 시작되자, 각본을 쓴 학생은 장면을 설명하기 위해 가장 임상적인 용어를 사용한다.

제이미는 반응으로 신음을 내고 카메라는
줌아웃한다. 그래서 우리는 제이미의 질을 완전체로
볼 수 있다. 토니는 제이미의 넓적다리에 한 손을,

다른 손은 질에 올려놓았다. 그는 지역을
탐색하기라도 하듯이 그것을 심각하게 바라본다.
토니가 손을 아래로 움직이며 제이미의 질을 두 번
쓰다듬을 때 카메라는 다시 줌아웃한다. 그는
살며시 제이미의 넓적다리 안쪽에 손가락을 댄다.

여느 각본처럼 두 인물의 행동은 분명하고 사실적으로 묘
사됐지만, 우리는 이런 선정적 행동을 (제이미와 토니의 재
능 있는 연기를 통해) 즉흥적이고 '실제 같다'라고 믿게 유도
된다. 두 배우가 다음에 상연할 때도 마찬가지로 '실제 같고'
즉흥적이어야 한다고 기대한다. 그러나 다른 면에서 볼 때
이 각본을 만든 학생은 카메라의 움직임과 편집자의 결정
사항을 묘사한 만큼 제이미와 토니의 행동을 묘사하지 않
는다. 따라서 그는 각본을 만듦으로써, 이미 복잡한 저자성
사슬에 문학적인 것, 감독에 관한 것, 그리고 훔쳐보기를 섞
어 짠 새로운 차원을 추가한다.

리메이크 영화의 관객 → 학생의 대본에 나오는
영화의 배우들과 감독 → (학생의 작업을
문학작품으로 읽은) 독자 → 전사자(학생) → 영화가
원래 의도한 관객 → 영화의 감독 → 카메라
촬영기사 → 배우들 → 촬영장

이와 같은 사슬은 모든 포르노 영화가 의도하는 결과인 선
정성을 빠뜨린다. 이 연습에서 학생의 언어는 포르노그래
피의 목표를 흐트러뜨리고 객관화시키면서, 거의 항상 의

심받지 않고, 투명하며, 자신의 작동 방식을 전혀 알지 못하는 관습들을 뒤집는다. 그런 각본을 쓰는 데 있어 학생은 거울의 방을 설정하고 실제, 신뢰, 관객, 독자, 원저자 등에 관한 개념들을 고의로 혼란스럽게 만든다.

또 다른 학생은 자신이 선택한 홈 비디오의 각본을 쓰고, 그것을 대본집으로 만들어 유대인의 명절에 부모님께 선물로 드린다. 그 홈 비디오는 그의 가족이 제2차세계대전 중에 조상 대부분이 몰살당한 폴란드 마을을 다시 찾은, 감정적 방문기를 담은 것이다.

(묘지로 들어가기 시작한다. 제이와 관광 안내원이
촬영된 장면. 묘지 안. 대개가 흙과 풀과 나무.)

제이. 여기가 성곽 도시의 유대인 게토에 살던
거주민들이 묻힌 곳이에요.

낸시. 그래, 이게 그 놀라운 경험이구나. 유대인
25만 명이 묻힌 곳을 보다니. 아니, 전쟁 전에는
유대인이 350만 명이었는데 오늘날 1만 명이
살고 있구나. 게토에 와 보니, 사람들이 아직도
유대인 대학살의 존재를 부인하고 있다고
생각하면 참. 우린 수백만 명의 유대인들이
폴란드에서 수용소로 이송됐다는 걸 알잖아.
갑자기 잡아당겨서 미안, 정말 힘들다. 이젠
우산을 잡고 있어. 그리고 이 사람들은
발리그라드에 사는 우리 안내원인데 현재 그들은
[…] 지금 발리그라드에는 몇 명이나 살고
있을까?

(카메라가 이동하면서 황폐한 공동묘지와 우거진
녹색 나무를 잡을 때, 배경에서 목소리가 흐려진다.)

각본 발표회가 진행되는 동안 마침 이 학생의 어머니인 낸
시가 참관 중이었는데, 딸은 어머니에게 수업 중인 지금 일
어나 '희곡'의 몇 줄을 '연기'해 달라고 요청한다. 이 학생은
앞의 문장을 읽어야 한다고 어머니에게 구체적으로 명시한
다. 낸시는 너그러운 사람인지라 일어서서 자신의 '대사'를
읽기 시작하는데 즉시 딸에게 저지를 당한다. 딸은 "엄마,
그건 비디오에서 쓰신 말투가 아니잖아요!"라고 말하고, 어
머니가 '느낌을 살려' 대사를 반복하게 만든다. 어머니는 다
시 시작하지만 또다시 바로 차단된다. 딸은 어머니에게 아
주 구체적인 방식으로 말에 어조를 더해 달라고, 좀 더 '자
연스럽게' 연기해 달라고 애원한다. 교실에서 우리가 보고
있는 것은 대본에 의한 사건의 재창작으로, 어머니는 '배우'
이며 딸은 '각가/감독'으로서 홈 비디오를 재창작한다. 더
나아가 이는 두 사람이 학급 앞에서 공개적으로 하는 '연기'
의 정도를 고려하지 않고 말한 것이고, 그들이 가정의 사생
활에서 행동하는 방식과는 다름을 짐작할 수 있다.

그것은 매우 감정적인 일화였다. 그러나 기존 영상의 장
면(푸티지)을 옮겨 쓰거나 각본으로 만들었을 때 감정적이
라는 낱말을 제일 먼저 떠올리지는 않는다. 사람들은 이런
방법들이 독창성 없는 건조한 결과물을 낳으리라 생각하겠
지만, 실제로는 정반대다. 현존하는 자료의 전사와 필사 또
는 해석은 학생들에게 그런 글과 생각에 대한 소유감을 제
공하여 '독창적인' 글 못지않게 그들의 것이 되게 한다.

비창조적 교실은 학생들이 강사와 동료 학생들의 생각을 디지털 열광에 휩싸여 마구 문자로 실어 나르는 실험실로 탈바꿈한다. 이것은 최근 한 작가가 우리 교실을 방분하는 중에 증명됐다. 작가는 자신의 작품에 관한 파워포인트 발표로 강연을 시작했다. 그는 자신이 말하는 동안 모든 학생이 인터넷에 연결한 상태에서 노트북을 열고 타자에 열중하고 있음을 알아차렸다. 그는 학생들이 전통적 방식으로 강연 필기를 엄청 많이 하면서 자신이 하는 모든 말에 열심히 귀 기울이고 있다고 자부했다. 그러나 그가 몰랐던 것은 학생들이 작가가 하는 말에 관해 전자적 동시 대화를 하고 있다는 것이었는데, 대화는 학생들이 즉각 접속 가능한 학반 리스트서브(토론 시스템)상에서 펼쳐졌다. 작가의 강연이 진행되는 동안, 수십 개의 이메일, 링크, 사진이 활발하게 오갔다. 각각의 이메일은 이전의 이메일에 관해 더 많은 논평과 주석을 끌어냈는데, 예술가가 하는 말은 단지 고도의 복잡한 탐사를 위한 출발점에 불과할 정도로 초빙 작가는 물론 교수의 강의도 결코 성취하지 못했을 만큼 대단했다. 교실에서 일어난 일은 비길 데 없는 형식의 적극적, 참여적 관여였지만, 강연자가 뜻한 바와 크게 어긋났다. 하향식 모형은 무너지고, 광범위하고 수평적인, 말하자면 교수와 초빙 강사를 구경하는 옆 사람으로 축소한 학생 주도형 계획과 동등해졌다.

그렇지만 지속적 교실 토론 또는 타인의 관점을 주의 깊게 듣는 기술은 어찌 되는가? 이따금 나는 학생들이 노트북을 닫고 휴대전화를 끄도록 하고서 현실 공간에서 얼굴을 맞대고 재접속한다. 내 학생들은 두 가지 방식 모두에 똑같이 편안해 보인다. 친구들과 낮에는 문자를 주고받고 저녁에는 춤추러 가는 일상생활에서처럼 쉽게 두 가지 방식을 오간다.

하지만 나는 붉은 깃발을 들어 올리고 싶다. 나는 특권을 가진 대학에서 일하는데, 아마도 거의 세계 최고 수준일 것이다. 교실에는 최신 기술이 꽉 찼고 초고속 무선통신이 수도꼭지에서 나오는 물처럼 흐른다. 학생 대부분은 경제적으로 풍족한 배경 출신이며, 그렇지 않은 학생들은 대학의 보조금을 충분히 받는다. 그들은 최신 노트북과 스마트폰을 가지고 수업에 들어오며, 그들의 기계는 상상 가능한 모든 최신 소프트웨어를 탑재한 것처럼 보인다. 그들은 파일 공유, 게임, 메신저 및 블로그 다루기에 능숙하며, 페이스북 상태를 업데이트하는 동안 쉬지 않고 트윗을 올린다. 요컨대, 이런 환경은 학생들이 준비되어 있고, 의지가 있으며, 바로 뛰어들 수 있기 때문에 내가 설파하는 일종의 테크노 유토피아주의를 실천하는 데 이상적이다.

말할 필요도 없으나, 아이비리그로 불리는 대학의 상황은 어떻게 봐도 정상은 아니다. 서구의 많은 교육기관이 기술 기반 시설을 최선까지는 아니더라도 비슷한 방식으로 확장했음에도, 대부분의 대학에서는 학생들이 상대적으로 구형인 노트북, 최신 버전이 아닌 소프트웨어, 느린 연결 속도로 겨우 버티고 있다. 현재로서는 스마트폰이 예외이지 규칙이 아니며, 수많은 학생이 학교에서 요구받는 것과 같은 강도로 일에서 요구받는 것 사이에서 균형을 맞춰야 한다. 서구의 많은 지역과 제3세계 도처에서는 기술이 존재하지 않을 정도로 상황이 훨씬 더 심각하다. 개방적, 접근 가능한 무선 연결이 흔치 않은 데이터 클라우드는 허구다. 미국 어디에서든 막혀 있지 않거나 개방된 무선통신망을 찾아본 적이 있다면, 내 말이 무슨 말인지 알 것이다. 이런 상황은 당분간 바뀌지 않을 것이다.

내 학생들은 관습적 방식으로 자신을 표현할 줄 안다. 그들은 초등학교 때부터 자신을 표현하는 기술을 연마해 왔다. 설득력 있는 서사를 쓰고 듣는 이를 사로잡는 이야기를 할 줄 안다. 그러다 보니, 언어에 관한 그들의 이해는 종종 일차원적이다. 학생들에게 언어는 엄격한 규칙에 따라 논리적·일관적·결정적 생각을 표현하기 위해 사용하는 투명한 도구로서, 그들이 대학에 입학할 때쯤이면 거의 숙달되어 있다고 여기는 것이다. 나는 교육자로서 언어를 세련되게 다듬을 수 있지만, 그것의 다차원성이 가진 유연성, 잠재력, 그리고 풍요로움을 펼쳐 보여 주기 위해 언어에 도전하는 걸 선호한다. 내가 이 책을 통해 논의한 바와 같이, 언어를 사용하는 방법은 많다. 왜 하나로 제한하는가? 균형 잡힌 교육은 다양한 접근 방식을 도입하는 것으로 이루어져 있다. 법대생은 기소 측에서만 사건을 조사할 수 있는 게 아니라 피고 측의 움직임도 마찬가지로 중요하다. 소크라테스식 법 교육 방식은 논쟁에서 이기기 위해 그 쌍방을 아는 것의 중요성을 강조한다. 노련한 소크라테스식 변호사는 체스 대결에서처럼 반대의 경우를 형상화함으로써 상대의 다음 행보를 예측해야만 한다. 법 교육은 또한 의뢰인의 이익을 대변하기 위해 객관성과 냉정함을 강조한다. 나는 작가들이 이런 방법에서 배울 게 많다고 생각한다.

왜 문학 교육은 비슷한 접근 방식을 채택해서는 안 되는가? 우리가 언어/정보를 잘 다룰 수 있다면, 우리는 생각을, 따라서 세계를 잘 다룰 수 있다. 세계의 대부분의 과업은, 항소이유서를 위한 법적 사실의 수집이든, 사업보고서에 필요한 통계의 수집이든, 과학 연구소의 사실 조사 및 결론 도출이든 이런 과정을 중심으로 한다. 우리도 한 걸음 더 나아가 비슷한 전략을 사용함으로써, 훌륭하고 오래가는 문학작품을 창작할 수 있다.

매 학기가 시작될 때마다 나는 학생들에게 강의 기간에 그저 불신을 멈추고 비창조적 글쓰기를 전적으로 받아들여 달라고 요청한다. 나는 학생들에게 이 강의를 들어서 좋은 점 하나는 그들이 이런 작업 방식을 완전히 거부할 수 있다는 것이라고 말해 준다. 적어도 그들의 보수적 입장은 강화되고 설명 책임은 강해진다. 또 다른 멋진 결과는 비창조적 글쓰기 연습이 학생들의 글쓰기 도구 상자에서 또 다른 도구가 되고, 이후 활동 내내 이용할 수 있다는 것이다. 하지만 가장 회의적인 학생들에게조차 큰 놀라움은, 이 '비창조적' 사고방식에 노출된다는 것이 세상을 보는 시각을 영원히 바꿔 놓는다는 데 있다. 그들은 더는 글쓰기의 정의를 그들이 배운 대로 당연하게 여길 수 없다. 그 변화는 실천적인 만큼 철학적이다. 강의를 듣고 나면 학생들은 더 수준 높고 복잡하게 사유하는 사람이 되어 있다. 사실, 나는 그들을 '비독창적 천재'가 되도록 훈련한다.

Provisional Language

12. 잠정적 언어[1]

오늘날 디지털 세계에서 언어는 잠정적 공간이자, 그러모아 모양을 바꾸고 광적으로 수집하며 편리한 어떤 형태로든 만들고 금방 폐기하고 마는 일시적이고 가치가 떨어진 한낱 재료(물질)에 불과해졌다. 오늘날 글은 값싸고 무한정 생산되기 때문에 거의 중요하지 않고 의미는 더 없는 쓰레기와 다름없다. 복제와 스팸 메일이 일으킨 방향 상실이 표준이다. 참된 것이나 독창적인 것이라는 개념은 갈수록 더 찾아보기 어렵다. 언어의 불안정함을 예측한 프랑스 이론가들도 오늘날 글이 이 정도로 정지한 채 머무르기를 거부하리라고는 결코 내다보지 못했다. (글이) 쉼 없이 동요한다는 것이 그들이 아는 전부다. 오늘날 글은 네트워크의 비가시성 위를 떠다니는 거품, 변신술사, 텅 빈 기표다. 모든 언어를 평등하게 만들어 버리는 그 네트워크에서 우리는 탐욕스럽게 닥치는 대로 빨아들여 하드디스크 드라이브를 터지도록 채운 후 더 크고 더 값싼 드라이브로 갈아치운다.

　디지털 텍스트는 껍질만 닮은 인쇄, '기계 속 유령'이다. 유령이 실재보다 더 유용해졌다. 우리가 내려받을 수 없다

1. 저자가 작가 마이클 로마노 인터뷰에서 밝혔듯, '잠정적 언어' 개념은 렘 콜하스의 '정크스페이스'에서 왔다. Michael Romano and Kenneth Goldsmith, "After Kenneth Goldsmith: an interview," http://www.buenosairesreview.org/2013/11/after-kenneth-goldsmith, 2023년 8월 1일 접속. 이 장에서 저자는 콜하스의 말을 거의 바꾸지 않고 가져다 재구성해 자신의 개념을 설명하나, 잠정적 언어를 실천하며 인용구에 대한 주석을 달지 않았다. 콜하스의 글 「정크스페이스」 인용구는 렘 콜하스·프레드릭 제임슨, 『정크스페이스 | 미래 도시』, 임경규 옮김, 문학과지성사, 2020년을 따라 옮겼다.—옮긴이

면 그것은 존재하지 않으니 말이다. 글은 더해지고 끝없이 쌓여 미분화 상태가 되더니 이제 파편으로 부서진다. 나중에 언어-성좌(language-constellation)로 거듭난다 해도 결국 다시 한번 산산조각 날 뿐이다.

무섭도록 쇄도하는 언어는 기억상실증을 유발한다. 고로 이 언어는 기억에 남는 글이 아니다. 정체(停滯)가 새로운 움직임이다. 이제 글은 편재하는 진부화와 현전이 동시에 발생하는, 즉 역동적이나 안정적인 상태에 놓인다. 하나의 생태 체계에서 글은 재활용되고, 용도 변경되고, 재생된다. 되새김질이 새로운 창조성이 된다. 창조 대신 우리는 조작과 용도 변경을 영광으로 생각하고 사랑하며 수용한다.[2]

글자는 미분화된 구성 요소로, 어떤 글자도 다른 것보다 더 많거나 적은 뜻을 지니지 않는다. 10진 코드로 전락한 자음과 모음은 워드프로세서 문서에서, 동영상에서, 이미지에서 일시적으로 성좌를 만들고는 아마 텍스트로 돌아갈 것이다. 변칙과 독특함은 언제나 동일한 문자적 요소에서 만들어진다. 혼란으로부터 질서를 이끌어내려 애쓰기보다는, 균질적인 것으로부터 그림같이 아름다운 것을 추출하고, 표준으로부터 독특함을 해방시킨다.[3] 모든 물질화는 잘라 내고, 붙여 넣고, 훑어보고, 전달하고, 불특정 다수에게 보내는 것을 조건으로 한다.

한때 글쓰기 솜씨라는 말은 글과 생각을 아마도 영구적으로, 함께 조합하는 것을 의미했다. 그러나 이제 그 말은

2. 렘 콜하스, 「정크스페이스」, 렘 콜하스·프레드릭 제임슨, 『정크스페이스 | 미래 도시』, 임경규 옮김, 문학과지성사, 2020년, 16 참조.—옮긴이
3. 같은 글, 17 참조.—옮긴이

해체를 전제한 임시 결합, 혹은 네트워크로 연결된 힘으로 산산이 조각나서 헤어질 가능성이 아주 높은 일시적 포옹을 의미한다.[4] 이런 글은 오늘은 에세이지만 내일이면 포토숍 문서에 붙여 넣어지고 다음 주에는 애니메이션으로 영화 일부가 됐다가 내년에는 댄스 믹스에 포함된다.

언어는 산업화했다. 다시 말해, 언어가 아주 강렬하게 소비되는 까닭에 광적으로 글이 생산되고 그만큼 아주 정렬적으로 유지·보수되며 저장된다.[5] 글은 잠드는 법이 없다. 토렌트와 스파이더가 하루도 쉬지 않고 밤낮으로 언어를 빨아들인다.

전통적으로, 유형(typology)이라는 말은 구별을 내포한다. 다시 말해서, 유형이란 다른 종류의 배열을 배제함으로써 하나의 독자적인 모델을 정의하는 것이다. 잠정적 언어에는 이와는 정반대의 유형 개념이 존재한다. 즉, 이는 누적된 것을 표현하는 것으로, 종(種)보다는 양(量)과 관계한다.[6]

언어는 배수(排水)를 하고 그 보답으로 배수된다.[7] 글쓰기는 충돌의 공간이자 원자를 담는 그릇이 됐다.

월드와이드웹에서는 특별한 방식으로 배회해야 한다.[8] 한때 이야기(서사)가 우리를 마지막 안식처로 인도하리라 약속한 그곳 웹에서, 이제 무섭게 휘몰아치는 언어는 우리의 앞길을 방해하고 길을 교묘하게 뒤엉키게 만들어 우리

4. 같은 글, 18 참조.—옮긴이
5. 같은 글, 20 참조.—옮긴이
6. 같은 글, 21 참조.—옮긴이
7. 같은 글, 19 참조.—옮긴이
8. 같은 글, 22-23 참조.—옮긴이

가 원치 않는 우회로를 향하거나 끝내는 길을 잃고 되돌아
가게 만든다.[9] 고로 과열 상태로 표류하고 발 빠른 산보객
이 되는 것.

언어는 천편일률, 밋밋함이라는 양상으로 평준화됐다.
밋밋함은 분화될 수 있는가? 특징 없음은 과장될 수 있는
가? 길이를 통해서? 혹은 증폭? 변형? 반복?[10] 그게 차이를
만들까? 글은 우회라는 목적을 위해 존재한다. 당신이 찾을
수 있는 가장 혐오스러운 언어를 가져다 중성화하자. 가장
달콤한 것을 취해 추하게 만들자.

복원하다(restore), 재배치하다(rearrange), 재조립하다
(reassemble), 개조하다(revamp), 혁신하다(renovate), 수정
하다(revise), 회복하다(recover), 재디자인하다(redesign),
반환하다(return), 다시 하다(redo). 접두사 다시(re-)로 시
작하는 동사는 잠정적 언어를 양산한다.[11]

저자의 모든 작품이 이제는 잠정적 언어를 채택해 기획
된 정치적 방향 상실 정권을 세우고, 체계적인 무질서의 정
치를 선동한다.[12]

사람들은 바벨탑을 오해하고 있다. 언어는 결코 문제가
되지 않는다. 그것은 단지 새로운 개척지일 뿐이다.[13]

잠정적 언어는 통합하는 척하지만 사실은 조각조각 부
숴 놓는다. 그것은 공동체를 창조하지만, 그 공동체는 자유

9. 같은 글, 28 참조.—옮긴이
10. 같은 글, 30 참조.—옮긴이
11. 같은 글, 32 참조.—옮긴이
12. 같은 글, 33 참조.—옮긴이
13. 같은 글, 33 참조.—옮긴이

롭게 연합하여 관심을 공유하는 공동체가 아니다. 그것은 통계와 인구 자료에 따라 동일화되어 버린, 기득권자들의 이해관계를 중심으로 자의적으로 꿰어 맞춰진 공동체에 지나지 않는다.[14]

"당신의 대가를 죽여라." 대가는 몇 명 없지만 걸작은 번식을 멈추지 않았다.[15] 모든 것이 걸작이고, 어떤 것도 걸작이 아니다. 우리가 걸작이라고 부르면 그것이 걸작이다. 저자의 죽음은 필연적으로 고아가 된 공간을 양산했다. 잠정적 언어는 저자가 없지만(authorless) 놀라울 정도로 권위주의적(authoritarian)이어서,[16] 자신이 낚아챈 것이 무엇이든 무차별하게 그것으로 위장한다.

사무실은 글쓰기의 그다음 개척지다. 집처럼 편하게 일할 수 있도록 사무실은 집이 되기를 열망한다. 잠정적 글쓰기는 사무실을 도심 속 가정처럼 연출해 낸다. 책상은 조각품이 되고, 전자적 포스트잇 우주가 새로운 글쓰기에 스며들어 '팀 메모리', '정보관리' 같은 기업 용어를 그 언어로 채택한다.[17]

동시대 글쓰기는 비서의 전문 지식과 해적의 자세를 겸비하기를 요구한다. 복제하기, 정리하기, 사본 만들기(미러링), 아카이빙, 전재(轉載)하기는 물론이고, 해적판 만들기, 무단 이용하기, 광적으로 수집하기, 파일 공유하기를 위한 더 은밀한 성향을 갖추어야 하기 때문이다. 우리는 완전히

---

14. 같은 글, 35 참조.—옮긴이
15. 같은 글, 37 참조.—옮긴이
16. 같은 글, 38 참조.—옮긴이
17. 같은 글, 41 참조.—옮긴이

새로운 기술을 습득해야 했고, 그 결과 타자 장인, 잘라 붙이기 선수, 광학 문자 인식(OCR)의 귀신이 됐다. 필사보다 우리가 더 사랑하는 것은 없으며, 데이터 정렬(collation)보다 더 우리를 만족시키는 것도 드물다.

대용량 하드디스크 드라이브, 빈 디스크, 토너와 잉크, 대용량 메모리를 탑재한 프린터, 값싼 종이 뭉치 같은 글쓰기 원재료가 가득한 동네 문구점보다 더 좋은 미술관이나 서점은 세상 어디에도 없다. 작가는 이제 제작자(프로듀서)이자 출판인이며 유통 담당자다. 단락은 동시다발적으로 인쇄 가능한 형태로 전환되고, [CD 등으로] 구워지고, 복사되고, 인쇄되고, 제본되고, 삭제되고, 전송된다. 전통적으로 작가가 홀로 지내던 은신처는 사회적 연결망을 갖춘 연금술 실험실로 탈바꿈해 문자 전이(textual transference)의 적나라한 신체성을 위한 장소가 됐다. 한 드라이브에서 다른 드라이브로 기가바이트를 복사하는 일이 지닌 관능이란. 드라이브의 윙윙거리는 굉음은 지적인 물질이 담긴 교유기가 소리로 현현한 것이 아닌가. 문학을 위해 일하며 발생한 슈퍼컴퓨팅의 열기에서 온 육체적 흥분, 스캐너가 종이에서 언어를 벗겨 내 녹이고 해방하며 삐걱거린다. 진행 중인 언어. 정지 상태의 언어. 동결된 언어. 녹아내린 언어.

문자로 조각하기.

데이터마이닝.

글을 빨아들이기.

우리가 할 일은 그저 기계의 말을 듣는 것이다.

세계화와 디지털화는 모든 언어를 잠정적 언어로 변화시킨다. 영어의 편재. 이제 모두가 영어를 쓰기에, 그 누구도 그것의 가치를 기억하지 못한다. 영어에 가한 집단적 학대가 우리 시대의 가장 눈에 띄는 성과물이다. 우리는 무지함, 사투리, 슬랭, 전문용어, 관광, 아웃소싱, 멀티태스킹을 통해 영어의 허리를 망가뜨렸다. 우리는 원하는 것은 영어로 뭐든 다 말할 수 있다. 마치 말하는 인형처럼.[18]

서사적 반영(narrative reflex)은 태초의 시간부터 우리가 점과 점을 연결하고 공백을 메울 수 있도록 해 주었다. 하지만 그것은 이제 우리를 향해 창끝을 겨누고 있는데, 우리는 이를 인식하지 않을 수 없다. 어떤 장면도 지나치게 부조리하고, 사소하고, 무의미하며, 모욕적인 것은 없다. 우리는 무기력하게 자극을 받아들이고, 뜻을 제공하고, 의미를 짜내고, 가장 원자화된 글에서 의도를 읽어 낸다. 모더니즘은 우리가 극단적 무의미에서 의미를 만들어 내지 않을 수 없음을 보여 줬다.[19] 유일하게 합법적인 담론은 상실이다.[20] 우리는 고갈된 것을 갱생시켜 왔다. 지금 우리는 사라진 것을 부활시키려 한다.[21]

---

18. 같은 글, 42 참조.—옮긴이
19. 같은 글, 50 참조.—옮긴이
20. 같은 글, 51 참조.—옮긴이
21. 같은 글, 51 참조.—옮긴이

Afterword

후기

조너선 스위프트는 1726년, 천재성이나 연구의 조력을 받지 않고도 "가장 무지한 사람이라도, 적당한 요금에, 몸으로 하는 일은 적게 하면서, 철학, 시(문학), 정치학, 법학, 수학, 신학 분야의 책을 쓸 수 있는" 글쓰기 기계를 상상했다.[1] 그는 영어의 모든 낱말이 새겨진 원시적 형태의 격자식 기계를 묘사했다. 크랭크 손잡이를 몇 번 돌리면, 격자는 살짝 이동하고 그렇게 반쯤 지각할 수 있는 낱말이 무작위로 무리 지어 제자리를 잡는다. 한 번 더 돌리면 격자는 또 다른 앞뒤가 맞지 않는 말(non sequitur)을 뱉어 낼 것이다. 이런 불완전한 문장은 학생 필경사(서기)들이 2절판 대형 책으로 옮겼다. 그것들은 비록 기계가 짠 것이라 해도 영어를 맨 처음부터 다시 만들기 위한 노력으로 거대한 그림 조각 퍼즐처럼 맞춰졌다. 스위프트의 핵심 구절(펀치라인)은 물론 영어는 지금 있는 그대로 좋으며, 기계에 의한 영어 재구축이 참신하다 한들 영어를 더 좋게 만들 리가 없다는 것. 이는 많은 경우 기술의 변형적 잠재성이 어리석은 생각일지라도 그것을 믿는 우리의 몽매함에 관한 날카로운 풍자다. 하지만 스위프트의 명제를 비창조적 글쓰기로 볼 수 있는 가능성도 있다. 특히 [소설 속 인물인] 피에르 메나르의 『돈키호테』 다시 쓰기와 사이먼 모리스의 『길 위에서』 다시 타자하

---

1. Jonathan Swift, *Gulliver's Travels*, 1726. Project Gutenberg eB-ook #829, http://www.gutenberg.org/files/829/829-h/829-h.htm, 2010년 8월 22일 접속. (조너선 스위프트, 「제3부 제5장」, 『걸리버 여행기』, 류경희 옮김, 더스토리, 2020년, 전자책 참조.—옮긴이)

기의 맥락에 놓고 볼 때 말이다.

오늘날 나는 누군가 스위프트의 기계를 재건하는 상황을 상상할 수 있다. 영어를 처음부터 다시 만들고 비창조적 글쓰기 작업으로 책을 출판하는 것이다. 그것은 실험 문학 집단 울리포식 습작과 유사한 호화로운 기획일 수 있다. "수동식 손잡이로 돌리는 20×20칸에 스물여섯 개의 철자를 사용해 영어를 처음부터 다시 만들라." 그러나 그 가르침은 스위프트 사례에서 얻은 것과 크게 다르지 않을 것이다. 2010년 영어는 아직 있는 그대로 잘 작동한다. 영어를 사람 손으로 다시 만든다면 실제로 더 좋아질지 아니면 복제와 모방이 노동 집약적이었던 시대를 상기시키는, 향수에 젖은 연습일까? 급기야 우리는 그런 일이라면 컴퓨터가 더 잘 할 수 있는데 뭐 하러 신경을 쓰겠느냐고 말할지도 모른다.

1984년, 작가이자 컴퓨터 프로그래머인 빌 체임벌린은 그렇게 하고자 '경찰 수염의 반은 만든 것이다'라는 책을 출간했다. 이 책은 전적으로 랙터(RACTER)라는 이름의 컴퓨터가 저술한 첫 영어책이다. 랙터는 스위프트의 기계처럼 결과는 그다지 인상적이지 않지만 더할 나위 없이 훌륭한 기계를 재발명했다. 랙터가 만든 기초 문장은 딱딱하고, 파편화돼 있고, 초현실적 감성이 깃들어 있다. "몇몇 성난 정신분석가는 피곤한 정육점 주인을 자극한다. 정육점 주인은 지치고 피곤한데 왜냐하면 몇 주일 장시간에 걸쳐 고기와 스테이크와 양을 썰었기 때문이다."[2]

2. Bill Chamberlain, *The Policeman's Beard Is Half Constructed* (New York: Warner Books, 1984), http://www.ubu.com/historical/racter/index.html, 2010년 8월 22일 접속. (URL 변경, https://

가볍고 낭만적인 가상 엉터리 시(cyberdoggerel)를 토해 내기도 했다. "나는 방금 당신이 방으로 들어올 때 당신의 요구 조건이 얼마나 형편없이 드러났는지를 생각하던 중이다. 여기서 우리는 이렇게 엄청난 방식으로, 내 개인 매니저들마저 말하지 않는 방식으로, 이것저것에 대해 깊이 고려하면서, 전처럼 코를 맞대고 있다."[3]

공정하게 말해, 컴퓨터가 스스로 어느 정도 논리적인 문장을 쓴다는 것은 글의 완성도를 떠나 굉장한 성취다. 체임벌린은 랙터가 프로그램된 방식을 다음과 같이 설명한다.

랙터는 컴파일된 베이식(BASIC) 언어로 쓰였다. […] 정형 및 비정형 동사를 활용시키고, 단수와 복수의 정형 및 비정형 명사를 출력하고, 명사의 성차를 기억하며, 무작위로 선택된 '것'에 가변 상태를 부여할 수 있다. 이런 것으로는 각각의 낱말, 절, 문장 형식, 문단 구조, 혹은 실제로 전체의 이야기 형식이 있다. […] 프로그래머는 시스템의 결과물이 취하는 특정한 형식에서 아주 멀리 떨어져 있다. 이와 같은 결과물은 더 이상 사전 프로그램된 형식이 아니다. 오히려 컴퓨터 자체가 결과물을 형성한다.[4]

ubutext.memoryoftheworld.org/racter/racter_policemansbeard.pdf, 2023년 8월 1일 접속.—옮긴이)

3. 같은 책.

4. 같은 책, 2010년 10월 1일 접속.

이 책의 서문에서 체임벌린은 마치 스위프트처럼 다음과 같은 진술을 한다. "컴퓨터가 우리에게 어떻게든 자신의 활동을 전달(소통)해야만 한다는 사실과, 컴퓨터가 영어로 쓰인 프로그램된 명령어를 통해 종종 그렇게 한다는 사실은 우리가 컴퓨터 '스스로' 공동 언어를 사용하는 법을 찾을 수 있는 프로그램을 짤 수 있다는 가능성을 암시한다. 이 경우 소통의 세목은 컴퓨터가 실제로 무언가를 소통했다는 사실보다 덜 중요함을 증명할 것이다. 다시 말해서 컴퓨터가 무슨 말을 했는지가 컴퓨터가 올바르게 말했다는 사실에 대해 이차적이다."[5]

랙터의 가장 큰 문제는 어떤 상호작용이나 피드백 없이 진공상태에서 운용됐다는 점이다. 체임벌린은 펀치 카드를 입력했고 랙터는 반쯤 논리적인 난센스를 뱉어 냈다. 마르셀 뒤샹이라면 랙터를 '독신 기계'라고 불렀을 것이다. 자신의 문학적 결과물이 나아지게 도와줄 다른 사용자나 기계 없이는 오직 자신에게만 말하고, 주고받지도, 재생산하지도, 모방할 수도 없는 단일한 자위 기계체 말이다. 1984년 네트워크에 연결되지 않은 컴퓨터와 초기 프로그래밍학의 상태가 그랬다. 물론 오늘날 컴퓨터는 인터넷상에서 서로 질문하고 반응하면서, 훨씬 더 지능적이고 효율적으로 발전하도록 서로 지원한다. 우리가 비록 엄청난 양으로 생산되는 인간 대 인간 소셜 네트워킹에 집중하는 경향이 있기는 하지만, 전산망을 넘나드는 대화의 상당량은 기계가 다른 기계와 말하며 뱉어 내는 '다크 데이터'로, 우리가 절대 안

5. 같은 책, 2010년 8월 22일 접속.

보는 코드다. 2010년 8월, AT&T사와 버라이즌사에 등록된 비인간 객체가 이전 사분기의 새로운 인간 가입자 수보다 더 많이 온라인에서 활동하는 분기점이 생겼다.[6] 오래전부터 예견된 상황이 '사물 인터넷'(the Internet of things)이라 불리는 웹의 다음 단계를 위한 무대를 제공한다. 사물 인터넷에서는 기계의 상호작용(상호 활동)이 인간 주도의 활동을 능가한다. 예를 들어 건조기가 살짝 비뚤게 놓여 있다면, 기계는 무선으로 서버에 데이터를 전송하고, 서버는 해결책을 전송하고, 건조기는 그에 맞춰 스스로 고친다. 이런 데이터 쿼리는 몇 초마다 전송되고, 수십억 개의 감지기와 다른 데이터 입출력 기기가 웹에 새 데이터를 엑사바이트(기가바이트의 10억 배) 단위로 업로드하므로 결국 우리는 곧 또 하나의 데이터 폭발을 겪을 듯싶다.[7]

서버를 오가며 메시지를 전송하는 냉장고와 식기세척기 무리는 얼핏 보면 문학과 별다른 관련이 없어 보인다. 하지만 정보관리와 비창조적 글쓰기라는 렌즈를 통해 보면 이

---

6. Marshall Kirkpatrick, "Objects Outpace New Human Subscribers to AT&T, Verizon," http://www.readwriteweb.com/archives/objects_outpace_new_human_subscribers_to_att_veriz.php, 2010년 8월 19일 접속. (URL 변경, https://readwrite.com/2010/08/10/objects_outpace_new_human_subscribers_to_att_veriz, 2023년 8월 1일 접속.—옮긴이)

7. Richard MacManus, "Beyond Social: Read/Write in the Era of Internet of Things," ReadWriteWeb, http://www.readwriteweb.com/archives/ beyond_social_web_internet_of_things.php, 2010년 8월 22일 접속. (URL 변경, https://readwrite.com/2010/07/18/beyond_social_web_internet_of_things, 2023년 8월 1일 접속.—옮긴이)

기계들은 문학 생산을 위해 프로그램되는 것에서 그저 몇
걸음 떨어져 있을 뿐, 다른 봇(bot)만 읽을 수 있는 종류의
글을 쓴다. 한없이 이어지는 그 (컴퓨터) 코드가 실제로는
영숫자(알파뉴메릭) 언어로 셰익스피어가 사용한 똑같은
재료라는 점을 기억하라. 그리고 서로 네트워킹하는 결과
로 이 기계들의 피드백 메커니즘은 사람의 눈에 보이지 않
을 뿐 아니라 아예 사람을 건너뛰는, 계속 진화하는 세련된
문학적 담론을 만들어 낼 것이다. 시인 크리스천 북은 이를
'로보시학'(Robopoetics)이라 부르는데, "문학 생산에서 저
자의 관여가 결과적으로 필요 없게" 된 조건이다. 그는 "시
스스로 시를 쓸 수 있는데 왜 시인에게 써 달라는 청탁을 하
는가?"라고 묻는다.[8] 과학소설은 실재가 될 태세를 갖추면
서, 문학의 미래에 관한 북의 예언을 상연한다.

> 우리는 아마도 인공적 지적 동료로 이뤄진 기계
> 관객을 위한 문학을 쓸 수 있다고 예상된다 해도
> 놀랍지 않은 첫 시인 세대일 것이다. 디지털 시학과
> 관련한 여러 학술 대회에서 존재감을 드러내는
> 시인들을 보면 알 수 있지 않은가? 내일의 시인은

8. Christian Bök, "The Piecemeal Bard Is Deconstructed: Notes
Toward a Potential Robopoetics," Object 10: Cyberpoetics (2002),
http://ubu.com/papers/object/03_bok.pdf, 2009년 6월 19일 접
속. 이 후기에서 내가 펼쳐 보인 사유는 상당 부분 크리스천 북의 작업
에 빚지고 있다. 북은 자신의 로보시학 개념을 내가 할 수 있는 것보다
훨씬 더 품격 있게 제시한다. 또한 그는 나보다 더 낙관적이다. 그런데
도 북의 작업은 이 분야에서, 특히 최근 유전자와 관련된 기획은 어떤
회의론자라도 자신의 입장을 다시 생각해 보게 할 만큼 충분히 설득력
있다.

지위가 격상되어 프로그래머를 닮을 것으로
예상되는데, 그것은 시인들이 훌륭한 시를 지을 수
있기 때문이 아니고, 그들이 우리를 위해 낱말로
이뤄진 작은 기계를 만들 수 있기 때문에 그렇지
아니한가? 만약 시에 이미 의미 있는 유인원류
독자층이 없다면, 필연적으로 우리 문화를 계승하게
될 로봇 문화를 위해 시를 써서 우리가 잃을 것은
무엇인가? 형식 고갈 시대에 시적 혁신이라는
행동을 실행하고 싶다면, 여태껏 상상해 보지 않은,
허락되지도 않은 선택을 고려해야 할 수도 있다.
그것은 아직 시를 읽는 데까지 진화하지 못했기에
아직 존재하지 않는 외계인, 클론, 혹은 로봇과 같은
비인간 독자를 위해 시 쓰기다.[9]

인간이 생산한 문학의 종료를 매도하는 이는 크리스천 북
만이 아니다. 유전자 역사학자인 수전 블랙모어는 진화론
에 입각한 시나리오를 써서 우리가 진작에 기계들과 그들
의 정보 이동성 능력에 뒤처졌음을 알려 준다. 블랙모어는
이 새 단계를 제3의 복제자(*third replicator*)라고 부른다.
"첫 복제자는 생물학적 진화의 토대인 유전자였다. 두 번째
는 문화적 진화의 토대인 밈이었다. 나는 우리가 현재 거대
한 기술적 폭발에서 목도하는 것은 세 번째 진화 과정의 탄
생이라고 믿는다. [⋯] 새로운 종류의 정보가 출현했다. 밈
대신에 전자적으로 처리된 이진 정보가 그것이다. 새로운

9. 같은 글.

종류의 복제 기기도 출현했는데, 그것은 뇌를 대신하는 컴퓨터와 서버다."[10] 블랙모어는 이것을 기술적 밈(technological memes)을 줄인 팀(temes)이라고 부르는데, 기계가 저장하고, 복제하고, 선택한 디지털 정보를 말한다. 창조적 실체로서의 우리에게 미래는 밝아 보이지 않는다. 블랙모어는 말한다. "우리 인간은 우리가 새롭게 떠오르는 이 세상의 디자이너이고, 창작자이며, 관리자라고 생각하고 싶어 하지만 실제로는 하나의 복제자에서 다음으로 가는 디딤돌이다." 이런 시나리오를 들으면 우리가 어느 방향으로 몸을 돌리든 이미 기계들에 의해 선취됐고 우리 인간은 옆으로 밀쳐진 것으로 보인다. 그러나 독자는 어찌 되는가? 이 그림에서 인간이 사라지고 나면 독자는 비창조적 작가로서 똑같은 역할을 맡기 시작하면서 정보를 한 장소에서 다른 곳으로 옮긴다. 웹을 '읽는' 방식을 생각해 보라. 웹을 분석하고, 분류하고, 보관하고, 전달하고, 나르고, 트위터에 올리고, 리트윗도 한다. 웹을 단순히 '읽는' 것 이상이다. 마지막으로 오랫동안 이론으로 다뤄져 온 역할의 반전, 즉 독자가 작가가 되고 작가가 독자가 되는 상황이 구현됐다.

하지만 기다려 보라. 여기 또 다른 인간인 당신에게 문학의 미래를 전하기 위해 비독창성에 관한 독창적인 생각을 짜내고 있는 내가 있다. 나는 이 책이 전자적으로 유통된다 하더라도 종이 책을 손에 잡고 '실물'로 마주하는 게 너무나 기

10. Susan Blackmore, "Evolution's Third Replicator: Genes, Memes, and Now What?" *New Scientist*, http://www.newscientist.com/article/mg20327191.500-evolutions-third-replicator-genes-memes-and-now-what.html?full=true, 2009년 8월 3일 접속.

다려진다. 아이러니가 넘쳐난다. 내가 이 책에서 논한 많은 것들은 블랙모어, 크리스천 북, 혹은 '사물 인터넷'에 비하면 소탈하고 인간이 주도하는 것(인간이 책을 다시 타자 치고, 인간이 문법책을 분석하고, 인간이 1년간 읽은 책을 적는 등)으로 보인다. 그들의 예측에 나는 시대에 뒤처진 사람처럼 느낀다. 나는 기존 매체 속에 성장했고 새로운 매체를 사랑하고 그것에 깊이 빠져 있는 중간 세대에 속한다. 보다 젊은 세대는 이런 조건을 그저 세상의 일부분으로 받아들인다. 그들은 포토숍을 가지고 놀면서 유화물감을 섞고, 빈티지 전축 판을 찾아 벼룩시장을 다니면서 노래는 아이팟으로 듣는다.[11] 그들은 나처럼 구별할 필요를 느끼지 않는다. 나는 아직도 웹에 사로잡혀 있으며, 그것이 존재하는지 좀처럼 믿지 못하겠다. 최악의 경우, 나의 사이버유토피아주의는 몇 년이 지나면 1967년 사랑의 여름(Summer of Love)에 사용됐던 은어들처럼 시대에 뒤떨어진 것으로 들릴 테다. 우리는 이 게임의 시작 단계에 진입했지만 이것이 얼마나 빨리 진화하는지에 대해 내가 더 이상 설명할 필요는 없다. 이것이 어디를 향해 가고 있는지 예측하기란 여전히 불가능하다. 그러나 확실한 게 하나 있는데, 사라질 리 없다라는 것이다. 비창조적 글쓰기, 즉 정보를 관리하고 그것을 글쓰기로 재제시하는 기술은 또한 하나의 다리로서 인간이 주도한 20세기 문학의 혁신과 21세기의 기술로 충만한 로보시학을 연결한다. 이 책에서 내가 참조한 사항들은 곧 진부해질 소프트웨

---

11. 애플의 동영상 휴대용 플레이어 아이팟(iPod)은 2022년 단종되었다.
—편집자

어, 폐기된 운영체제, 버려진 소셜 네트워킹 제국을 포함할 수밖에 없을 것이다. 그렇지만 아날로그 방식의 글쓰기로부터 사유의 변화와 작품의 변화는 일어났고 돌이킬 수 없다.

추천의 글

문학은 보수적이다. 문학은 아마 예술 중에 가장 보수적인 장르일 것이다. 문학이 진보적이라고 믿는 것은 작가와 독자밖에 없다. 이미 한 세기 전 미술과 음악에서 이루어진 탈재현적이고 비독창적인 기법과 미학을 문학은 없던 일 취급하며 사람들에게 창조성이라는 이름의 환상을 심어 왔다. 이 환상의 시스템에는 독창성, 경험, 내면, 윤리, 진정성, 진실 등의 상품이 있고 이것들을 소비하느라 문학은 최소 100년은 뒤처졌다. 그렇지만 더 심각한 문제는 문학이 이러한 뒤처짐조차 합리화하는 심리 조작의 달인이라는 사실이다. 문학은 속세의 천박하고 가벼운 유행과 무관한 인간성의 마지막 보루로, 상처받고 소외된 사람들의 안식처로 스스로를 브랜딩했다. 전복적인 척하는 게 미술의 전략이었다면 진실한 척하는 건 문학의 전략이었고 이 전략은 무엇보다 장사가 잘됐다. 하지만 미안하게도 문학은 한 번도 진실하지 않았고 독창적이지 않았다. 최근 일어난 유명 작가들의 표절 행각은 언급할 필요도 없다. 문학은 태생부터 다른 사람들의 말을 훔치고 베끼고 도용했다. 그것이 언어의 본성이기 때문에, 말은 절대로 그 자신만의 것일 수 없기 때문에, 나만의 언어라는 것은 존재한 적도 없고 존재할 수도 없기 때문에. 언어 자체의 본성에 충실한 작품일수록 문학은 비독창적이었다. 언어는 공통의 것이지 누군가의 사유재산이 아니다. 그런 의미에서 케네스 골드스미스의 『문예 비창작』은 1,000년은 늦게 출간된 책이다. 이 책에는 문학이 오랜 세월 무시하고 모른 척해 온 글쓰기의 진실이 담겨 있다. 그건 바로 글쓰기는 진실과 아무런 관련이 없다는 진실이다. 글로 쓰여진 내면의 고백은 내면과 조금도 관계하지 않는다. 그렇다면 글쓰기는, 문학은 뭘까? 우리의 생각과 의식은 어떻게 전달될 수 있을까? 우리는 왜 글을 쓰는 것이며 어떻게 써야 하는 것일까.『문예 비창작』은 말한다. 전유하고 모방하고 약탈하고 복사하고 붙여 넣고 배치하고 인용하고 다시 쓰고 공유하라. 그렇게 하면 깨닫게 될 것이다. 우리 안에 진실 따위는 없다는 진실을, 독창성이란 환금화가 용이한 가상 자산일 뿐이라는 사실을. 그것을 깨달은 순간부터 진짜 글쓰기가 시작된다. 진실도, 창조성도, 내면도 없는 텅 빈 황무지 같은 백지에서 고유의 비독창적인 문학이 탄생하는 것이다. 케네스 골드스미스는 이 과정을 조금의 과장도 없이 친절하게 안내한다. 운 좋게도 새로운 시대의 디지털 환경은 비독창적 글쓰기에 최적화된 세계다. 결국 우리는 새로운 글쓰기가 시간과 장소, 정체성에 대한 통념을 어떻게 변화시키는지 보게 될 것이다. 그건 생각보다 절망적이거나 기이하지 않으며 생각했던 것보다 훨씬 더 우리와 세계를 크게 변화시킬 것이다. 누군가는 내가 너무 위악적으로 군다고 생각할지도 모르겠다. 작가들이 여전히 새로운 이야기와 문체를 탄생시키고 있는 와중에 철 지난 포스트모더니즘식 장난을 치고 있다고 말이다. 그러나 조금의 과장도 없이 말하건대 모든 새로운 글은 새롭지 않으며 모든 새롭지 않은 글은 유일하다. 언어가 우리를 사로잡고 놓아주지 않는다면 바로 그러한 이유 때문이지 다른 그 무엇 때문도 아니다.

정지돈(소설가)

Source Credits

자료 출처

derek beaulieu, from *Flatland*: courtesy of the artist.

Sarah Charlesworth, "detail" 1 of forty-five black and white prints from *April 21, 1978* (1978): courtesy of the artist and Susan Inglett Gallery, NYC.

Sarah Charlesworth, "detail" 2 of forty-five black and white prints from *April 21, 1978* (1978): courtesy of the artist and Susan Inglett Gallery, NYC.

Sarah Charlesworth, "detail" 3 of forty-five black and white prints from *April 21, 1978* (1978): courtesy of the artist and Susan Inglett Gallery, NYC.

Henri Chopin, "Rouge" appears courtesy of Brigitte Morton for the Estate of Henri Chopin.

Thomas Claburn, excerpt from "I feel better after I type to you" appears courtesy of the artist.

Claude Closky, from *Mon Catalog*: courtesy of the artist.

Robert Fitterman, "Directory," was first published in *Sprawl: Metropolis 30A* (North Hollywood: Make Now, 2010).

Nada Gordon, excerpt from "Unicorns Believers Don't Declare Fatwas" appears courtesy of the poet.

Donald Hall, "Ox Cart Man": courtesy of the poet.

Peter Hutchinson, *Dissolving Clouds* (1970): courtesy of studio of Peter Hutchinson.

Asger Jorn, "Detourned Painting": copyright © 2010 Donation Jorn, Silkeborg/Artists Rights Society (ARS), NY/COPY-DAN Copenhagen.

Bill Kennedy and Darren Wershler, from *apostrophe* and *status update*: courtesy of the poets.

Tan Lin, excerpt from *BIB*: courtesy of the poet.

Shigeru Matsui, "1007–1103," from *Pure Poems*: courtesy of the poet.

Alexandra Nemerov, excerpt from "First My Motorola" appears courtesy of the poet.

bpNichol, *eyes* (1966–67): courtesy of the Estate of bpNichol.

Matt Siber, *Untitled #26*, 2004: courtesy of the artist.

Matt Siber, *Untitled #21*, 2003: courtesy of the artist.

Matt Siber, *Untitled #13*, 2003: courtesy of the artist.

Matt Siber, *Untitled #3*, 2002: courtesy of the artist.

Mary Ellen Solt, "Forsythia" (1965): permission granted by Susan Solt, literary executor of the estate of Mary Ellen Solt.

Mary Ellen Solt, "Forsythia" (1965): permission granted by Susan Solt, literary executor of the estate of Mary Ellen Solt.

Index

찾아보기

가구 음악(furniture music, 사티) 315

가라몽(Garamond) 186

「가변 작품 #70」(Variable Piece #70, 휴블러) 254

가이신, 브라이언(Brion Gysin) 32, 183

각본 344-349

간디, 인디라(Indira Gandhi) 225

강탈 25, 329

「개나리」(Forsythia, 솔트) 89

개념 미술 9, 13, 75, 97, 105, 107-108, 195-196, 205-207, 210, 216

「개념 미술에 관한 단락들」(Paragraphs on Conceptual Art, 르윗) 200

「개념 미술에 관한 문장들」(Sentences on Conceptual Art, 르윗) 200, 207

「갤러리아 쇼핑몰에서」(At the Galleria Shopping Mall, 호글랜드) 149

건축 69, 78, 90, 130, 150, 179, 201, 258

게릴라 출판물 248

게인즈버러, 토머스(Thomas Gainsborough) 286

게임 27, 91, 122, 244, 287, 351, 371

『경찰 수염의 반은 만든 것이다』(The Policeman's Beard Is Half Constructed, 랙터, 체임벌린) 364

고갱, 폴(Paul Gauguin) 288-289

고든, 나다(Nada Gordon) 300-302

고틀립, 애돌프(Adolph Gottlieb) 112

골드스미스, 케네스(Kenneth Goldsmith) 188

곰링거, 오이겐(Eugen Gomringer) 98

공개 소스 문화 15

공공 컴퓨터 오류 모음 45

공유 14, 15, 22, 34, 75, 131, 174, 190, 213, 266, 282, 300, 318, 320, 329, 331, 351, 359, 374

과학소설 215, 277, 368

관람자 33, 175

관음증 71

교육학 31, 260

구겐하임 미술관(Guggenheim Museum) 21, 207

구글(Google) 15, 17, 141, 190, 299, 300, 305

구르스키, 안드레아스(Andreas Gursky) 82

「구름 사라지게 하기」(Dissolving Clouds, 허친슨) 105-106

구문 분석 31, 50, 251-252, 259, 261-263, 268, 269-271, 279, 295, 335, 337

『구문 분석법: 영문법에 학문적 원리를 적용하기』(How to Parse: An Attempt to Apply the Principles of Scholarship to English Grammar, 애벗) 260

『구문 분석하다』(Parse, 드워킨) 259, 268

구체시인(concretists) 67-68, 93, 96, 98-100, 102, 116, 195, 214

구텐베르크(Gutenberg) 52

굴드, 조(Joe Gould) 254-256, 274

『굿바이 20세기』(Goodbye 20th Century, 소닉 유스) 130

그라프, 슈테피(Steffi Graf) 286

그래피티/낙서 91-92, 341-342, 344

그랜빌바커, 할리(Harley Granville-Barker) 288

그린버그, 클레먼트(Clement Greenberg) 99-100

극사실주의 30, 135, 158

글쓰기 9-10, 13-14, 16-18, 21-23, 25-26, 29-33, 36-37, 45-46, 48, 52, 55, 65, 67-68, 117, 137, 139, 142, 145, 148, 157-159, 170, 173, 177, 184, 189-190, 195-196, 200-203, 219, 239, 253, 259, 266, 268, 270-271, 274, 293, 296, 300, 306, 317, 320-321, 329-332, 334, 337, 341, 346, 353, 356-357, 359-360, 363-364, 367, 371

기계 14, 15, 18, 22, 27, 29-34, 38, 48, 61, 73, 159, 165, 167, 178, 185, 192, 196, 199, 218-219, 221-222, 228, 233, 236, 252, 262, 266, 279, 334, 351, 355, 360, 363-364, 366-370

「기계 복제 시대의 예술 작품」(Das Kunstwerk im Zeitalter seiner technischen Reproduzierbarkeit, 베냐민) 22

기록 목록 31, 305, 312, 315, 327, 328

기억 24, 71-72, 150, 192, 241, 318, 332, 356, 361, 365, 368

기억상실(증) 150, 181, 331, 356

긴스버그, 마크(Mark Ginsburg) 225

『길 위에서』(On the Road, 케루악) 16, 31, 239, 241, 243, 245, 248, 363

「길을 잃은 정찰대」(The Lost Patrol) 73

나보코프, 블라디미르(Vladimir Nabokov) 67

「나의 냉장고」(My Refrigerator, 클로스키) 142-143

『나의 상품 목록』(Mon Catalog, 클로스키) 142

『나의 은밀한 삶』(My Secret Life, 익명) 253

「나의 일체형 안경」(My One-Piece Glasses, 클로스키) 143

「나의 클렌징 젤」(My Cleansing Gel, 클로스키) 143

『날』(Day, 골드스미스) 184, 202

냅스터(Napster) 22

네메로프, 알렉산드라(Alexandra Nemerov) 145-147

네트워크 중립성 65

노이간드레스파(Noigandres group) 99-100

『노출』(Exposures, 워홀) 230

놀스, 크리스토퍼(Christopher Knowles) 298

누드 미디어(nude media) 117, 122, 131

「눈」(eyes, bp니콜) 94

『뉴요커』(New Yorker) 196, 256

『뉴욕 타임스』(New York Times) 16, 23, 75, 118-119, 120, 122, 182, 184, 186, 202, 225, 307, 318-320, 324, 333

뉴욕 필하모닉(New York Philharmonic) 212

뉴욕파(New York School) 148, 302

니데커, 로린(Lorine Niedecker) 290

니슨, 리엄(Liam Neeson) 114

다시 쓰기 14-15, 25, 363

「다운폴」(Downfall, 원제 Der Untergang, 히르비겔) 330

닥터로, 코리(Cory Doctorow) 15, 215

단어 16, 20, 24-25, 29, 38-39, 48-50, 53-55, 60, 63, 66-67, 70-71, 78-79, 86, 94-96, 98-99, 101-103, 113-114, 121, 159, 174, 177, 181, 184-185, 187, 191, 195, 198, 231-234, 254-256, 258-259, 262, 268, 270, 272, 276, 283, 285, 290, 300, 302, 320, 327, 331, 333-334, 336-338, 341,

344, 346
「달구지를 끌고」(Ox Cart Man, 홀) 154
『당신의 나라는 대단하다』(Your
     Country Is Great, 시리냔) 140
대중주의 157
대화방 61, 136
더코닝, 빌럼(Willem de Kooning) 103
던, 존(John Donne) 288
데리다, 자크(Jacques Derrida) 244, 286
데이, 클래런스 주니어(Clarence, Jr.
     Day) 288
데이터 20, 53-57, 63, 65, 90, 251, 262, 266,
     281, 292-293, 318, 321, 324, 342, 360,
     366-367
데이터마이닝(data-mining) 289, 360
데이터 클라우드 17, 31, 54, 63, 190, 281,
     305, 352
데이터베이스/베이싱 14, 50, 55, 182, 305
데일, 피터(Peter Dale) 313
도덕성 157, 159, 222-223
도스(DOS) 35-36, 45
도스, 콰메(Kwame Dawes) 199
도시주의 74
도용 14, 25, 191, 222
『독백』(Soliloquy, 골드스미스) 87-88
독신 기계(bachelor machine, 뒤샹)
     366
독자 17, 21, 34, 66, 102, 108, 141-142, 154,
     156-158, 160, 166, 169, 178, 180, 191, 195,
     197, 228-229, 243-245, 247, 250-252,
     275-276, 286, 294-295, 306, 309, 311,
     324, 347-348, 369-370
독창성/독창적 15, 22-23, 25, 32, 34, 135,
     183, 188-189, 203, 218-219, 221, 239,
     246, 252, 303, 317, 338, 349, 355, 370
『돈호법 엔진』(The Apostrophe
     Engine, 워슐러) 293-294, 296

동영상 36, 48, 52, 62-63, 183, 282, 292,
     297, 300, 356
뒤샹, 마르셀(Marcel Duchamp) 22, 24,
     174-175, 177, 195, 200-203, 366
드로샤우트, 마틴(Martin Droeshout)
     47-48
드보르, 기(Guy Debord) 68-74
드워킨, 크레이그(Craig Dworkin) 18,
     66, 158, 259-263, 266, 269-272
듣기 316
듣지 않기 315-316
「들어 올리다」(Lift Off, 번스틴) 37
「등나무 의자가 있는 정물」(Still Life
     with Chair Caning, 피카소) 174-175
디도, 울라(Ulla Dydo) 256, 258
디렉터리 62, 264
디아 비컨(Dia:Beacon) 9, 215
디지털 매체 33, 46, 131
디지털 사진 109
디지털 텍스트 183, 355
디지털 환경 30, 31, 34, 92-93, 118, 194,
     195, 246, 374
디킨스, 찰스(Charles Dickens) 168
「따라가기 작업」(Following Piece,
     아콘치) 70

「라마르세예즈」(La Marseillaise) 129
「라이크 어 버진」(Like a Virgin,
     마돈나) 75
라이프치히 도서전 23
라캉, 자크(Jacques Lacan) 286
랙터(RACTER) 364-366
랜덤 하우스(Random House) 21
랭보, 아르튀르(Arthur Rimbaud)
     290-291, 293
러셀, 올런드(Oland Russell) 288-289
러셀, 제임스(James Russell) 286

레닌, 블라디미르(Vladimir Lenin) 71

「레드 서클」(Red Circle, 소설) 114

「레드 서클」(Red Circle, 영화) 114

레드그레이브, 버네사(Vanessa
   Redgrave) 286

레디메이드(readymade) 22, 195

레리스, 미셸(Michel Leiris) 286

레시그, 로런스(Lawrence Lessig) 15

레온카발로, 루제로(Ruggiero
   Leoncalvo) 288

레즈니코프, 찰스(Charles Reznikoff)
   167-169

로보시학(Robopoetics, 북) 32, 368, 371

로웰, 로버트(Robert Lowell) 5

로젠블래트, 로마(Roma Rosenblat)
   306

로젠블래트, 허먼(Herman Rosenblat)
   306

롤라팔루자(Lollapalooza) 130

롤러, 루이즈(Louise Lawler) 188

『롤리홀리오버』(Rolywholyover, 전시)
   180

루공·마카르 총서(Rougon-Macquart,
   졸라) 158

루슈디, 살만(Salman Rushdie) 286

르네상스 201, 213, 216, 247

르로이, J. T.(J. T. Leroy) 21-22

르윗, 솔(Sol LeWitt) 18, 30, 108, 195-196,
   200-208, 210-211, 213-218

리네커, 게리(Gary Lineker) 286

리드, 루(Lou Reed) 222

『리베라시옹』(Libération) 194

리믹스/리믹싱 62, 131-132, 244-246,
   302-303, 330

리블로깅(reblogging) 219

리섬, 조너선(Jonathan Lethem) 14-16,
   55

리스, 진(Jean Rhys) 197

리스트서브(listserv) 159, 302, 350

리치 텍스트 포맷(.rtf) 132

리치필드, 존(John Lichfield) 194

리쾨르, 폴(Paul Ricœur) 286

리트윗(retweet) 219, 282, 370

린, 탄(Tan Lin) 315, 320, 324-325

릴리, 루스(Ruth Lilly) 147

립스타트, 데버러 E.(Deborah E.
   Lipstadt) 307

릿소스, 야니스(Yannis Ritsos) 286

마돈나(Madonna) 75

마르쿠제, 헤르베르트(Herbert
   Marcuse) 343

마르크스, 카를(Karl Marx) 71, 180

「마시자 코카콜라」("Beba Coca Cola",
   피그나타리) 101

마오쩌둥(毛澤東) 186

마이크로소프트(Microsoft) 27-28, 50,
   121-122, 132, 186, 333

마츠이 시게루(松井茂) 42-43

마크슨, 데이비드(David Markson)
   284-286, 290, 295

마키우나스, 조지(George Maciunas)
   130

말더듬 66, 85, 219

말라르메, 스테판(Stéphane Mallarmé)
   39, 95-96

「매장 안내도」(Directory, 피터먼) 150

매클래런, 맬컴(Malcolm MacLaren)
   74

매클루언, 마셜(Marshall McLuhan)
   52-53

맥 운영체제 10(Mac OS X) 305

맥락 9, 16, 28-30, 38, 55, 61, 78, 117-118,
   122, 129-131, 162, 192-193, 246-247,

250, 307, 309, 315, 330, 341, 343, 364
맥파든, 메리(Mary McFadden) 225
「맨 처음 나의 모토로라」(First My Motorola, 네메로프) 145
맬컴 엑스(Malcolm X) 85
머스그레이브, 조지(George Musgrave) 314
먼로, 매릴린(Marilyn Monroe) 85
메러디스, 조지(George Meredith) 288
메를로퐁티, 모리스(Maurice Merleau-Ponty) 286
「메리의 작은 양」(Mary Had a Little Lamb) 58
메일/이메일/전자우편 36, 51-52, 57-58, 60-63, 111, 119-120, 122, 161-162, 167, 270, 292, 300, 305, 313, 350
메트로폴리탄 미술관(Metropolitan Museum of Art) 239
멜빌, 장피에르(Jean-Pierre Melville) 114
멜빌, 허먼(Herman Melville) 160
모노스콥(Monoskop) 132
모더니즘 32, 33, 37, 66, 184, 230, 233, 251, 361
모딜리아니, 아메데오(Amedeo Modigliani) 286
모로, 알도(Aldo Moro) 75
모리스, 사이먼(Simon Morris) 241-244, 246-250, 363
모방 15, 24, 28, 34, 51, 117, 246, 251-252, 364, 366
모하마드, K. 실렘(K. Silem Mohammad) 302
몬터규, 메리 워틀리(Mary Wortley Montagu) 286
몸, 윌리엄 서머싯(William Somerset Maugham) 289

무가치 31, 188
「무제 #3」(Untitled #3, 사이버) 79, 86
「무제 #13」(Untitled #13, 사이버) 78, 84
「무제 #21」(Untitled #21, 사이버) 78, 82
「무제 #26」(Untitled #26, 사이버) 80
문서 편집 프로그램 116
문서편집기 37, 46-47, 115-116, 333
문자메시지 52, 90
문장 15, 20, 67, 89, 93, 96, 98, 161, 191-192, 199-200, 207, 220, 231, 241, 243-244, 249, 256, 260-262, 269-270, 281, 288, 313, 315, 317, 334, 349, 363-365
문장 도식화 260
문장구조 16, 315
문학/문학작품 9, 13-14, 17, 20-21, 23, 27, 29-34, 46, 67, 73, 93, 97, 114, 137, 145, 158-161, 164, 174-176, 184-185, 188-189, 194, 196, 206, 219, 224, 228, 230, 235, 251-252, 261-262, 266, 268, 272, 275, 278-279, 282, 305, 317-318, 321, 324, 327, 346-347, 352-353, 360, 363-364, 367-371
문학계 21, 148, 189-190, 250
문학비평 37
문학사/문학의 역사 93, 173
문학적 14, 21, 23, 37-38, 41, 43-44, 159, 177, 179, 183-184, 186, 200, 224, 235, 245, 266, 303, 343, 345, 347, 366, 368
『미국』(America, 위홀) 230
미국 의회 도서관(Library of Congress) 282
『미국인의 형성』(The Making of Americans, 스타인) 252-253, 256, 289
미기후(microclimate) 61-62, 74, 79

미루는 버릇 196
미술계 21-22, 32, 97, 188, 199
미첼, 조지프(Joseph Mitchell) 256
밀스, 닐(Neil Mills) 41-42
밈(memes) 29, 219, 330, 369-370

바네겜, 라울(Raoul Vaneigem) 75
바니, 매슈(Matthew Barney) 22
바르트, 롤랑(Roland Barthes) 144-145, 224, 235-236, 286
바우하우스(Bauhaus) 93
「바위 장미(리처드 디마코와 함께)」(A Rock Rose [with Richard Demarco], 핀레이) 215
바타유, 조르주(Georges Bataille) 182
바흐, 요한 제바스티안(Johann Sebastian Bach) 46
박테리아 274, 277-278
반복 14, 17, 39, 57, 68, 102, 113, 123, 153, 154, 191-192, 220-221, 243, 245-246, 256, 259, 262, 264, 289, 298, 316, 329, 335, 338, 340, 349, 358
발리그라드(Baligrad) 348
발자크, 오노레 드(Honoré de Balzac) 144, 158
배비지, 찰스(Charles Babbage) 88
배포 13, 17, 31, 34, 54, 63, 117, 132, 189, 190, 193, 281, 320, 324
백남준(Paik Nam June) 19-20
버그발, 캐럴라인(Caroline Bergvall) 312-313, 315, 327
버다나(Verdana) 100, 121, 186, 333
버라이즌사(Verizon) 367
버로스, 윌리엄 S.(William S. Burroughs) 20, 85, 183
「버클리」(Berkeley, 실리먼) 191-192
벅모스, 수전(Susan Buck-Morss) 178

번스틴, 찰스(Charles Bernstein) 10-11, 37-38
베껴 쓰기/기록 복사 20, 26, 31, 160, 173, 177, 179, 183, 188, 240, 333 → 전유
베냐민, 발터(Walter Benjamin) 14, 22, 109, 173-193, 240
베니, 잭(Jack Benny) 19
베베른, 안톤(Anton Webern) 96
베이비페이스(Babyface) 298
베이식(BASIC) 365
베케트, 사뮈엘(Samuel Beckett) 169, 253, 271, 284-285, 290
베토벤, 루트비히 판(Ludwig van Beethoven) 71, 287-288
「백사시옹」(Vexations, 사티) 316
벤제, 막스(Max Bense) 101
『변증법은 벽돌을 깰 수 있는가?』(La dialectique peut-elle casser des briques?, 비에네) 71
『보그』(Vogue) 79
보나파르트, 나폴레옹(Napoleon Bonaparte) 71, 254
보로프스키, 조너선(Jonathan Borofsky) 200
보르헤스, 호르헤 루이스(Jorge Luis Borges) 173, 194
보위, 데이비드(David Bowie) 139
보즈웰, 제임스(James Boswell) 225, 227, 305, 308-311
복사 14, 16, 20, 40, 131-133, 160, 215, 252, 292, 313, 360
복사기 20, 246
복사본 243
복사해 붙이기(copy and paste) 20
복제 10, 19-20, 22, 28-29, 33-34, 46, 62, 108-109, 137, 186-187, 215, 219, 221, 244, 313, 329, 333, 355, 359, 364, 369-370

볼드원, 제임스(James Baldwin) 285

볼리외, 데릭(Derek Beaulieu) 271-273

볼브라흐트, 마이클(Michaele Vollbracht) 225-226

『부드러운 단추들』(Tender Buttons, 스타인) 158-159

부시, 조지 W.(George W. Bush) 148

「부활절 날개」(Easter Wings, 허버트) 94-95

북, 크리스천(Christian Bök) 29, 159, 274-279, 368-369, 371

붙이기 19, 20, 246, 360 → 복사해 붙이기, 잘라 붙이기

뷔르거, 페터(Peter Bürger) 33-34

브라이언, 윌리엄 제닝스(William Jennings Bryan) 255

브람스, 요하네스(Johannes Brahms) 288

브래키지, 스탠(Stan Brakhage) 46

브루크너, 애니타(Anita Brookner) 286

브뤼헐, 페터르(Pieter Breughel) 288-289

『브리튼스 갓 탤런트』(Britains Got Talent) 293

브릴로 상자(Brillo boxes) 169-170

블라바츠키, 헬레나(Helena Blavatsky) 291

블랑키, 루이 오귀스트(Louis Auguste Blanqui) 180

블랙모어, 수전(Susan Blackmore) 252, 369-371

『블러트』(blert, 스콧) 66

블로그(blog) 9, 16, 52, 74, 136, 193, 241, 242, 245, 247, 249, 282, 292, 310, 318, 320, 351

「블로그 주의」(Beware of the Blog, WFMU) 245

블룸, 올랜도(Orlando Bloom) 114

「비가 내린다」(Il Pleut, 아폴리네르) 96

비가독성 구문 분석하기 31, 251

비가시성/비가시적 88, 90, 355

비독창적 천재 13-14, 218, 353

비들로, 마이크(Mike Bidlo) 188

비디오 19, 117, 344, 348-349

「비아: 48개의 단테 변주」(Via: 48 Dante Variations, 버그발) 313

비어, 토머스(Thomas Beer) 288

비에네, 르네(René Viénet) 71, 330

「비오템(빌 벅슨을 위해)」(Biotherm [for Bill Berkson], 오하라) 231

비창조적 글쓰기(uncreative writing) 25, 29, 30-32, 55, 65, 67-68, 137, 145, 157-159, 173, 189-190, 196, 200, 203, 219, 253, 271, 306, 329-330, 341, 353, 363-364, 367, 371

비트겐슈타인, 루트비히(Ludwig Wittgenstein) 105-107, 110

빈, 제프리(Geoffrey Beene) 226

「빨강」(Rouge, 쇼팽) 123, 126, 128-130

뻐꾸기 알(cuckoo egg) 75

「사라진」(Sarrasine, 발자크) 144

「사랑」(LOVE, 인디애나) 96

사랑의 여름(Summer of Love) 371

『사실 진술서』(Statement of Facts, 플레이스) 30, 161-163, 165

사유 29, 31, 77, 105, 107, 117, 251, 353, 368, 371

사유자 157, 175

사이버, 매트(Matt Siber) 77-80, 82-84, 86

사진 21-22, 29, 33-34, 36, 45-46, 67, 75, 77-78, 105, 108-110, 119, 150, 228-229, 235-236, 248, 254, 282, 350

사진가 77, 82
사진사실주의(photorealism) 158
사티, 에리크(Erik Satie) 24, 315-317
산세리프체(sans serif fonts) 35, 99, 100, 119, 121, 186-187
산탄젤로, 조르조(Giorgio Sant'Angelo) 225
상드, 조르주(George Sand) 73
상업(적) 78-79, 96, 131, 139, 221
『상태 업데이트』(Status Update, 위슐러, 케네디) 289, 291, 295
『상형시집』(Calligrammes, 아폴리네르) 96
상황주의(situationism) 30, 67-68, 74
상황주의자 67-68, 73-75, 195, 330, 341
『새뮤얼 존슨전(傳)』(Life of Johnson, 보즈웰) 225, 308, 309
「샘」(Fountain, 뒤샹) 175
샘플링 10, 22, 23, 25, 129, 329
생로랑, 이브(Yves Saint Laurent) 286
선물 경제 15, 131
선불교 210
설리번, 게리(Gary Sullivan) 300
설리번, 에드(Ed Sullivan) 19
성경 254
세 줄 소설 283
『세라, 멩켄, 그리스도 그리고 베토벤에는 남자와 여자가 있었다』(In Sara, Mencken, Christ and Beethoven There Were Men and Women, 울가못) 287-289
세르토, 미셸 드(Michel de Certeau) 24, 158
세컨드 라이프(Second Life) 25
섹스 피스톨스(Sex Pistols) 74
셰익스피어, 윌리엄(William Shakespeare) 47, 133, 368

소닉 유스(Sonic Youth) 130
소리 그림(sound painting) 123, 129
소비주의 77-78, 136, 138-139, 148-149, 156
소셜 네트워크/네트워킹/미디어 16, 31, 52, 61, 74, 281-283, 290, 299, 366, 371
소송 21, 190
소크라테스(Socrates) 5, 352
속격 자서전(oblique autobiography) 306
솔레르스, 필리프(Philipe Sollers) 286
솔트, 메리 엘런(Mary Ellen Solt) 79, 82, 89, 98, 101
쇼팽, 앙리(Henri Chopin) 123, 126, 128-130
슈베르트, 프란츠 페터(Franz Peter Schubert) 288
슈워츠, 델모어(Delmore Schwartz) 285
슈토크, 하우젠&워크맨(Stock, Hausen & Walkman) 129-130
슈토크하우젠, 카를하인츠(Karlheinz Stockhausen) 129-130
슐먼, 데이비드(David Schulman) 208, 210-211, 213
스미스, 데이비드(David Smith) 286
스위프트, 조너선(Jonathan Swift) 17, 290, 363-364, 366
스코세이지, 마틴(Martin Scorsese) 286
스콧, 조던(Jordan Scott) 66
스크린 30, 35-36, 68, 92, 118, 186
스타인, 거트루드(Gertrude Stein) 24-25, 39, 158-159, 199, 242-243, 252-254, 256, 259, 261, 271-274, 289, 298, 340-341
스터트번트, 일레인(Elaine Sturtevant) 188

스테이블 갤러리(Stable Gallery, 뉴욕)
169

스테판스, 브라이언 킴(Brian Kim
Stefans) 75

스티븐스, 미첼(Mitchell Stephens)
51-52

스팸(spam) 51, 65, 297, 299, 355

시
구체시(concrete poem) 30, 40, 67,
79, 86, 92-97, 99, 100-103, 148, 281
전자 소리 시(electronic sound
poem) 129
서정시(lyrical poem) 40
등사판으로 인쇄한 시
(mimeographed poem) 20
숫자 시(number poem) 41-42
순수 시(pure poem) 42
소리 시(sound poem) 40, 86, 123,129
언어청각시각적 시
(verbivocovisual poem) 96

『시 선집』(Selected Poems, 홀) 156

시 재단(Poetry Foundation) 9, 147, 149

『시 100조 편』(Cent mille milliards de
poèmes, 크노) 14

시각예술 9, 30, 75, 92, 97, 139, 145, 147, 174,
195, 211, 278

「시간 그림」(Time Painting, 오노) 205

「시골 경마」(Camptown Races) 211

시리냔, 아라(Ara Shirinyan) 140-142

시버스, 리처드(Richard Sieburth) 177

시손, 찰스 휴버트(Charles Hubert
Sisson) 314

시학 9, 17, 30, 101, 135, 158, 169, 302, 368

『신곡: 지옥 편』(La Divina Commedia:
Inferno, 단테) 16, 312-313, 315

신문(newspapers) 20, 31, 51, 67, 75, 90,
119, 179, 182, 184-187, 194, 197, 202, 236,

281, 283, 287, 319, 320, 342

신원 훔치기 25

실리먼, 론(Ron Silliman) 190-192

실버스타인, 셀(Shel Silverstein) 290

실제 공간(meatspace) 74, 92

심리지리(psychogeography) 68, 70-71,
73-74, 79 → 상황주의

쓰기 막힘 현상(writer's block) 198-200

아동 성추행 161, 163

아르토, 앙토냉(Antonin Artaud) 130

아마존(Amazon) 248

아방가르드 32, 130-131, 147, 157-158

아치 코믹스사(Archie Comics) 114

아카이빙 31, 235, 237, 282, 359

『아케이드 프로젝트』(Das Passagen-
Werk, 베냐민) 14, 173, 176-181, 183,
187

아콘치, 비토(Vito Acconci) 70-71

아폴리네르, 기욤(Guillaume
Apollinaire) 96

알렉산더, 엘리자베스(Elizabeth
Alexander) 245-246

알리기에리, 단테(Dante Alighieri) 16,
312-313, 315

알튀세르, 루이(Louis Althusser) 286

암호화 14, 274, 278

애벗, 에드윈(Edwin A. Abbott)
260-262, 266, 269-272

애슐리, 로버트(Robert Ashley) 288

애슐리, 브렛(Brett Ashley) 285

애시베리, 존(John Ashbery) 196-198

애커, 캐시(Kathy Acker) 183

앤드루스, 브루스(Bruce Andrews) 38

『앤디 워홀 일기』(The Andy Warhol
Diaries, 워홀) 219, 225-226, 228

『앤디 워홀의 철학』(The Philosophy of

Andy Warhol, 워홀) 149, 230

앤틴, 데이비드(David Antin) 5

앨런, 바버라(Barbara Allen) 226

앨런, 우디(Woody Allen) 286

야콥슨, 로만(Roman Jakobson) 286

『야한 여학생 이야기 #2』(Dirty Little Schoolgirl Stories #2, 영화) 344

양(量, Quantity) 13, 29, 31, 34, 49, 63, 140, 194, 209, 228, 234-235, 251, 282, 303, 327, 357, 366

어데어, 길버트(Gilbert Adair) 286-287

언어

공적 언어 77-78, 90-91, 343

디지털 언어 29, 50, 53

물질로서의 언어 29, 65

브랜딩 언어 78-79

사적 언어 91

잠정적 언어 32, 355, 357-360

언어 제거 서비스 그룹(Language Removal Services) 83-86

언어예술 97

「연, 하구 모형(이언 가드너와 함께)」(Kite Estuary Model [with Ian Gardner], 핀레이) 215

「영웅교향곡」(Eroica Symphony, 베토벤) 71, 287

「영향에 대한 황홀감: 표절」(The Ecstasy of Influence: A Plagiarism, 리섬) 14-15

영화(films) 26, 33, 36, 46, 51, 54, 57, 68, 71, 73, 77, 103, 114, 135, 145, 165, 177, 185, 195-196, 206, 219, 223, 229, 310, 330, 344-347, 357

에디슨, 토머스(Thomas Edison) 58

에뷔테른, 잔(Jeanne Hébuterne) 286

에어리얼(Arial) 100

『에우노이아』(Eunoia, 북) 274

『에이: 소설』(a: a novel, 워홀) 219, 228-231

에이즈 바이러스(HIV) 114

에코, 움베르토(Umberto Eco) 286

엘리옹, 장(Jean Helion) 197

「엠파이어」(Empire, 워홀) 229

오노 요코(Yoko Ono) 195, 205-207, 210

오디오 저작물 334

오바마, 버락(Barack Obama) 139, 245

오하라, 프랭크(Frank O'Hara) 148, 230-232

온딘(Ondine) 229, 232

온라인 25, 29, 50, 92, 122, 136, 182, 249, 252, 291, 294, 300, 302, 307-309, 318-321, 329-330, 367

옮겨 적기/쓰기(transcribing) 16, 26-27, 313, 334-335, 337, 341, 349

옹, 월터(Walter Ong) 137-138

『와이어드』(Wired) 283

『와트』(Watt, 베케트) 169

요른, 아스게르(Asger Jorn) 72

『우리 시대의 구술사』(An Oral History of Our Time, 굴드) 254, 256

우엘베크, 미셸(Michel Houellebecq) 194

우회(détournement) 20, 67-68, 70-73, 75, 92, 119, 170, 246, 330, 358

「우회된 회화」(Détourned Painting, 요른) 72

울가못, 존 바턴(John Barton Wolgamot) 287-290

울리포(OuLiPo: Ouvroir de Littérature Potentielle, 잠재문학작업실) 14, 315, 325, 364

울프, 버지니아(Virginia Woolf) 342

워드프로세서/워드프로세싱 14, 320, 356

워슐러, 대런(Darren Wershler) 289, 291-296, 299, 303

『워싱턴 포스트』(Washington Post) 156

워터스, 머디(Muddy Waters) 15

워홀, 앤디(Andy Warhol) 22, 24, 31, 65, 79, 82, 147-149, 166, 169-170, 195-196, 202, 219-237, 303, 310

워홀 미술관(Warhol Museum) 234

월망, 질(Gil Wolman) 71, 73

월컷, 데릭(Derek Walcott) 199

웹/월드와이드웹 14, 29, 32, 33, 43, 52-53, 63, 70, 74-75, 99, 101-103, 111, 118-119, 122, 132, 141, 181-183, 193, 235, 246-247, 249, 251-252, 282, 294-296, 299, 302-303, 308-309, 319, 324, 357, 367, 370-371

　웹사이트 9, 10, 75, 102, 117, 119, 122, 141, 182, 290, 293, 308, 320, 324

　웹페이지 40, 74, 119-120, 122, 182-183, 252, 290, 294

『웹스터 국제 사전 제3판』(Webster's Third New International Dictionary) 274

위너, 로런스(Lawrence Weiner) 46, 107-110, 114, 117, 195

위스망스, 조리스카를(Joris-Karl Huysmans) 288

위컴, 애너(Anna Wickham) 285

위키백과(Wikipedia) 15, 25, 43, 46, 308, 318-319, 324

윌리엄스, 윌리엄 카를로스(William Carlos Williams) 230

「유니콘을 믿는 이들은 파트와를 공표하지 않는다」(Unicorn Believers Don't Declare Fatwas, 고든) 300

유닉스(UNIX) 264

유동성 30, 50, 55, 246

유대인 대학살(Holocaust) 307, 348

유전자 278, 368-369

유통 담당자 360

유튜브(YouTube) 28, 300

윤리(적) 30, 160-161, 165, 187, 222-223

『율리시스』(Ulysses, 조이스) 53, 55, 131-132, 231

음악
　글램 록(glam rock) 139
　배경음악(background music) 315
　블루스(blues) 15, 168
　전위음악(avant-garde music) 130
　펑크 록(punk rock) 74
　환경음악(ambient music) 306, 317

이노, 브라이언(Brian Eno) 306, 317

이미지 18-19, 22, 30, 33, 36, 39, 47-48, 51-52, 62-63, 67, 72, 74, 76-77, 87, 94-95, 108, 111-117, 119, 121, 130, 135-136, 139, 150, 174, 182-183, 185, 187, 219, 226, 229, 236, 248, 278, 302, 356

『이미지 세계』(Image World) 51-52

『이미지의 부상, 글의 몰락』(The Rise of the Image, the Fall of the Word, 스티븐스) 51-52

『이상한 나라의 앨리스』 207

『이슈 I』(Issue I) 189-193

인디애나, 로버트(Robert Indiana) 96

인상주의 32-33

인쇄/인쇄물/인쇄본/인쇄판 11, 17, 20, 51-52, 62, 111-112, 119, 122, 133, 174, 179-180, 187, 215, 241, 249, 260, 286, 296-299, 332-333, 355, 360

「인터내셔널가」(L'Internationale) 129

인터넷 13, 16-17, 21, 26-28, 34, 75, 114, 122, 131, 136, 198, 215, 251, 293, 295, 299,

302, 324, 335, 350, 366-367, 371
『인터뷰』(Interview) 235
인포메이션 애즈 머티리얼 로고
　(Information As Material logo)
　248
『일 메사제로』(Il Messaggero) 75
「일곱 숫자 시」(Seven Numbers
　Poems, 밀스) 41
「일반 에어로졸 스프레이를 2분 동안
　바닥에 뿌리기」(Two minutes of
　spray paint directly upon the
　floor from a standard aerosol
　spray can, 위너) 108, 110
읽기 31-32, 39, 41, 61, 96, 157, 192, 197,
　228-229, 237, 240, 242, 244-245,
　251-252, 254, 256, 287, 306, 309, 318,
　320, 323-324, 341, 349
「잇 22」(Eat 22, 해리슨) 308

자기표현 26
자서전 21, 25, 224-227, 243, 253, 261, 292,
　306, 308, 325, 327
「자석 TV」(Magnet TV, 백남준) 19
자유 부유하는 미디어 파일 118, 122
자폴라, 엘리오(Elio Zappulla) 314
작가 14, 16-21, 23-24, 26-27, 29, 31, 34, 48,
　50, 55, 63, 66-67, 87-88, 92, 138, 140,
　142, 147, 158-160, 164, 178, 183-184, 189,
　194-195, 198-200, 202-203, 215,
　218-219, 222, 224, 227, 236-237, 239,
　246, 251, 256, 282, 287, 289, 290, 294,
　299, 305, 307-308, 325, 327, 337, 342,
　350, 352, 355, 360, 364, 370
『작은 빨간 책』(紅寶書, 마오쩌둥) 186
잘라 붙이기(cut-and-paste) 19-20, 184,
　360
「잠」(Sleep, 워홀) 195, 229

재구성 16-17, 25-28, 38, 68, 84, 87, 137, 164,
　170, 219, 244, 281, 299, 303, 320, 355
재몸짓 219
재활용 14, 219, 356
저자 없는 218
저자성 27-29, 32, 38-39, 174, 189, 192-195,
　244, 347
저자의 죽음 27, 359
「저자의 죽음」(La mort de l'auteur,
　바르트) 224, 236
전보/전신(telegraph) 31, 281, 283-284
전유(appropriation) 9, 14-16, 19, 21-22,
　30, 129, 159-160, 173-175, 177, 183-185,
　187-188, 193-194, 236, 244, 329
전자 텍스트(electronic texts) 132
전자책 57, 132, 249
『전쟁과 평화』(War and Peace,
　톨스토이) 49
전파(airwaves) 88, 90
정보 13-14, 19, 23, 31, 36, 49-50, 54-57,
　77-78, 88-89, 91, 111, 141, 161, 164, 166,
　181, 219, 235, 244, 251-252, 281-282,
　295, 303, 312-313, 315, 317, 319-320,
　325, 337, 353, 369-371
정보관리(자) 55, 311, 359, 367
정체성 14, 22, 23, 30, 135-139, 141-142, 237,
　307, 321, 329, 342
정크스페이스(junkspace) 150-151,
　153-154, 355-356
제록스(Xerox) 20, 131, 133
제임스, 헨리(Henry James) 93
제작자 19, 211, 214, 218, 360
조리법(시각예술) 195, 200-202, 204,
　206-207, 215-217
조이스, 제임스(James Joyce) 40-41,
　53-55, 57, 96, 131, 231
조작 34, 46, 48, 122-123, 130-131, 136, 194,

219, 222, 356
졸라, 에밀(Émile Zola) 158
주문 출판 방식 16
주역(I Ching) 202
주코프스키, 루이스(Louis Zukofsky)
　65, 266-268, 271
주코프스키, 실리아(Celia Zukofsky)
　268
『주홍 글씨』(The Scarlet Letter, 호손)
　65
즉석 메시지 61
『증언: 미합중국(1885-1915):
　레시터티브』(Testimony: The
　United States [1885-1915]:
　Recitative, 레즈니코프) 167-168
『지노텍스트 실험』(The Xenotext
　Experiment, 북) 274, 277
지루함 151, 170-171, 210-211, 222, 229, 237,
　316-318, 329
「지역 I」(Region I, 슈토크하우젠) 129
　→『찬가』
「진술들」(Statements, 위너) 107
짜깁기(patchwriting) 15-16, 25, 55

차우더리, 압두르(Abdur Chowdhury)
　318, 324
『찬가』(Hymnen, 슈토크하우젠) 129
찰스, 레이(Ray Charles) 298-299
찰스워스, 세라(Sarah Charlesworth)
　75-76, 83, 119
채팅방 25, 338
척도 49-50
천재/천재성/천재적 13-14, 16, 131, 176,
　183, 188, 190, 194-196, 204, 218-219,
　222, 230, 311, 353, 363
『철책 너머의 천사』(Angel at the
　Fence, H. 로젠블랫) 306

체임벌린, 빌(Bill Chamberlain)
　364-366
츄스키, 노엄(Noam Chomsky) 85
출판인 20, 129, 306, 360

카이사르(Caesar) 254
칸, 더글러스(Douglas Kahn) 88
칸딘스키, 바실리(Wassily Kandinsky)
　115
『칸토스』(Cantos, 파운드) 39, 99, 175-176
캘리포니아 대학교 출판부(University
　of California Press) 268
커리어 앤드 이브스(Currier and Ives)
　156
커밍스, E. E.(E. E. Cummings) 96,
　340
커티스, 토니(Tony Curtis) 117-119, 121
케네디, 마거릿(Margaret Kennedy)
　288
케네디, 빌(Bill Kennedy) 289, 291-296,
　299, 303
케네디, 재키(Jackie Kennedy) 236
케루악, 잭(Jack Kerouac) 16, 239,
　241-243, 245, 247-250
『케루악의 머릿속에 들어가기』(Getting
　Inside of Jack Kerouac's Head,
　모리스) 241, 248
케이지, 존(John Cage) 24, 90, 103, 130,
　132, 180, 202, 211-213, 272, 316-317, 341
켈리, 마이크(Mike Kelley) 139
코드(code) 27, 29, 36-38, 40-43, 45-47,
　63, 74, 110, 145, 183, 262, 268, 335-336,
　356, 367-368
코빙, 밥(Bob Cobbing) 20
코수스, 조지프(Joseph Kosuth) 46, 97,
　195, 199
코에스텐바움, 웨인(Wayne

Koestenbaum) 222

코커, 조(Joe Cocker) 296-297

콜라 101, 148-149

콜라주 16, 20, 30, 46, 131, 174-176, 188

콜럼버스, 크리스토퍼(Christopher
Columbus) 255

콜린스, 빌리(Billy Collins) 148, 156

콜하스, 렘(Rem Koolhaas) 150-151,
153-154, 355-356

『콩쉬엘로』(Consuelo, 상드) 73

쿠리어(Courier) 344

쿠서, 테드(Ted Kooser) 148

쿤스, 제프(Jeff Koons) 21-22

크노, 레몽(Raymond Queneau) 14

크레아, 패트릭(Patrick Creagh) 314

크로체, 베네데토(Benedetto Croce)
289

크루거, 바버라(Barbara Kruger) 147

크리스테바, 줄리아(Julia Kristeva) 286

크리스토(Christo) 170

크세나키스, 이안니스(Iannis Xenakis)
286

클랑파르벤멜로디
(Klangfarbenmelodie) 96

클래번, 토머스(Thomas Claburn)
321-323

클로스키, 클로드(Claude Closky) 142,
144, 146

클린턴, 빌(Bill Clinton) 286

킹, 마틴 루터 주니어(Martin Luther,
Jr. King) 15

『타임』(Time Magazine) 147

타임스 로먼(Times Roman) 119, 333

타자 필사 16, 20, 25-26, 31, 184-185, 202,
239-243, 246, 248, 249-250, 331-332

테일러, 리즈(Liz Taylor) 149

텍스트 17, 46, 52-53, 62, 115, 120, 122, 132,
137, 158, 177, 181, 183-186, 191, 193, 224,
230, 235-236, 240, 243-246, 249-251,
254, 261, 269-270, 272, 299, 302, 305,
308, 318, 327, 329-330, 355-356

텍스트 파일(.txt) 46-47, 115, 116

토렌트(torrent) 22, 53-54, 357

톨스토이, 레프 니콜라에비치(Lev
Nikolaevich Tolstoy) 49

투홀스키, 쿠르트(Kurt Tucholsky) 290

트랜스섹슈얼 136

트랜스젠더 136

트위터(Twitter) 31, 52, 61, 281-282, 285,
292, 324, 370

트윗(tweet) 247, 281, 282, 292-293, 305,
307, 351

파라텍스트(paratext) 61, 186, 245, 332

파운드, 에즈라(Ezra Pound) 39-40, 96,
99, 175-178

파일 공유 22, 75, 131, 329, 351, 359

파편/파편성/파편적/파편화 31, 38, 40,
101, 137, 177, 183-184, 233, 281, 285,
308, 356, 364

팝아트(pop art) 101, 148, 170 → 워홀

『팝피즘』(POPism, 워홀) 230, 233

패비콘(favicon) 43-44

패스티시(pastiche) 16, 20, 30, 174

팩토리(the Factory) 222-223, 229,
234-235 → 워홀

『퍼스트 폴리오』(First Folio,
셰익스피어) 47

펄로프, 마저리(Marjorie Perloff) 9, 11,
13-14, 219, 230

펄먼, 밥(Bob Perlman) 192

평범함 24, 35, 221, 231-232, 319

페네옹, 펠릭스(Félix Fénéon) 283, 290

페렉, 조르주(Georges Perec) 194, 308, 325-327

페이스북(Facebook) 17, 109, 292, 351

페이지, 베티(Bettie Page) 130

페티본, 리처드(Richard Pettibon) 188

펭귄 모던 클래식스(Penguin Modern Classics) 248

포르노(그래피) 71, 253, 330, 344-345, 347

포르노라이저(Pornolizer) 122-123

포스터, 스티븐(Stephen Foster) 285-286

포스트정체성 글쓰기/문학 30, 137, 142

포스트모더니즘 37

『포이트리』(Poetry) 149-150

포토숍(Photoshop) 50, 67, 83, 114, 357, 371

폰퓌르스텐베르크, 다이앤(Diane Von Furstenberg) 226

폴록, 잭슨(Jackson Pollock) 247

표류(dérive) 68, 70-71, 74, 91, 176, 181, 331, 358

표절 14-16, 21, 23, 25-26, 194, 222, 305, 329

「푸드 주식회사」(Food, Inc.) 77

풀러, 매슈(Matthew Fuller) 266

프레슬리, 엘비스(Elvis Presley) 220

프레이, 제임스(James Frey) 21-22

프렌센, 구스타프(Gustav Frenssen) 288

프로그래머 14, 18, 55, 292, 364-365, 369

프로그래밍 14, 53, 366

『프로젝트 런웨이』(Project Runway) 337, 341

프로스트, 로버트(Robert Frost) 5, 156

프루스트, 마르셀(Marcel Proust) 197

프린스, 리처드(Richard Prince) 21

프린티드 매터(Printed Matter) 180

플라톤(Platon) 52

플라프(Flarf) 17, 190, 194, 299-300, 302-303

「플래깅」(Flagging, 슈토크, 하우젠&워크맨) 129

플래빈, 댄(Dan Flavin) 195

『플랫랜드』(Flatland, 애벗) 269, 271-273

플럭서스(Fluxus) 98, 131

플레이스, 버네사(Vanessa Place) 30, 160-166, 169-171, 222

플리커(Flickr) 45

피그나타리, 데시우(Décio Pignatari) 101

『피네간의 경야』(Finnegans Wake, 조이스) 40-41

피어슨, 맷(Matt Pearson) 292

「피에르 메나르, 『돈키호테』의 저자」(Pierre Menard, autor del Quijote, 보르헤스) 173

피카비아, 프랑시스(Francis Picabia) 22

피카소, 파블로(Pablo Picasso) 174-176

피터먼, 로버트(Robert Fitterman) 138-139, 150-151, 153-154, 156-157

핀레이, 이언 해밀턴(Ian Hamilton Finlay) 214-215

필라투스, 폰티우스(Pontius Pilate) 254-255

하급 문화 73

하네이, 제임스 오언(James Owen Hannay) 288

하비, 제임스(James Harvey) 170

하이퍼링크 29, 181, 294

하이퍼텍스트 71, 179

하타 요가(Hatha yoga) 105

하트, 세라 파월(Sara Powell Haardt) 288

『하퍼스』(Harper's) 14

『한 번의 주사위 던지기가 결코 우연을 없애지는 못하리라』(Un coup de dés jamais n'abolira le hasard, 말라르메) 39, 95

항소이유서 16, 160-161, 353

해독(decoding) 39, 41, 46, 157, 235-236

해리슨, 엘리(Ellie Harrison) 308

해체주의 이론 92

해킷, 팻(Pat Hackett) 226-228

허버트, 조지(George Herbert) 94-95

허친슨, 피터(Peter Hutchinson) 105-107

헐리, 엘리자베스(Elizabeth Hurley) 286

헤게만, 헬레네(Helene Hegemann) 23

헤밍웨이, 어니스트(Ernest Hemingway) 93, 283

헬베티카(Helvetica) 100

혁명 21, 33, 52

호글랜드, 토니(Tony Hoagland) 149-150, 154, 156

호메로스(Homeros) 133

홀, 도널드(Donald Hall) 148, 154

홀랜더, 로버트(Robert Hollander) 314

활자체(typefaces) 119

회고록 23, 26, 233, 306, 307

회화 32, 33-34, 72, 97-98, 115, 174

후천면역결핍증후군(AIDS) 114

휘트니 미술관(Whitney Museum) 51

휴대전화 90-91, 350

휴블러, 더글러스(Douglas Huebler) 13, 254, 274

히르비겔, 올리버(Oliver Hirschbiegel) 330

히틀러, 아돌프(Adolf Hitler) 301-302, 330

『A』(주코프스키) 266, 268

AAAARG 132

bp니콜(bpNichol) 94

JPG 파일 36-37, 47, 115

『L=A=N=G=U=A=G=E』 38

MP3 파일 46, 62, 75, 245

P2P(peer-to-peer) 75, 117, 131

『S / Z』(바르트) 144

「11월 어느 날 일몰 후 한 시간이 지나 클뤼니 미술관 문을 나서는 사람들의 열감각과 욕망」(Thermal Sensations and Desires of People Passing by the Gates of the Cluny Museum Around an Hour after Sunset in November) 73

『1969년 1월 5-31일』(January 5-31, 1969) 13, 108

「1974년 한 해 동안 내가 먹어 치운 액체 및 고체 식품의 목록을 만들기 위한 시도」(Tentative d'inventaire des aliments liquides et solides que j'ai ingurgité au cours de l'année mil neuf cent soixante-quatorze, 페렉) 308, 325

「1978년 4월 21일」(April 21, 1978, 찰스워스) 76

「99센트」(99 Cent, 구르스키) 82

지은이

케네스 골드스미스(Kenneth Goldsmith, 1961-)는 온라인 아방가르드 아카이브 우부웹(UbuWeb)의 창립 편집자이다. 펜실베이니아 대학교에서 시학과 시적 실천을 가르치고 있으며, 온라인 시 아카이브 펜사운드(PennSound)의 책임 편집자이기도 하다. 시집 몇 권과 『문예 비창작: 디지털 환경에서 언어 다루기』(2011), 『인터넷에서 시간 낭비하기』(2016) 등을 펴냈다.

뉴욕주 프리포트에서 태어난 그는 1984년 로드아일랜드 스쿨 오브 디자인에서 조각을 전공했다. 1995년부터 2010년까지 뉴욕의 WFMU 라디오에서 주간 방송 프로그램의 진행자로, 2009-10년 프린스턴 대학교 미국학과의 특훈 교수로 활동했고 2013년 뉴욕 현대미술관의 첫 계관시인으로 추대되어 여러 프로그램을 진행했다. 현재 아내인 미술가 셰릴 도네건 그리고 두 아들과 함께 뉴욕에서 살고 있다.

옮긴이

길예경은 제주와 서울을 오가며 편집자로 일하고 있다. 토론토에서 실험 미술을 공부했고, 귀국 후 상산환경조형연구소와 가나미술문화연구소에서 일했으며 미술 및 디자인 잡지에서 객원 기자로 활동했다. 2004년 『애드버스터: 상업주의에 갇힌 문화를 전복하라』를 공동 번역했다.

정주영은 밴쿠버에서 번역가로 일하고 있다. 서울에서 미술 이론과 미술 경영을 공부했고, 일우재단 연구원, 제4회 안양공공예술프로젝트 공원도서관 초청 집필가와 아키비스트, 국립아시아문화전당 정보원 보존관리팀장을 거쳤다. 2017년 『서울대학교 미술관 소장품』의 공동 필자로 참여했고 『변형적 아방가르드: 도시, 민주주의, 예술 실천』을 공동 번역했다.